新 潮 社 版
1978
2967473
KU-746-581

ながい坂

下巻

梅の井にて

「この御城下のようすはだいぶ変ったな」と男の一人が飲みながら云（い）った、「大水の出た年のようすとはどことなく変ったようだ、そうは思わねえか」

「おらもそう気がついた」と伴（つ）れの頰冠（ほおかむ）りをした老人が云った、「あの水害のあった五年まえには、町の気分も穏やかでおちついたものだったよ、ああ、おらは水害のあと片づけに雇われて来たもんだが、富公がめっぽう遊び好きで、毎晩のように白壁町へかよい詰めた」

「富公よりじいさんのほうが先達（せんだつ）だったんじゃねえのか」

「まあどっちでもいいが」と老人はうまそうに酒を啜（すす）って云った、「水害のあと片づけぐれえの仕事で、毎晩のように遊べたってことも有難（ありがた）かったし、この町ぜんたいが暢（のん）びりとおちついていて、治世泰平とはこんな土地のことを云うのかと思ったもんだ」

「その、ちせえなんとかってのはわからねえが」と三人めの肥えた男が、しゃがれた声で云った、「そしてまた、五年まえのことはなんにも知らねえが、この御城下が、いまおかしなようすだってことには間違いがねえ、なにがどうだと数えあげるんじゃなく、ぜんたいにこう、——なんて云ったらいいか、その、ひなたにいて冷たい風に吹かれる、っていうような気分がするな」

「町の者がみんな、お互いに顔色をうかがっているみてえだ」と老人が云った、「物の値段も毎日のようにあがったりさがったりするし、銭不足で店を閉める小商人が軒並みだし、秋になってから流行り病がひろがるし、なんだかしれねえが、いまにも大地震でも起こりそうな按配だぞ」

大造はお孝に酌をさせて飲んでいた。

「ええ、あたしもう一生、独りでくらしてゆくつもりです」とお孝は云っていた、「あの人に死なれてからこっち、人を好きになるのが恐ろしいんです」

「もう五年以上にもなるんだろう」大造はうわのそらできいた、「死んだ者に義理を立てるのも際限がある、いいかげんに諦めて、あんまり老けねえうちに嫁にいくんだな」

「義理を立ててるんじゃありません、誰に限らず人を好きになるのがこわいんです」

「城下町の気風は」と向うで肥えた男が云った、「どこでもそうだが、城下町の気風はその藩の、家中の動きに左右されるものだ、町の中がおちつかず、なにか浮き足だっているようにみえるのは、大きな声じゃあ云えねえが、御家中に穏やかでねえ事が起こってるんじゃねえか、おらにゃあそう思えてならねえ、そうじゃねえかと思えるふしがあるんだ」

大造はあたりを見まわした。店の中にはその三人のほかに二た組、二人と四人づれの客があり、その六人もひそかに、三人組の客の話を聞いているようであった。大造はお孝に、ちょっと、と云って立ちあがり、三人組のほうへ近より、すぐには話しかけず、三人の顔を順に、好戦的な眼で一人ずつ眺(なが)めまわした。

「おめえらだな」やがて大造が云った、「この城下のあっちこっちで、妙な噂(うわさ)をしゃべりまくっているのは、そうだろう」

三人は黙っていた。

「どこのなにもんだ」と云って大造は飯台を力いっぱい叩(たた)いた。大きな手で力いっぱい叩いたから、音も大きかったし飯台の上の徳利や皿小鉢(さらこばち)がはねあがった、「おめえらどこのなにもんだ、なんのためにおかしな噂をばら撒(ま)くんだ、返辞をしろ」

「まあまあ」と頰冠りをした老人がいった、「そんなにどならねえで下せえ、親方、おまえさんはなにか勘ちげえをしている、おらたちは渡り人足でなんにも知らねえ、噂話はおらたちがばら撒いたんじゃなく、おらたちは噂話を聞いたほうだ、妙な噂を聞いたから、どうしたわけかと話していたんだ」

「ちょっと待った」と肥えたしゃがれ声の男が片手をあげて云った、「たいそう高い口をききなさるが、おまえさんこそなに者だえ、町方のお役人でもあるんかえ」

「御材木奉行のお手先よ」大造は即座にやり返した、「お止め山ぜんたいの森番で、名は大造というもんだ」

「おらは房州、これは金助」と老人は肥えた男に頷き他の一人に頷いた、「それからそっちが伝、みんな堰の工事場で働いてるだよ」

「これからもそこで働いていてえなら」と大造が少し声をやわらげて云った、「つまらねえことを饒舌りあるくんじゃねえ、おらあ山係りだからいいが、町方役人の耳にでもへえったらしょっぴかれるぞ」

それは見当ちがいだ、妙な噂はこの町の者たちが弘めているんだと、肥えた男が云い、房州という老人が制止して、大造におじぎをし、これからは気をつけるからと詫びた。大造は暫く三人の顔を眺めてい、それから自分の席へ戻った。他の二た組の客のうち、四人伴れのほうが勘定をして出てゆき、それを送り出したおそめという女が、大造の側へ来て腰をかけた。二十四五歳になる固太りの女で、両のこめかみに梅干を貼りつけていた。

「お孝ちゃんはいまお燗直しにいったよ」とおそめが云った、「あいつら」とおそめは声をひそめた、「どこの馬の骨だかわからないけれど、いつもここへ来ちゃあへんなことばかり話してるんだよ、わざと人に聞えるようにさ、親方が云ってくれたんで胸がすっとしたわ」

「おめえも土地の者か」

「三年ばかりよそへいってたけれど、生れて育ったのはここよ、町はずれの百軒ってところ、知らないだろうね親方なんぞは」と云っておそめは太息をついた、「貧乏人ばかり集まったごみ溜みたような、臭くってきたないぶっ毀れ長屋、そこで生れてそこで育ったのよ」

お孝が酒を持って来、おそめは立って、大造に笑いかけてから、二人伴れの客のほうへ去った。

「あたしはらはらしちゃったわ」お孝は大造に酌をしながら囁いた、「あの人たちに構わないで、あの太った人は喧嘩が強くって、いつかもこのお店の外で三人と殴り合いをしたわ」

「うさん臭え野郎どもだ、なにかこんたんがありそうに思えてならねえ」

「いいわよおじさん、たまに山からおりて来るんですもの、そんなこと気にしないで、ゆっくりお酒をたのしむことだわ」

「岩さんて人は来るか」と大造は酒を啜りながらきいた、「町人みてえな恰好をしたお侍の人よ」

「ええ、ときどきね、――あの方ほんとにお侍さんなんでしょうか、このまえなんか酔っぱらって、その土間へ寝たっきり動かなかったのよ、大きな声で唄をうたったり、わけのわからないことをどなりちらしたりして、まるで流れ者のやくざみたようだったわ」

「なにかわけがあるんだろうよ」と大造が考えながら云った、「あの人はお侍にちげえねえし、お侍となるといろいろ、おらたちには察しもつかねえような、役目のうらおもてがあるらしいからな、ま、そっとしておくんだな」

「おじさん今夜は酔わないのね」

大造はなにか云いかけたが、髭だらけの頰を搔き、頭を横に振った、「酔ってるさ、いい心持だ、お侍には酔いつぶれても体面がありお役目もあるが、おらたち山の者は身軽だからな、――尤もこんどの小屋頭が気にいらねえひょっとこだから、山へ帰るのがいつもおっくうになっていけねえ、もとの平作ってえ小屋頭はいい人だった、おらとはまるできょうでえみてえにしていたもんだ」

「その人、どうかなすったんですか」

大造は答えずに眼をつむり、すっかり灰色になった頭を、ゆっくりとまた左右に振った。

十六の一

主水正がくぬぎ林の中で、くぬぎの落葉の舞うのを眺めていると、その男が静かにあゆみ寄って来た。林は半ば裸になり、枝に残った葉が、風もないのにしぜんと枝からはなれ、ゆっくりと左右におよいだり、円を描いたりしながら舞い落ちるのであった。植えてから十年あまり、くぬぎは幹も太くなり丈も伸びている。三十本あまりの内、枯れたのが五六本もあったが、弥助がすぐに若木を植え直したので、主水正の望みどおり、いまでは素朴なやまがのふぜいをあらわしていた。母屋とその林とのあいだには、芒がひろく茂り、野茨がところどころに蔓を伸ばしている。芒の穂はほおけ、葉は茶色に枯れ、野茨の蔓には小さな紅い実が付いていて、小鳥が二三羽、その実をついばんだり、急に飛び立って芒の中へ見えなくなったりした。

「おまえにはこのけしきを見せたかった」と主水正は呟いた、「おまえには私がなにを欲しがっているか、こまかいところまでよくわかってくれた、石ひとつ入れず、池も掘らず、私の考えていた自然のままの、少しの気取りもない野末のけしきを作ってくれた、芒の中を曲り曲り来る小道も、そこに撒かれたまばらな小石も、すべて私の望んでいたとおりだ、これらはすべて一寸も動かせない、私の生きている限りこのままにしておこう」

どんなに費用をかけ、贅をつくして造った庭も、このけしきには遠く及ばない、弥助はとし老いた身で、誰の助力もかりずにこれを作った。そして弥助が死んで二年めになるいま、主水正は空想したとおりの、殆んど望みどおりの景色の中で、くぬぎの落葉する音に聞きほれているのであった。そこへ、その男があらわれたのだ。

男は継ぎはぎだらけの、垢じみた、腰きりの半纏に、よれよれの細帯をしめ、素足に草鞋をはいていた。腕組みをした太い手も、裸の脛にも黒い毛が密生してい、それが肉の厚い、逞しい軀つきによく似合って、若い野獣のような精悍さを示すようにみえた。両の頰から顎まで、黒い剛毛に掩われた顔は、眉が太く、眼がするどく、左右の耳が大きく張っており、総髪のまま一と束ねにした頭の毛も、いま藪からとびだして来た毛物のように、ばらばらに乱れていた。――男がどこから庭へはいって来たのか、主水正にはわからなかった。落葉を踏む音で気がつき、男が近づいて来るのを黙って見ていた。男は少しのためらいも遠慮もなく、まるで自分の庭をあるいているような、おちついた、しっかりした足どりで来て、十尺ほどのまをおいて立停(たちどま)り、するどい眼を細めて、じっと主水正の顔をにらんだ。ほぼ二十拍子ばかり、二人はなにも云わずに、相手の顔をみつめあっていた。

「いいつらだ」とやがて男が云った、「あなたが三浦主水正だな」

主水正はかすかに頷いた。

「おれは七日間、あなたの出入りを見ていた」と男は続けた、「評判どおりの人物かどうか知りたかったのでね、――あなたは気がつかなかったようだな」

主水正は唇(くちびる)をちょっと曲げただけであった。男の乱髪の上にくぬぎの落葉が一枚ひっかかり、男はそれを払いのけながら、一瞬間も主水正から眼をはなさなかった。

「あなたはむっつりやだな」と男は云った、「いつかあなたは江戸屋敷へ来たことがある、二年か三年いたかな、七八年まえだったろう、おれはまだ十九か二十(はたち)で、あなたのことなんぞにはなんの興味もなかった、田舎侍がなにか勉強をしに来た、気むずかしいむっつりやだ、あれがその男だと教えられて、幾たびかあなたの姿を眺めたものだ、評判どおりそっけない、ぶあいそな顔つきで、江戸屋敷の者とはついに誰ともなじまなかった」

主水正は肩にふりかかる落葉を払った。三十一歳になった彼の顔は、陽にやけて黒く、眼尻に皺が刻まれ、額にも三筋の皺がはっきり刻まれていた。けれども彼の表情は少しも動かず、男を見返す眼にも、好奇心のようなものさえあらわさなかった。主水正は口をつぐんだまま、小さな腰掛に掛けていた。その腰掛も弥助の作ったものであり、よく枯らした樫材で出来ていて、一人分しか掛ける余地はなかった。

「うん」と男は唸ってからきいた、「あなたはおれが誰だか知りたくはないのかね」

主水正は冷やかに首を振った。

「どうして知りたくないんだ」

主水正は低い声で答えた、「私はあなたを招いたわけではない」

男は白い歯をみせ、「ああそうか」と大きく頷いた、「ようやくお言葉が下がったわけか、話をしてもいいかい」

主水正はなんとも答えなかった。

「お許しを得て安心した、そこで初めに忠告しておくが、あなたは首を覘われている、三浦主水正の首を掻くために、五人の者がまもなくこの城下へ来る筈だ」

主水正はこんども無言だった。

「信じないんだな」と男が云った、「五人の刺客が来ると云えば思い当る筈だがな」

「その次を聞きましょう」

男は意表を突かれたように、ちょっと口をあき、それから唇で微笑した。

「城代家老の交代だ、そして第三は、堰の工事が廃止になる、大きなところだけで以上三件、ほかにもこまかい事はいろいろあるが、いま云った三つのことだけで、なにが起ころうとしているか察しがつくと思う」

「あなたが誰だか、まだ私は聞いていない」

「おれが誰であろうと、いま云ったことに変りはないんだ」

主水正の眼が静かに光った。男はじれったそうに片手を振った。

「いいだろう」と彼はやむを得ないといいたげに肩をすくめた、「大事なのはおれが誰だかではなく、おれの云った事実のほうなんだ、必要のない限り名などは披露したくないんだがね、あなたがそうこだわるのなら」

「いや」と主水正が遮った、「云いたくないのならそれでいい、私もかくべつ姓名にこだわっているのではない、しかし、ただ風の送ってきた噂のようなことを、そのまま私に信じさせようというのはむりだろうな」

「首を斬られてからなら、信じるか」

「もう帰るほうがいい」と主水正が云った、「家の者がこっちへ来るようだ」

「大沼の上にある紅葉橋を知っているな」と男は云った、「橋の向うに白鳥神社というのがある、明晩およそ酉の刻にそこで会おう」

「なんのために」

「来てみればわかるさ」男は立ち去ろうとして振り返り、「おまえさんには失望したよ」と無遠慮に云った。

茶と菓子の盆を持って、芒の中の小道を芳野が近づいて来た。芳野は男を見たらしい。男はくぬぎ林の中を、もと来たほうへゆっくりとあゆみ去った。その姿が芳野の眼についたことは慥かだ。けれども芳野は、まったく気づかなかったように、側へ寄って来、持っている盆を腰掛の端へ置いた。

「小出と仰しゃる御老人がおみえでした」芳野は跼んで茶を注ぎながら云った、「御存じの方でございますか」

主水正はその名を思いだすのに、ちょっと暇がかかった。そしてやがて、私の先生だ、と頷いた。

十六の二

芳野は主水正に茶をすすめ、菓子鉢の蓋を取った。

「私の少年時代の先生だ」と主水正は茶碗を手に取りながら云った、「待っていらっしゃるのか」

「お庭だからと申上げましたら、こちらへ来ると仰しゃいましたそうで、いま杉本さんが案内していらっしゃる筈です」

それは失礼だった、呼びに来ればよかったのに、と主水正が云った。取次に出たのは杉本さんで、わたくしはお茶の支度をしていましたから、と芳野は弁解した。

「お客間で御接待をなさいますか」

「あとで知らせよう」と主水正が云った、「これでは狭いから、誰かに床几を持って来させてくれ」

芳野が去るのと殆んどいれちがいに、杉本大作が小出方正を案内して来た。小出は六十歳を少し出たばかりの筈だが、見ちがえるほど老けたし、軀も小さく、痩せちぢんだように感じられた。主水正は立ちあがって迎え、小出を腰掛に掛けさせた。

「そんなに鄭重では困る」小出は主水正の挨拶を遮って云った、「領内測地の御用が終ったとうかがい、お祝いを申上げようと思って、ちょっと寄っただけです、どうか構わないで下さい」

主水正は床几のことを杉本に告げ、杉本は承知して去った。

「あなたらしいな」小出はくぬぎ林を眺め、しきりに舞う落葉に眼をとめた、「いかにもこれはあなた好みの庭だ、谷さんがいたじぶんには、むやみに石燈籠やなにかが、ごたごたうるさく並んでいましたがな」

「ここへおいでになったことがあるのですか」

「ごくたまにでした、それも二度か三度くらいでしょうかな、あのころの谷さんの颯爽たる姿は忘れられません」

杉本が床几を持って来て据え、主水正はそれを小出方正の斜めに置き直して掛けた。杉本はなにか用があるかというふうに見、主水正の表情を読み、会釈をして去った。

「私はこのごろおめにかからないのですが、すっかりお丈夫になられたそうですね」

「いちじは重態で、医者も余命を気づかったそうですな、私は知りませんでしたが」と小出が云った、「その病気が恢復し、お子たちを儲けられてから、人が違ったようになられ、いまでは酒も断ち、熱心に私塾で教鞭をとっていらっしゃるということです」

「お子たちというと、一人ではないのですか」

「女のお子についで、去年また男のお子が生れたと聞きました」

主水正は急に眼をそらし、どこか痛みでもするように、つよく顔をしかめた。花木町の家のことを思いだしたのだ。

「今日はなにか」と主水正は話を変えた、「私に御用でもあったのですか」

「用事というほどのことでもないが、御実家の阿部さんにある蔵書のことで、ちょっと」小出はふところ紙を出して洟をかみ、その紙を丁寧にたたんで袂に入れた、「詳しい事情はわかりませんが、あの書物が少しずつ売られているようで、あれだけのものがばらばらになるのはもったいない、揃っていてこそ阿部家の蔵書として価値もあり、役にも立つというものですから、できることなら散逸を防ぎたいと思うのですが」

「ああそのことですか」主水正は困ったといいたげに頭をさげた、「私もずっとまえから気にかけていたのですが、阿部では金に替えたいようすですし、私には纏まった金を出すほどのゆとりもないものですから」

小出方正は頷いた、「私も藤明塾か尚功館で、買取ることができないかどうかと、あちこち当ってみたのだが、それが耳にはいったものかどうか、阿部さんのほうは金高を上げるばかりで、どうにも話がまとまらないのです」

「もっともいい方法は、藩の御文庫へ納めることだと思いました」と主水正は云った、

「しかし阿部が欲にかられたとなると、ただ納めるだけでは承知しないでしょうし、さればといってお手許金を下げていただくわけにも、まいりません、あの蔵書の散逸を防ぐには、殿のお声がかりで召上げを仰せつけられる、という手段しかないと思います」

「あなたの力で、なんとか穏便なはからいができないものでしょうか」

主水正はかすかに首を振った。いつか年の暮に、小四郎が金を借りに来てから、もう五年以上も阿部とは往来が絶えている。こっちも役目が多忙で、身心ともに暇がなかったし、たとえ暇があったとしても、たずねてゆく気にはならなかったであろう。蔵書のことなども、いまでは関心がない。小出方正に指示されて、少年じぶんからしらべられるだけしらべたが、「拾礫紀聞」のほか数種の記録書を除けば、いまさら散逸を防ぐ手段をとるほど、貴重なものはないといってよかった。

おれはいまそれどころではないのだ、と主水正は思った。つい先刻、正体不明な男から聞いた言葉が、彼のあたまの中でしだいにふくれあがり、形容しようのない大きな力で彼を圧倒していた。男の云ったことが事実そのままでないとしても、江戸屋敷から来た人間だという慥かな裏付けがあるし、かなり高い身分だという察しもつく以上、三カ条については対策を立てる必要があるだろう。五人の刺客が来るということはべつだ、それは自分ひとりの問題であり、現実に当面してみなければ手の打ちようがないからだ。——しかし他の二カ条は、と考え進めていって、主水正は息をのんだ。城代家老の交代も、堰堤工事の廃止も、藩主飛驒守の意志なしではおこなえないことだし、もしもそれが飛驒守の意志だとすれば、どんな対策を立てても効果はないだろう。つき詰めて考えれば、飛驒守昌治の意志がなぜそんなふうに変ったか、その意志を止めることができるかどうか、という一点だけにしぼられるのだ。

——殿がどんな理由でそんなふうに考えを変えられたのか、事実それが殿の真意から出たことかどうか、それを慥かめることが第一だ。

小出方正は話し続けていた。五年まえに自分は隠居をし、長男の正之助が相続したこと、そのとき正之助は三十歳で、すでに二人の子があったこと、自分はもう六十三歳というとしになり、古文書あさりのほかにはなんの趣味もなし仕事もない、と云った。

「妙なはなしですが、私は小さい子供が嫌いでしてな」と小出は苦笑いをした、「孫というものを可愛いと思ったこともなし、抱いたりあやしたりしたこともありません、このぶんですと私の一生は書物に始まって書物に終る、ということになりそうです」

そういう生涯もあるのだ、と主水正はあとで思った。人の生きかたに規矩はない、ひとりひとりが、それぞれの人生を堅く信じ、そのほかにも生きる道があろうなどとは考えもせず、満足して死を迎える者が大多分であろう。小出先生は小出先生なりに生きた。それはむしろ祝福したいようなものだ。それに反しておれ自身はどうか、おれはそうではない、今日のおれはおれ自身が望んだものではない。おれは殿にみいだされたいとも思わなかったし、三浦氏を再興し、山根の娘を娶ろうとも望みはしなかった。

――いや、これはおまえが自分で選んだ道だぞ、と云う声が耳の奥で聞えた。尚功館へ入学したいと、おれのところへ頼みに来たとき、おまえの将来はきまったのだ、誰がなにをしたのでもない、これはおまえが選び取った道だ。

谷宗岳の声だと、主水正は気づいた。そうだ、こんなことになるとは思いもよらなかったが、慥かにこれはおれ自身の選んだ道だ。両親を嫌い、徒士組のみじめな生活からぬけ出ようとしたとき、おれはこの道へ足を踏み入れたのだ。なにごとが起ころうと、もう引返すことはできない。どんなにもがいても、この道から脇へそれることはできないのだ。主水正はそう思い、唇を嚙んだ。

十六の三

明くる日の夕刻、主水正が白鳥神社へゆくと、そこには岩上六郎兵衛が待っていて、小さな社殿のうしろへ案内した。僅かな空地の向うは杉林になってい、林の中は暗く昏れて、灰色の靄が下生えの藪を蔽っていた。ここだ、という声がして、社殿の縁下から男が出て来た。昨日のままの恰好で、ただ草鞋だけが草履に変っていた。

「こちらは津田大五さん」と岩上が主水正に告げた、「江戸家老の御二男だ」

「だったと云うべきだ」と男が云った、「父の代ならそれでもいいが、二年まえに父が死に、いまは兄の兵庫の代だから、江戸家老の弟と呼ぶのが正しい」

「津田さんは亡くなられたのですか」と主水正がきき返した、「こちらでは噂にも聞かなかったと思いますが」

「その前後から事が動き始めたのだ」津田大五と呼ばれた男が云った、「兄は堅物の律義者でなにも云わない、なにも云わないのは兄に限ったことではなく、知ると知らぬの差別なく、身に禍の及ぶのを恐れて、みんなが耳を塞ぎ眼をつむり、口をつぐんでいる、巳の年と亥の年の騒動のときのようにだ」

主水正は唇をひき緊めた。岩上六郎兵衛はなにかを打つように、片手の拳を大きく振りおろした。

「おちつけよ岩六」と大五が云った、「三浦にも昨日ちょっと話したが、例の三カ条について、こっちに打つ手があるかどうか、国許でどれだけの力が集められるかということを、まず聞かせてもらおう」

「江戸と同じことだ」と岩上がすぐに答えた、「みんな事なかれの孤立主義、横のつながりは全然ないんだ」

大五は唸り、ちから足を踏むように二三歩いったり来たりした。

「ふしぎな家風だ」と大五が云った、「臭い物にはなにもかも蓋をしてしまう、蓋をして押えてしまえば、それで万事がおさまると思っているらしい、だがそうはいかない、湯は沸くものだし、沸騰点に達すればどんなに重い蓋でもはねとばすだろう、何十年ぶりかでそのときがきたのだ」

岩上六郎兵衛も同じようなことを云った、いつのことだったか覚えはないが、同じようなことを云ったのは慥かだ、と主水正は思った。

「私にはよくわからない」と岩上が云った、「城代家老の交代と堰の工事の廃止は、殿の御意志でなければおこなえないことだ、巳の年と亥の年の騒ぎで押えられたものが、いま殿の御意志を左右することができるだろうか、――津田さん、あなたは殿に会っているんですか」

大五は首を振った、「江戸家老の伜でも私は部屋住みだから、式日におめどおりするだけだし、父が死んでからはおめにかかる機会はなかった」

「すると三カ条はどうして耳にはいったんです」

「兄の兵庫からだ」

「信じられるんですか」

「兄は温厚なだけの、毒にも薬にもならない人間だ」と大五は云った、「だからかれらは兄を江戸家老に据えたんだろう、反対勢力に対する防波堤としてだ」

「かれらとはどういう連中です」

「御先代の側用人であり、いまでは奥家老を勤めている人間が、首謀者だ、いや」と大五は首を振った、「それが首謀者だとは云いきれない、彼は首謀者であるようにみせられているだけかもしれないんだ」

「六条図書」と岩上が云った、「あの吃りの老いぼれですか」

「彼はもう吃りもしないし老いぼれでもない、としはまだ五十二歳だ、ただ注意しなければならないのは、彼が奥家老だということさ」

「待って下さい」と主水正が静かに遮った、「なにか陰謀があるとして、殿が黙っていらっしゃるのでしょうか、堰堤には殿の御一代が賭けられている、いまになって廃止を仰せだされるとは、どんな理由にせよあり得ないと思うのですが」

「かれらは巳の年と亥の年の秘事をにぎっている」と大五がひそめた声で云った、「それに松二郎さまが乗り出す気になられた、記録が事実とすれば、松二郎さまは将軍家と血続きになるから、切り札はかれらの手にあるようなものだ」

「殿はなにも御存じがなかった」と主水正は呟(つぶや)くように云った、「二度にわたる騒動の原因を知ろうとして、国許でもずいぶん人を問い糺(ただ)されたものです、ずっと以前のことですが、それでも原因をつきとめることはできなかったようでした」

「その秘事を突きつけられたら、いかに剛気な殿でも心挫(くじ)けるとは思わないか」と大五が云った、「従(じゅ)五位の飛騨守でも、殿が人間だということに変りはない、滝沢城代はとし老い、おれの父は死んだ、殿の手足となる者は数も少ないしとしも若い、藩政をにぎろうとする老臣たちが結束すれば、——いや、これ以上は云うまでもないことだ」

「どこかへいって坐(すわ)ろう」と岩上が云った、「立ち話で片づくことじゃない、それにふた岐(また)の四人にも相談しなければならないからな、いっそふた岐の小屋へゆくか」

「まだだ」と大五が手を振って遮った、「いずれは相談しなければならないだろうが、おれにいま信じられるのは岩六と三浦だけだ、岩上はとし上で江戸時代には悪友だったが、心底に紛れのないことはわかっている、まずこの三人でどこに対抗点があるかを考えるんだ」

「どこかへいって坐ろう、三浦になにか心当りの場所はないか」

主水正は大五の恰好を見た。

「これでは町へは出られない」と大五は苦笑いをした、「岩六は酒が欲しいんだろう、この社殿の床下なら安全だし酒もある、ここで話すとしよう」

「冗談じゃない、そんな縁の下なんぞへはいれるものか」

「ためしてみるんだな、釈迦は樹下石上を家とするって宣言したくらいだ、こっちだ、頭に気をつけろよ」

大五を先に、かれらは社殿の床下へもぐり込んだ。縁下の先に板囲いがある、古いので板は自由に取り外すことができたし、囲いの内側に蓆を張りまわし、地面にも敷藁の上に蓆が敷いてあるし、脇には新らしい蓆や藁が積んであった。

「どうだ、悪くはあるまい」と大五が云った、「二人ともいまのうちに慣れるがいい、いつなんどき、こういうくらしをしなければならなくなるかもしれないからな」

蜘蛛の巣ははらってあったが、湿っぽい空気はかび臭いし、相手の顔かたちもはっきりしないほど暗かった。大五は酒徳利を取り、茶碗を二つそこへ出した。主水正は首を振ったが、岩上六郎兵衛は茶碗を取り、徳利の酒を自分で注いだ。

「ぷっ」岩上は一と口酒を含んで吐きだした、「なんだこれは」

「焼酎というものさ、おまえ江戸では飲んだ筈だぞ」と大五が云った、「おれは十六七だったが、岩上の放蕩のことはいやというほど聞かされたものだ、重職の伜が焼酎におぼれるといって、みんなが眉をしかめたものだ」

「こんな味だったかな」岩上は二た口めを啜ってみて云った、「江戸のはもっとうまかったように思うが」

「馬子や駕籠かきでも、ましな人間は飲みゃあしない、よっぽど銭のない者か、酒では酔えなくなったやつの飲むものだ、いやならよすほうがいい、おれだって用心のために置いてあるだけで、めったに飲みゃあしないんだ」

十六の四

「用心とはなんのことだ」

「眠れないときの薬、町へ出られないときのめし代りさ」と大五は答えて云った、「さあ、肝心な話を始めよう」

大五は江戸の情勢を語ったが、これまでに話した以上のことはわからなかった。松二郎擁立を計っている者のうち、奥家老の六条図書と波岡五郎太夫という次席家老、安西左京という年寄役肝煎の三人と、その周囲にいる者たち。これらが手を組んでいることだけは慥かであるし、国許の山内安房と柳田帯刀にその手がのびていることも事実らしい。けれどもその他のことになると、与党の人名も数も不明だし、実際になにをしようとしているかも、確実にはわからないということであった。

「まえに話した三カ条は、兄の兵庫から聞いたもので、それは間違いなく実行されるようだ」と大五が云った、「三浦に向けられた五人の刺客は、おれの勘定だともうすぐに城下へ着くだろう、そのうちの二人の顔はおれが知っている」

「三浦を斬る理由は」と岩上がきいた。

「第一は殿の寵臣であり、将来危険な人物だということ、第二は十年以前に江戸から来た三人の刺客を、三浦が斬ったことへの返報だろう」

「主水がそんなに高く評価されているとは知らなかった」と岩上がからかうように云った、「それほどとは気づかずに、これまで失礼を致しましたな、三浦主水正どの」

「ふざけるなよ」大五が遮った、「そこで三浦さんになにか思案がありますか」

「殿じきじきに御意をうかがわなければ、なんとも手の打ちようがないと思う」と主水正は答えた、「山内、柳田の両重職がその事に加担しているというのは事実ですか」

暗がりの中で、大五のしっかりと頷くのがわかった。

「そう考えて誤りはないようだ」と大五は云(い)った、「江戸屋敷の評(うわさ)では、滝沢さんは孤立し、そのうち気力も衰えてしまったと聞いた、頼みにできるのは、山根さんだけだろうということだったがね」

「殿の御帰国は延期になっているが、来年は帰国なされるだろうか」

「一年の延期はこちらから願い出たもので、来年の御帰国は延ばせまいと思う」と大五が主水正に云った、「だがそのまえに、三カ条は強行されるようだ、殿の御意志ではないかもしれないが、何十年というあいだ屈服してきた力が火を噴きだしたんだ、おまけにかれらは公儀という盾を持っている、江戸屋敷は云ったとおり、事なかれの日和見(ひよりみ)主義だから、情勢によってどちらにも付く、せめて国許だけでも対策を立てなければだめだ」

「繰返しだな、津田は同じことを繰返しているばかりだ」と岩上が云った、「いったいどういう計画を持ってここへ来たんだ、国許へ来るからには来るだけの計画があったんじゃないのか」

「まず三浦と岩六に会うことだった、おれにできることの第一はこれだったんだ」と大五は手品師がたねをあかすような口ぶりで云った、「江戸には相良大学(さがらだいがく)と庄田信吾(しょうだしんご)を残し、必要な連絡をとることになっている」

「すると津田は脱藩か」
「二男だからな、その点なら抜け道もあるが、かれらが兄の兵庫を押えようとすれば、脱藩という名目は立つさ」
「相良のすが眼（め）と、歯ぎしりの信吾か」と岩上が鼻を鳴らした、「ほかにもう少しましなやつはいなかったのかね」
「かれらも岩六のことをそう云ってるぞ」
「まああ」と主水正が制止して云った、「それはあとのことにして、津田さんはこれからどうするつもりですか」
「あなたしだいだ、おれには国許のことはわからない、岩上は十年以上も国許にいるし、三浦さんはこの土地に生れこの土地で育った、国許の人事や気風もよく知っているでしょう、事がこのようにさし迫った場合、どうしたらいいかは三浦さんの判断によるよりしようがないでしょう」
「三浦は津田自身のことをきいているんだ」
「おれは三浦さんの指図に従うよ」
主水正は少し考えてから云った、「江戸のほうで動きだすのは早いと思いますか」
「刺客がもう来るころだと云った筈だ」

「それは私の問題です、あとの二カ条のことを聞かせて下さい」

「殿の御帰国と同時のようだ、しかし」と云って大五は次になにを云ったらいいかを考えるように沈黙し、太息をついた、「さし当っての問題はあなたのことだ、どうあっても、ここで三浦さんに死なれては困る」

混沌としている、と主水正は思った。ずっと以前からそう感じていたが、この藩の人事葛藤は混沌たるものだ。領地が地理的に恵まれ、財政が豊かであるために、人びとはみな自己保存と万事安穏を願うあまり、お互いに孤立し、結束して共に行動するということがない。主水正は江戸屋敷でも同じような気風を見てきたし、江戸育ちの津田大五、岩上六郎兵衛も、ふしぎな家風だと云っている。殿がもしかれらの圧力に屈したとすれば、これからどういう状態になってゆくかはおよそ想像できるだろう。つきつめたところ、殿の御意志がすべてを決定する、自分たちの力で防げるものではない、と主水正は思った。

「身を隠す法はないか」

「ないこともない」主水正は大五に答えた、「しかし殿の御帰国を待ってからでもおそくはないでしょう」

「いや、早いほうがいい、五人が到着すればいつ襲いかかるかしれたものではない、大事をとって早く身を隠すほうが安全だ、そうして下さい」

桂の高飛び歩の餌食ということもある、と岩上六郎兵衛が云い、大五に制止され、慌てて口をつぐみ、それから不平がましく、おれなんぞはどうなってもいいんだな、と呟いた。このままでいては、おれは五人から三浦を護らなければならない、それだけおれの仕事の分量が割かれる。それはお互いの損だ、どうかいまのうちに身を隠してくれ、と大五は力説した。単に意見としてではなく、まさに「力説」するという感じであった。

「領内測地の仕事も終ったし、いま三浦さんは無役な筈だ」と大五が云った、「いまなら身を隠すことができるんじゃありませんか」

主水正はちょっと黙っていてからきいた、「さっき、記録が事実ならと聞いたようだが、江戸にも記録があるのですか」

「父は江戸家老でしたからね、但し、死ぬまえに焼いてしまったが、兄の兵庫といっしょに読まされたのです」

「身を隠すことにしよう」と主水正は頷いた、「吉原郡の石原村に伊平という百姓がいる、なにかあったときはそこへ知らせてもらえばいい、津田さんはずっとここですか」

「ほかへ移れば岩上に知らせます、御家族はどうなさいますか」

主水正のあたまにななえのことがすぐにうかんだ。ななえと、生れて半年になる小太郎のことが。曲町(まがり)の家のことは遠い世界のようで、少しも感情に訴えてこないのに、彼は自分でおどろきを感じた。

「家族のことは自分でやります」と主水正は云った、「ふた岐の四人との相談はいつにしますか」

「おれから知らせよう」大五が答えた、「岩上は石原村の百姓を知っているんだな」

「使い奴(やっこ)か」と岩上が呟いた、「つまらねえ役だな、――むろん知っているよ」

その夜、主水正は冠町(かむり)の滝沢邸へでかけてゆき、主殿(とのも)に会った。

十六の五

相手はむずかしい人だ、たやすくは会えないだろうと思ったが、滝沢邸ではまるで待ってでもいたかのように、主水正(もんどのしょう)を客間へとおし、すぐに主殿があらわれた。じかに二人だけで会うのは初めてである、主殿はとし老いていた。もう七十歳に近いのであろう、もとは人並みより高かった背丈が、ちぢんで低くなり、すっかりしらがになった髪も薄く、頬(ほお)の肉がこけて、ぜんたいが枯れ乾いた古木のように、しらじらと痩(や)

せていた。

「御挨拶なしに申上げます」と主水正はまともに相手をみつめながら云った、「お手許に拾礫紀聞という、七冊の筆記があるとうかがいましたが、事実でございましょうか」

「あることは事実だ」主殿はふところ紙を出して洟をかみ、唾を吐いた、「筆者が誰だか知っているか」

「私の曽祖父だと聞きました」

「記事の内容はどうだ」主殿はふところ紙を袂へしまいながら、するどい眼つきで主水正の眼を見返した、「どうして私の手許にあるかという事情も知っているか」

「第一のことはまた聞きですから、慥かなことはわかりません、また、第二のことはまったく存じません」

主殿は頷き、また頷いた。若い家士が二人で茶と菓子をはこんで来、主殿はそちらを見ずに片手を振った。二人の家士はそのまま、持って来た茶菓を持ったまま出ていった。その二人の去ったことを確認するように、暫く黙っていてから、主殿はなにも云わずに立ちあがり、客間を出ていったが、まもなく渋紙に包んだ物を持って戻ると、からかねの火鉢の側へ席を移し、渋紙の包みをあけて、七冊の筆記書を取り出した。

「これが巳の年の騒動の記録だということは知っているな」

「また聞きだと申上げました」

「しんじつよりも、また聞きのほうがゆるがせにはならない、世間は事のしんじつより、風聞のほうに動かされやすいものだ、そこもとの知っていることを聞こう」

主水正は語り、主殿は聞いていた。終りまで眉も動かさずに聞いていて、主水正が語り終ると、またふところ紙を出して洟をかみ、唾を吐いて、その紙を袂に入れた。

「だいたいはそのとおりだ」と主殿は咳をして云った、「しかし修飾されていないこと、ありのままの事実を話そう、事は御先々代の佐渡守さまのときに始まったのだ」

照誓院といわれる佐渡守昌吉のとき、将軍家重が娘を昌吉の妻に与えた。それは明祥院時子という婦人だったが、すでに身ごもって三月の軀であり、将軍家の娘ではなく、側室だということはわかっていた。そこで江戸と国許の老臣たちが合議のうえ、佐渡守には側室をすすめ、明祥院の生んだ子は、病弱という名目で早くからしりぞけ、十八歳で病死するまで表へは出さなかった。佐渡守の側室は一人の男子と、二人の女子を生んだ。その長男が佐渡守昌親であり、十九歳になったとき、すなわち明和四年に、将軍家治の娘が輿入れをして来た。和姫という人だったが、明祥院時子の場合と同じように、将軍家の側室であり、妊娠四カ月であった。

「そのとき、江戸老職の一部に公儀と通ずる者があって、和姫さまの産まれた若を、正統に据えようと主張し、反対する老職たちと激しく対立した」と主殿は云った、「御家の血筋を守ろうとする者たちは、事が公儀に伝わるのを恐れ、立ってその一派を除いたのだ」

「それが巳の年のことでございますか」

「天明五年乙巳の年のことだ」

江戸屋敷で家老一人と老職二人、それに与党の五人が除かれ、国許でも五人、二人は脱藩しあとの三人は死んだ、と主殿は云った、「公儀が大名諸家へ姫を送るという名目で、実際には将軍家の血筋を入れようとするやりかたはいま始まったことではない、それが幕府にどんな利益をもたらすのかは不明であるが、受ける側の大名諸家で、それを拒むために幾多の惨事を起こすことも、家の血筋、という問題に強く執着するからであろう」

亥年のときはその三度めで、飛騨守昌治に輿入れした松平氏の姫は、やはり身ごもっていた。巳の年のときもそうであったが、自分は江戸家老の津田兵庫らと慎重に手を打って、昌治には側室をすすめ、松平氏の正室には近よらせなかった。そして松二郎さまは正室和姫のお腹から出ると、御幼少のころから実際に病弱だったため、ずっと江戸中屋敷で育てた。

「こういうやりかたは自然ではない」と主殿は続けて云った、「私も若かったから、お家の血統、ということを必要以上に大切だと思いこんだ、しかしそれは誤りだった、としい老いたいまになってみればわかるが、大切なのは血統ではなく人間だ、――こんなことを云うと若い者には訝しく思われるかもしれないが、妻の生んだ子がしんじつ自分の子であるかないかは、どんなに厳密に詮議をしてもわかるものではない、その真偽の判別は人間以上の問題であるし、われわれ人間に与えられた能力では、血統の正否よりも、生れた子にどんな資質があるか、その子をどこまですぐれた人間に育てあげることができるか、というところに現実の問題と責任があるのだ」

主殿は火鉢の火をかきおこし、紀聞の書冊を取って、一枚ずつ裂き取りながら、その火に投じて焼きはじめた。

「これは人間の愚かしい迷妄の記録だ」と主殿は嘆息するように云った、「家名、血統などという迷妄にとらわれ、それを迷妄とは知らず、至上のことのように信じこんだ、忌わしく愚かしい思案の記録だ、しかもこれは、筆記した者だけではなく、藩士の大半の思案でもあった」

古くなった紙を焼く煙が、十帖の客間にこもり、主殿は咳こみながら、庭に面した障子をあけろというように、ゆっくりと片手を振った。主水正は立っていって二枚の障子を左右にあけ、すぐに元の席へ戻った。

十六の六

「わたくしが致しましょう」

「いや、これはおれの役目だ」主殿は主水正に頭を振ってみせた、「おまえの祖父からこの記録をとりあげたとき、そうすれば秘事は隠しとおせるものと信じた、そのことに誤りはなく、紀聞七巻は隠しとおせたが、眼に見ることのできない人間の思考を、押える方法はなかった」

「そのこと、いや、その点について御意見をうかがいたいのですが」

「わかっている」主殿は紙を裂いては焼きながら、顔をそむけて云った、「――六条図書どもの陰謀のことだろう」

主水正は「はい」と答えた。

「城代家老の交代と、堰堤工事の中止」主殿はまた咳こみ、ふところ紙を出して洟をかみ唾を吐いた、「押えていたものが動きだしたのだ、殿はお子だねに恵まれず、江戸の御側室には姫ぎみお二人だけであり、国許でお側へあげた二人には、いまだに一人のお子もない、これが六条ら一味の動きだす原因になったのだ」

家名、血統という問題が、ここでは逆用される結果になった。松二郎が正室の子であり、幕府の息のかかっていること、昌治に男児のないことから、松二郎擁立という動きが始まった。従来しっかりと押えられていたものが、堤を欠壊する蟻の穴をみつけだし、そこから奔流となって溢れ出したようなものだ。しかも権力掌握という大きな賭けが付いている、おそらくこの奔流を防ぐことはできないだろう。江戸で津田兵庫が死に、おれ自身も老いた。かれらにはもっともよい条件が揃ったのだ、へたに防禦策を立てると、かれらは公儀の介入へ持ってゆくに相違ない。そしてもし御家騒動などということにでもなれば万事終りだ。これらはすべて世間にありふれたことであり、仮に百姓町人の家で起こった問題なら、片方が相手の頬桁を張っても済むかもしれない。いや、たいていの場合そのくらいのことでおさまるのが通例のようだ。けれども大名の家中に起こるとなると、頬桁を張るだけでは済まない。そこには政治の変革が起こり、それがそのまま領民の生活に大きな影響となってあらわれる。しかも、御先々代から始まったことの根源は、家名と血統を守りとおすという固執だ。それにどんな価値がある、おそらく百姓町人の世界なら笑いばなしにもならないだろう。

「だがいまわれわれには笑うことはできない」と主殿は言葉を続けた、「事実は事実なのだ、指に棘を刺して泣いている人間を、人は笑うことはできないだろう、——笑う、か」

主殿は最後の紙を火にくべながら、しらがになった頭を静かに振った。

「笑うことのできる人間は仕合せだ」と主殿は云った、「紛れもなく、無縁の者にはお笑いぐさだろう、だが当事者であるわれわれには、その一つ一つがぬきさしならぬ大事であり、多くの者の生死が賭けられている、私たちは笑ってはいられないのだ」

主水正は黙ったまま、そっと頷いた。主殿の言葉には、滝沢家の事情が移入されているように感じられた。大切なのは血統が正しいかどうかではなく、人間そのものにあるという。三代も続いた城代家老の滝沢家に、兵部友矩という子が生れた。まさしく自分の子ではあっても、主殿にとって現在の兵部友矩はうとましく、わが子とは承認したくないのであろう。兵部は殆んど西小路の妾宅に入り浸りであり、白壁町などでしばしば遊び呆けているという。少年時代からぬきんでた美貌と、学問、武芸にすぐれた才能をあらわし、四代めの城代家老と、家中全体から期待されていた。それが成年に達するころから変貌し、いまでは安っぽい蕩児になってしまったのだ。そうなるにはそれだけの理由があったのだろう、自分とのあいだにも、思い当ることが一度か二度はあった。だがそんな理由のためではなく、兵部がそんなふうになったのは、彼自身の性格、生れつきもっていた性格のあらわれであるかもしれない。いずれにもせよ、主殿にはそれが許せないのだ。先々代の佐渡守から、巳の年、亥の年にわたる騒動の根源が、主家の血統を正しく守ろうとする、けんめいな忠誠心から出たことだとしても、そのために人命を失い、事を隠し、家中の口を封じるような努力をかさねてきたことは、いまの主殿にとって、極めて笑止であり、無益などたばた騒ぎにすぎなかった、と考えられるのであろう。それはそのとおりだ、と主水正は思った。

「本当に、この奔流は防げないものでしょうか」と主水正は反問した、「——御城代の交代はともあれ、堰堤工事はぜひともやりとげなければならない仕事です、単に捨て野の開拓ばかりではなく、五年まえの洪水(こうずい)には、領民のため藩家のために、どんなに役立ったかをはっきり証明しました、それを中止するのは、領民の心を離反させることにもなりかねないと思います」

主殿は片手をあげて遮(さえぎ)った、「それはかれらの思うつぼであろう、いまの殿に不信と反感をいだかせ、松二郎さまを迎える下準備にしようとしているのだ」

「どうして殿が、それを黙って見すごしていらっしゃるのでしょうか」

主殿は首を左右に振った、「わからない、城代家老交代のことも堰堤工事の廃止も、まだ密報だけで事実として発表されてはいない、そこに殿の御意志があるかどうかさえ、正確にはわかっていないのだ」

津田大五のことを話そうとしたが、主水正は思い返し、当分のあいだ身を隠したいこと、その許しが出るだろうかどうか、ということをきいた。主殿は不審そうな顔をし、身を隠すとはなんだ、と反問した。主水正はあらましのことを語った。

「無根の伝聞ではないんだな」

「思い当るふしがあるのです」

「むずかしいな」主殿は焼き終った灰屑を、鉄の火箸で崩しながら答えた、「たとえおれが許し状を出しても、六条らの手に藩政が渡れば、かれらは一枚の反故にしてしまうだろう」

飛騨守昌治に縋ってもだめだろうか、そうききたかったが、これまたすぐに思い止まった。江戸屋敷の状態がまったくわからない現在、主殿にも答えようがないだろうからだ。

「殿の御帰国まではすべて予断ができない」と主殿が云った、「国許では山内と柳田が主軸になるようだ、殿の御意志の変化がどんな理由にもせよ、山内と柳田ではいかにもこころもとない、おれに余命がありいま少し気力があればな」

主殿はそう云って、膝にある自分の手指を見、心の中にある思いをかよわせるように、じっと主水正の眼をみつめた。膝の上にある主殿の手は瘦せて渋色に皺(しわ)立ち、細くて長い指はすっかり関節が高くなっていた。

——あれが藩家のために一生を捧(ささ)げた人の指だ、主水正は滝沢邸から帰る途中、心に重苦しい痛みを感じながらそう思った。お家のために役立たぬとみれば、一人息子をさえ突放してしまう、些(いさ)かの私心もなく、清潔に生きぬいてきて、いま自分の老弱と独りで向きあっているのだ。

「いや、いまはそのことは忘れよう」彼は暗い道をいそぎながら、強く首を振った、「われわれに襲いかかろうとしている力がどれほど巨大であるか、なにがしんじつの目的なのか判然としない、松二郎さま擁立は旗印であって、しんじつの目的でないことは慥かだ」

するとかれらの謀略に対抗するより、その尻(し)っぽを押えることのほうが現実的ではないか。さらにそれより先のさし迫っての問題は、自分に対して五人の刺客が送られ、それがすでに城下へ着いているかもしれないということだ。およそ十年以前、井関川の河畔で三人の刺客を斬(き)った、こんど来る五人の中には、その三人に関係があるか、それに近い者がいることだろう。単に自分を抹殺(まっさつ)しようとするのではなく、怨恨(えんこん)が絡(から)んでいるとみなければならない。——主水正は急に立停(たちどま)り、刀の柄(つか)に手をやりながら、そっとうしろを振り向いた。誰かあとから跟けて来るような、人のけはいを感じたのであるが、すぐ向うの屋敷の横から、一疋の犬が暢気そうに出て来ただけであった。

「だめだ、これではだめだ」主水正は曲町のほうへ道をいそぎながら頭を振った、「——おれはすっかり臆病風に吹かれている、こんな筈ではなかったが、人間はわからないものだ」

その翌日、主水正は石原村の伊平の住居へ移った。ななえは半病人のようで、なぜ花木町を去らなければならないか、ということをきこうとさえもしなかった。彼女の頭は、初めて身ごもり、そして流産した子のことでいっぱいだったのだ。ななえは乳が止まり、小太郎は貰い乳で育てていた。その役はおすみであった。少女だったおすみもいつか十八というとしになり、花木町の家を立退くとき暇をやろうとしたが、泣いて拒み、どうしてもついてゆくと云ってきかなかった。

秋の冷たい雨が降ってい、空気は冬のように冷たかった。稲刈りの済んだ田には雨水が溜り、雲に蔽われた空を映して、はがね色に光っていた。おすみの背中で小太郎が泣きだしたけれど、乳を捜そうにも農家は遠く、そのうえ人目を忍ぶ身の上だからどうにもならない。ななえの差しかける傘の下で、おすみはあるきながらやさしく肩を揺りあげ、子守唄をうたったり、話しかけてあやしたりした。

――とうとうこういうことになった、ななえから初めて妊娠したとうちあけられた夜、おれ自身のゆだんを後悔し、いつかこんなことになるのではないかとおそれたのが、このように早く、おそれたとおりになってしまった。

流産した子は仕合せだった。小太郎は可哀そうに、乳に飢えながら、冷たい雨の中を逃げてゆかなければならない。しかも明日がどうなるかさえわかってはいないのだ。小太郎が泣きだすと、主水正は耳を掩（おお）いたいような気持で、強く奥歯を嚙（か）みしめた。

――しっかりしろ、小太郎、と彼は心の中で囁（ささや）いた。おまえはおれの子だ、負けるんじゃないぞ。

喜の字の祝宴

一

「七から聞いた、花木町の家へいってみたところ」と猪狩（いがり）又五郎が云（い）った、「かれらは家の中をめちゃめちゃに荒しまわり、衣類道具と金子（きんす）などはぜんぶ没収していった、まるで洪水（こうずい）に洗い流されたあとのようだったそうだ」

「曲町（まがり）のほうは無事だったと聞いたが」

「うん、山根さんという人がいるからな」猪狩は小野田に答えた、「いかにかれらでも、山根さんを無視するわけにはいかないんだろう、それに三浦夫人のつるさんもあっぱれだったそうだ、長巻の鞘をはらって玄関へ出て来て、式台から一歩でも踏み込んだら容赦はしないって」

自分は三浦家の主婦、主人の留守を預かっている者だ。主人が殿さまからじかにお咎めのない限り、たとえ城代家老からの達しでも承認するわけにはゆかない。そう云いきって微動もしなかった、というのを聞きながら、主水正はつるの颯爽たる姿を、眼の前にはっきり見るように思った。

いま仁山村のこの米村邸では、屋敷じゅうをあげて青淵の「喜の字の祝宴」が盛大にひらかれ、母屋はもちろん、庭子や下男たちの長屋まで男女の客が集まり、鳴り物や唄や、笑いさざめく声でわき立っていた。――その騒ぎは裏の山に反響し、かなり遠い田野のかなたまで聞えた。それらとはべつに、隠居所では切炉を囲んで六人の侍たちが集まっていた。佐佐義兵衛、猪狩又五郎、小野田猛夫、栗山主税、みすぼらしい恰好の逞しい津田大五、そして百姓姿の三浦主水正であった。かれらは一人ずつ、祝宴に集まる客たちの中に、用心ぶかく紛れこんで来たのであった。

「花木町の家の壁に」と小野田が猪狩の顔を見た、「かれらはなにか書いていったと聞いたようだが」

「曳かれ者の小唄さ、客間の壁にね」と猪狩が主水正に云った、「——いつか必ず捜し出して恨みをはらす、というようなことが書いてあったそうだ、ふしぎなことだが、喧嘩でも負けたやつに限ってそんなことを云う、覚えていろとか、いまにきっとこの仕返しをしてやるぞ、とかってね」

主水正はそこへ坐ってからずっと、佐佐義兵衛のようすに注意していた。まえから佐佐には不審な点があった。その一は堰堤工事妨害のことで、佐佐がうしろで糸を引いていたらしい事実があり、それをみずから殿に密告した疑いさえあった。当時これらは不審と疑いというにすぎなかったが、こんどの情勢の変化によって、堰堤そのものの廃止という事態に直面した現在では、問題はまったく違ってくる。妨害から廃止まで、ずっと一筋につながってみえるからだ。そうとすれば、今日ここに六人が集まっていることも、かれらに通報してあると考えなければならない。

「三浦さんは黙ったまんまだが」と急に津田大五が声をかけた、「百姓ぐらしはどうですか」

「捨て野に高札が立てられた」と主水正が云った、「一昨日のことだそうだ」

「どういうことです」栗山主税が反問した。

「捨て野に鍬を入れることを禁ずる、犯す者は重罪だという文言だ」と主水正は云った、「署名は山内安房、連署は郡奉行の糸井兵助とあった」

「読んで来られたのか」

「ここへ来る途中で」と主水正は佐佐に答えた、「その脇に小屋が建ち、番士が三人詰めていた」

糸井とは聞かない名だな、と栗山主税が首をかしげた。彼の担当は農地造成で、郡奉行の役所の事情には詳しかったらしい。新任奉行の名が、彼にとって未知だったのは、彼が江戸から来た人間であり、郡奉行関係のこと以外には不案内だったからだ。

「糸井はもと勘定奉行役所にいた」と主水正が説明した、「勘定方改め役の司書で、私も同役として勤めたことがあるから知っているが、温和しい男だった」

「どうにでも自由になる、使い易い男というわけだな」と大五が云った、「山内安房のこともしらべてみたが、おやじも伜も骨のない道楽者で、六条一味には思うままに操れる人間だ、柳田帯刀もさしたることはない、妻女がおとこ狂いをしても知らぬ顔だし、取り柄といえば欲が深いだけだ」

「岩上の説ですか」と小野田がきいた。

「おれ自身でしらべたのさ」と云って大五は筒袖の継ぎはぎだらけの、垢じみた半纏を叩き、蓬髪と髭に埋まった顔をさし示した、「この恰好ならどこへでももぐり込めるし、誰になにをきいても怪しまれる心配はないからな」

「そういう自信は危険ですね」と佐佐が穏やかに云った、「土着の人間は、よそ者に対しては必ず、どこかで眼を光らせているものです」

「こっちへ来て半年になるがね」大五は佐佐に向かって指を振ってみせた、「——江戸にいたときのことだが、富正という男がいた、富田正三郎というのが本名なんだ、ふしぎな男でね、と云うのはおれにとってのはなしなんだが、富正が来ると最上のもてなしをしたくなるときと、顔を見るのもおぞ毛のふるえることがあるんだ、奇妙な話だがわかるかな」

「それがいまの事情とどうかかわりがあるんですか」

大五は猜そうに微笑した、「こっちへ来て半年になるが、おれには悪源太という異名が付いた、面白いことにかなり多くの人間どもが、昔からおれは乱暴者で、頭がわるくて、手に負えないやつだった、と信じこんでいるんだよ、昔っからだぜ」

小さいじぶんから悪童で、これこれしかじかのことがあった、などと詳しく話し、あの男にはさからわないほうがいい、と忠告しあう者がかなりいるそうであった。

米村家の下男たちが、裏口から酒肴をはこんで来、六人の前に膳を並べた。

「いままで役人衆が来ておりましたので」と中年の下男が云った、「気づかれてはならぬと御隠居が云われるものですから、御接待がおくれてしまいました」

「三浦さんを捜しに来たのか」

「祝儀の挨拶にということですが、口実だということはすぐにわかりました」と云ってその下男は苦笑いをした、「あなた方にはおわかりでしょうが、たとえ御家老が来たところで、この屋敷では勝手なまねはできません、もう大丈夫ですからどうぞおくつろぎ下さい」

隠居もやがてみえるそうですから、と云って下男たちは去っていった。膳の上にはそれぞれ大きな燗徳利が二本ずつのっている、小野田がまず声をあげ、猪狩が二合半だと云った。

「これで思いだしたよ」と小野田が云った、「いまのはふた岐小屋にいた留次だ、この徳利もあのときのものじゃないか」

「徳利で留次を思いだすとは」と栗山が笑いながら云った、「小野田は不人情なやつだな、おれは顔をみてすぐに彼だなと気がついたぞ」

「飲むまえに要談を片づけよう」と主水正が云った、「私はそうながくはここにいられないんだ」

では私から始める、と佐佐義兵衛が云った。すでに徳利と盃を持っていた小野田と猪狩も、それを膳の上に戻して、坐り直した。主水正は黙って聞きながら、母屋のほうへ役人たちが来ていた、ということを考えた。下男の留次はかれらがなにもせずに帰ったという。だが万一それが佐佐の通報によってさぐりに来たのだ、とするとどうだろう。かれらは諦めて帰ったのではなく、帰ったとみせて、この屋敷の外に網を張るかもしれない。少なくともその用心をする必要はあるだろうし、かれらの覘いはこのおれなのだから、あまりここで時間つぶしはできない、と彼は思った。まもなく、青淵が裏からはいって来、みんなに会釈をしてから、主水正の脇へ来て坐った。

「話を続けて下さい」青淵は佐佐に向かってそう云い、主水正に囁いた、「――あなたはあとで残っていただきます」

十七の一

佐佐たち五人が去ったあと、青淵は雨戸を閉め、行燈に火を入れた。母屋のほうではまだ酒宴が続いていて、鳴り物や唄や、笑い囃す声が賑やかに聞えてくる。青淵は主水正と食事を済ませ、炉端へ席を移して、みずから煎茶を淹れてすすめた。

「先日冠町のお屋敷へ伺いました」と青淵が云った、「三浦さんもお会いになったそうですが、滝沢さまの衰えようには心が痛みました、枯れて風雪に曝されて、白く乾いた骨のような朽ち古木、という感じでした」

主水正は黙って眼で頷いた。

「しかも、見ているこちらより、御当人のほうがそれをよく御存じでいらっしゃる」と青淵は続けて云った、「――おれは心ぼそい、身も世もなく心ぼそいし、たよりなく、淋しい、云いようもなく淋しい、と滝沢さまは云われました、あの滝沢さまがですよ」

主水正はまた黙って頷いた。青淵は細い粗朶を折って炉の火にくべ、片方の手で顎を摘んだ。

「私には慰めようがなかった、あんなふうになった滝沢さまを慰める言葉があるでしょうか」と青淵は呟くように云った、「――私は苦しまぎれに、兵部さまを呼び戻されたらどうかと申上げました、滝沢さまにはおわかりにならなかったようで、訝しそうに、暫く私の眼を見返しておられました」

「あなたは」と主水正が遮った、「なにか用があっておたずねになったのですか」

青淵はゆっくりと首を左右に振った、「若いということは羨ましいですな、三浦さんはいま現に当面している問題のほうが大切なんでしょう、けれどあなたもいつかはとしをとり、古い朽ち木のようにみんなからみはなされるときがくる、いや、人にみはなされるよりも、自分で自分に絶望することのほうが早いかもしれない、人間とはそうしたものです」

「あなたまでそんな気の弱いことを仰しゃろうとは思いませんでした」

「老人だからといって、独りで涙をながすようなことが、ないわけではありません」と青淵が云った、「——滝沢さまは三代続いた城代家老というだけでなく、人間としても極めて稀な人でした、あの人のひと睨みで、全家中がふるえあがったものです、あなたが三浦家を再興するまでの、殆ど例のない出世ぶりも、うしろに滝沢さまの眼が光っていたからのことで、さもなければいかに殿の御意志でも、あのようにすらとはまいらなかったでしょう」

主殿という人は親疎によって人を区別しなかった。あなたの成長ぶりをみ、その資質を評価したとき、あの方にはもう自分の子は存在しなくなった。そういうところは非人間的だとさえ思えるくらいで、どんな場合にも、藩家百年のためには微塵も私心を動かさなかった。

「私が兵部さまを呼び戻されたら、と申上げたとき、あの方はなんのことかすぐにはおわかりにならず、暫く私の顔を見まもっていて、やがて合点がゆかれたのでしょう、滝沢さまは屹(きつ)としたお声で、あれは滝沢家の人間ではない、とはっきり仰しゃいました」

　失礼ですがと、主水正が云おうとすると、青淵はわかっているというふうに頷いた。

「あの方のお変りようがあんまりひどいので、つい年寄りのぐちになってしまった、私は滝沢さまより三つもとし上ですからな、まのあたりに自分の姿を見るような気持でしたよ」

　青淵が滝沢邸へいったのは、城下町の内外に立つ高札に、ちかごろ山内安房の名しか出ないので、城代家老の交代がすでに実現したのかどうかと、慥(たし)かめるためであった。けれども主殿のようすを見た青淵は、いたましさに心うたれただけではなく、交代はもはや自然のなりゆきだと思い、その話には触れずに帰って来たという。

「来月には殿さまが御帰国なさる」と青淵は言葉つきを改めて云った、「私にもお召しがある筈(はず)ですが、江戸の御一党の手は巧みに、この国許(くにもと)の要所々々にのび、その要(かなめ)を押え、御帰国と同時におこなわれる改変の下拵(したごしら)えを進めています、私の知る限りでは、この力を押し返すことはできません」

「屈伏するわけですか」

「殿におめどおりしたうえのことです」青淵が低い声で云った、「それまではじっとしているほうがいい、――あなたは」と云って青淵は低めた声に力をこめた、「こうなってくると、三浦さんは誰よりも大切な人になる、私もできる限りの手を使ってあなたを護(まも)るつもりですが、御自分でも充分に注意して下さい」

「いまは私一人のことなど考えているいとまはありません、日雇賃の支払いが停止されたことは御存じですか」

　青淵はそっと頷いた。主水正は右手の指を鳴らし、音の高いのに自分で驚いたのだろう、慌(あわ)ててその手を強く握り緊(し)めた。

「去年の製紙業者の騒ぎは煽動(せんどう)されたものですし、こんどの日雇賃の支払い停止は、堰堤工事を廃止するまえに、人足たちを動揺させ、騒ぎを起こさせる計画だと思います」

「そういうことを一つ一つとりあげることはない、かれらはもう五人衆に網を掛けました、あなたは御存じないでしょうが、桑島三右衛門が江戸へ呼び出されたのです」

　主水正は眼をみはった、「それはまた、どうしてです」

「暫くまえから銭札が出廻(でまわ)りはじめました、小銭の流通が窮屈になったという理由で、勘定奉行から桑島が銭札発行の命令を受けたのです、これはただちに通貨の混乱と、物価を高騰(こうとう)させる元ですから、桑島はつよく反対し、反対する理由を詳しく申し述べましたが、お役所ではお聞き届けにならない、そこでその数量を削ってお受けしたのですが、実際に出廻り始めるとたちまち、倍にも二倍にもふえてゆきますし、ふえた銭札は桑島の刷った物でなく、明らかに偽刷りの札なのです」

「桑島が江戸へ呼ばれたのはそのためですか」

「わかりません」青淵は太息をついた、「もちろんその問題もあるでしょうが、殿の御帰国が迫っているのに江戸へ呼び出すというのは、ほかにもなにかあると考えなければならないでしょう」

江戸の一味はながいこと案を練っていたと思われる。殿の御意志をどのようにして枉げたかは不明であるが、まず藩の財政に手をつけたことは、かれらが計画に本腰を入れている証拠であり、そのやりかたも極めて巧妙で、些かも隙がない。こんどのことで、もっとも大切なのはこの「隙がない」というところだ、と青淵は云った。

「かれらは驚くほど綿密に計画を立て、いよいよ間違いなしと認めて動きだしたのです」と青淵は続けて云った、「いまはこまかいところまで申上げることはできませんが、綿密に計算され一分の隙もないように仕組まれたものは、その綿密さのため、逆に多くの目こぼしを残すものです、人間のする事で完璧なものは決してありません、私どもはその完璧でないところをみつけだすのです、そして三浦さんならそれができます」

江戸の一味もそれを知っている。あなたを覘っているのは、己未の年三人の刺客を斬った、その仕返しをするためではなく、自分たち一党の将来の邪魔者だと知っているからだ、と青淵は云った。かれらはけんめいだから、この土地にいては危険だ。できるなら暫く上方へゆくがいい、大坂に私の知人がいるし、そこなら安全である。ゆく気があればすぐに手配をするがどうか、ときかれて、主水正は考える余地なしとでもいうように首を振った。

「たとえ身が安全でも、この領内から離れるわけにはいきません」と主水正は答えた、「戦場から離れてたたかうことはできない、敵にうち勝つためには、つねに敵と対面していなければならぬでしょう、私は御領内にとどまります」

十七の二

百姓仕事をするためには、たっぷりした食事が必要であった。この土地は気候と地形に恵まれているので、農作業も楽であり、収穫も豊かであった。それを証明する例は、大地主が少なく、中農といわれる者の数が多いことであろう。自分の土地を持たず、小作だけで生活している百姓は、ぜん農家のうち二割に達していない。それは主水正が郡奉行の与力だったときに、自分であるき廻って慥かめたものだ。もっと以前の少年時代にも、彼は好んで領内を見てあるき、必要だと思うことは記帳しておいたが、郡奉行与力のときの調査と殆んど差はなかった。

けれどもいまでは事情が変った。二三男の分家によって、中農といわれた百姓が土地を分割した結果、吉原郡だけでも、小作農家が六割以上にふえ、その三分の二は貧農になっていた。むろんぜんぶが下降したわけではない、小作農から中農にのしあがり、さらに持ち地所をひろげつつある者も二三ではなかったが、限られた土地に農家がふえたから、耕地は奪いあいになり、小作料は増加するばかりであった。僅か二十余年のあいだに、こういう転換がおこなわれたのだ。一方からみれば二十余年の歳月は僅かな期間だろうけれど、その転換は極めてゆっくりと、一軒の分家、また一軒の分家というぐあいにひろがっていったため、その人々にとっては長い年月のように感じられたかもしれない。そして気がついたときには、増大した農業人口に対して、せばめられてしまった耕地、という現実が立塞がっていたのである。そこから貧富の差の拡大が始まったのだ。

「隣りの孝助には近よらないでください」と初めに伊平が云った、「怠け者で酒癖が悪くて手に負えない人間です、気をゆるすとひどいめにあいますから」

武高(たけだか)伊之助が、石原村の百姓増平の家へ養子に入ったのは、十二か十三のとしであったろう。増平にはさいという娘があり、伊之助は伊平と改名して、十六か七で結婚したようだ。主水正が初めて会ったのは、十六歳で元服し、郡奉行与力になって、領内見廻りをしていたときのことで、娘のさいとのら仕事をしてい、これが「妻になる」相手だとひきあわせた。おそらくその年か次の年くらいには夫婦になったのだろう、いまでは三人の子持ちで、長女のふさが十五歳、長男の和平が十四歳、次女のゆきが八歳であった。——堰堤(えんてい)工事の小頭を命じたとき、子供があると聞いたようにも思うが、十五になる娘をはじめ三人の子がいたことは、こっちへ来て初めてわかったことであった。

父の伊平が工事場へ出るため、田畑は家族に任されていた。六十に近い増平と、娘のさいと子供たちである。増平は腰が曲り、見たところ軀(からだ)も衰弱しているようだったが、昼のうちはのらへ出ないことはないし、夜は夜でおそくまで蓆(むしろ)を編むか、縄(なわ)をない、草鞋(わらじ)を作るかしていた。子供たちもよく働いた。八歳になるおゆきでさえ、のらへ弁当や湯をはこび、巧みに風呂(ふろ)をわかし、仕事用の手甲や脚絆(きゃはん)くらいの洗濯(せんたく)はした。——主水正は特に感心はしなかった。百姓に限らず、人間はその分に応じて働くのが当然である。人間と生れてきた者には、死ぬまでにやりとげられるかどうかわからないほどの、それぞれの仕事を負っているのだと、本能的に信じていたし、いま彼自身の置かれている立場からすればなおさら、課された任務をはたすためには、生死を賭ける決心さえ当然のことであった。

伊平が気をつけろと云った孝助という百姓は、西側の地続きに住んでいた。七人家族で孝助は四十五六、妻のてるは三四歳も下だろうか、長男の佐吉は二十歳になり、下に男三人と娘がいた。祖父の代までは五町歩の田地持ちであったが、分家が三度続き、三度めには二人に土地を分けたため、孝助の代には一町足らずとなり、それがいまでは五反の田畑しか残っていなかった。——孝助は生れつき怠け者であり、田仕事がなにより嫌いだった。年寄りのいたころには年寄り任せ、自分は城下へ逃げだして酒を飲み、女あそびにおぼれていた。年寄りが亡くなるとすぐ、田の大部分を潰して畑にし、楮や三椏の栽培を始めた。製紙はこの領内では重要な産業なので、楮や三椏の栽培には、僅かながら藩から補助があった。孝助はその補助を過大に信じたらしい、——これならおまえたちも田泥まみれにならなくともいいし、お上がうしろ盾になって下さるからな、と彼は妻子に云い聞かせたそうである。だがここでも、自分はなにもしなかった。仕事はぜんぶ妻子に任せっきりで、彼は朝から酒に酔い、ごろ寝をしているか遊びあるくというふうであった。そんな酒や遊蕩の金が続く筈はない、一町足らずの土地が端から売られ、残っている稲田の収穫は、年貢にも足りないくらいになってしまった。

毎朝、孝助が起きるころには、家の中には誰もいない。みんな畑仕事にでかけ、煤ばった暗い家の中はがらんとして、もの音も聞えないし、炉に掛けた湯釜の下で、煙だけがたよりなくくすぶっている。彼は炉端に寝衣のままあぐらをかいて坐り、きせるでたばこをふかしながら、もの憂そうにあたりを眺めまわす。

「うん」と孝助は呟く、「そろそろ畑へいってみるころだな、おれがいなければ、みんなの気持がしまらないからな」

彼の眼は想像を追って細まり、きせるの火皿ではいたずらに、粉たばこが煙となって消える。そのあいだに、彼は自分がするであろう一日のことを、想像の中でことごとく経験してしまうらしい。つまらない、と彼は呟く。

「つまらねえ、おんなじこった」と呟き、彼は思うさま大きく欠伸をし、のびをする、「どんなに汗水ながして働いても、百姓にはなんにも残らない、根こそぎはたり取られちまうだけだ、おらあもう働くのはまっぴらだ」

そして酒を飲み、ごろ寝をし、ときに気が向けば三味線を取り出してくる。若いじぶん城下町で買った稽古三味線で、端唄の一つ二つはひけるのだろう。だが一曲として、終りまでひいたためしがなかった。紘(いと)をぽつんぽつんと、三つ四つ鳴らすと飽きてしまい、それを放りだしてごろっと横になる。夜は夜で、めしを食うとすぐに寝床へもぐりこむが、一日じゅう働いてきた家族の誰よりも疲れたようすで、寝床へはいるとたん、高いびきをかいて熟睡するそうであった。

——本当にしんそこ草臥(くたび)れはてたっていうようなんです、と妻女のおてるが伊平の妻のさいに語ったという。にんげんなにもしないで遊んでいるということも、疲れるものなんですね。

或(あ)る年の秋、孝助はかなり夜が更(ふ)けてから起きだし、鍬(くわ)を持って外へ出ていった。妻女が眼をさまして、なにをするのだろうと不審に思い、あとからそっと跟(つ)けていった。孝助は大根畑へはいってゆき、だるそうな身ぶりで、鍬を畑の土へ打ちおろした。月のきれいな晩だったから、妻女にもよく見えたのであるが、彼女は肝を潰(つぶ)したそうであった。嫁に来てこのかた、良人(おっと)が鍬を持つのも初めてのことだし、畑の土を起すなどということは想像さえできなかったからだ。

——あたしゃあんまり吃驚(びっくり)しちまって、なにかの祟(たた)りじゃないかと思いましたよ。

おてるは伊平の妻にそう語ったという。しかし孝助はすぐにやめてしまった。三度ばかり土を掘り起こしたが、その手をやめて、ぼんやりとあたりを眺めまわし、大きな欠伸をしたと思うと、やがて鍬をそこへ放りだし、ぶらぶらと家の中へ戻って寝床へはいり、そのまま眠りこんでしまった。

十七の三

孝助が初めて主水正に話しかけたのは、三月初旬の朝のことであった。伊平の田地はそこそこ一町歩で、三反歩が畑だった。葉菜と大根、豆、人蔘、牛蒡、芋などを作り、その大半は自家用に使い、余った分を売るのが、僅かな小銭の収入になった。その朝、主水正は大根を抜いたあとの畑土をうなっていた。

「百姓はたっぷり食わなくちゃならねえ」という声がした、「百姓仕事は骨が折れるし、えらく腹のへるもんだ、百姓に腹をへらして稼げっていうのは、あれだ、その、なんだ、その、あれだ」

主水正が振り向くと孝助がいた。それが孝助だということはすぐにわかった。ぶしょう髭も髪も、しらが混りだし、瘦せて頰肉がたるみ、気力というもののまったく感じられない、すっかりあぶらけの抜けた顔や軀つきは、まるで商家の楽隠居といったふうで、伊平夫妻から聞いた話が、そのままかたちになってそこにあるように見えた。

「おまえさんは」と孝助は云った、「増平さんとこの板倉へ移って来たお人だね」

「嘉平という者です、女房と、女房の妹と赤ん坊でお世話になっていますが、宜しくお頼み申します」

「城下から来なすったんだね」

「堰の工事をあてに来たのですが、あんなぐあいになってしまったものですから、小頭の伊平さんにお願いしまして」

「お侍の考えることたあちんぷんかんなもんだ」と孝助は云った、「あの堰を造るって聞いたときにゃあ、井関川の水をどうして高い捨て野へ引くことができるか、っておどろいたもんだ、低いところから高いところへ水を引くなんて、バテレンの魔法でもできやしねえだろうと思った」

ところが侍たちはそれをやった。洗堰とかいうもので分流を造り、堰を造って、捨て野へ水を送るように拵えあげた。それは捨て野のためばかりではなく、六年まえの洪水のときにも役立った。これにはたまげた、なるほどお侍というものはたいしたもんだ、なにをするにもそつということがない、一を聞いて十を知る、刀をひねくって、むやみに威張りちらすだけじゃあないんだなと思った。ところがそうばかりでもない、えらいことをやるもんだと感心したとたんに、こんどは堰をぶちこわすという。それにはそれだけの理屈があるのだろうが、と云って孝助は首を振った。

「むかし、おらの友達に初っていう怠け者がいた」と孝助はちょっとまをおいて云った、「当人を見なければ嘘かと思うような、底抜けの怠け者で、もとはこの村でも五町歩の田地持ちだったが、自分がのらへ出ねえのは云うまでもねえし、小作人が働くのを見るのもいやだって云う、働いている小作人を見ると、自分がその十倍も働いたような気分になり、しんそこ疲れはててしまうっていうんだ、――この気持は、おらにはよくわかるんだ」

うん、と孝助が自分で頷くのを見て、主水正はふきだしたくなるのを懸命にこらえた。孝助がどんなに怠け者だかということは、伊平夫妻から詳しく聞いていた。その当人の孝助が、むかしの友達のいかに「怠け者」であったかということを語る口ぶりには、怠け者でなければ理解のできない、生ま生ましい実感がこもっているようであった。

「初はいつだったか、仁山村の隠居にどなられたっけ」と孝助は云った、「きさまは先祖代々の田地をどうするつもりだ、このまんま放ったらかして置けば、あれだけの田地が草ぼうぼうの藪になっちまうぞってな、あの穏やかな隠居が、顔を赤くしてどなりなすった、あの隠居が人をどなるなんて、じんむ天皇このかたねえことだって、みんながふるえあがったもんだ、おまえさん仁山村の隠居を知ってるかね」

まだ会ったことがないと、主水正はあいまいに答えた。

「いいさ」と云って孝助はしゃがみこんだ、「そのうちにきっと会えるさ、この吉原郡の三分の一くれえは隠居の地所だからな、——なんの話だっけ、うん、そうさ、隠居は赤くなってどなりつけた、すると初は暢(のん)びり横になったままでやり返した、代々の先祖が鍬を入れるまえには、この田地も草ぼうぼうの藪だったでしょう、それが元どおりになるとしてもふしぎはねえって、——仁山村のご隠居はさすがだ、またどなりつけるかと思ったら、片手を振って、きさまは後生楽なやつだ、好きなようにやれって、そのまんまお帰んなすった、これだな、その、——おまえさんの名はなんだっけ」

自分の名は嘉平だと、主水正は答えた。

「いいかね、嘉平さん」と孝助は続けた、「お城のえらいお侍さんたちは、夢みたような堰を造った、バテレンの術みてえなことをやって、捨て野に水を引くどころか、大水にも役に立つことをみせてくれた、まったくのところ、人間わざじゃねえ神わざみてえなことだと思ったな、うん、井関川の水を捨て野へ引くっていうだけでも、人間わざとは思えなかった、それが六年まえの大水にも役立ったとわかったときにゃあ、みんな肝を潰したもんだ、ふんとのこと肝を潰したもんだ」

ふんとにとは本当にということだろう、本当にと云うよりも、その訛り(なま)のある言葉には、ふしぎになまなましい実感がこもっていた。

「ところが」と孝助は云った、「こんどはその堰をやめにするっていう、めちゃらくたらだ、お侍のこったから理屈はあるんだろう、堰を造るときの夢みてえな考えと同じように、こんど堰をぶち壊すにも、それ相当なわけがあるんだろうが」

そこで孝助はくすくす笑いだした。

「おらあすぐに初のことを思いだした」と孝助は手で口のまわりを押し拭(ぬぐ)った、「——代々の先祖が鍬を入れるまえには、その田地は草ぼうぼうの藪だったろうってな、人間てやつはお侍も百姓もおんなじこった、初の田地は草ぼうぼうになるし、堰は堰でぶち壊される、なんちゅうことはねえ、そのために何千何百という人間が汗水たらしても、つまるところは元どおり草ぼうぼうの藪に返っちまう、それだけのことさ」

堰堤は壊されはしない。いまは藩政向背(こうはい)のため左右されようとしているが、これだけ現実的に効果のあらわれている事業が、そのまま破壊されるということはない。辛抱だ、どれほどの期間かはわからないが、ここは黙って辛抱するだけだ。堰は必ず仕上げてみせる、必ずだ、と心の中で主水正は思った。

「百姓はたっぷり食わなくちゃならねえ」と次に会ったとき、また孝助は云って、げっぷうをし、大きな欠伸をした、「――南の新家のごさくなんぞは八人家族で、麦と薯しか喰べていなかった、それが一昨年の年貢ですっからかんになっちまって、いまは蕪と蕪の葉っぱばかり食ってるそうだ」

百姓をこんなにして、御政治がやってゆけるものかどうかと、孝助は考えぶかそうに首を振った。怠け者の孝助の云うことだけに、これまた生ま生ましい実感がこもっているように思えた。

「その、初っていう人は」と主水正がきいた、「いまでもそこにいるんですか」

「いまでもいるだよ」と孝助は頷いた、「初は怠け放題なまけてるし、八人家族のごさくは蕪ばっかり食ってせえだい稼いでるだ、怠け放題なまけても、蕪ばらで稼ぎに稼いでも、つまりなんちゅうことはねえのさ」

朝になればおてんとさまは出るし、夜がくれば世界は暗くなる。それを変えることができないように、人間や人間の生きかたも、持って生れたものを変えることはできない。いずれにせよ、人間のすることなどはたかの知れたものだ、と孝助は云った。

「わたしはあぶれただけで済みましたが」と主水正が云った、「仕事をして日雇賃の貰えなかった人たちはどうしたでしょう」

「どうしようもねえさ、慣れたこった、日稼ぎなんぞしていれば、日雇賃を棚上げにされるのは珍らしかあねえ、いつの世にも、弱い者は泣かされるときまったもんだ、こんにち喰べることに心配のねえ人たちにゃあ、女房子に喰べさせることがどんなにたいへんなものか、てんでわかっちゃあいねえからな、堰を造る、はいといって人足を集め、堰はやめだ、はいさよなら」と云って孝助は肩をすくめた、「しかし、それにはそれで事情もあるのさ、おらたちには非道無道なようにみえても、お侍にはお侍で、そうしなければならねえわけがあるんだろうさ、それにしても、百姓にゃあたっぷり食わせなくっちゃいけねえ、百姓は国のおん宝っていうくれえのもんだからな」

十七の四

夜半のしんとした暗がりの中で、かすかに啜り泣きの声が聞えた。その夜が初めてではない、伊平の家の板倉へ移って来てから、しばしば夜半に、ななえの啜り泣くのに気づいたものだ。おそらく生活の大きな変りかたと、自分たちの将来についての不安と、おそれからだろうと推察し、泣きたいだけ泣くがいいと思っていたが、その夜は神経が苛立っていたので、主水正は聞きながすことができず、どうしたのだと、声を荒げて問いかけた。

「どうして毎晩のように泣くんだ」と彼は云った、「こんなくらしがいやになったのか」

「小太郎が眼をさまします」ななえは添い寝をしている子を胸にひきよせた、「どうぞ大きな声を出さないで下さい」

「どうして泣くのかときいているんだ」

「死んだ八重が可哀そうなんです」ななえは消えてしまいそうな声で答えた、「たった四月で流産してしまって、この世の朝も夜も知らず、両親の顔さえ見ずじまいでした、みず子で死んだ者は成仏しないとか聞きました、いまごろどこを迷いあるいているかと思うと、可哀そうで、可哀そうで」

ななえは掛け夜具をかぶり、声をころして啜り泣いた。女とはふしぎなものだ、と主水正は思った。流産した初めての子が、女だったことは医者が云った。四月めでも男女の区別はわかるのだろう、ななえはその子に八重という名を付け、いまでも生きている子のように、哀れがり、その子のために泣いている。これはどういう神経だろう、小太郎という現実にある子を抱きながら、顔を見たこともない子のために、涙をながして啜り泣く、というのはどういうことだろう、と主水正は思った。

「忘れなければいけない、もう忘れるんだ」と主水正はやさしく云った、「残された者が嘆き悲しんでいるうちは、死んだ者は成仏できないというじゃないか、もういい、ななえは悲しむだけ悲しんだ、忘れてやるのが供養というものだ」

「とのがたが羨ましゅうございます」とななえは鼻声で云った、「そのように思いきることができたら、どんなに気が楽になるでしょう、――でもわたくしにはできません、小太郎には悪いかもしれませんけれど、わたくしには八重のことが」

そのとき主水正の頭に「堰堤」のことが思いうかんだ。流産した子のために、顔も声も知らない子のために嘆き悲しむななえの、無条理な感傷が、そのまま堰堤を守りぬこうとする、自分たちの努力にどこかしら似ているように感じられたのである。ななえが流産した子をいまでも哀れがるのと、廃止された堰堤工事を再開するために隠忍する、という現在の情勢とは共通した点がある、というふうに感じられたのであった。

「いいよ、お眠り」と主水正は云った、「小太郎に風邪をひかせないようにな」

四月になってまもなく、やはり孝助と話していたとき、岩上六郎兵衛が来た。野あるきに出たという軽装で、笠もかぶってはいなかった。

「ちょっとものをきくが」と岩上は主水正に呼びかけた、「西山の天神へはどういけばいいのか」

主水正は孝助を見た。

「そうさな」孝助は初夏の日光が眩しいように、片手で目庇をしながら、片方の手で向うを指さした、「あそこに杉の森があるでしょうが、ね、見えるでしょうがねお侍さん」

岩上六郎兵衛はそっちを見て頷いた。

「あの森をまわってゆくと、ちっちゃな饅頭山があるだ、天神さまはそのうしろにあるだよ」と孝助がいった、「お侍さまは御信心ですか」

岩上六郎兵衛は微笑し、主水正に目まぜをしてから、去っていった。

「西山の天神なんて」と孝助は首を振った、「この御領内で知ってる者はもう一人もねえと思っただがな、へんてこな人がいるもんだ」

主水正はひるめしを喰べに帰るといって、西山の天神社へいった。岩上は小さな社殿の縁に腰を掛け、なにかの饅頭を喰べてい、主水正がゆくとその一つを渡して、うまいぞと云った。城下町の枠屋の粟饅頭だという、主水正はそれを手に持ったまま、岩上の脇に腰をおろした。岩上六郎兵衛はくしゃみをした。五つも六つもくしゃみをし、ちくしょうと云った。

「こう云わないと風邪をひくんだ」と岩上は云った、「奇妙なことだが、くしゃみをしたときにちくしょうって云わないと、きまって風邪をひいちまうんだ、どういう仕組になっているのかわからないがね」

「殿のごようすはどうだ」と主水正がきいた。

岩上六郎兵衛は喰べている物をのみこんで、片手をあげながら、そうせかせるなよ、と云った。

「時間はたっぷりある、まあおちつけ」と岩上は云った、「その栗饅頭を喰べてみろ、わりかたうまいぞ」

江戸の赤坂になんとかいう菓子屋があって、栗饅頭を名物にしているが、それよりもこの枠屋のほうがずっとうまい、これは本格的なものだ、などと云った。

「酒と菓子と両刀使いだということはわかった」と主水正は遮って云った、「私は早く畑へ戻らなければならない、肝心な話を聞こう」

「殿は誰にも会わない」岩上は両手をはたきながら云った、「おれはお側役だったが、馬廻りにまわされた、城代家老が山内安房に変ったことは知っているだろう」

主水正は頷いた。

「あの道楽者の貞二郎だ、おやじの安房は隠居して、道楽者の貞二郎が安房になった、柳田と八重田がそのまま、家老職にいすわっていることも知っているな、そして山根さんが江戸詰になったことも」

「それは初めて聞いた、家族もいっしょか」

「山根さん独り、任期は三年だ」

飛驒守の供をして、江戸から六条図書、安西左京以下九人が国入りをし、老職交代から重要な役目の配置変えをやってのけ、山内城代はもちろん、重職から各奉行たちを監視するための、目付役が据えられた。これらはすべて六条と安西が、飛驒守昌治の上意として発令したものであり、昌治その人は姿を見せなかった。

「殿は出座なさらなかったというのか」

「出座はなさったが御簾の中で、じかにおめどおりした者は一人もないらしい」

「岩上はどうだ」と主水正がきいた、「六郎兵衛は殿のふところ刀の筈だろう」

岩上は口をへの字なりにし、首を振った、「錠口番に仰せつけられるかと思ったが、そのお沙汰もなし、馬廻りではお召しがなければ、御前へ出ることはできないからな」

ただ一度だけ、奥庭の小馬場で馬をせめていらっしゃる姿を遠くから見た。そのときの印象では殿は痩せて、背丈も少し高くなったように感じられた、と岩上が云った。

「お供の中には高森はいたか」

「いなかった、宗兵衛だけではない、いつも側近にいた人間は一人もみかけないんだ」

なにが起こったのだろう、と主水正は思った。自分の意志をとおすのにあれだけ強かった殿、家臣の意見など決して受けつけず、思うままの事をどしどし実行された殿。それがいまでは六条図書らにすべてを任せ、御簾の奥に隠れたままじっとしているという。

——橋が落ちたのだ。

滝沢邸と山内邸のあいだをいって、堀に架かっていた無名の小さな橋が、とつぜん打ち毀（こわ）されて跡かたもなくなった。そのとき感じた心の打撃が、まざまざと主水正の胸に思いうかんだ。その橋は取り払われたのだ、飛騨守昌治のあるいていった道で、なにかの「橋」が打ち毀され取り払われてしまった。おれは怒りと屈辱感で血をわかし、こんな無条理なことが二度と起こらないような、合理的な世の中にしてみせると心に誓った。殿にも怒りはあったろうが、屈辱感はなかったであろう。大名の子に生れれば、おいたちにも育ちかたにも、屈辱感を呼び起こすような条件はないからだ。とすれば、橋が落ち、通れなくなった道に立って、どうすればいいかと途方にくれているのかもしれない。しかも自分の敵ともいうべき一味に囲まれて、自分の意志がなに一つおこなわれず、かれらのすることを黙って見ているだけだとなれば、あれほど我意の強い殿の気持はどんなだろう。そう思って主水正は胸を緊めつけられるように感じた。

「知ってるかもしれないが」と岩上は続けて云った、「三浦家の食禄は停止、夫人は実家の山根さんからの補助でやっている、家士のうち別部だけは暇を取って出たが、ほかの者はみんなそのままだ、あのつるという夫人はたいしたきけ者だぞ」

十七の五

板倉は土蔵に代るもので、形は土蔵であるが、板張りと板屋根であり、もう三十年以上も経つ古い建物だから、隙間風がつよく、冬のあいだは相当に辛かった。その中で小太郎もななえも、そしておすみもよく辛抱をした。ことにおすみは小太郎を背負って、畑仕事をし、漬け物をし、蓆を編み縄をない、草鞋まで作った。ななえは徒士組の貧しい育ちなので、幼ないころの生活に返ったようでなつかしい、などと云ってはいたが、気力がすっかり衰えてい、畑仕事はもとより、子供の着物のつくろいさえ満足にはできなかった。

乳が止まってしまったので、小麦の粉と水飴を煮たものを与えるのだが、それもみなおすみの役であった。たまにななえがすると、粉と水飴の割りかたも狂い、煮かたもまちまちで、小太郎はすぐに消化不良を起こしたり、下痢をしたりした。おすみに任せろと云うと、だってわたくしの子ですものと、泣き声で訴えるけれど、自分でもわかっているのだろう、ごくたまにしか手は出さなかった。ななえの頭は、流産した子のことでいっぱいのようであった。彼女は空想の中でいつも抱いたりあやしたり、添い寝をしたりしているようであった。

「八重さん、まだおねんねなの」夜半にななえの囁く声がする、「おなかがすいたでしょ、さあ、おっぱいを召し上れ」

「おおよしよし」と或る夜は囁く、「可哀そうにね、土の下で冷たいでしょ、冷たいわね、もう少しの辛抱よ、いまにかあさまがいって抱いてあげますからね」

そして啜り泣くのであった。それは空想にとらわれているようではなく、現実そのもののように切実であり、なまなましい実感がこもっていて、主水正には慰めたり、叱ったりする隙がまったく感じられなかった。

堰堤工事は廃止され、捨て野へ引く用水堀も埋められることになった。ふた岐小屋の四人は江戸へ帰され、人足たちも賃銀の半分を与えられただけで、上方から来た者は上方へ帰り、土着の者は他の職業に戻った。およそ七年にわたる事業が、その根本からくつがえされてしまったのである。——そして殿は置き物にされてしまった。六条一味の操る糸のまま、云われるままになっているようだ。こんな状態をみすごしていてはいけない、これでは松二郎さま擁立というたくらみは、なんの障害もなく実現するだろう、——松二郎さま。

主水正はどきっとし、眼を細めて宙をみつめた。

「岩上の話によると、殿は国許の家臣と直接に会われない、いつも御簾の内におられて、六条図書らが上意を代弁するという、そして、城中奥庭の小馬場で馬をせめている姿は、瘦せて背丈も高くなったようだと、云った、すると、いや、まさか、まさかそんなことが」

そうだとすると、帰国したのは飛驒守昌治ではなく、すでに松二郎さまと入れ替っているのではないか、主水正の頭にそういう疑いが閃いた。そう仮定すると事のすべてが納得できる。しかし彼はすぐにその考えをみずから否定した。どんなに大胆な偽装ができても、大名生活の半面が、計り知れない秘密に包まれているとしても、そこまで大胆な偽装ができる筈はない。それは思いすごしだと、彼は自分で自分をたしなめた。

「気をつけて下さい」と或る日、伊平が囁いた、「二三日まえから妙な侍がうろうろしています、どうやらあなたに眼をつけているようですから」

二人は畑で麦の根揃えをしていた。四月の日光が暑いくらいに照りつけ、畑の土がつよく匂っていた。

「白鳥神社を知っているか」と主水正が囁き返した、「大沼の上にある紅葉橋の側だ」

知っていますと、伊平が答えた。

「あの社殿の下に津田大五という男がいる、その男に伝言をしてもらえるか」

伊平は承知し、主水正は伝言を頼んだ。その夜、彼は刀を取り出して手入れをした。花木町から逃げだすとき、ななえの持っている財布と大小のほか、着のみ着のままでなにも持ち出さなかった。深く思案したわけではないが、金品に手をつけてなければ、遠くへ逃げたとは思わず、城下とその周辺を捜すに相違ない。しかしそこでかれらは、それがみせかけであって、実際には遠国へ逃げたと推察するかもしれない。そのくらいのことは、無意識のうちに計算していたようだ。だが、この世で起こる出来事の多くは、しばしば計算からはずれるものだ、人間が生きものであり、世の中が生きて動いているからだろう。かれらは主水正が遠国へ逃げたとは思わなかった、必ずこの城下かその付近に隠れていると信じ、飽きることなく捜しまわり、そしてついに所在をつきとめたのだ。

主水正が刀の手入れをするのを見て、ななえは蒼くなり、ふるえだした。

「どうなさるんです」とななえはおろおろときいた、「なにかあったんですか」

「刀の手入れは侍の日課だ、心配することはなにもないよ」

「でもここへ来てから初めてでしょ」

いままでは百姓仕事を覚えるのが精いっぱいで、刀の手入れどころではなかったのだ、と主水正はさりげなく云いなだめた。

「いつまでこんなことをしているのでしょうか、あなたはどうなるのでしょう」ななえは涙をこぼしながら、それを拭こうともせず、訴えるように云った、「わたくしなんかどうなっても構いません、小さいときからあなたが好きで、たとえ十日でもあなたのお側にいることができたら、それで死んでも本望だと思っていたのですから、ななえはいまこの場で死んでも、思い残すことはなにもありませんけれど、小太郎さんやあなたは違います、あなたは御家のために無くてはならない大切なお方ですし、小太郎さんはそのあなたの跡を継ぐ大事なお子です、もしもお二人に間違いがあったら、ななえは死んでも申訳がたちませんわ」

「しっ」と主水正が囁いた、「黙ってくれ」

板倉の外でなにか動く物のけはいがした。

十七の六

板倉の扉を外から叩く音がした。

「ちょっとものをたずねる」と呼びかける声が聞えた、「ここは伊平という百姓の持ち家だな」

ななえがはいと答えたが、声にはならず、おすみが代って答えた。それを聞きながら、津田大五が来ない、と主水正は思った。迎えにいった伊平はどうしたろう、大五に伝言することができただろうか、伝言を聞けばすぐに大五は来る筈である。だがどうやらまにあわないらしい、主水正はのら着の腰に脇差を差しながら、安心するようにと、ななえに頷いてみせた。

「この戸をあけろ」と戸外の声が云った、「ちょっとしらべたいことがある、温和しくあけるほうがいいぞ」

「はい、ただいま」とおすみが答えた。

主水正はすばやく思案をめぐらせた、というよりも、本能的な反射神経のはたらきだったかもしれない。彼は頭から蓆を二枚かぶり、炉で燃えている粗朶の一本を取って、おすみに、合図したら扉をあけろと、眼まぜをした。倉造りだから出入口は表の一つしかない。外にはかれらが待っている、人数はわからない、一人かもしれないし五人かもしれない。主水正は素足に草鞋(わらじ)をはき、それを踏み試みてから、おすみに頷いてみせた。

おすみが扉をあけた瞬間、主水正は蓆の一枚を前方へ投げ、次の一枚を左側へ投げて、戸口からとびだすなり、倉の板壁沿いに右へ、身をすくめて走った。めあてはそっちにある稲むらである、馬の飼料に使う以外の稲藁(いなわら)の束を、大きく積みあげたものだ。——投げた二枚の蓆は、外に待っていた人間たちの眼をあやまたず奪った。その蓆に襲いかかる叫びを、少なくとも三人までは聞きとめ、主水正はまっしぐらに稲藁の山に走り寄ると、燃えている粗朶をその上に投げあげ、そのままうしろへ廻(まわ)りこんだ。藁山の上の火は燃えあがらない、光がなければ相手の人数もわからないし、受けようも逃げようもない。

「じたばたするな三浦主水正」と喚(よ)ぶ声がした、「もう逃げられないぞ、諦(あきら)めろ」

燃えてくれ、燃えあがってくれ、と主水正は祈った。やめて下さい、と叫びながら、ななえが板倉の中から出て来たようだ。よせ、中にいてくれ、じっとしていてくれ、頼む、と主水正はまた祈った。人の足音が近づいて来、激しく荒い呼吸が聞えた。そして幼児のひきつけるような泣き叫ぶ声も。小太郎のその声は彼を突きつらぬき、心臓を抉るかのように感じられた。

――もうおしまいだ、と主水正は思った。かれらはななえと小太郎を盾にするだろう、もう手をあげるときだ。

そう思ったとき、藁積みの上が燃えあがり、向うに五人の侍の姿が見えた。主水正は燃えさかる火のあかりの中へ、右側から出ていった。五人の侍たちは颯と左右にひらき、その二人が主水正の脇からうしろへ廻ろうとした。主水正の躯がばねのように跳躍し、正面にいる三人の中へとびだしてゆき、脇差を抜きさま二人の侍を斬って取った。他の一人には届かず、彼は麦畑の中へ走り込んで、伸びた麦のあいだに身を隠しながら右へ移動した。

「そこの麦畑の中だ」とどなる声が聞えた、「そっちを塞げ、ゆだんするな」

主水正は足を停め身を踞めた。江木丈之助という名と、その顔が眼にうかんだ。一方で残りの三人を警戒しながら、江木丈之助がなに者であり、どこで会ったか、ということを考えていた。

「出て来い三浦」とその声が云った、「逃げるとはきさまにも似あわないぞ、女や子供がどうなってもいいのか」

そしてななえの叫びと、小太郎のするどい泣き声が聞えた。主水正は静かに向うを見やった。藁の山はさかんに焰(ほのお)をあげ、その光で二人の侍の姿が見えた。彼は麦畑をぬけてそっちへ近づき、呼吸を計って二人の横へおどり出た。明らかにかれらは虚をつかれたが、狼狽(ろうばい)はみせず、すばやく左右へひらいた。その動作が吸い寄せでもするように、主水正は左側のほうの男へするすると走り寄り、その胸を刺し通した。それは意志をもってそうしたのではなく、男の動作が強い磁力を持っていて、小さな鉄片を引きつけるかのように、主水正の動きは自然であり、なめらかで、微塵(みじん)の渋滞もなかった。右側へひらいた男は、殆(ほと)んどあっけにとられたようであった。

「待て岸本、おれがやる」と喚(わめ)きながら向うから一人が走って来た、「手を出すな」

江木丈之助だ、と主水正は思い、燃えている藁積みの山のほうへしさった。そうか、そうか、尚功館(しょうこうかん)の判士として席を並べたことがある。しかしおれの記憶にあるのはそれではない、もっとべつなときだ。江木は近づいて来た。岸本と呼ばれた若侍は、主水正のうしろへまわった。だがそのとき、主水正の足が竦(すく)んだ。江木が左の脇に小太郎を抱えているのが見えたからだ。江木は右手の白刃を、小太郎の首へ当てていた。

「刀を捨てろ三浦」と江木はどなった、「それともこの刀を一と押しやろうか」

「そうか、思いだしたぞ」と主水正が叫び返した、「いまから十年あまり以前、きさまは滝沢兵部にとり入って、おれをおびきよせる手先を勧めた、おれをおびきよせるために、きさまは大手筋でおれを威(おど)した、こんどは誰(だれ)にとり入っている、誰の手先を勤めているんだ」

「そんなことを云って時を稼(かせ)いでも、助太刀(すけだち)に来る者など一人もいやあしないぞ」と江木がどなった、「刀を捨てなければこの子を殺し、女を殺すぞ」

そのとき江木のうしろへ、人影の近よるのが見え、岸本と呼ばれる若侍が絶叫しながら、主水正に斬りかかった。激しい怒りの中で、主水正は岸本を斬った。怒りを感じて人を斬ったのは、これが初めてだということに、彼は気づいた。ななえのするどい泣き声を聞いて、そっちを見ると、津田大五が立ってい、ななえが小太郎を抱いて、地面に膝(ひざ)を突いていた。

「まだ消すな」と大五が刀にぬぐいをかけながらどなった、「消すまえにすることがある」

振り向くと伊平夫妻が、手桶(ておけ)の水を燃えている藁の山へ掛けようとしていた。藁はもう半ば以上も燃えきって、焔(ほのお)をあげるより赤いおき火をつくねたようになっていた。

——大五は敏速にあたりを見てまわり、主水正はななえを支え起こした。

「みごとですね、じつにみごとだ」大五がそう云いながら近よって来た、「四人とも一と太刀(たち)でやってある、一人は首の根を、あとの三人はみな胸を一と突き、弓の名手が的を射中(いあ)てたようだ、こんなみものは初めてです」

「私は一人を怒りに駆られて斬った」と主水正は云った、「これは恥ずべきことだ、侍として私は一生忘れることができないだろう」

「こんな場合にあなたは」と大五は息を止めて、それから首を振った、「そんな反省までするんですか」

「蒙古来寇(もうこらいこう)のとき」と主水正が云った、「石清水八幡(いわしみずはちまん)に捧げた願文(がんもん)の中で、僧叡尊(えいそん)は、——一兵たりとも敵を殺すなと書いた、敵を一兵たりとも殺すなとね、書物で読んだのだから、真否(しんぴ)のところは保証できない、しかしこの一句は私の肝に銘じた」

「私には訳がよくわかりませんね」

「あと始末にかかろう」と主水正が云った、「伊平、薪(まき)を集められるだけ集めて来てくれ、それから燈油もな」

どうするのか、と大五がきいた。かれらを焼いてしまうのさ、そのつもりで火を消すなと云ったのではないのか、と主水正が反問した。大五はまた首を振った。

「あなたはすぐにここを立退(たちの)くんです」と大五は云った、「こいつらの始末は私に任せて下さい、方法はもう考えてあるんです」

さあ早く、すぐに支度をして下さい、と大五はせきたてた。主水正は彼の表情をじっと見てから、頷いた。

泰安寺方丈

「さようさ、わしは宗巖寺の和尚と高野山でいっしょに学びました」と老僧玄常が云った、「わしは寺の事情もあり、生来の怠け者で、高野山が終ると帰って来てしまったが、石済は勉強家で、叡山へ登って三年、越前の永平寺で五年、それから東だ西だとまわりあるいて、寺へ戻ったのが四十五歳でしたかな、高野山にいたころは秀才といわれ、稀代の名僧になるだろうと、われも人もゆるしていたようですが、帰って来たときは大酒飲みのなまぐさ坊主になっていました」

それはたぶん勉強のしすぎと、あまり諸国をあるきすぎたからであろう。ひところは川端町で女あそびにも凝ったが、寺にいるときは薪を割るだけが仕事で、朝夕のお勤めはもちろん、檀家の法事にも葬儀にも出ない。みんな弟子たちに任せっきりで、自分はいつもごろ寝をするか、起きていれば酒を飲む、というふうであった。

「わしは臨終にも立会いましたが」と玄常和尚は続けて云った、「息を引取るときに大きな欠伸をして、やれやれ、おらあもう草臥れはてたぞ、ってな、それっきりでしたよ」

「それではどうやら」と桑島三右衛門が笑いながら云った、「——怠け者というのは宗巌寺さまのほうでございますな」

「いやいや、同じとしでわしはあとに残ったのだから、やはりわしのほうが怠け者でしょう、坊主の生涯ほど退屈で、つまらぬものはありません、読経供養と檀家のきげんとり、死人の伽で布施を貰って、自分では紡がず織らず、耕さず車も曳かず、この世に残すものは石塔一つ、哀れなものです」

「耳が痛うございますな」と桑島は苦笑いをした。

若い僧が廊下をこっちへ来、咳をして、本堂のほうへ通りすぎていった。老僧は桑島に頷いてみせ、桑島は立ちあがった。方丈へゆくと、太田巻兵衛、佐渡屋儀平、越後屋藤兵衛が茶をのんでいた。

「ここの和尚は用心ぶかい人ですな」と太田がまず云った、「もう半刻も待たされました、お茶が腹の中で波を打ってますよ」

「それほど監視の眼が光っているわけです、もう大丈夫ですがね」桑島が坐りながら云った、「——牡丹屋さんがみえませんね」

病気だということだが、どうやら山内安房にうまくとり付いたらしい。われわれとはかかわりたくないとみえる、と太田巻兵衛が答えた。三右衛門は一人ずつの顔をゆっくりと、なつかしそうに見まもってから、自分が江戸へいっていた留守のあいだ、世話になったことの礼を云い、三人もそれぞれ、桑島にみまいと慰労の言葉を述べた。

「およそ商人というものは、十年先、二十年先のことを計算しながらしょうばいをするものです」と桑島が云った、「——五人衆の制度が固まってから約六十年、親から受継いだ私どもも、用心に用心をし、計算に誤りのないよう、石ころの中から砂粒を拾うようにしてやって来た、それがこんどの御政治改新で、根こそぎお召上げになりそうなんです」

「なりそう、ですって」と越後屋が問い返した、「なりそうなんですか、なるときまったんですか」

「きまったも同然だと思って下さい」と桑島が答えて云った、「私が江戸へ召し出されたのは、文銭隠匿と銭札濫発という、二件についての吟味でした、金銀の改鋳があれば、銭相場の上るのはわかりきったことで、藩の御金御用を勤める以上、その混乱を防ぐ手段をとるのは当然なはなしです、また、流通している銭札の中には、よそで刷ってばら撒かれた偽の物が三割以上も混ざっている、これは版木と突き合わせてみるだけでもはっきりわかることです」

だが吟味役人はどちらも承認しなかった。通貨の操作は公儀の法度に触れる、偽札の証拠は下手人が捉まらぬ限り、御金御用を勤める者の責任になる、という裁決であった。

「銭札発行を仰せつけられたとき」と桑島はひと息ついて続けた、「私は初めに反対しました、新鋳銀の値打がはっきりすれば、銭相場もおちつくに相違ないこと、それまでの辛抱だということを諄いほど説明したのですが、そう説明しながら、これにはなにか裏があるなということを感じました」

その直感は当った。江戸では吟味の筋書がすでに出来ていた。桑島を呼び出したのは形式だけのことで、かれらは裁決文まで用意していたのである。

「それで」と佐渡屋儀平が気づかわしそうにきいた、「お咎めの結果は、どういうことになりました」

「いまのところは御用商の解任だけですが、軽くても苗字帯刀の召上げ、悪くすると闕所、追放になるかもしれません」

「むろんその手配はなさったでしょうな」

桑島三右衛門は越後屋に頷いてみせ、江戸へ立つまえに、移すことのできる資財は他へ移した、と云った。

「だが、大事なことがまだある」桑島は声を低くした、「吟味のときに役人の一人が乙卯（きのとう）の年の御恩借嘆願書について口をすべらせました、すぐに話をそらせはしたが、こんどの御改新に、あの件が持ち出されることは間違いないと思う」

三人の顔色の変るのがはっきりわかった。十五六年もまえに死んだ者が、亡霊となって眼の前に現われた、というように感じたらしい。しかもそれは亡霊ではなく、現に生きているうえに非常な力を持っているのだ。生きていて非常な力を持っていることを、かれらの眼の前に突きつけたのである。

「こんど江戸から御金御用商として、卍屋（まんじや）仁左衛門という者が来ます」と桑島はさらに続けた、「両替商だということですが、これはむやみに許可されるものでもなし、江戸にそんな店のないことは、同業者なかまでもすぐにわかりました、そこで私は手をまわしてしらべたのですが、どうやら三井の筋を引いているようなんです」

「三井ですって」佐渡屋がせきこんでき返した、「それは慥（たし）かですか」

桑島三右衛門はゆっくりと眼をあげ、どこを見るともなく宙に眼をやって、そしてひどく疲れてでもいるように溜息（ためいき）をついた。

「私は子供のじぶん、自分の影を追いかけたことがあった」と桑島は云った、「地面にうつる自分の影を追い越してやろうと思ってね、けれども」と云って彼は眉（まゆ）をしかめ、薄くなった白髪（しらが）あたまを振った、「――むろん追い越せやしません、陽（ひ）をうしろにしている限りはね」

「その卍屋が三井の筋だということに、間違いはないんですか」

「陽をうしろにして、自分の影を追い越すことはできません」と云って、桑島は急にわれに返ったように、佐渡屋に向かって、微笑しながら頷いた、「――さよう、そのことでしたな、ええ、まだはっきりは云いきれないが、だいたいその筋に間違いはないようです」

「その男はいつ来るんですか」と太田がせきこんできいた、「もう店はきまっているんですか」

　桑島三右衛門はゆっくりと首を振った。

「するとあなたは」と佐渡屋が云った、「悪くすると闕所、追放になるかもしれないと云われたのは、その卍屋が本町のお店へはいるとお考えになったわけですか」

「私が考えているのはあなた方のことです」と桑島が答えて云った、「御恩借嘆願書の件が吟味にかけられればどうなるか、それは私から云うまでもないことでしょう」

　三人は唾（つば）をのんで桑島三右衛門の顔をみつめた。

ろ、私どもにできることはそれだけです」

「できるだけ早く」と桑島が云った。「――移せる資財を移して下さい、いまのところ、私どもにできることはそれだけです」

「ひとつだけうかがいたいのだが」と越後屋が反問した、「自分の影を追い越すとかいうのは、どういう御冗談ですか」

桑島三右衛門は苦笑いをして、ばかな話です、忘れて下さいと云った。

十八の一

そして困難な、苦しいときがきた。徒士組頭の子に生れた主水正は、貧しい生活には慣れていると思った。三浦氏を継ぎ、二百石あまりの家禄を受けるようになってからも、実家の阿部にいたときより生活が豊かになった、と思ったことはなかった。妻のことは知らないが、彼の日常は質素であり、そうするように命じたこともある。どんな窮乏にも耐えるように、平生から身心を鍛錬するのが武家の作法であり、したがって貧しい生活にはびくともしない筈であった。けれどもその考えは誤りで、どんなに貧しかろうとも飼い鳥の貧しさにすぎなかった。野の鳥は違う、野山の鳥に餌を呉れる者はない。かれらは他の強敵とたたかいながら、自分で餌を捜し、自分で拾わなくてはならない。そして餌は常にどこにでもあるのではないし、少ない餌を奪いあう場合が多く、まったく餌のないときでも、助けて呉れる者はいないのだ。

主水正はすべての物を失い、小太郎となえとおすみを養わなければならなかった。しかも野の鳥が鷹や隼に覘われているように、彼もまた六条図書らの一党に覘われているから、どこへでも稼ぎに出るというわけにはいかない。彼は「新畠」と呼ばれる不毛の土地で、三十余人の人たちと開墾の仕事にかかってい、そこから動けない状態にあった。

新畠とは「荒畠」ともいう。領内測量のときに、主水正は荒畠と記した。そこは捨て野の西に当り、大川に接して北から南へ伸びる、帯のような長い土地であり、東西が約二町、南北が約十町半ほどあり、ぜんたいが殆んど芒や笹藪に蔽われていた。

――そこへゆけとすすめたのは津田大五であった。堰堤工事で上方から来た人夫たちのうち、賃銀を削られたため帰国のできない者や、この土地に居着きたいと望んだ者たち三十余人が、郡奉行の許可を得て、そこに住みついた。

――おれは初め、藩で支払わない日雇賃のことをききにいった、と大五は語った。かれらは掘立て小屋を七つ建てて、ここへ松杉を植えるのだとりきんでいたよ。

掘立て小屋の材料や農具は、堰堤工事の現場から運ぶことを許され、向う三年のあいだ麦と雑穀で年に二十石、日用雑貨代として二両の銀が支給される。そして田地は十五年間年貢(ねんぐ)を免除ということになった。

——請け頭はじゅうそという四十男だ、と大五は云った。じゅうそとは数字の十三と書くんだそうだが、草相撲も取ったことがあるそうで、躯(からだ)もでかいし力もあるが、気のやさしいお人好しで、おれは幾たびも、城下へさそい出していっしょに酒を飲んだ、上方の人間はこすっからくてけちなやつばかりだと聞いたが、じゅうそにはそんなところは塵(ちり)ほどもない、哀れになるほどいい人間だよ。

尤(もっと)も、それだからこそ請け頭に推されたのであろう。じゅうその下に「止め役」という二人の男がいる、一人は和八、一人はてんないという。そのほかに二十九人いるが、みんなじゅうそをうまくおだてて、仕事の困難なところや、役所との交渉などはみな、じゅうそに押しつけてしまうのだという。——石原村の伊平の板倉へ、五人の刺客が襲って来たあと、大五は主水正に向かって、すぐ新畠へ立退(たちの)けと云った。あと始末は自分に考えがある、新畠のじゅうそという者をたずねておれの名を告げれば、必ず安全に匿(かく)まってくれるから、と云い張った。——大五の言葉に誇張はなかった。じゅうそは主水正たちのために小屋の一つをあけてくれたし、なかまに口止めもし、夜具も三枚分けてくれた。

——あの一夜のことは忘れられない、いまでもはっきり思いだすことができる。

だが、それは済んだことだ、と主水正は自分に云う。あの夜、大五の助勢に来るのが、もう一と足おそければ、小太郎の命はなかったかもしれない。事実おれは小太郎やなえといっしょに、斬り死にをするつもりだった。江木丈之助が小太郎を抱え、その細首へ刀を当てているのを見たとき、おれはそれまでに感じたことのない、烈しい怒りにおそわれた。その怒りは悔いになって残ったが、これもまた済んだことだ。

新畠は大川の流れが変化したために出来た土地で、対岸は隣藩の領地であり、岸に沿って狭い河原の延びているのが見える。新畠も何十年かまえには河原だったのだろう、芒や笹をうっかり掘り起こすと、石ころの層になってしまう。そのため笹や芒を掘るのもせいぜい二尺どまり、またそれらの根に付いている土も、大事に払い落さなければならなかった。笹原を拓くのがどんなに困難な仕事であるかは、経験してみなければわからない、笹の根は強くて長く、縦横に交叉して網のように張ってい、少しぐらいの力では鍬を打ち込むこともできないのである。主水正は洗堰のときにやった方法を転用し、鋤と石鑿を使って、六尺四方くらいに深く根切りをし、それから掘り起こすという手を考えた。このやりかたはうまくゆき、それまでの倍に近い成績をあげるようになった。掘り出した芒や笹はその場で焼くため、いつもどこかで火が燃え、煙が立っている。近在の人たちはそれを見て、新畠ではなくけむ畠だ、などと笑っているという。あんな土地が田や畑になるものではない、あの人たちは煙を追いかけているようなものだ。いまにあの人たちも煙のようにどこかへ消えてゆくだろう、とも云っているそうであった。

支給された食糧だけでは、とうてい一年は食いつなげそうになかった。それで毎日十人ぐらいずつ、城下や街道へ日雇い稼ぎに出たり、力仕事のできない者は、農家から藁を借りて来、蓆や縄や草鞋などを作って、売り、これらの僅かな収入で、食糧の補充をした。炊事は共同で、二つの大釜を使い、たいていは野菜を切り込んだ粥を作るが、その役はおすみが自分からすすんで引受けた。――工事場から運んできた漬け物樽は五つあり、おすみは樽があくとすぐにあとの漬け込みもした。近在の農地をまわって、畑におろ抜いたままになっている葉菜や根物の屑を貰って来るのである。糠は米搗きに雇われる者に頼み、塩は城下町へ日雇いに出る者に頼んだ。

――こんなことをしていてなんになる、おれにはもっと大切な仕事があるじゃないか、おれがこんなことをしているあいだに、家中では取返しのつかないような大変が起こっているかもしれないぞ。

主水正はしばしばそう思った。粥腹で激しい力仕事を続けるのだから、彼はすっかり痩せてしまい、まっ黒に陽やけした顔は尖って、おちくぼんだ眼ばかり、神経質に

ぎらぎらさせていた。二坪そこそこの掘立て小屋は、床の上に蓆を敷いただけ、引戸は一方口で、窓もなかった。燈油を買うゆとりがないため、夜も灯(あかり)はつけず、厠(かわや)だけは小屋に付けて作ったけれど、夜なかに小太郎が泣きだしたりすると、雨が降ればもちろん、まっ暗な中を厠へ伴(つ)れてゆくのは、ななえにとっていつまでも辛(つら)いことのようにみえた。

「おまえここにいるのがいやになったのではないか」と或(あ)る夜、寝てから主水正がきいた、「ここから出てゆくほうがいいと思うか」

ななえはすぐには答えなかった。いまでもななえは恢復(かいふく)しきらず、夜半になるとよく啜(すす)り泣いたり、亡(な)くなった子の名を、そっと呼んだりするのであった。

「わたくしはどちらでも」とななえはようやく答えた、「あなたがなさりたいようになすって下さい」

「私はおまえの気持をきいているんだ、おまえだって人間なんだから、云(い)いたいことがあったら云うほうがいい」

するとななえは泣きだした。

十八の二

狭い小屋の中で、おすみが夜具を接して寝ている。いつもなら啜り泣くにも、現実ではない亡き子の名を呼ぶにも、声をひそめ、そっと囁（ささや）くのが例であった。だがその夜のななえは声を抑えかねたように、肩をふるわせながら泣きだした。

「小太郎が眼をさますよ」主水正は手を伸ばしてななえの肩に触れた、「なにが気に障った、私の云うことがむりだったのか」

「ごめんなさい」ななえは自分の肩を押えた主水正の手を、自分の手でそっと握った、「わたくしはあなたの、足手まといになるばかりでなく、あなたの邪魔ばかりしています」

「泣かないでお話し、どうしてそんなことを云いだすんだ」

「あの晩わたくしは」とななえは声を詰まらせながら云った、「あなたのことが心配で、小太郎を抱いたまま倉の外へ出ました、夢中でした、なにも考えることができず、気がついたら外へとびだしていました、小太郎を抱いていることさえ、あとで気がついたんです」

闇（やみ）の中で主水正は、ななえの肩をそっと撫（な）でた。ななえは啜り泣き、彼の手を握っている指に力がこもった。助けを求めるために、けんめいに縋（すが）りつくような握りかたであった。

「あの人がわたくしから小太郎を奪い取り、あの可愛（かわい）い首に刀を当てながらあなたを威（おど）したとき、わたくし自分がどんなに愚かな女か、ということを思って、死んでしまいたくなりました、――あのときあの人の威しを聞いて、あなたが身動きもできなくなったお姿を、眼ではなく胸のここのところで、ありありと見たんです、本当にはっきりと見たんです」

二人のあいだに寝ている小太郎が身動きをし、ななえは両手で子供を抱きよせた。主水正は肩から手をはなして、おまえは疲れているんだと囁いた。産後の恢復も充分ではなかったのに、生活がめまぐるしく変り、いやな事ばかり起こった。

「花木町を立退いてから今日まで、軀（からだ）も神経も弱っているななえには、耐えがたいような事ばかり次々に起こった、――もしもここにいるのがいやなら、本当にどこかへいってもいいんだよ」

ななえは枕（まくら）の上でかぶりを振った、「いいえ、この土地には八重（やえ）のお墓があります、わたくしどこへもゆきたくはありません」とななえは云った、「それにまたどこへいっても、わたくしはあなたの足手まといになるでしょう、わたくしお側（そば）にいてはいけないんです、わたくしがお側にいる限り、あなたには悪い事が重なるばかりなんです」

「おまえは疲れているだけだ」と主水正が云った、「そんなことは二度と聞きたくない、さあ、朝が早いから眠るとしよう」

ななえの嘆きを聞きながら、主水正の心もきまった。流産した子を八重という名で呼び、顔も見なかった子の墓があるというだけで、この土地に強い執着をもっている。自分も初め米村青淵に、よその土地へ難を避けろとすすめられたとき、戦場からはなれてたたかうことはできない、私はこの領内にとどまりますと答えた。

――殿は殿でたたかってこられた、詳しい事情はなにもわからない、なにもかも帳の中に隠されていて見えないが、殿はいまでもたたかっていらっしゃるに相違ない、それもおそらくは殿お一人で。

側近の者がすべて追われたとすると、飛驒守昌治は裸に剝がれたようなものだ。しかし殿は決して負けないだろう、こころ挫けたり、途中で投げだしたりするような殿ではない。六条一味の計画は長い年月をかけ、緻密に練りあげられたものだという。けれども計画が緻密であればあるほど、必ず弱点をともなっているものだ。なぜなら、計画して作られた状態は自然ではないし、完全ということはないからだ。世の中は一日として動きをやめず、人間は生きている。作られた状態は、それらを一時的に停止させるだけで、本来そうあるべき状態を根底から変えることはできない。米村青淵の云ったことを信ずるなら、かれらはこのおれを消し去ろうとし、まずそのことに失敗した。かれらは花木町の家に急襲をかけ、石原村で追い詰めながら、五人の犠牲者をだしておれを取り逃がした。

――かれらの計画の一つが失敗した、と主水正は思った。おれはこうして生きている、ここではおれが勝ったのだ。

迷ったり選んだりするときではない。どっちを選ぶかということもなし、迷うこともない。おれは自分の立つべきところに立っている、笹の根切りをし、それを掘り起こすことも、一日じゅう腹をへらしていることも、この狭い新畠から一歩も外へ出てゆけないことも、そしてこの困難な労働をしながら、三人の者を養ってゆかなければならないことも、みんなみずから求めた道に続いているものだ。

――そうだ、おれはここでむだな事をしているのではない。尚功館（しょうこうかん）に入学したとき、郡奉行（こおりぶぎょう）に勤めたとき、勘定方に勤めたとき、そのあとの堰堤工事から領内測量のことなど。谷宗岳の云ったとおり、それはみずから求めた道だった。自分の選んだ道が、現在のこのおれの立場を招いたのだ。

——開墾の仕事は辛くて困難だ、と主水正はなお思った。けれどもおれには初めての経験だ、尚功館へ入学して以来、他の人たちとは違ういろいろな、新らしい経験をしてきたが、いま思い返してみて、これがむだだということは一つもなかった、こんどの仕事も徒労である筈はない、一坪の笹原を切り拓くことだけでも、充分に意義のある仕事だ。

主水正は眼がさめたような、新鮮な気持で、自分がしっかりと新畠に立ち向かうのを感じた。

城下とは往来が絶えていた。用心しているのだろう、岩上六郎兵衛は来ないし、大五も五月に一度来ただけで、そのあとは姿を見かけることもなかった。夏が過ぎ秋になった、その九月の下旬に、とつぜん津田大五があらわれた。例のとおり蓬髪の髭だらけ、腰きり半纏に脚絆、から脛、素足に草鞋という恰好で、小さな包みを括り付けた杖を肩に担いでいた。いくらか痩せて陽やけをし、すぐにはそれと見わけがつかなかった。主水正は掘り起こした芒や笹を焼いているところで、その煙をよけながら、大川の流れを見ていた。あたりには誰もいなかった。

「水の色がきれいですね」と云いながら大五が川下のほうから歩みよって来た、「きれいに澄んでいるので、魚の泳いでいるのがよく見える、春は水ぬるむと云うが、秋にはなんというのか、水冷えるですかね、いやどうも、――みなさんお達者ですか」

　主水正はその声と言葉つきとで、誰かということがわかり、われ知らず手を差伸べた。そんな動作は初めてのことで、大五も戸惑い、主水正も自分で自分におどろいた。ながいあいだ孤絶していたさみしさが、大五を見ていきなり、なつかしいという情緒的な衝動を駆りたてたようである。大五は白い歯を見せて微笑し、片手で主水正の手を強く握った。

「ごぶさたをしました」と大五は手を放しながら云った、「あれから江戸へゆきましてね、おとつい帰って来たんです、なにも変ったことはないようですね」

「江戸のほうはどんなようすです、家中一般の動静はどうでした」

「六条図書(ずしょ)が帰り、重職の交代が大幅におこなわれました、――腰をおろしても構いませんか、まだ旅の疲れがぬけないんです」

　津田大五が腰をおろし、主水正もその脇(わき)へ蹈(かが)んだ。大五は杖に括りつけてあった包みを取り、主水正に渡しながら、当座の金ですと云った。郡奉行からの支給では、食糧も衣料や日用雑貨も賄(まかな)いきれない。特に食糧は不足で、日雇い稼ぎに出る者たちの補充も、かろうじて粥で食いつなぐのを支えるにすぎなかった。いまなによりも欲しいのは金であったが、主水正はその包みを大五に返した。

十八の三

「ここでは金は使えない」と主水正は云った、「もしそのもとがこの土地にいることができるなら、そのもとの手で必要な物を買い、ここへ届けてもらうほうがいい」

「なるほど」大五は手に持った包みを見て、頷いた、「慥かにここの人間が物を買うのは、疑惑を招くことになるでしょうね、承知しました、これは私が預かるとしましょう」

その包みの中の金額も、その金の出どころも、大五は話さなかったし、主水正もきかなかった。そして大五は、自分のしらべた江戸と国許の情勢について、ごく簡単に報告した。江戸屋敷における味方は、高森宗兵衛のほか、相良大学と庄田信吾の二人だけである。堰堤工事に当った四人も、飛騨守昌治の帷幄に属しているが、いまではみな無役となり、監視されて自由に動けないという。この国許でも、頼みになるのは岩上六郎兵衛ひとりになった。材木奉行の信田十兵衛は、飛騨守の息のかかっている一人であり、御用林の管理には人に知れない大役をはたしたが、去年の十二月、その役を解かれて江戸へ帰った。

「六条一味のやりかたは思ったより賢いし、周到です」と大五は云った、「家臣ぜんたいに御借上げ金が課され、豪農、富商たちは御用金を命ぜられました、そして五人衆の制度が停止されたことなど、御存じですか」

主水正は首を振った。家臣に借上げ金を課すという例は、他の藩では決して珍しいことではなく、中にはそれが永続化して、表高千石の家禄が、実収七百石から五百石というひどい場合もあるという、しかしこの藩は物成りに恵まれているため、これまで一度もそんなことはなかったし、現在でもそんな必要があるとは思えない。紛れもなく政治的な策略であり、安穏な生活に慣れた人たちを、経済的に束縛し圧迫して、まず御新政の威力を示そうとしたものに相違ない。五人衆の制度には、やがて主水正が自分で手をつけるつもりだった。それは解体ではなく、五人衆の株を何年かに区切り、年限に達すると、その次の五人衆を入札できめる、という案であった。

――安穏な生活に慣れた人たちには、強圧手段がいちおうは成功するだろう、しかし圧制は次々に強められるものだ、さもなければ人心を押えることはできない、それは歴史を繰るまでもなく、現に到るところで起こり、困難な問題になっている、と主水正は思った。

「また大きなところでは、桑島三右衛門が闕所になりました」と大五が云った、「初めは苗字帯刀を召上げということでしたが、六条図書が江戸へ立ったあと、急に闕所という重科に処されたのだそうです」

主水正は頷いた、「それで、一家の者はどうなりました」

「領外追放です」と大五が答えて、にっと微笑した、「さすがに商人ですね、そうなることを予想していたのでしょう、資財の大部分はすでにどこかへ移したようすで、家屋調度と僅(わず)かな銀しか残っていなかったそうです」

江戸へ呼ばれたとき、いや、偽(にせ)の銭札が出廻(でまわ)り始めたとき、桑島はもうその手を打ったに違いない、と主水正は推察した。——五人衆制度の停止と、富豪や大地主への圧迫とで、いま領内には悲喜こもごもの動揺がひろがっている。いまのところ一般の商人や職人たちなど、五人衆の独占的な支配から解放された人々、そしてそれに関係のある町人百姓たちは、御新政の有難(ありがた)さにわき立っているが、その連中でさえも、こんな状態がながくは続かないだろうこと、いつかは逆転し、まえよりひどいことになるのではないか、という不安を感じていることは隠せないようだ、と大五は語った。

「江戸から来た安西左京が年寄役肝煎(きもいり)、山根靫負(ゆきえ)、八重田(やえた)、柳田はそのまま家老に据(す)えられた」と大五は続けた、「山根の蔵人(くらんど)老は隠居したし、靫負という人物は病身で、並び家老は名ばかりのものだ、尤(もっと)もそのため曲町(まがりまち)のあなたの屋敷は、ともかく無事に済んでいますがね」

「曲町が無事だって」

「もちろん罠かもしれない、いつかあなたが来るだろうと、網を張っているのは慥かでしょうからね」

「そうか」主水正は遠くを見るような眼つきをした、「鷲っ子は無事か」

「なんです、そのわしっ子とは」

主水正はそっと微笑した、「妻のことだ、本当の名はつるというのですがね、父親は小さいときから鷲っ子と呼んでいたそうだ、気の強い性分で、薙刀もよく使うし乗馬もうまい、欲しい物は必ず手に入れるというふうで、鶴よりも鷲にちかいという意味でしょう、実際そのとおりでしたがね」

「なるほど、それで玄関の仁王立ちという姿がわかります」

主水正はけげんそうな顔をした。

「猪狩がいつか話していたでしょう」と大五が云った、「六条一味の手の者たちが曲町のお宅へ押しかけたとき御妻女は長巻の鞘をはらって玄関に立ち塞がり、かれらを一歩もそこから入れさせなかった」

「ああ、聞いたな」主水正はまた微笑した、「あれならやるでしょう、そういうことなら少しも気負わずにやってのけられる女です」

そう云ってから、主水正はふと気づいたように、山根蔵人は江戸へいった筈ではないか、ときいた。さよう、出府してまもなく隠居させられたのです、と大五が答えた。

「国許でなく江戸へ呼び出して隠居命令」

「桑島と同じことだな」

「違うところは一方が闕所、片方が隠居というだけです」

主水正は立ちあがった。そして大川の水を見、仰向いて空を見上げた。津田大五はなお話し続けたが、主水正は黙って聞くだけで、頭の中では自分の考えを追っていた。老職交代からあとに起こったことは、すべて一つの波だ。水面に生じた波が、一点から他の点へ動いてゆく現象に似ている。これはいっときのどたばた騒ぎであり、波が過ぎ去れば元の状態に返る。いまこのどたばた騒ぎの一つ一つを問題にしたり、それに驚いたりしてはならない、動き、過ぎ去ってゆく波から眼を放さないことだ。

「殿に会いたい」と主水正が云った、「どんな方法でもいい、機会はないだろうか」

「岩上には昨日、道でちょっと会いましたが、殿は奥にこもられたきり、家臣たちの前には姿をお見せにならない、むろん城外へ出られるようなことは一度もないそうです」

主水正は振り向いて、大五の顔を見た、「江戸で松二郎さまのことをなにか聞かなかったか」

「聞かなかった、相良と庄田の話では、麻布の下屋敷にいて、五日に一度ずつ医師が診察にあがるそうです」そう云ってから、大五は眼を細めて主水正を見返した、「――三浦さんもそれを疑っているんですね」

「むずかしいことだが、どうしても気になる、そんなことがある筈はないし、殆ど不可能だとは思うけれども、そう仮定してみると納得のゆくことが多い、だからなんとかして、その真偽を慥かめたいんだ」

「当分はだめでしょうね、かれらはひどく用心ぶかいし、少しも隙をみせません。だがこんなに緊張した状態が長く続くとは考えられない、かれらにもいつか気のゆるみが出るでしょう」

「私の知りたいのは殿の御安否だ」と主水正は云った、「殿さえ御安泰なら、このきちがい沙汰をきっと転覆させてみせる、繰返して云うが、殿さえ御安泰ならばだ」

十八の四

城中のことは岩上六郎兵衛、城外のことは自分。どちらも眼と耳を充分に活かして、事のなりゆきを見逃がさないつもりである、と大五が云った。

「しかし、われながらふしぎな御家風だと思いますよ」と大五は首を振って呟いた、「巳の年の騒動から始まって今日まで、かなり多くの犠牲者が出ているのに、その理由もはっきりしないし犠牲者の姓名も判然としない、いかに藩の財政が豊かで、事を荒立てないという習慣がゆきわたっているにしても、これはあまりに常識はずれじゃありませんか」

「岩上もいつかそんなことを云っていた、かね持ち喧嘩せずってね」

「それにも程度があると思っていました、いかになんでも、手の者が犠牲になったとすれば、かれらも黙ってはいない筈でしょう、それが私のつけめだった、かれらが動きだしてくれれば、そこに尻っぽをつかむ隙ができる、——四月の石原村の出来事では、必ずかれらは動きだすだろうと思ったんです、かれらは手の者を五人も失ったんですからね」

「それで思いだしたが、あの五人の死躰をどう始末したんだ」

「わけはありません」と云って大五は肩をすくめた、「正々堂々と町の路上へ放りだしました」

「放りだしたって」

「伊平の荷車を借りましてね、五人をのせ、城下町へ持っていって、白壁町の木戸の

外へ放りだしたんです」

五人の刀を適当によごし、互いに斬り合って死んだように、それぞれの位置を按配したうえ、左右の町並みの雨戸を叩いてまわった。喧嘩だ、侍が斬りあっている、大喧嘩だ、出ると危ないぞ、侍の斬りあいだと、一軒ずつ雨戸を叩きながら叫びまわり、白壁町の木戸番小屋から人が出て来るのを見て、すばやく逃げ帰ったのだ、と大五は語った。

「呆れたものだ」主水正は苦笑いをした、「もしも途中でみつかったらどうする」

「よるの夜なかですよ、犬一疋吼えやしません、それに死躰には蓆が掛けてあるし、こっちはこの恰好です」と云って大五は両袖をひろげて見せた、「もしも咎められたら、村から町へ野菜を運ぶところだ、と云えば済むことです、むろんそんなやつは一人もいませんでしたがね」

白壁町は娼婦の街で、酔漢が暴れたり、荒っぽい喧嘩のあることなど珍らしくはない。番小屋の人間など、侍五人が血まみれになって倒れてい、かれらの刀がよごれているのを見ただけで、喧嘩のうえの同志討ちと信じて疑わないだろう。そう思ったとおり、誰も疑うようすはなかった。

「けれども、かれらは疑う筈です」と云って大五は右手の指をひらき、それをぐっと

拳に握り緊めた、「かれら一味は五人がなにをしに、どこへいったかを知っている、手の者五人が、白壁町の木戸外などで、喧嘩をし相討ちに斬り死にをする、などということはあり得ない、そんなことは絶対にあり得ない、ということを知っている筈です」

「たいした賭けだな」と主水正が云った。

「それが賭け外れです」大五はまた肩をすくめた、「私はかれらが動きだすだろうと思っていました。己未の年に三人、こんどは五人、かれらはすでに八人も手の者を失っている、現在かれらは権力を握っているのだから、黙って指を咥えてはいないだろうと思いました、ところがなんにもしません、あの五人の姓名さえ公表せず、仔細の詮議をしようともしませんでした」

かれらは用心ぶかいし、代々の滝沢と津田の法式をまなんでいる。事を荒立てない、失敗は失敗として受入れ、時期を待って目的をはたす、という計算が固く守られているようだ、と津田大五は云った。主水正は掘り起こして乾してある芒と笹を取り、くすぶっている火の上へ投げ、枯れ枝で火に風を入れた。

「あまり動きまわらないほうがいい」と主水正は煙から顔をそむけながら云った、「――かれらに計算があるとすれば、こちらの動静にも注意しているだろう、こっち

が尻っぽを摑(つか)もうとしているのと同様、かれらもこっちの尻っぽを摑もうとしているに相違ない」

「つまり鼬(いたち)ごっこというわけですね、その点にぬかりはありません、大丈夫ですよ」

そういう自信がもっとも危険なのだ、そう云おうとしたが、主水正は口には出さなかった。今後のうち合せをして大五が去ると、それを待っていたかのように、じゅうそと和八が近よって来た。主水正はちょっとどきっとしたが、二人はかくべつ不審に思ったようすはなく、ただ通りかかった者だと云うと、すぐ自分たちの話にかかった。てんない、清(きよし)、そう七という三人が、脱走したという報告であった。

「てんないというのは仇名(あだな)でして」とじゅうそが大きな軀(からだ)をもて余すような、恥ずかしそうな手ぶりで自分の鼻を摘みながら上方訛(かみがたなま)りで云った、「——云ってみれば袖(そで)の下を使う、人のふところへするっともぐり込むという意味です」

この新畠におちつくという話も、てんないのはたらきであった。彼が郡奉行(こおりぶぎょう)の糸井兵助にとりいって、三十余人が新畠に土着することと、物資の給与を取ることに成功したのである。「そのてんないが逃げだしたんです」とじゅうそは上方訛りで云った、「清やそう七は云いくるめられたんでしょう、二人は上方へ帰っても家はなし、親もきょうだいも、妻子もない独り者で、この新畠に本気で根をおろすつもりだったんで

すから」

それだけならいいのだが、かれらは郡奉行所から給与の金を騙し取っていった。てんないは三十余人のために新畠を手に入れ、藩から給与も引出した。そしてこんどはその給与の一部を横取りし、新畠から逃げだしたのである。てんないはそういう男であり、いかにも彼らしいやりかただ、とじゅうそは云った。

「もうすぐ寒くなりますからね」と和八が手をこすりながら、やはり上方訛りで、呟くように云った、「四期のお下げ金を持ち逃げされては困るんですよ、いろいろと買わなければならない物がたまっているんですから」

「おまえさんは新参だが、いちばん頼みになりそうなんでね」とじゅうそが云った、「おすみさんもよく働いてくれるし、おかみさんもいるしね、男ばかりの荒っぽい、なんのうるおいもないこの土地が、おかげでずっとなごやかになりました、おらたちも女房のある者は女房を呼ぶつもりだが、なにしろもう少しこの新畠がどうにかならないと、呼ぶ気にもなりませんからね」

和八が咳をした。じゅうそは話が脇へそれたことに気づき、大きな軀をもじもじさせて、てんないの持ち逃げした金は諦めるよりしようがない、もういちど役所へ願い下げにゆくわけにもいくまいが、なんとか都合するくふうはないだろうか、と問いか

けた。

「むずかしいな」主水正は暫く考えてから、低い声で云った、「――むずかしいが、ちょっと心当りがないでもない。いってみなければわからないし、たぶん断わられるだろうと思うが、とにかく当ってみましょう」

「それはお城下ですか」

「東へ三日ほどいった、街道の宿場です」と主水正は答えて云った、「うまくゆくとは保証できないが、留守のあいだ女や子供を守ってくれるならいってみることにします」

じゅうそは安堵したように顔をほぐし、肉の厚い固太りの胸を叩いて、三人のことは自分が命に賭けて引受ける、と力んでみせた。主水正は二人を伴れて小屋へ帰り、ななえとおすみにわけを話してから、身支度をして出ていった。

「ふしぎな符合だな」とあるきながら主水正は呟いた、「津田が江戸から金を持って来た日に、ここでは金を持ち逃げされた、津田の帰りがおくれていたら、この新畠の開墾はつぶれていたかもわからない、これはおれに運の向いてきたという、一つのあかしかもしれないぞ」

彼は夜になるのを待って、白鳥神社の縁下へたずねていった。

十八の五

きびしい冬であった。掘立て小屋は、中に油紙を貼(は)って、隙間風を防いだ。床にも油紙を貼り、敷き藁(わら)を多くし、蓆も重ねたりしたが、もともと雑な造りなので、隙間風が入らなくとも、外の寒気はじかに小屋ぜんたいに浸みとおり、古火鉢(ひばち)で屑炭(くずずみ)をおこすくらいでは、とうてい寒さを凌(しの)ぐことができなかった。小太郎がまず風邪(かぜ)をひき、次にななえ、そしておすみというふうに風邪をひいた。小太郎は生れてから約二年になる。よく肥えた丈夫な子で、戸外で遊ぶことが好きだし、片ことでよくお饒舌(しゃべり)をした。主水正(もんどのしょう)は愛着心のおこるのをおそれ、抱いたりあやしたりしたこともなし、できるだけ冷淡にふるまってきたが、元気なその小太郎が発熱のためぐったりして、寝床の中から力なく母を呼んだりするのを見ると、するどい悔恨におそわれ、緊めつけられるように胸が痛んだ。

――これが恩愛の情というのであろう、と彼は自分に云った。この情に縛られては男はだめになる、これだけは自分に許してはならない、鬼になれ。

鬼になるのだと、彼は自分を叱咤(しった)し、小太郎から眼をそむけた。

風邪はななえがいちばんひどく、小太郎やおすみが治ってからも、熱が下らず食欲もなく、明くる年の正月いっぱい、寝たり起きたりという日が続いた。主水正は開墾の仕事を一日も休まなかった。土が凍っているから、芒や笹を掘り返すことはできなかったが、新畠へ水を引くために、一里ほど上から用水堀を作ることになり、土工のような仕事にかかっていた。これもまた堰堤工事を参考にしなければならず、規模は小さいけれども、洗堰の方法をもちいた。幸いなかまは堰堤の工事に慣れていたから、水の取り入れ口のところだけ、つまり、洗堰の構造だけに技術的なむずかしさがあるだけで、雪の消えるまでにそこを仕上げれば、あとは堰堤尻から三つ沼へ水を引く用水堀と、同じ作業をすればいいのである。主水正は小太郎の姿を見るに耐えないので、ほかの者の来ない雪の日にも、独りで鍬や鋤や馬鍬をふるった。

——小太郎を産ませたのは誤りだった、と彼は独りで、雪まみれになって馬鍬をふるいながら思った。男は妻子の恩愛に縛られてはだめになる、常に自分ひとりで、いつ死んでもいいという条件に、自分を置かなければならない。若いころ、自分にはとしはない、とおれは自分に云った。

「阿部小三郎でもなく、三浦主水正であってもならないとおれは思ったことがある」

彼は馬鍬をふるいながら呟いた、「——おれはこの新畠ではもとという名の人足だ、ななえも小太郎もおれ自身とは関係がない、根本的にはべつの世界の人間なのだ、おれは小三郎の昔から独りだった、いまも独りだしこれからも独りだ、なにかするには男はいつも独りでなければならない」

老人だからといって、独りで涙をながすようなことがないわけではない、という米村青淵(よねむらせいえん)の言葉が思いうかんだ。老いて気力を喪失した滝沢主殿(とのも)。酒びたりで怠け放題に怠け、しかも死ぬときには、草臥(くたぶ)れはてた、と云ったという宗巌寺の和尚(おしょう)。みんな独りだった。谷宗岳先生も、妻子がありながらこんな田舎へ招かれて来て、若い側女(そばめ)に子を産ませ、つつましやかに寺子屋のような仕事に背を跼(かが)めているという。だが、実際にはその側女にも、側女の産んだ子にも心はつながっていないに相違ない。女には家があり子供がある、女には自分の巣がある、けれども男に巣はない、男はいつも独りだ。

「独りだからこそ、男には仕事ができる」と主水正は声に出して呟いた、「特にいまのおれは、恩愛にも友情にもとらわれてはならない、男にもほかの生きかたはある、男としての人間らしい生きかたは数かぎりなくあるだろうが、おれだけはそうあってはならない、おれには男として人間らしい生きかたをするまえに、侍としてはたすべき責任、飛騨守(ひだのかみ)の殿がそう思い立たれたように、侍としてなすべきことをしなければならない、そしてこれは、おれ自身の選んだ道だ」

大五の持って来た金で、新畠の食生活はいちおうおちついた。云うまでもないが、食糧や日用雑貨の仕入れは用心ぶかく計算され、少しでも贅沢（ぜいたく）なことは神経質なほど避けられた。それが原因であるかどうかわからないが、二月までに五人が逃げだしていった。新畠が田地になるまでと、そのあいだの辛抱とをはかりにかけたらしい。五人とも二十代で、これもまた持てるだけの物を持ち出していった。

「これだから上方の人間はぜいろくだなんて云われるんだ」とじゅうそはくやしそうに、肥えた頬（ほお）をふくらせて云った、「五人ともみつけだしてぶち殺してやりてえ」

「上方の人間だからということはない」と主水正はなだめて云った、「もともと若いものにはむりな仕事なんだ、これからも逃げだす者があるかもしれないが、残った人間だけでも、できるだけのことはやってゆこう」

「役所のほうはどうします、人数の減ったことは届けなければいけないでしょう」

「届けはもう少し待とう」

「でも八人もぬけてしまったんですよ」

「人数よりも開墾が出来るか出来ないかのほうが問題だ」と主水正が云った、「やる気のない人間が五十人いるより、本気でやる人間の二十人のほうが仕事は進むだろう、

変らずぐれたような暮しかたをしている。谷宗岳は自宅で寺子屋をしながら、おちついたつつましい生活をしているが、ときどき大酒を飲み、川端町の料亭で酔いつぶれたりする。昔の教え子たちを捉まえてねだるのだが、大酒を飲むといっても量は知れたものだし、軀が弱っているのだろう、酔いつぶれるのも早いということであった。先生は家庭内の不幸な出来事で江戸を去った、しかし現在のようなお気の毒な晩年を迎えたのは、その出来事のためではない。おれは江戸で少年時代に先生の教えを受けたが、思い返してみると先生には、もとからそういう性向があったようだ。強い自尊心に支えられた放胆さと、ふしぎな自己否定の小心さとが、常に先生の内部でせめぎあっていた。先生は先生自身の望んでいた方向へ、自分で生活を押しやってきたのだ、と岩上六郎兵衛は云った。

「ほかに話がないのならこれで別れよう」と主水正が云った、「まだ話すことがあるのなら、谷先生のことはもうやめてくれ」

いちばん大事なことがあった。六条一味は密偵制度を敷いた。大目付にも町奉行にも属さないし、正式な役目も持たない人間が、城中でも城外でも眼を光らせている。恰好も侍だったり町人だったりまちまちで、御新政に対する不平や不満の声を聞き、反抗者とか旧勢力の恢復を計る者などに、するどく神経をくばっているそうであった。

それから五人衆のことや、堰堤のことについても岩上は語り、飛騨守の姿はまったく見られない、とも告げた。

「殿の御出府は三月か」

「故障のあるようなことも聞かないから、例年どおり三月だと思う」

「おれは行列についてゆく」と主水正が云った、「城中ではむずかしくとも、旅の途中ならなんとか隙(すき)がみつかるだろう、そしてできることなら、多少の危険を冒しても殿に近づいてみるつもりだ」

「それは大五がやると云っていた、あなたは動かないでもらいたい」と岩上は強い調子で反対した、「殿の息のかかっている者は、国許(くにもと)は云うまでもなく江戸屋敷の者でもみな、あなたを中心にものを考え、あなたを軸にしてなにかを為(な)そうとしている、あなたにとっていま必要なのは動かないこと、少しでも危険なことには近よらない、ということです」

「そういう云いかたはよそう」主水正は静かに遮(さえぎ)って云った、「誰(だれ)が中心か、誰が軸かなどということはない、一人ひとりが軸であり中心であり、ぜんたいに対する責任がある、それに、——殿をいちばんよく知っているのは私だからな」

岩上六郎兵衛はちょっと考えてから、とにかく大五に話してみると云った。

そして二月はじめのあたたかい日に、まったく思いがけなくつるると会った。岩上六郎兵衛が来てから二三日、夜になると主水正は自分で道中記を作り、江戸を往復したときの記憶を辿って、各宿場のもようをできるだけ詳しく書き入れることに専念した。夜半に小太郎を厠へ伴れてゆくのもおすみであり、ひるまいっしょに遊ぶのもおすみであった。焚木は燃えてしまえば二度と火をつけることはできない。ななえは燃えてしまった焚木なのだろうか。風邪をこじらせたのは慥かだろうが、一日じゅううつらうつらしているし、思いだしたように八重の名を呼んでは、啜り泣くのであった。

二月はじめの或る夕方、主水正が大川で鍬を洗っていると、つるが馬に水を飲ませに来た。男のような筒袖の着物に、馬乗り袴。いつか見覚えのある鞭を持ってい、黒い塗笠をかぶっていた。初めは気がつかず、主水正は枯草の束で鍬を洗っていた。

「そのままで聞いて下さい」とつるが馬に水を飲ませながら囁いた、「お達者なお姿を拝見して安心いたしました」

つるだなと、主水正は思い、萱笠の端から彼女の姿を見た。信じられないことだが、彼は表現しようのないなつかしさと、心にしみいる感動におそわれた。

「そのままで」とつるはまた囁いた、「曲町の屋敷はそのままです、あなたのお帰りになるまで、障子一枚動かしたりはさせませんから」

「むりをするな、私は大丈夫だ」と主水正は囁き返した、「ここへは来ないほうがいいぞ」

「御不自由なものはありませんか」

「みつかれば私の命はないのだ、ここへは二度と来ないでくれ」

「命がけはわたくしも同様です」つるの声がちょっとふるえた、「御政治は江戸から来た安西左京が握っているようです、山内さまも、柳田、八重田(やえた)、そして山根の兄も、みな安西左京の云うなりで、誰ひとり対抗する者はないようです」

「それは靫負(ゆきえ)さんの話か」

「殿さまのごようすも腑(ふ)におちないと云います」つるは主水正の問いには答えずに云った、「お側の者は一人残らず、江戸からお供をして来た人たちですが、これまでとは違って、国許のお側役は遠ざけられたままですし、殿さま御自身も奥にこもられたきりで、表へはいちどもお出ましにならないということです」

「知っている」と主水正がそっと遮った、「しかし御政治むきのことなどにかかわってはいけない、もしその気になれるなら」

三浦家とは離別して山根へ帰るほうがいい、そのほうが安全でもあり自然なやりかただ、そう云いかけたのであるが、つるの気性を知っているので口には出さず、洗った鍬と鋤を持って彼は立ちあがった。つるはまだなにか云いたげであり、残り惜しそうであった。そんな女らしいようすをみせたのは初めてのことで、主水正の印象につよく残った。

その日から八日ほど経った或る午後。笹原を起こしていた主水正は、いっしょに鋤を使っていたじゅうそに呼びかけられた。

「小屋のほうでなにかあったらしいぞ、もとさん」とじゅうそは上方訛りで云いながら、川上のほうを指さした、「ほら、川っぷちで泣き声をあげているのはあんたのおかみさんだろう」

主水正は鋤を投げて走りだした。大川に沿って菜の畑があり、春の傾きかけた日光を浴びて、菜の花が眩しいほど咲きさかっている。その畑と大川の岸とのあいだで、ななえがなにか泣き叫びながら、狂ったように手を振り絞ったり、身もだえをしたりしてい、あちらこちらから男たちの駆け寄ってゆくのが見えた。男たちがななえのまわりに集まり、その中の一人が、仕事着のまま大川へはいっていった。

主水正が走り寄るのを見ると、ななえはとびかかって来て、彼の胸に両手でしがみつき、異様な声で泣きながら叫びたて、崩れた髪の毛を振り乱してじだんだを踏んだ。

「小太郎が」とななえは叫んだ、「川の中へ、助けて下さい、小太郎が川の中へ」

主水正はななえの手をもぎ放して、川のほうへとんでいった。そこから五六間下の水の中から、関蔵という男が、水のしたたる小太郎の躯を抱いて、ゆっくりと岸へあがって来た。主水正が相手を見ると、男は頭を左右に振り、抱いている子を黙って主水正に渡した。

「水は飲んでいねえようです」と云って男は唾を吐いた、「まえにもいちど覚えのあることだが、溺れ死んだんじゃなく、落ちたとたんに心臓をやられたんだ、まだ水が冷たいからねえ」

ななえが気を失って倒れた。主水正は抱いている小太郎の、ぐったりと力のぬけた躯から眼をそらした。向うの菜の花の、明るい黄色が彼の眼にしみるように思えた。

縄屋半六にて

川底に石ころの多い、早い流れの音が聞えていた。川はさして大きくはないらしいが、雨続きで水量が多く、勾配が急なためであろう、流れの音の中に、石ころの転がる音が混っていた。

「卍屋はやはり三井だった」と桑島三右衛門が云い、激しく咳こんだ。

佐渡屋儀平がすぐに、「それはずっとまえからわかっていたことでしょう」

「それがそうではない」と桑島が付け加えた、「灘屋と堂島からも二人ほど筆を入れているらしい、もちろん頭取は三井ですがね」

「とにかくみんなの書出しをみるとしよう」と太田巻兵衛が云った、「私のはこれです」

太田巻兵衛に続いて、越後屋藤兵衛、佐渡屋儀平の三人が、それぞれ書類をそこへ出した。桑島三右衛門だけは自分の物を出さず、三人の書類を次々に詳しくしらべた。

「あれは」と越後屋が太田に向かって、窓の外へ眼くばせをして囁いた、「あの、かからからという音はなんでしょうかな」

太田巻兵衛がその質問の意味を聞き返そうとしたとき、桑島三右衛門が顔をあげ、三冊の書類をそこへ置いた。そして咳をし、唾をふところ紙でぬぐって話しだした。

――五人衆の仕事を、みごとに卍屋は自分のものにした。一例をあげると、太田巻兵衛の場合が代表的であろう。領内で製産される「おみの紙」については、その全体の買入れと売捌きの仕切りをしてきた。したがって一面には製紙業者への支払いを抑え、反面では価格の平衡を保つ責任を負った。もちろん五人衆の株は独占権であるから、利得に恵まれることは云うまでもない。それが御新政によってどう変ったかというと、各地から来る商人たちとの取引で、価格も数量も商人たちの思うままに叩かれる、ということであった。それればかりでなく、製産のための資金繰りが困難になって、卍屋から金を借り、こんどはその金利にも責められることになった。およそ六年ほどまえに、製紙業者たちは太田巻兵衛のやりかたが不当だという理由で非難し、藩へ訴訟しようとまで騒いだことがある、――それは御新政の前触れであったが、――しかし太田巻兵衛が独占権を失ったいま、かれらは個々にひきはなされ、買付けに来る商人たちに振り廻されると同時に、卍屋の借金にも追われるという現実にぶっつかったのだ。これは代表的なもので、他の四人の場合も例外ではない、佐渡屋の回米も入札制になり、越後屋の呉服、糸綿も入札の市になった。ここでも地着きの商人たちは、わが世が来たように御新政をよろこび、さして資力のない者までが入札に加わった。かれらもまた、三井を頭取とした上方資本の動いていることなど知ろうともせず、五人衆の廃止という餌に釣られて、勝ちめのない投機へひきこまれつつある。やがては裸にまで剝かれてしまうだろう。これが御新政に変って、僅か四年たらずのあいだに起こった事実だ、と云って桑島三右衛門はまた咳こんだ。

「ざまをみろ、と云いたいところです」巻兵衛が云った、「それはまあ、五人衆としての私があこぎでなかったとは云いません」

「いまそんなことを云っているときではない」桑島はふところ紙で口を拭いてから云った、「このままにしておけば、この藩の経済は上方資本に乗取られてしまう、代々の御恩を考えるまでもなく、われわれがこれを黙って見ている法はないと思いますがな」

川の流れの音が高く、大粒の雨でも降っているように聞え、どこかの座敷で鼓を打ちはじめたが、まもなくそれに笛の音が加わった。さして高くはないその笛と鼓の音は、この座敷の空気までひき緊めるようで、四人はいっときしんとなった。

「こんなときに三浦さんがいてくれたら」と桑島が神経質に呟いた、「こんなときのためにわれわれは三浦さんに投資をした、この投資をむだにするわけにはいきませんん」

「だがあの人は生きているんですか」

「死んだという証拠はどこにもない、いまどこにいるかはわからないが、殺されたとか死んだとかいう噂を聞いたこともない」と佐渡屋が云った、「――例の一味も血まなこで捜しているらしいが、いまだに捉まえることができずにいるのは、慥かなようです」

「そういえば」と巻兵衛が三人を見た、「あのななえという人はどうしたでしょう」

「私は三浦さんの話をしているんですよ」

「だから」と巻兵衛がまた云った、「三浦さんはあの人が気にいっていたし、曲町のお屋敷よりも花木町にいるほうが多いくらいだったでしょう、それにお子も儲けられた筈だから、ななえさんを捜すほうが早いと思うんですがね」

「そしてどうするんです」と桑島がきき返した。

「男より女のほうが捜しやすいし、あの人はもちろん、三浦さんのいどころを知っているでしょう」

「そしてどうするんです」と桑島が同じことを聞いた、「あの人を捜しだし、三浦さんのいどころがわかったら、呼び出して相談でもしようというわけですか」

「三浦さんなら頼みになると思うんだがな」

「御新政一味が血まなこになって捜しているんですよ」と桑島が云った、「私たちが捜し出すのは、三浦さんを一味の手に渡すようなものだとは思いませんか」

巻兵衛は苦笑いをしながら頭へ手をやった、「相も変らず私はお先走りな人間だ」

「桑島さんの云うとおり」と佐渡屋がとりなすように云った、「私たちが投資をしたのは、三浦さんにそれだけの値打があると見込んだからです、われわれの投資をむだにはできない、と桑島さんが云われたとおり、いまわれわれの頼みにするのはあの人ひとりだし、ここにいてくれたらどんなにこころ強いかわからない、けれども、三浦さんが生きているとすれば、必ずどこかでなにかをなすっている筈です、そうでしょうみなさん」

卯の年の大火のとき、あの人は十六歳だった。そんなとしであの人は、誰にもまねのできないような事をやってのけ、しかもそれをみな他人の手柄にした。いま宗巌寺にある御救い小屋は、そのときあの人が建てた「子供部屋」であり、いまでは孤児や、身寄りのない老人たちの収容所として、役立っている。捨て野を開拓するための堰堤工事、そして領内測量、また洪水のとき堰の取入れ口をあけた決断。これらを思い合わせれば、あの人はわれわれの見込んだとおりの人物であり、いまでもそれに変りはないと信じていいと思う、と佐渡屋儀平は云った。――鼓と笛の音はまだ聞えてい、その澄みとおるように冴えた音いろが、四人の感情にきびしく作用したのであろう、かれらの顔つきはいっそうひき緊るようにみえた。

「ではこれまでにしましょうかな」と桑島が疲れたような声で云った、「あまりなが話をして疑われるといけませんからな、次はまた十の日に」

三人は自分たちの書類を取ってふところに入れた。

「あれは」と越後屋が窓の外へ頭を振ってみせて云った、「あのからからという音はいったいなんですかな」

「ああ」桑島が答えた、「あれは水の中で転げる石ころの音です」

「水の中で転げるですって」

「いま私の住んでいる家の脇(わき)でも、雨のあとなんぞにはよく聞きますよ、初めは私もなんだかわからないもので、なんだろうと不審に思ったものです」桑島はそう云って咳こみ、咳がおさまるのを待って云った、「――ところがしらべてみたら、流れの強いときには川底の石ころが転がるということがわかったんです、勾配(こうばい)の急なところではね」

太田巻兵衛がきいた、「そんなにいつも流れていて、石ころはなくならないんですかな」

他の三人はなにも云わなかった。

十九の一

「人間とはふしぎなものだ」と主水正(もんどのしょう)が云った、「悪人と善人とに分けることができれば、そして或(あ)る人間たちのすることが、善であるか悪意から出たものであるかはっきりすれば、それに対処することはさしてむずかしくはない、だが人間は善と悪を同時に持っているものだ、善意だけの人間もないし、悪意だけの人間もない、人間は不道徳なことも考えると同時に神聖なことも考えることができる、そこにむずかしさとたのもしさがあるんだ」

「これは驚いた」と津田大五が云った、「なにを仰しゃろうというんですか」

主水正はそっと溜息をつき、遠い出来事を思いだそうとするような口ぶりで云った、「ずっと昔、巳の年の騒動のときに、先代の滝沢主殿どのがその裁きに当って、——正しいだけがいつも美しいとはいえない、義であることが常に善ではない、と云われたそうだ」

大五は徳利を取って見せた、「勝手に飲ませてもらいますよ」

「六条図書とその一味は悪人でもなし、悪事をたくらんでいるわけでもない」と主水正は続けて、穏やかに云った、「かれらはかれらなりに、家中の弊風を除き、政治を正しくおこなおうとしたんだ、それは紛れもない事実なんだ、しかし残念ながら、かれらが弊風と認めたものに、かれら自身も縛られてしまった、ひとことで云えば、五人衆に代って上方資本の導入をやったことだ、家臣に対する御借上げ金、豪農、富商に対する御用金、新らしい銭札の発行など、みな御新政の威力を示すための手段だった、わが藩のように物成りが豊かで、泰平安穏な年月に慣れているところでは、この手段はいちおう効果的だ、反抗するまえにまず畏縮してしまう、打たれたことのない子供が打たれると、拳を見ただけで怯えるようにだ」

「けれどもその拳に嚙みつく子だっていますよ、たとえ相手が親であってもね」

「打ったあと親は、たいてい菓子でもやって打った理由を云い聞かせるだろう、だからこそ打つことも、ときに子供のため必要だと云えよう」と主水正は続けて云った、「しかしまた、打つことに慣れ打たれることに慣れる親子もある、御新政はそのかたちに似てゆくようだ、六条一味は権勢をにぎるために上方資本を入れた、それは便法だったが、いまはその上方資本にがっちりと縛りあげられ、長い年月にわたって綿密に計画してきた政策を、実行する自由さえ失ってしまった」

「それはどうですかね」大五は湯呑で冷酒を啜りながら云った、「私には一味が、綿密な計画などたててはいなかった、というふうに思えてきたんですがね」

ここは江戸麻布の谷町といい、その谷のもっとも奥に当る一画で、軒の低い古びた長屋が、狭い道の左右にびっしり並んでいる。この家は狸店と呼ばれ、中でもひどい貧乏人ばかりの集まっている長屋の一軒であり、裏は脆い岩の崩れやすい崖になっていい、夏でも地面にぜに苔が絶えないほど湿気がつよく、長屋の根太や下見板などはみな腐っていた。

「かれらは滝沢氏一派の、三代にわたる権勢を奪回しようとし、周到にその計画が練られたことは事実だ」と主水正が云い返した、「かれらは権勢の座を占めるために、松二郎さま擁立という旗印をかかげ、みごとにその望みを達した、私が云いたかったのはここのところだ、私はかれらを私欲のために藩政転覆を計った一味であり、武家道徳に反する悪人たちだと思った、しかし違う」

主水正は眼をつむって、そっと頭を左右に振った、「政権はにぎったが、同時に資本力というものに縛られてしまい、卍屋一派の思うままに、云うままにならざるを得なくなった、寛政七年の大火と、同じ年に幕府から命ぜられた東照宮修築のため、御恩借嘆願という事があった、資金調達のために、五人衆が上方の三家、つまり鴻ノ池、三井、灘波屋から借りたことにし、実際は自分たちで調達したように拵えた件だ」

「それはいつか聞きました」

「私はまだ若かったので、五人衆を憎み、そんなに明白なからくりを見逃している重職の人たちを憎んだ、いまは違う、いまになって考えてみれば、たとえ五人衆が私腹を肥やしたとしても、その利得は領内にたくわえられていた、それが現在はどうか、領内からあがる農産業の利得は、その大半を上方へ持ち去られてしまうのだ」

滝沢氏時代にあった重職と富商、豪農たちとのくされ縁は、現在おこなわれている御新政より、はるかに藩家のおためにもなり、藩の財政の安泰を保つことに役立っていた。人も世間も簡単ではない、善意と悪意、潔癖と汚濁、勇気と臆病（おくびょう）、貞節と不貞、その他もろもろの相反するものの総合が人間の実体なんだ、世の中はそういう人間の離合相剋（そうこく）によって動いてゆくのだし、眼の前にある状態だけで善悪の判断はできない。おれは江戸へ来て三年、国許（くにもと）ではまったく経験できないようなことをいろいろ経験し、国許には類のない貧困や悲惨な出来事に接して、人間には王者と罪人の区別もないことを知った、と主水正は云った。

「失礼ですがね」と大五が苦笑いをしながら遮（さえぎ）った、「じつのところ私は、三浦さんのそういう話は聞きたくない、もっとはっきり云えば、私には財政や経済のことはわからないし、わかりたいとも思わない、私はただ御新政という美名に隠れた、きたならしい陰謀を叩き潰（つぶ）すこと、悪人どもの追放と、殿の安否を慥かめること以外にはなんの興味も心配もない、ええ、特にむずかしい話はごめんです」

「特にむずかしい話をしたつもりはないんだがな」

「気に障ったら勘弁して下さい、私が第一に聞きたかったのは殿の御動静です」

「相良（さがら）から手紙が届かなかったか」

「上屋敷のことだけです」大五は酒を湯呑に注いだ、「国許と同じように、お側は六条一味の者で固められ、殿は奥にこもられたまま、他の家臣たちとは決して対面をなさらず、御動静はまったくわからない、それだけです」

そして、いったいあなた方はなにをしているんです、とでも云いたそうな眼つきで、主水正の顔を見た。主水正がこの麻布谷町に住みついたのは、東側の高台に主家の下屋敷があるからで、それも大五が連絡を取るように計らい、上屋敷の相良大学と会って、相談のうえきめたことであった。――ここにおちつくとすぐに、主水正はぼて振りになり、季節の野菜や、魚貝類を担いで、下屋敷の周辺を売りあるいた。そして秋の末からは夜泣きうどんを売りに出たが、このほうがずっと役に立つことを知った。そのあたりは大名諸侯の中屋敷や下屋敷が多く、詰めている侍や小者たちの数も少ないし、藩主の来るときか、その近親者のいるときはともかく、平生は上屋敷のように、格式ばったところのないのが通例であった。したがって寒い夜などにうどんを売ってあるくと、これらの屋敷から小者たちが気軽に出て来て、うどんを喰べながら邸内の噂ばなしや、上役に対する不平や悪口を云いあうのであった。――こういうふうにして、やがて主家の小者たちとも親しくなり、邸内のこともいろいろ聞けるようになった。

「それは手紙で読みましたよ」大五はもどかしそうに云った、「それでつまり、三浦さんは下屋敷にいるのが殿だと、はっきり認めたわけなんですか」

「上屋敷にいるのは松二郎さまだ」と主水正は答えた、「つづめて云えば、四年まえに国入りをされたのは松二郎さまなんだ」

十九の二

大五は眼に酔いをにじませ、主水正の云うことを聞き咎めるように、下屋敷にいるのが本当の殿だと、どうして判断したのかと反問した。

「私は三年まえ、上府する殿の行列について来た」と主水正は答えた、「そのことは手紙では詳しく書けなかったが、道中の警護のきびしさは非常なもので、お姿を見ることさえできなかった、御在国ちゅうも六条一味の者のほか、一人として御対面はかなわなかったが、道中のきびしさはそれ以上で、しかも、同じ宿駅に泊った他の大名諸侯との挨拶交換にさえ、病中という理由で、いつも安西左京が代理に出ていた」

「どうしてそれがわかりました」

「本陣には近よれないが、宿場で噂のひろがるのを防ぐことはできない、私はそのとき、これはもう疑う余地はないと思った」

「なるほど」大五は湯呑に酒を注いだ、「なるほどね、――それ以前には疑っていたんですか」

「むしろ疑ってはならないと思っていた」

「しかし行列にはついてゆく気になった」

「その役は私がやると、岩六に伝言した筈ですがね、あなたには動かないでもらいたかった、われわれにとってあなたがどんな立場にいるか、あなたにはわかっていないんですか」

「われわれの立場はみな同じだ、私だけが特別だなどと考えるのは間違いもはなはだしい、それは岩上にははっきり云った筈だ」

大五は酒を啜り、ゆっくりと頭を左右に振った、「あなたは忘れている、私はあなたのことはよくしらべたが、あなたはいちばん大事なことを忘れていますよ、十五歳で尚功館を卒業したとき、あなたは殿御自身によって選び出されたんです、そうしてそのあと、めみえ格以上の子弟からあがるという長い不文律をやぶって、平侍のあなたが側小姓にあげられたことや、元服に当って城代家老が剃刀親になった、それ以来ずっと、あなたはつねに異例の待遇の中で成長された、そのことがあなた自身にとって、好ましかったか好ましくなかったかは知りません、けれどもあなたは選ばれたのであり、そのため異例の処遇を受けてこられた、三浦さん、——それでもあなたはほかの者と同じだと云えますか、われわれの中に、あなたと同じように異例の待遇を受けた者がいると思いますか」

「私の云う意味は違うのだ」

「もうひと言です」と大五は遮って続けた、「扇に要がなくてはならないように、われわれにも要がなくてはならない、これはまずい譬えかもしれないが、要がなければ扇がばらばらになってしまうように、いまのわれわれにはあなたが要なんです、あなたには危険を冒すようなことはしてもらいたくない、これがわれわれみんなの意見なんです」

主水正は呼吸をととのえてから云った、「私が異例な処遇を受けたことは認めよう、しかし仮に私が平侍の子ではなく、そのもとと同じように、身分の高い家柄の子であったとしたらどうだろう、それでも私の受けた待遇は特別だと云えるだろうか」

「あなたは話をすりかえている」

「いや」と主水正は首を振った、「いや、私は事実を云っているだけだ、そのもとたちが私を特別な存在だと考える土台には、私が平侍から選ばれ、異例の処遇を受けたということが根になっている、これは私のひがみではなく事実だと思うが、それは違うと云えますか」

大五はすぐには答えられなかった。そしてなにか云おうとしたとき、布巾で蔽った盆を持った、二十六七の女が戸口をあけ、大五を認めてちょっとたじろいだ。

「あら、お客さまだったんですか」と女は戸惑ったように眼をしばしばさせた、「知らなかったものだからごめんなさい」

「友達なんだ、大さんと云ってね」主水正は聞き馴れない訛りのある口ぶりで云い、大五に女をひきあわせた、「——お秋さんというんだ、向う長屋に住んでいる人で、ここへ来てからずいぶん世話になったんだ」

お秋と呼ばれた女は、大五にあいそ笑いをし、持っていた盆をそこへ置いて、頬を赤らめながら大五に云った。

「このひと貧乏ぐらしのくせに、なんにも知らないんですよ、まるで子供みたように暢気なんです」女の言葉にはつよい訛りがあった、「お友達だからあなたは御存じでしょうがね」

大五はあいまいに片手を振った。そのとおりです、というようにも、それはあなたの考えすぎです、ともいうような身ぶりだった。

「負けましたね」女が去ってから大五が云った、「あなたは女にもてる人だ、ななえさんのことを忘れたんじゃないでしょうね」

「話が逆戻り（ぎゃくもど）をしたようだな」と云って主水正は大五を見た、「――ななえがどうかしたのか」

「たいしたことではないかもしれない」と大五が云った、「私はまえのことはよく知りません、私がじかに会ったときは、もう普通ではなかった、もちろんそう幾たびも会ったわけではないが、少なくとも私の印象に残っているあの人は普通ではなかった、それがすっかり変ったのです、ふしぎなことですが、おかしなところはまったく消えてしまい、ごくあたりまえな人になっていました」

主水正にはその意味がよくわからないようで、けれどもかすかに頷（うなず）いてからきいた、

「――まだ新畠にはいるんですね」

「豆を作っているようです、石原村の伊平という百姓が面倒をみているようですが、――伊平のことはご存じですね」

「ななえの兄だ」

「それは知りませんでしたが」と云って大五は眼をそばめた、「――かれらに感づかれるおそれはないんですか」

「たぶんね、かれらが覘（ねら）っているのはこの私だし、ななえは三浦家の主婦ではないか

らね」

主水正は女の置いていった盆を引きよせ、布巾を取った。大きな丼にいっぱい、薄茶色のまぜめしが盛ってあり、大五はほうと声をあげて、うまそうですねと云った。主水正は立ってゆきながら、かやくめしというのだそうだと云い、小皿と箸を二人分持って戻った。

「私はだめです」と大五が云った、「酒がはいるとめし粒はいけません、ここへ来るまえに庄田信吾と会って、飲みながら話したんですよ、どうか私に構わずやって下さい」

「私もまだ欲しくはないんだ」と云って主水正は丼へ布巾を掛け、古くて小さな茶箪笥の中へ盆ごとしまった、「——国許のことでほかに聞いておくことはないか」

「曲町は御無事です、夫人はよく馬で遠乗りをなさるが、一味の手先を嘲弄なさるおつもりらしい、かれらにあとを跟けさせ、いいころを計ってみごとな疾駆に変り、風のようにかれらをまいてしまう」

「私に連絡するように思わせるんだな」

「賢いひとです、おどろくほど賢い」と大五は本気な口ぶりで云った、「あなたは女運にも恵まれた人だ」

そうではない、それには反面がある、陽の当る裏には常に蔭があるようにだ、と云おうとしたが、主水正はそうは云わずにべつのことを聞いた、「滝沢さんはどんなようすでした」

「芯の丈夫なたちなんでしょうね、重態だ、危篤だと幾たびか聞きましたが、私が立ってくるときにはもち直したということでした、兵部は相変らずで、西小路に囲っている女に子が生れたそうです」

主水正は忘れていたことを思いだしたように、上眼づかいになり、「滝沢兵部」と声には出さずに呟いた。そのことを直感したのであろう、大五は酒のはいっている湯呑をあげて、左右にゆっくりと振った。

「兵部はだめです、諦めましょう」と大五は云った、「腐りだした木に花は咲きません、――ああそうそう、あなたの実家の阿部さんですが、御尊父はまだ健在です、しかしあなたの弟の小四郎さんは、刃傷沙汰を起こして脱藩したそうです」

「安西が江戸へ来て、あとはそのままですか」

「波岡五郎太夫が代りに来てい坐ってました、これはなかなかのくせ者です、――しかしあなたは、弟のことは気にならないんですか」

「そのもとはいつまで江戸にいるつもりです」と主水正は返辞をせずにきいた、「宿所はどこですか」

十九 の 三

「昨日の人はどなた」とお秋がきいた、「弟さんじゃないんですか」

「友達だ、昨日は御馳走さま」

主水正は布巾をたたんでのせた盆を、お秋に返した。お秋は三十五歳だという、四十歳になるおとしという姉と、向う長屋の一軒に住み、二人で仕立て物をしながらくらしている。姉も妹もきりょうよしで、上方生れだということを証明するように、言葉つきも動作もやわらかで、こんな長屋の住人には珍らしく、こぼれるような女らしさをもっていた。このきょうだいは、長屋の人たちから親しまれ、頼りにされている。独り者の人足など少なくないし、女ぐせが悪いという評判の男もいるが、このきょうだいに手出しをするようなことは決してなかった。四十歳と三十五歳だそうだが、どちらも十歳は若くみえるし、人を警戒するとか、お高く構えるようなところは些かもなかった。

——京で生れて、十二三まで京で育ったんだそうだ、と差配の長兵衛が話してくれた。上方の女は言葉つきも身ごなしも、当りがやわらかでやさしいが、どこかに冷たく緊った芯のようなものがあってね、狸店などと云われるこの長屋の暴れ者でも、あのきょうだいに会うと鉢巻を取るくらいだ。

　しかし姉妹は世話好きだし、頼まれなくとも人の面倒をよくみる。おまえさんも独り身だから、不自由なことがあったら、遠慮なくあのきょうだいに相談するがいい、と長兵衛は教えてくれた。主水正は金を持っていた、国許を立つとき仁山村をたずね、米村清左衛門から贈られたものである。隠居の青淵は山狩りにいっていたので会うことはできなかったし、清左衛門の差出した金も受取るつもりはなかった。——もちろん、狸店に住みついた彼は、一つの七厘と、めし茶碗、汁椀、箸、箱膳など、最小限に必要な品だけしか揃えなかったし、ぼて振り道具も借り物であり、夜なきうどんの道具も一夜借りであった。うどんは玉で卸す店があり、そこでいろいろな薬味も具も売っていた。彼はただ汁をつくればいいだけで、それには惜しまずに材料を使ったから、いまでは常とくいもできていた。

　おとしとお秋のきょうだいは、主水正が洗濯をしているのを見て、向うから声をかけてきた。おとしがせむしで外へ出るのを嫌い、いつも家にこもって仕立て物をしている、ということはあとで知ったことだ。差配の長兵衛も云わなかったし、お秋も自分からは云わなかった。九十日ほど経ち、梅雨があけてからの或る日、主水正は姉妹から夕食に呼ばれた。とうもろこしとかぼちゃを売り歩いたあとで、彼は行水を使ってから、向う長屋へいった。そのとき初めて、おとしの軀が不自由だと知った。おとしは夜具に背を凭せ、縫いものをしながら彼に頰笑みかけた。

――あたし背中に瘤があるんです、とおとしは会釈しながら云った。赤ちゃんを生まない代りに、赤ちゃんを背中に背負っているようなものなんです、可笑しいでしょ。

――気を悪くなさらないで下さいな、とお秋がとりなすように云った。姉さんはあれが自慢なんですから。

主水正はそのとき、上方ふうの冷麦を馳走になったが、その冷麦よりも、姉妹のあかるさと、屈託のなさに心をうたれた。姉は自分の軀の不自由さを些かもひけ目に思っていない。そして妹のお秋も、かくべつ姉を庇おうとはしていない。姉妹は自分たちに課された条件に支配されず、自分たちの中に自分たちの人生を認めて疑わない。単に楽天的というのではなく、そこにある事実を認めて、少しもたじろがないだけのようにみえた。

お秋は彼のために仕事着を縫い、夕めしの菜を作って持って来た。主水正もまた、珍らしい菓子や、煎茶を買って贈ったりした。夜泣きうどんを始めてから、主水正が帰って来ると、お秋が朝めしを拵えて待っていた。よけいなことはなにも云わないし、いろめいた感情はまったくなかった。たった一度だけ、おとしが彼に向かって、なぜおかみさんを貰わないのか、ときいたことがあった。

――わかりませんね、と主水正は少しどぎまぎしながら答えた。わからない、男と女がいっしょになるか、ならないか、世間ではいっしょにしようとするが、夫婦になることが男と女にとってそれほど大事なことだろうか。

そして彼は、あなたがたこそどうして結婚しないのか、と反問した。姉妹は笑った、声に出して笑い、だってもらいてがないからしようがないでしょ、と笑いながらおとしが答えた。やわらかい上方訛りの口ぶりには、思わせぶりも誇張も感じられなかった。姉は軀が尋常でないから、「もらいてがない」というのもさしてふしぎはない。しかし妹は健康でありきりょうもすぐれてい、また気だてもやさしく賢そうなのに、姉の言葉を自分の代弁のように明るく笑うだけで、自分の気持を隠したり、姉を庇っているようなけはいは少しも感じられなかった。

「ねえもとさん」と云ってお秋はいそいで口を押えた、「あらごめんなさい、気やすく名なんぞ呼んじゃって、これでいつも姉さんに怒られるんです、あんたっくらいおっちょこちょいはないって、あたしがお嫁にでもいったらどうするのよって」

主水正は胸が熱くなった。そういう問答を交わす姉と妹の気持が、十九かはたちぐらいの娘たちと些かも変らないすなおな、明るい女らしさに溢れていたからである。このきょうだいは、どんな不幸なめぐりあわせにも、泣いたり絶望したりするようなことはないだろう。ここになにかがあるな、と主水正は思った。外側の条件によって左右されない、仕合せも不仕合せも自分の内部で処理をし、自分の望ましいように変えてしまう。幸不幸は現象であって、不動のものではない。そうだ、このきょうだいの生きかた、またはそういう生きかたのできる性格には、まなぶべきなにかがある、と主水正は思った。

「話を戻しますけれどね」とお秋は続けていた、「――あなたお独りでは不自由でしょ、お嫁さんをもらう気はありませんか、それともどこかにおかみさんがいるんですか」

「どうしてまた、そんな」

「あなたのところへぜひ来たいっていう人がいるんです」と云ってお秋はからかうような眼まぜをした、「きれいな人よ」

主水正は返辞に困った、「こんな日稼ぎの仕事をしていては、女房どころか自分ひとり生きてゆくのもかつかつですからね」

「あなたより怠け者でも、おかみさんや子供の三四人もやしなっている人がいるわ、それはおかみさんや子供たちも稼いでいるけれど、夫婦親子となってみればそんなことあたりまえでしょ、稼ぎのことなんか心配はなくってよ」

「私は」と主水正は口ごもりながら云った、「私はもう少し独りで稼いで、うどん屋の店を持ちたいんです、一軒の店を持つまでは独りでいるつもりですから」

「しんどいのね」とお秋が云った、「そんなに堅く考えなくったって、人間のくらしなんかべつにむずかしいことはないんじゃないかしら」

そして、その人はたいそう美人だし、あなたに夢中なのよ、とお秋は付け加えた。

十九の四

お秋のもってきた縁談の相手は、主水正にもおよそ見当がついた。狸店と呼ばれるその長屋の、ろじへはいった二軒めに、母と娘の二人ぐらしの家があり、その二人が、主水正の出入りごとに日和の挨拶をしたり、おあいそを云ったりする。そのとき娘の赤らめた顔や、眩しげなまなざしには、心をかよわせようとする想いが、そういうことには疎い主水正にもありありと感じられた。

——おれもそういうとしになったのだな、と彼は思った。

お秋がそんな縁談をもって来たことで、彼は自分が三十六歳というとしになっていることを実感し、そのことに驚きを覚えた。彼はそれまで、自分の年齢などを考えたことはなかった。おれにはとしはない、と若いころ自分で自分を戒めた。阿部小三郎でもなく三浦主水正でもない、十六歳でもなく二十三でもない。そういう名や年齢にとらわれないところに自分の存在があるのだ。彼は自分にそう命じ、およそそのように生きてきた。お秋の話に驚いたのはそのためであり、彼は改めて自分が三十六歳になったことを、正しく認めるべきだと思った。

「おれに年齢はない」と主水正はお秋の帰ったあとで呟いた、「けれども人間には年齢がある、自分で認めようと認めまいと、おれが三十六歳だという事実を変えることはできない、八歳だったあのときに八歳ではなくなったが、三十六歳のいま、このとしを認めるほうが自然だ」

麻布谷町のこの長屋町にも、独身の男や女は少なくない。男たちは日雇い人足か行商、女たちは内職をして、いちにち凌ぎの生活をしている。主水正はそこそこ三年、かれらの生活を見たり聞いたりしてきた。男と女の乱れた関係や、喧嘩、殺傷沙汰。法を犯して縛られる者、親子心中や夫婦心中など。耳を蔽い眼を塞ぎたくなるような出来事が、毎日のように起こったし、それらの中には、金や政治では救うことのできない、人間本来の恣欲というものが強く感じられた。

「そうだ、かれらは政治の善悪や、経済的変動の外にいるのだ」と主水正はまた呟いた、「あのおとしとお秋のきょうだいをみろ、不具のおとしは自分が不具者だということをすなおに認め、それを恥ずかしいとも口惜しいとも思ってはいない、お秋が三十五歳の今日まで、あれだけのきりょうで嫁にゆかないのは、おそらく不具な姉のためだろうが、そんなことは塵ほども考えたことはないようだ、そして、このおれに嫁の世話をしようとさえしている、あのきょうだいにとって、政治の善し悪しや経済的な遇不遇は問題ではない、常に、こんにち生きている、という事実だけで充分なのだ」

彼は徒士組屋敷の人たちのことを思い、新畠の人たちのことを思った。条件によって生活を支配される者と、どんな条件の中でも自分の生活を作ってゆく者とがある。大きく分けてその二つの生きかたがあり、そしてそのどちらも人間の生きかたなのだ、と彼は思った。

「お秋と姉の生きかたをまなぶべきだ」と主水正は呟いた、「いまおれは多くの危険に取り巻かれている、それはおれたちが藩政を復元しようとして動いているためだ、危険はそれにともなっているし、いつ死に襲いかかられるかもしれない、この仕事を放棄すれば危険は除かれ、死の襲いかかることもないだろう、しかしおれたちはいま課されている仕事を放棄することはできない」

そうだ、ここになにかがある、と主水正はまた思った。お秋とその姉とは、四十歳と三十五歳になる。不具の姉をかかえて三十五歳になるお秋は、世俗的にいえば婚期を失っただけでなく、結婚するということさえ殆ど不可能であろう。けれども、きょうだいはそんな条件には支配されず、自分たちの生きたいように生きている。そして自分たちの結婚にはなんのみれんもなく、人の縁談を纏めようとしている。もしもおれが、自分の置かれた条件の支配を認めなければどうか。お秋が他人の縁談に心をくばるのは、女の婚期ということに支配されていないからだ。

「おれにそれができるだろうか」と主水正は呟いた、「人目を忍んだり、命を覘う手から逃げながら敵の動静をさぐる、こんなことは迂遠だ、これはおれたちが置かれた条件にとらわれているからだ、この条件を認めなければどうだろう、そんなものを無視したらどうだろう」

自分たちと、お秋とその姉の条件とはまるで違う。けれども、そこにはなにか共通なものがあるようだ、と主水正は繰返し思った。

「相良が下屋敷詰めになった」と津田大五が坐るなり云った、「相良大学が下屋敷詰めになったんです、好機です」

「好機とはどういうことだ」

「殿を救い出す機会ができたということです」

「むりをするな」

「準備ができたということです」

「とにかく仔細を聞こう」

大五は語った。下屋敷の臆病口から、昌治を伴れだし、そのまま上屋敷の正門からはいる、という手順だという。上屋敷にいる松二郎、――それが松二郎さまだとして、――それを取り巻く六条図書一派がどう動くか、その一瞬が勝敗の分けめだ。賭けに近い冒険ではあるが、やってみる値打はあると思う、あなたの意見はどうか、と大五は云った。

「あぶないな、そう簡単にいくとは思えない」と主水正は静かに答えた、「それに、下屋敷にいるのが殿だというのはおれの推測で、事実を突き止めたわけではないんだから」

「いや事実ですね、まもなく相良から知らせてくるでしょうが、私は殿に間違いないと信じます」

いずれにせよ、その話は単純すぎる、失敗すれば二度と出来なくなるだろうから、もう少し慎重に計画を練ってみよう、と主水正はなだめた。

「もちろん計画はよく練りますよ」と云って大五はちょっと微笑した、「なにしろ六条一味は長い年月をかけて計画したというのに、五年にもならない現在、すでにその計画が隙だらけであり、あなたの云う財政的にも、上方資本のため雁字搦めにされてしまいましたからね、あのあと岩六から手紙で、詳しくそのことを書いてきました」

だから計画を入念に練っても、練らなくても同じことではないか、という皮肉が大五の言葉に含まれていた。しかし主水正はその皮肉は聞きながして、人間の計画することに完璧なものはない、たいてい隙があり不備なところがあるものだ、と云った。

「手負いのけものは危険だという」主水正はなだめるように続けた、「いまの六条一味はそれによく似ている、かれらは自分たちの手違いに気づいて、それを隠蔽しながらなんとか正道に乗せようとしている、そのため不満をいだき反抗しようとする者には、極度に警戒し猜疑の目を光らせているようだ、下屋敷にいるのが紛れもなく殿だ、ということを慥かめるのが第一、ほかのことは全部そのあとにしよう」

「金を持って来ました」と云って大五は袱紗包みをそこへ差出した、「たりなければまた都合してきます」

「いや、これはいらない」主水正はその包みを押しやった、「金は持っているし、これからも金の必要はない、そのもとが預かっていて下さい、私は覘われている軀なんだから」

大五は黙って頷き、包みを取ってふところへ押し込んだ、「相良はここへ知らせに来るそうです、彼は私のいどころも知っていますから、その知らせによっては庄田と四人で会いましょう」

佐佐や小野田ら四人、高森宗兵衛らとも連絡をつけておきたいと、云おうとして主水正は口をつぐんだ。

十九の五

松二郎と思われる藩主は、帰国のいとまごいにも参覲の挨拶にも大城へあがらず、病弱と称して江戸家老が代役を勤めた。去年は帰国の年に当っていたが、同じ理由で帰国せず、来年の帰国もおぼつかないということであった。

主水正の生活は辛抱という一点に絞られていた。耳と眼をゆだんなくはたらかせながら、できる限り人の目につかないようにふるまう。もっとも大切なのは金を使わないこと。女とそして、特に新らしい知人を持たないこと。この三条は固く守られなければならない。それらを支えるのは辛抱であった。用心ぶかい辛抱だけであった。

——五月になると、主水正は夜泣きうどんをやめて、ひやむぎとそうめんの夜売りを始め、それがかなり好評を得た。そして彼の生活の中へ千代がはいって来たのだ。

千代は二十一歳、まえにお秋が縁談をもちかけた娘で、長屋の入口の二軒めに母親と住んでいる。小柄(こがら)でちょっと太りじしで、もの云いもはきはきせず、その眼だけが、言葉よりもはるかに深い多くの想いを、主水正に呼びかけているようであった。

「人はさまざまだな」と主水正は独りで呟(つぶや)いた、「妻のつるは自意識が強い、なにごとも自分を主体にして考えたり行動したりする、ななえは理屈なしに自分を男に捧(ささ)げるだけだ、そして千代は、千代の中には男のはいってゆけないなにかがある、柔軟で控えめでいながら、どこかにこちんとしたものがあり、どんな男でもそこへはいってゆくことはできない、お千代にはもっとも心を許してはならない」

母の名はお民といい、娘と二人で玩具(おもちゃ)の内職をしていた。問屋の注文でおかめやひょっとこの面を作ったり、張子(はりこ)の虎(とら)、祭りの花笠(はながさ)、手鞠(てまり)、泥人形(どろにんぎょう)、そのほかなんでもこなすし、それがみな好評らしく、いつも仕事に追われているし、したがって生活に困るなどということもないようであった。お千代は初め手作りのすしとか、赤飯などを届けに来た。そしてお秋と姉のおとしは彼の衣類の洗い張りや、仕立て直しを引受け、お千代は食物の世話をする、というふうに自然とおちついていった。

主水正はいまでも道具や材料を借りている。こういう町には日稼ぎ用の諸道具を貸したり、うどん、そば、豆類、おでんなど、それぞれ煮たり打ったりして卸す店がある。そうめんやひやむぎなども、大釜で茹で、水に晒して玉にしたのを卸していた。主水正は汁と薬味だけ自分でととのえ、荷台や七厘や丼、箸、そしてそば、うどん、ひやむぎなども、一日ごとに借りたり卸してもらったりした。

「もとさんは隙のない人ね」と或るときお秋が云った、「こんなところにいる独り者の男ときたら、稼いだだけみんな酒か女あそびに使ってしまうし、気がむかなければ稼ぎにも出ないで、悪酒に酔ってごろ寝でもするときまっているわ、うちの中は散らかし放題、箒を持つことも知らない、あれじゃあ一生うだつがあがらないのは当りまえよ」

そこへいくともとさんはまるで違う、あんたはこんな長屋にいる人ではない、と彼を褒める言葉が続いた。それからお千代の母親のお民が東北の田舎育ちで、うどんの打ちかたが上手であり、その味もしょうばい物とは比較にならないこと、そして値段も店で仕入れるよりずっと安いことなど、熱心に話しだした。いい性分だなと、聞きながら主水正は思った。他人への劬りや愛情を、これほどすなおに、あたたかく表現所はいつも見廻り(みまわ)がきびしいのじゃあないか」

「大五さんがこの家の主人と親しいんです」と庄田が答えた、「それにここは会所が取り締っていて、町廻りの役人はめったに来ないし、われわれが監視されるようなことは絶対にありません」

「用談にかかろう」と主水正が云った。

「下屋敷におられるのが、紛れもなく殿だとわかったそうです」と佐佐義兵衛が云った、「殿は一日に二度、一刻(いっとき)あまりずつ庭へ出られ、一度は乗馬、一度は弓を射られる、もちろん警戒は厳重で、お側はいつも六条一味の者が取り囲んでおり、的場は笠(かさ)木塀(ぎべい)をまわして、その外にも番士が立っているため、木戸口にさえ近よれないということです」

「それはもう飽きるほど聞いてきた」

「しかし事実は事実です」と庄田が云い返した、「上屋敷も同様、その警戒ぶりは気違いじみたものなんです、同じ屋敷の中で同家中の侍どうしが、誰(だれ)がみかたで誰が敵かと、互いに疑いあっている状態なんですから」

それで、とあとを促すように、主水正はなにも云わずに庄田の顔を見まもった。

「ところが」と庄田はもじもじした、「ところが十日ほどまえ、殿が落馬され、横田鶴良という医師が呼ばれました」

鶴良は辞して町医者になっていたが、その住所がわからなかった。老医は侍医の職を追われたとき、身の危険を感じて転居していたらしい。昌治は鶴良を呼べと云い張り、下屋敷の者たちは八方にとんだ。

「そのとき相良が、私が住所を知っています、と申出たのです」

十九の六

横田鶴良という名を聞いて、なつかしいなと主水正は思った。十六年ほどまえ、国許で彼も鶴良に治療を受けたことがある、井関川の河畔で三人の刺客を斬ったとき、彼も傷を負い、暑いさかりを六十余日も寝た。鶴良はそのあいだずっと、曲町の家へかよって来、一日じゅう詰めて治療をし、食事の献立までしてくれた。そのときの個性の強い動作や口ぶりが思いだされて、主水正は胸が熱くなった。

「初めのうち相良は迷ったそうです」と庄田は続けていた、「侍医を解任されたとき身を隠したのは、命の危険を感じたからでしょう、それはここにいる佐佐さんや高森さんも同じだったと思いますが、老職交代のときには、殿の息のかかっていると思われる人たちはみな、自分がいつどんなことになるか、見当もつかないし、遁れる道も廊下に足音がし、声をかけて、津田大五がはいって来た。今日はめくら縞の木綿の着物に三尺をしめ、唐桟柄の半纏をはおっている。髪も町人ふうに結い、髭をきれいに剃って、見違えるような男ぶりになっていた。

「そんなにじろじろ見るなよ」大五は誰にともなく云って坐った、「おれだっていつも山賊みたような恰好でいるわけじゃあないんだ」

そう云っているあとからすぐに、女中が敷物と膳を持って来た。大五は敷物の上に坐り直し、膳を前へ引寄せた。

「相談はきまったんでしょうね」

「事情はあらまし聞いた」と主水正が云った、「かれらは事をできるだけ複雑にしようとしている、ことに新太郎さまのことが事実だとすると、もう待ってはいられないだろう」

「待ってはいられない」大五は片手をゆらりとあげ、それを片膝へ打ちおろした、「冗談じゃない、われわれは待ちすぎたんです、いま云ってもしようがないが、私が狸店へいったときにやるべきだったんですよ」

青梅を喰べると中毒するぞ、と庄田信吾が云った。だが時期を誤れば、梅の実は落ちて腐ってしまうさ、と大五がやり返した。主水正はひそかに、佐佐義兵衛の表情をうかがっていた。この男は敵か味方か、堰堤工事の妨害に、なにかのかたちで関係していたのは確実だ。六条一味は堰堤の廃止を断行した。工事の妨害が、堰堤の廃止とつながっているとすれば、佐佐は敵に加担しているとみなければならない。仮にそうだとすれば、殿の救出はそのまま一味に知られてしまうだろう。ほかのときではない、これはいまこそ真偽を慥かめるときだ、と主水正は思った。

「ちょっと」と主水正は云った、「佐佐と二人だけで話すことがある、すぐ済むから待っていてくれ」

庄田のひろげた図面のほうへ、すり寄ろうとしていた四人は、けげんそうにこっちを見た。主水正は佐佐にめくばせをし、立って廊下へ出た。佐佐はすぐについて来、二人は階段口のおどり場までいった。そこで立停った主水正は、振り返って佐佐の顔をみつめ、そしてすばやく、腰の脇差へ眼をはしらせた。

「そのもととは長いつきあいだ」と主水正は声をひそめて云った、「今日は本心が聞きたい、嘘を云っても私を騙すことはできない、それはわかるだろうな」

佐佐義兵衛は頷き、腰の脇差を鞘ごと取って、主水正に渡した。主水正はそれを左手に持ち、同じ低い声で質問した。聞き終ると、佐佐は長い太息をついた。

「そのことは初めに話したかった」と佐佐は静かに答えた、「しかしきびしく口外を

狸店(たぬきだな)にて

「ええ話してみたわ」お秋は針を動かしながら云(い)った、「でもねえ、あのひとお店に義理があるでしょ」

「義理ですって」お千代がきき返した。

「ええそう」とお秋は頷(うなず)いた、「軀(からだ)ひとつでここへ来て、ぼて振りから夜泣きそばを始めるまで、いろんなところの世話になったわ、中でも夜泣きそば屋は、担(かつ)ぐ屋台や道具なんか、みんなその日の賃借りだし、うどんやそばを卸してもらう店もきまってるでしょ、そういうところにしぜんと義理ができるの」

「おねえさんは自分のことのように云うのね」とお千代が口をはさんだ、「気をつけて聞いてると、もとさんがそう云ったんじゃなく、あなたが勝手に話をこしらえてるような気がするわ」

お千代の棘(とげ)のある言葉に、お秋はびっくりして眼(め)をあげた。二十一歳だというお千代は、小柄(こがら)でふっくらとした軀(からだ)つきと、まる顔にいつも微笑をうかべているような、温和(おとな)しい娘だと思っていた。お民という母親も気のいい女で、作る玩具(おもちゃ)も問屋の受けがよく、この長屋ではお秋きょうだいとともに、くらしの楽なほうであった。いまお千代の棘のある、絡むような口ぶりを聞いて、お秋はびっくりすると同時に、なにかしらこれまで騙されてきたような、肚立たしい気分におそわれた。

「あんた、へんなこと云うわね」とお秋は縫い物を膝へ置き、上方訛りのある、けれどもきりっとした調子で云った、「あたしは頼まれたからあのひとに話したんだし、あのひとが云ったことをそのままあんたに話しただけよ、なんのためにあたしがこしらえ話なんかしなければならないの」

「秋ちゃん」と姉のおとしが、縫い物をしながら向うから云った、「お茶でも淹れたら」

お千代はめげなかった。

「おねえさんは」とお千代はまっすぐにお秋の顔をみつめて云った、「おねえさんはあのひとが好きなんでしょ、本当はそうなんでしょ、お秋さん」

「お千代さん」とおとしが云った。

「いいのよ姉さん」とお秋が制止した、「このひとなにか云いたいらしいから、あたし聞くだけは聞いてみるわ、さあ、お千代さん、なにが云いたいのか仰しゃいよ」

お千代もまた、お秋の口調におどろいたらしい。おそらくこれまで、お秋が思いやりのある、世話好きなだけの性格だと信じていたのだろう、それがいまぴしりと、平手打ちでもくれるような歯切れのいい言葉つきにあって、分別を忘れた自分の昂ぶりが、水を浴びたように冷えるのを感じ、すぐには返辞もできないようであった。

「ごめんなさい」とお千代は恥ずかしそうに俯向き、膝の上で両手の指をきつく緊め合わせた、「あたしどうかしていたんです、なぜいまのようなことを云ったのか、自分でもわかりません」

「そうじゃないわ、あんたはいま、あたしがもとさんを好きだって云ったでしょ」

「それは嘘じゃないでしょ、おねえさんとあのひとは向う前に住んでるし、としだって似合いだし」と云ってお千代はお秋の眼をじっとみつめた、「あのひとの着る物の世話をしたり、喰べ物を持っていってあげたり、——情のうつるのがあたりまえだわ」

「秋ちゃん」とまた姉のおとしが云った、「なにかお菓子があったでしょ、お茶を淹れましょうよ」

「そうよ」と姉には構わずにお秋は云った、「情がうつるってことは慥かよ、でもそれとこれとはべつだわ、あたしあんたに頼まれたとき、本当にこの縁が纏まればいいなと思ったわ、でもあんたはそうは思わなくなった、あたし初めに断わればよかったわ」

「ごめんなさい、あたしが悪かったわ」お千代はすなおに頭をさげた、「あたしもう、――なにがなんだかわかんなくなっちゃったわ」

「おちつくのよ」お秋は手を伸ばして、お千代の膝をやさしく叩いた、「あんたの云うとおりあたしはあの人が好きよ、着物の面倒をみてあげたり、なにかうまい物を作ったときは持ってってあげるわ、もう三年の余もそんなことをしていれば、しんみな気持になるのはあたりまえでしょ、けれどもそれは色恋とはべつのものなのよ、あんたもあたしぐらいのとしになればわかるでしょうけれどね」

あたしおねえさんにはかなわないわ、とお千代が云っているとき、戸口に人のおとずれる声がした。お秋は返辞をし、上り框へ出ていった。戸口のところに、二十七八の、人足ふうの瘦せた、背の高い男が立っていた。

「はい、なにか御用でしょうか」

「ここは狸店っていうんでしょうか」若者は訛りのある口ぶりできいた、「――麻布谷町の狸店、ここだと聞いて来たんですが」

「ここは狸店よ、人を捜していらっしゃるの」

「ええその、そうなんです」と云って若者は唇を押しぬぐい、ちょっと吃った、「その、ここにもんどっていう人がいる筈なんですが」

「もんど」とお秋は口の中で呟いた。

「名は変えているかもしれない」と背の高い瘦せた若者は云った、「――としは三十五か六で、渋い男まえで、こう」

若者は手まねでなにかを表現しようとし、それが不可能だとわかって当惑し、てれたように笑い、頭を掻いた。

「きくけれど」とお秋が云った、「あんたその人のなんなの」

「その人がいるんですか」

「そうは云わないわ」お秋はちょっと咳をし、それがひどく気取っているように感じられた、「――でも、あなたその人の身内なんですか」

「身内ならいいんですか」

お秋は困惑し、姉のおとしとお千代に、救いを求めるような眼を向けた。

「そういう人は知りませんね」とおとしがやわらかな口ぶりで答えた、「この長屋にはそういう人はいないようです、ほかを捜してごらんなさるんですね」

「けれども狸店というのはここでしょう」

「こういうところは人の出入りの多いものです、長く住みつく人はほんの僅かで、半年か一年もすれば、顔ぶれがすっかり変ってしまうくらいなんですから」

若者は顔をしかめたり、唇を嚙んで頭を振ったりしたが、やがて礼を述べて去っていった。

「もとさんじゃないの」お千代が云った、「きっとあれはもとさんのことよ、なぜ断わったの、おねえさん」

「このこがね」とおとしは妹に眼をやってから、お千代に答えた、「あなたの話をしにいったとき、もとさんは勘づいたんでしょ、決して嫁は貰わないって、頑固に云い張ったんですって、そうしたらこのこは、あなた仇討ちでもするんですか、って云い返したんですって」

むろん冗談半分に云ったことだが、もとさんにはなんとなくそんなふうなところがある。それを思いだしたから断わったのだ、とおとしは語った。

「そうね、あのひとにはそんなところがあるわね」とお千代がそっと頷き、微笑しながらその姉を見、妹を見た、「よくわかったわ、あたしへんなこと勘ぐったりしてごめんなさい」

「姉さんの頭ってすばしっこいのね」とお秋がまじめな顔つきで云った、「あたしが口をきくとへまばっかりするのに、姉さんったら一と言で、八方まるくおさめちゃったじゃない、まったくすごいわ」

　ばかねえ、なにが八方とおとしが笑いながら云い、お千代は声をあげて笑った。

二十の一

　下屋敷の臆病口に着いたとき、庄田信吾が主水正にそっと、無腰でいいのですか、ときいた。梅雨あけに近い夜半すぎで、雨は降っていなかったが、あたりはまっ暗な闇であった。集まったのは三人、津田大五と庄田信吾、それに三浦主水正で、佐佐義兵衛は加えなかった。堰堤工事の妨害の真相を聞いたとき、主水正は飛驒守の周到さに舌を巻いた。けれどもそれだけよけいに、佐佐に対する不信感が強くなった。理由はなにもない。佐佐義兵衛は数学に精しく、昌治の信頼も厚い。工事場で少年の七たちによって、妨害者を捕えたとき、その人夫を逃がしたのが佐佐だと、ほぼ見当がついてからでさえ、主水正は佐佐が欠くことのできない人物だと思っていた。

　――けれどもなにかがある、と主水正は感じた。なにか底の知れないもの、心の中をさらけだして語りあえないようなものが、どこかにある。

　昌治を救い出す瞬間に、どんな奇計が出てくるかわからない、という不安があった。そんなことはないかもしれない、けれども絶対にない、と踏み切る自信はなかったのだ。

——人を疑うなどということは卑しい、おれがここで佐佐に疑いをいだくということは、小心で卑しく、恥ずべきことかもしれない、けれどもいまは、自分を恥じているときではない、いまはおれの自尊心などを考えているときではない。

主水正はそう思い、些かでも危惧のある条件は避けたのであった。

「これは刀など使う場合ではない」主水正は庄田に云った、「刀を使うようならやめるばかりだ、もちろん、どうしても刀を使わなければならないような事態が起こるかもしれない、しかし私が合図するまで抜いてはいけない、そこをよく覚えていてくれ」

承知したと、庄田と大五が答えた。

臆病口の潜り戸はあいてい、すぐそこに相良大学が待っていた。相良は三人を入れると、潜り戸を閉めて桟をおろし、こちらへ、と云ってあるきだした。屋敷の中は三人とも不案内である、相良のあとに跟いてゆくうちに、長い生垣があり、仕切り塀があり、小さな木戸口をぬけた。このあいだに二度、夜番と思える提灯の明りを見たが、距離はかなり遠かったし、相良は気にもかけなかった。

「まだ遠いのか」と大五がきいた、「手順に狂いはないだろうな」

「もうすぐです」と相良が答え、それから立停(たちどま)って耳をすまし、ようすをうかがってから云った、「ここで待っていて下さい」

「一人でいいのか」と庄田が囁(ささや)きかけた、「この闇でここへ戻(もど)って来られるか」

大丈夫ですと云って、相良大学は闇の中へ去っていった。

主水正はもの悲しいような、うらさびれた感じにおそわれた。これは盗みのようなものだ、殿をここから救い出すことは、おれたちにとって正しい。けれどもこれは六条一味の裏を掻(か)くことになる。不法に監禁されている殿を救い出し、歪(ゆが)んだ御新政を改正することは、領民ぜんたいに対する責任ともいえよう。だが六条一味も不正をおこない、私腹を肥やすというだけでやった仕事ではないだろう、かれらにはかれらの理想があるのだ。将軍家がおのれの血のかよっている者を、大名諸侯の中へ移し入れようとする、それは昔から数えきれないほどしばしば、もちいられた策謀である。それによって幕府がどれだけのものを摑(つか)み、望んだような実効をどれほど得ることができたかどうか。おそらく実際に役立った例は極めて稀(まれ)であろうが、少なくとも幕府にはそうすることが、幕府の政体にとって必要だと思ったから、そういう方法をとったのであろう。六条一味はその幕府の権力を背景に、長い年月にわたって隠忍してきた席を、初めて自分たちのものにした。そしてその席を確保しようとしているのである、そのためにかれらは力と知恵のある限りを駆使している。そのこと自体に悪はない、御新政に多くの誤りはあるが、誤りは現われた結果であって、六条一味が私利私欲に溺れたためではないだろう。七万八千石の藩政が、私利私欲でやってゆける筈はないからだ。長い年月、かれらは現在の席を待ち望んでいた。かれらはその席に坐った。それをいまおれたちは転覆させようとしている。これは紛れもなく盗みだ、と主水正は思った。

「どうかしたんですか」と大五がきいた、「不審なことでもあるんですか」

主水正は手を伸ばし、大五の肩をそっと叩いた。刀を抜くなよ、と主水正は囁いた。まもなく、提灯の明りが見え、それがこっちへ近づいて来た。主水正はその一人が、清絹の寝衣を着た飛騨守昌治だ、ということを認めた。まえよりも少し肥え、陽にやけた手足が、はるかに健康を増したように思え、主水正は安堵の深い溜息をついた。提灯を持っていたのは相良大学であった。なんのために人目につく提灯などを持っているのか、と主水正は訝しく思った。昌治は大股に近づいて来、主水正の前で立停った。大股に近づいて来る昌治の足の下で、夜露を吸った芝の湿った音が荒あらしく聞えた。

「お迎えにあがりました」と主水正が辞儀をしながら云った、「どうぞごいっしょに」

昌治は大きな眼で主水正をにらんだ。

「久方ぶりだ」とやがて昌治が云った、「達者らしいな」

主水正はゆっくりと低頭した。

「女房とはうまくいっているか」

主水正は口をあき、それから大きく一揖しながら云った、「どうぞこちらへ、時間がございません」

「女房とはうまくいっているか」と昌治が云った。

「今夜のことは」と主水正が云った、「殿も御存じかと思っていましたが」

「知っている」昌治は主水正の言葉を遮って云った、「知ってはいるが、いまはおれが主水にきいているのだ、おれの問いには答えられないのか」

「おぼしめしのほどがわかりません、私どもは殿をここからお伴れ出し申すために、命を賭けているのです、どうぞこのまま、私どもとごいっしょに」

「おれはここにいる」昌治は静かに首を振りながら云った、「——いつか主水は、おれが堰の工事にかかろうとしたとき、いまは早い、もう数年先まで待ってくれと云った、こんどは同じことをおれが云う、おれのことはもう暫く待ってくれ」

こんどの計画はうまくゆきすぎた。ものごとがこんなに故障なく、うまくゆきすぎるというのは不自然だ。

「それはかりではない」と昌治は力のこもった口ぶりで続けた、「かれらはいま大きな壁に突き当っている、兄が将軍家の血を引いているということを、唯一の頼みにして事を起こしたが、根本的に藩政を刷新するという具体案を持っていなかった、いま新政とかれらのいう政治のやりかたは、ただおれのやった事を壊すだけが目的で、新らしい効果のある政事はなにもやってはいない」

「殿は」と主水正が反問した、「それをどの程度まで御存じですか」

「おれはめくらでもつんぼでもない」

「それならなおさら、殿がこのまま閉じこめられておられる時ではない、とお思いにはなれないでしょうか」

「いや、そうではない」昌治は片手を振って遮った、「そうではないんだ、かれらはいま自分で墓穴を掘っている、その墓の底はもう見えている」

「私どもはそれよりも、殿の御一身のことが大切だと思っているのです」

「無用だ」と昌治が屹とした口ぶりで云った、「おれのことは心配するな、かれらがもしおれを消すつもりならば、というより、かれらにそれだけの自信と決意があったら、初めにおれの寝首を掻いていただろう、そうは思わないか」

主水正は答えなかった。

「かれらにはおれを殺すほどの自信も決意もなかった」と昌治は続けて云(い)った、「かれらは機会を逸したのだ、かれらにはもうおれに手を出すことはできない」

主水正には答える言葉がなかった。

二十の二

「しんじつそうでしょうか」

「世の中にしんじつそうだと云い切れるものがあるか」と昌治が反問した、「おれが家督を相続したとき、こんな事が起ころうとは夢にも思わなかった、しかし事は起こった、かれらがおれにこれ以上なにもできない、というのもおれがそう認めただけで、それが誤認であるかどうかはわからない、おそらく誰(だれ)にも真偽の判別はできないだろう、だがおれは自分の勘に誤りがないと信じているし、その信念が壊されるまでは、信じたことにゆるぎはないと思う、それが人間の生きている証明ではないのか」

「お言葉を返すようですが」と主水正が低い声で云った、「殿はいま、かれらが墓穴を掘っており、その底もすでに見えていると仰(おお)せられました、もしもかれらがその事実に気がつきましたら、このまま殿を御安泰に置くでしょうか」

「それは落雷を恐れるようなものだ」と云って昌治は微笑した、提灯の明りで、昌治の白い歯がはっきりと見えた、「——どこへ、いつ、雷が落ちるかと心配しても、現実にはなんの役にも立たない、かれらは初めにおれの命をちぢめるべきだった、それがかれらには出来なかった、ここをよく考えてみろ、主水正、——初めに出来なかったことを、いまになって慌(あわ)ててやることが出来ると思うか」

主水正は圧倒された。昌治の自信の強さには、から威張りでない実感がこもっていた。主水正は心の中でまた舌を巻き、これほどの人物とは知らなかった、と改めて思った。殿はおれたちより一枚上だ、一枚どころか、遥(はる)かに人間としての格が違う、と主水正は思った。

「おれのことは心配するな」と昌治は言葉を刻みつけるように云った、「かれらがゆき詰まることはもう眼に見えている、おまえたちが無理をするまでもない、かれらが兄の松二郎を表面に出せないのは、将軍家にお目見(めみえ)をしていないからだ、そして苦し紛れに新太郎を立てようとしている、ごまかしだ」

「けれどもそれが公儀に認められましたら」

「千に一つだ」昌治は振り向いて三歩あるき、三歩戻ってまた、主水正の前に立った、「新太郎は白痴に近い、彼を将軍家との対面に出すというのは、千に一つの冒険だ、かれらにそんな勇気があると思うか」

主水正は考えてから云った、「私には、その賭けは大きく、また危険すぎると思いますが」

「巳の年の騒動このかた、大きな賭けは続いてきた、いまは長い年月にわたって膿んでいた腫物が、つぶれたようなものだ、亀裂のはいった崖の亀裂が剝げ落ちて、新らしい不動な岩が出たようなものだ」

これからはやぶれた腫物の治療をし、新らしく露出した岩を、崩れないように固めることだ。いそぐな、と昌治は云った。

「江戸のことはいい、主水は国許へ帰れ」昌治はそう云い、片手を主水正の肩にそっと置いた、「おれのことは心配無用だ、国許へ帰って待っているがいい、もういちど云うが、決していそがないことだ、諄いようだが念を押しておくぞ」

主水正は静かに低頭し、ではこれで別れると云って、昌治は相良大学を伴れ、大股に去っていった。遠ざかってゆく提灯の火と、その明りに照らされた昌治のうしろ姿を見送りながら、主水正は眼の熱くなるのを感じた。

「おれたちには一と言もお言葉なしか」と津田大五が云った、「薄情な人だ、尤も昔から薄情なところのあるお人だったがね」

「帰りましょう」と庄田信吾が云った、「私たちの役目は済んだようですから」

三人はきびすを返した。

「あらいやだ」とお秋が云った、「お帰りになるって、お国はどちらなんですか」

「山ぐにです」と主水正が答えた、「紀州の」と彼はちょっと吃（ども）った、「紀州の紀ノ川の川上で、本当のやまがです」

「おかみさんでも待っていらっしゃるんですか」

「秋ちゃん」と姉のおとしが云った。

主水正は微笑した、「とんでもない、そんなんじゃありません、ただ私には、お江戸のような人の多い土地は水が合わないんです、根っからの田舎者には、やっぱり田舎のほうがくらしやすいようですから」

「嘘（うそ）ばっかり」とお秋がにらんだ。

「ではせめて」とおとしが妹の言葉を遮って云った、「お別れのまねごとでもしなければね」

「そんなお金ありゃあしないじゃないの」

「かたちばかりよ」とおとしが云った。

そのときすじ向うの主水正の家で、おとずれる人の呼ぶ声がし、「ちょっと」と云って彼は立ちあがった。出ていってみると、戸口に来ていたのは相良大学であった。相良はもう人目を忍ぶようすはなく、笠もかぶってはいなかった。

「殿に仰せつかって来ました」相良は主水正を見るなり云った、「これを持って国許へ帰るようにとのことです」

そして四角い袱紗包みを、主水正に渡した。

「あがらないか」と主水正が云った。

「いそぎますから、これで」

「なんだろう」主水正は受取った包みを見た、「相良は中の物を知っているか」

「杉田玄白という蘭学者の著書で、一冊はまだ世間に出ていない、蘭学事始という書物の写本のようです」と相良が答えた、「――殿御自身が筆写されたもので、誤りがあるかもしれないから、そのつもりで読むように、との仰せでした」

主水正は眼を細めた、「少しも遊んではいらっしゃらないんだな」

「横田鶴良さんが申上げたらしいんです」と相良は苦笑いをした、「おれに医者になれと云うのか、と初めに仰しゃいました、横田先生はそのとき、――病気にかかるのは人間ばかりではない、世の中も病んでいるときがある、人躰の病気も世間の病気も似たようなものだ、そうでなくとも、書物というものは読んでおいて損はない、というふうに云われました」

主水正は袱紗包みをそっと撫でた、「殿にはいつも先手を越される」と呟き、彼は相良に云った、「慥かにお預かり申したと申上げてくれ」

「私はこれで帰ります」と相良が辞儀をしながら云った、「どうぞ道中、恙なく」

主水正は黙って会釈した。

主水正は包みをしまい家の中へはいり、なんの飾りもない、がらんとした、貧しい部屋の中を眺めまわした。雨漏りのしみの斑に出ている、煤ぼけた天床や、壁。僅かな衣類を入れる、ふちのやぶれた行李や、古びてこばの欠けた茶簞笥、そして、これも古びて壊れかけた火鉢など、――人間生活の最低なありかたが、隠しようもなくあらわれていた。

「おれはこの生活を忘れないぞ」と主水正は呟いた、「おれはここで寝起きしながら、ぼて振りをし、夜泣きうどん屋をした、おれはここからぬけだすが、一生このようにして生きてゆく人たち、一生このような生活からぬけだすことのできない人たちが無数にいるのだ、ここには動かしようのない事実がある、おれは生涯この事実を忘れないぞ」

表でお秋の呼ぶ声がした、「もとさん」とお秋が云った、「あんたお刺身は赤いのがいい、それともとろのところ」

なんのこだわりもない明るい声であった。彼は苦笑しながら戸口へ出ていった。

二十の三

ななえはすばやくはね起きた。夜具の中で主水正の手が伸びると、まるで若竹のはね返るようなすばやい動作ではね起き、夜具の上に坐って寝衣の衿をかいつくろった。

「どうした」主水正も起き直った、「なにがこわいんだ」

ななえは寝衣の裾前を直した、「あたしもう赤ちゃんを産むのがこわいんです」

「子供を産むのがこわいって」

「八重を流産してから」と云ってななえは肩をふるわせた、「あたしあの子に済まなくって」

主水正はななえの二の腕にそっと触った、「そんな子はいなかった、八重などという子はいなかったんだよ」

「あなたにはそうお考えになれるでしょう、けれども女は違います、自分のおなかに身ごもった子が、この世の陽に当ることもなく、闇から闇へ葬られてしまったという哀れさは、女にとって誰でも一生忘れることはできないと思います」

「そうかもしれない」と主水正が云った、「けれども八重という子はいなかった、八重という名もおまえが勝手に付けただけだ、――そうか」と彼は云った、「ななえはあの流産した子のために悩んでいたんだな」

「小太郎さんを産んではいけなかったんです、小太郎さんを産んでからは、夜も昼も八重さんの姿が眼にうかんで」

「知っている」主水正は遮って云った、「だがそれは妄念(もうねん)というものだ」

「との方(がた)にはおわかりにならないと思います」

「私はただ男というだけではない、あの子たちと血でつながる親だ」

「本当にそうでしょうか」と云ってななえは寝衣の袖(そで)で顔を掩(おお)った、「あなたは生れてきた小太郎さんでさえ、一度も抱いたりあやしたりはなさいませんでした、まして流産した八重さんのことを、哀れだとお思いになったことがございましたか、もちろん男親が、自分の子供を抱いたり可愛(かわい)がったりなさるのは、見よいものではございません、あなたが特に薄情な父親だったとは申しませんけれど、女は自分のおなかを痛めて赤ちゃんを産むのです、赤ちゃんのする咳(せき)一つ、食欲のあるなし、這(は)ったり立ったりするのを見るときの、心配や気苦労やよろこびがどれほどのものか、とうていとの方にはおわかりにはならないでしょう、まして流産してしまった赤ちゃんの哀れさ、済まなかった、申訳なかったという気持は、あなたに限らずとの方には決しておわかりにはならないと思います」

　子供を流産してから、病人のようになってしまったななえの姿を、主水正はなまなましく思いだした。その子の男女の区別も、むろん顔かたちさえ彼は知らない。だがななえにはわかっていた、顔だちも声も手足も、そして這ったりあるいたりする姿も見えたのだ。小太郎が生れてからはそれがさらに鮮明になり、済まなかった、可哀(かわい)そうだという気持が、彼女を白痴のようにしたのだろう。いまななえは元のように恢復(かいふく)した、昔のままのななえに戻った。小太郎の死んだことが、彼女にとっては贖罪(しょくざい)の役に立ったのだ、と主水正は思い、もういちどそっと、ななえの二の腕に手をやった。

「わかった、おまえの云うとおりだろう」と彼はやさしく囁いた、「おやすみ、もう邪魔はしないからね」

　そして主水正は横になった。

ななえがいつ寝たか、彼は知らなかった。一睡もせずに、流産した子のこと、死んだ小太郎のことを悲しんでいたのかもしれない。苦しそうな、どこかに激痛が起こって、それを耐え忍ぶような、泣くとも呻(うめ)くとも判別しがたい声を幾たびか聞いたように思う。しかし主水正は江戸から帰ったばかりで、旅の疲れのために起きあがったり慰めたりする気力がなかった。そして眼がさめたときには、板壁の隙間からもれる、朝の陽の光に顔を照らされていた。ななえはいなかった。おそらく共同炊事場へいっているのであろう、彼は久しぶりにのら着を着、鋤と鍬を持って小屋を出た。

新畠は四年まえと殆ど変っていなかった。掘立て小屋の数も同じだし、拓いた畑地の殖えたようすもなく、むしろまえに掘り起こした畑に、また笹や芒の茂りだしたところさえあった。田を作るために造った用水堀も、そのまま涸れて石ころだらけであり、作物はきびともろこし、南瓜、芋、とうもろこし、人蔘や蕪や、僅かな陸稲くらいのもので、それもこの新畠の住民ぜんぶの、食糧を賄えるとは思えなかった。

「なんということだ」彼は眼を細めてあたりを眺めながら呟いた、「四年ちかく経つというのに、いったいみんなはなにをしていたんだ」

彼は自分が大川のほうを見ないようにしていることに、自分で気づいた。そこで小太郎が死んだという、生ま生ましい記憶があるからだろう。主水正は草や藪が露に濡れ、芋の葉に水玉の溜っているのを見た。そのとき二三人の男たちの叫ぶ声がし、その中の一人が鋤を振り廻しながら、暴れているのを認めた。主水正はそっちへ近づいてゆき、鋤を持った男は芋畑の中へとび込んで、持っている鋤で芋の茎を薙ぎ払い始めた。

「よさないか関蔵」と彼をなだめていた男たちの、老人の一人が畑の外から叫んだ、「おめえ畑をめちゃめちゃにする気か」

「寄るな」と関蔵と呼ばれた男が鋤を振りながら叫び返した、「こんな新畠なんぞなんの役に立つ、こんなくだらねえ土地はぶち壊しちまうんだ、見ていろ、こうだ」

　こうだと云いながら、また芋の茎を薙ぎ倒し始めた。そこへ主水正が歩みよっていった、歩みよってゆきながら彼は、それが死んだ小太郎を、大川の水の中から抱えあげて来た男だ、ということに気がついた。彼はまっすぐに関蔵のほうへいった。関蔵はそれに気づき、振り向いて鋤を肩の上に構えた。

「寄るな」と彼は歯を剝(む)きだして喚(わめ)いた、「あっちへゆけ、寄るとぶち殺すぞ」

　関蔵は本気で打ちかかった。主水正は打ちおろす鋤を除(よ)けもせず、身を躱(かわ)したとも見えなかったが、あっというまに相手を投げとばし、馬乗りになって押えつけた。

「気をしずめろ関蔵」と主水正は静かに云った、「なにが気にいらないんだ」

　おまえさんか、と云って関蔵は泣きだした。声は出さなかったが、顔ぜんたいを歪(ゆが)め、ぼろぼろと大きな涙のこぼれ落ちるのが見えた。

「どうしたんだ、なにがあったんだ」

「なんでもねえ、どうもしねえ」と関蔵は首を振りながら云った、「ただこうしたかっただけだ、むやみにこうしたくなっただけだ、わけもなにもねえだよ」

そして関蔵は声をあげて泣きだした。子供が癇癪(かんしゃく)を起こして、だだをこねるような泣きかたであった。主水正は彼を放して立ちあがり、畑の外にいる三人の男たちに、もう大丈夫だ、というふうに手を振ってみせた。

「おまえさんは賢い人だ」と泣きながら、仰向きに倒れたまま関蔵が云っていた、「おまえさんは賢いし、学問もあるようだし、いろいろむずかしい事も知っているようだ、けれども世の中には、おまえさんの知らないことが幾らでもある、どんなに賢く、どんなに学問があっても、それだけではわからないようなことが、世の中には山ほどあるんだ、――おらがいま、なぜこんなことをし、なぜ泣いているかということが、おまえさんにわかるか」

世の中にこれは慥かだと、いえるような物はなに一つとしてない。汗水たらして仕上げた物も、十年と経たないうちに捨てられたり、壊されたり、腐ったりしてしまう。人間と人間の愛情だって同じことだ。いっしょになれなければ死んでしまう、というほどの仲でさえ、三年も経てばお互いが飽きて、大欠伸(あくび)をするようになってしまう、と関蔵は云った。

二十の四

この新畠だって、四年まえにはみんなが心を合わせて、本気でここを田地にしようとした。その本気がいつまで続いたか、たった四年にしかならないいま、初めからいた人間はたったの五人だ、と関蔵は云った。彼はだるそうに起きあがり、軀に付いた畑土を払い落した。

「井関川から捨て野へ水を引く堰には、びっくりするような知恵や、大勢の人夫のしんけんな労力がつぎこまれた」腕に付いた畑土をこすり落しながら関蔵は云った、「――大水のときにも、あの堰のためにどれだけの家や人が助かったかわからねえ、もしも堰が出来あがって捨て野に水が引けたら、三十町歩以上もの新田が拓けた筈だ」

それが中止になり、せっかく造った堰堤が、到るところで崩れたり、堤腰に穴があいたりしている。これはどういうわけだ、工事を中止しなければならないどんな理由があったのだ。人間は信用できない、人間のすることも信用できない。この新畠もまやかしだ、おらたちが骨を折り、すきっ腹を芋粥でごまかし、汗水たらしてやってみても、いつかは堰堤と同じように廃止になってしまうだろう、こんなことはやるだけむだ骨折りだ、おらはこの新畠をぶち壊してやるつもりだ、と関蔵は云った。

「人間のすることに、むだなものは一つもない」と主水正は云った、「眼に見える事だけを見ると、ばかげていたり徒労だと思えるものも、それを繰返し、やり直し、積みかさねてゆくことで、人間でなければ出来ない大きな、いや、値打のある仕事が作りあげられるものだ、堰の工事はもちろんやり直す、この新畠もこのまま捨てはしない、いつか必ず立派な新田になるだろう、但し、本気でそうしようとする者がどれだけいるかいないかのはなしだ」

「堰の工事は」と関蔵が涙を拭きながら反問した、「本当にまたやり直すんですか」

「私はそう聞いている」主水正は顔をそむけながら答えた、「——私が四年ちかくもここを留守にしたのもそのためだ、堰の工事はまもなく始まるだろう、人間は生れてきてなにごとかをし、そして死んでゆく、だがその人間のしたこと、しようと心がけたことは残る、いま眼に見えることだけで善悪の判断をしてはいけない、辛抱だ、辛抱することだ、人間のしなければならないことは辛抱だけだ、わかってくれるな、関蔵」

「おらにはわからねえ、おらにはよくはわからねえ」彼は頭を振った、「じんむ天皇の墓だって万年とは残りゃしねえだろう、みんなそのときばったりだ」

「そうかもしれない、そのときばったりかもしれない、けれども、墓が万年のちまで残っても、墓は墓だ」と主水正は云った、「大切なのはなにが万年さきまで残るかではなく、そのときばったりとみえるいまのことだ、地面に砂で描いた絵は半刻とは保たないだろう、しかしそれを描く絵師にとっては、生活のかてであるだけではなく、描いた砂絵は彼の頭から消えることはないだろう、いちばん大切なのは、そのときばったりとみえることのなかで、人間がどれほど心をうちこみ、本気でなにかをしようとしたかしないか、ということじゃあないか、そうは思えないか」

関蔵はちょっと考えてからまた頭を振った、「わからねえ、そんなむずかしいことを云われても、おらなんぞにわかるわけがねえ」そして彼は急に主水正を見あげた、「けれども、――もしおまえさんの云うことが嘘でなければ、ということは、本当に堰を仕上げるというのなら、それが本当なら」けれどもそこで、関蔵はまた力なく頭を振り、うなだれた、「わからねえ、もしそうだとしても、おらにはなにを信用していいかわからねえ、おらたち上方から来たなかまも帰っちまった、おまえさんの云うことが本当だとしても、逃げちまったなかまは帰っちゃあ来ねえ、これはぐちだろう、ぐちだろうけれども、なかまがここに見切りをつけたっていうことは、嘘でもごまかしでもねえ、あの堰も仕上げるし、この新畠もちゃんと新田にするっていう、おまえさんの言葉に嘘はねえかもしれねえが、おらにはなかまが逃げちまったという、現の証拠しか信用することはできねえ」

主水正はそっと彼の肩を叩いた。現実しか信ずることができないという、関蔵の言葉には答えるすべがなかった。それはどんな説得よりも、事実で証明する以外に方法がないからだ。

「おまえも上方へ帰っていいよ」と主水正はやさしく云った、「もし帰りたいならな、しかし新畠はこのままにして置いてくれ、ここはみんなで開墾したものだ、一つの仕事は、出来あがってみなければやれるともやれないとも云えない、おれはしまいまでやりとげるつもりだ、ほかにもそうしようとしている者があるかもしれない、わかるだろう、ここはおまえ独りのものではない、この新畠はそっとして置いてくれ、いいな」

「おらも逃げやしねえ」と関蔵が云った、「おらも手にまめを拵えて、芒の根を起こし笹の根切りをしてきたんだ、ここの一坪、一坪におらの汗が浸み込んでるんだ、誰か一人でもいい、この新畠を本気になって新田にしようとする者がいるんなら、おらはここから出てゆきゃあしねえよ」

主水正は畠の外にいる男たちに頷いてみせ、手を貸して関蔵を立たせた。

「それでいいよ」と主水正は云った、「今日はもういい、一日ゆっくり休むことだ、明日からまた笹の根切りをしよう」

その夜はじめて、主水正は新畠の変化したことをななえから聞いた。そこの開墾を始めた上方の人間は殆んど逃げてしまい、大川の対岸から、隣藩の農民が入植して来た。かれらは郡奉行(こおりぶぎょう)からの補給があてで、実際にはあまり働こうとはせず、いちど畑地になったところが、また芒や笹原になるのも気にかけず、だらだらと居食いをしているだけであり、本気で鍬や鋤を使い、種子(たね)を蒔(ま)き、収穫をしているのは、関蔵とそのなかまの五六人にすぎない、ということであった。

「では上方から来た人足のうち、居残っている者もあるんだな」

「ええ、いま云った五六人だけです」とななえは答えた、「その人たちが残ったのも、上方からおかみさんや子供、母親なんぞを呼んだからでしょう、その人たちはみんなこの新畠におちつくつもりのようです」

主水正はふと思いだしたようにきいた、「おすみはどうした、嫁にでもいったのか」

「ええ、上方の忠さんという人といっしょになって、上方へいってしまいました、今年の春ごろに、女の赤ちゃんが生れたって、手紙で知らせがありましたけれど」と云ってななえは俯向いた、「くらしが楽ではないようで、またこっちへ帰って来たいようなことが書いてありました」

「なんでまた、上方の男などと夫婦になったんだ」

「小太郎さんが死んでから気落ちでもしたように、することや云うことがおかしくなったんです、上方の人たちは口もうまいし、欲しいものを手に入れるまでは、恥も外聞もないほど親切にするでしょう、おすみは気がぬけたようになっていて、ついその親切にほだされてしまったんだと思います」

小太郎が死ぬまで、ななえは病人のようだったし、おすみは母親のななえに代って、小太郎をわが子のように愛していた。小さな一人の子の死によって、母親は恢復し、おすみは誤った道へそれてしまった。かなしいものだな、と主水正は思った。

そのとき、戸口の外で呼ぶ声がした。

二十の五

戸口の外から呼びかける声は、あたりを憚るようにひそめられた、作り声であった。主水正は立とうとするななえを押え、自分で立って出ていった。彼は引戸のこちらで、誰だときいた。相手はこちらの声を聞きさだめてから、桑島の手代ですと答えた。そ

眼や思考を現実からそらそうとしただけなのだ。

主水正は突然、身も心も萎(な)えるような、暗い、みじめな虚脱感におそわれ、俯向けに寝返ると、両手で敷き夜具を摑(つか)み、呻(うめ)き声を抑えるために、顔を夜具へ押しつけた。彼にとっては生れて初めての、形容しがたい苦悶(くもん)であった。これまで彼は一度も、そんな底なしの無力感や、なにもかもむなしい、などと思ったことはない。その場その場で自分の力の弱さや、才能の不足を嘆いたことはあるが、こんなにもみじめでまっ暗な、息ぐるしい自己否定にとらわれたことはなかった。

――曲町(まがり)の家の冷たい寝間で、夜半に幾たびか独りむせび泣いたことがある、いまは泣くこともできない。

あのときなんで泣いたのかは思いだせない、ただ、夜半に独り啜(すす)り泣くことのできるほど、若かったことは慥かだ。おれはもう三十六歳、人生五十年として、あと僅(わず)かな年月しか残ってはいない。今日まで全力をつくしてやってきたのに、それを証拠立てるものがなに一つないとすれば、残った僅かな年月でなにができるだろう。おれにはなにをする力もない、なにをしても無意味だ、人間のすることはすべてむなしい、と主水正は思った。

ちょっとまどろんだような気がしたとき、ななえの起きるけはいがし、板屋根を打つ雨の音が聞えた。もう夜は明けていて、ななえが行燈の火を消すと、板壁の隙間から青さびたような、朝の光のさしこんでいるのがわかった。静かな雨の音と、侘(わび)しげなその朝の光を見るなり、主水正は起きあがって夜具をたたみ、仕事着を着はじめた。

「どうなさるんですか」とななえがまた怯えたように問いかけた、「外は雨ですけれど」

「ひと廻りして来る」と主水正が云った、「合羽(かっぱ)と笠と、草鞋(わらじ)を出しておくれ」

股引(ももひき)に腰きりの布子(ぬのこ)、細帯をしめながら、彼は口をあいて、ななえに聞えないように、喘(あえ)いだ。ゆうべからの、身も心も消えてしまいそうな虚脱感が、不眠のあとでいっそう激しくなり、その狭い掘立て小屋の中では、いまにも呼吸が止まりそうなほど息ぐるしくなったのだ。彼は草鞋をはき、雨合羽をはおり、筍笠(たけのこがさ)をかぶって、戸口から外へ出た。うしろでななえがなにか云ったけれど、主水正は返辞もせず、振り向きもしなかった。

「この苦しさはなんだ」あるきだしながら彼は呟いた、「まるで毒でものんだようだ、そうだ、これは毒に中(あた)ったようなものだ」

尚功館へ入学してから今日まで、脇眼(わきめ)もふらず、まっすぐに、全力をつくして自分の勤めをはたしてきた。三十六歳の今日まで、ゆっくり遊んだりたのしんだりしたことはない。たまにほっと息抜きをするようなことがあっても、頭の中から勤めの問題がはなれたことはなかった。

「女は、実際には存在しなかった子のために、気の狂うほど嘆き悲しむことができる」と彼は呟いた、「けれども、いまのこのおれの苦しさはわかってもらえないだろう、いまはおれ自身にも、自分のこの、息の止まりそうな苦しさがなんのためのものか、まったくわからない」

新畠は雨にかすんでいた。主水正は枯れた芒や、笹藪の中をあるいてゆき、畑地をぬけていった。そして大川の岸を、掘立て小屋の集まっている一画のほうへゆこうとしたとき、ふいに足を停めて、あたりを眺めまわした。主水正はするどい痛みでも感じたように、強く顔をしかめた。

「ここだったな」彼は川の水面をみつめながら云った、「おまえはここで死んだんだな、小太郎」大川の対岸はかすんで、堤もさだかには見えなかった。主水正はそこへしゃがみ、両手で顔を押えた。おまえは生れてきて、ようやく立ちあるきができるようになったときに、死んでしまった。これは溺死ではない、水に落ちたとき心臓がいかれたのだ、その証拠には水を飲んではいない、と関蔵が云った。とすれば、おまえは苦しまずに死んだのだろう。そのほうがよかったのだ、小太郎、と主水正は心の中で呼びかけた。この世には、人間が苦労して生きる値打なんぞありはしない、権力の争奪や、悪徳や殺しあい、強欲や吝嗇（りんしょく）や、病苦、貧困など、反吐（へど）の出るようないやなことばかりだ、そんなことを知らずに死んだおまえは、本当は仕合せだったんだよ、小太郎。

筍笠を打つ雨の音と、早朝の空の、まだ明けきっていないような、少しもあたたかみのない非情な光とが、主水正の感情をいっそう暗い、絶望的なほうへと押しやるようであった。

「宗巌寺の和尚（おしょう）の気持がいまこそわかる」と彼は声に出して呟いた、「諸国を遍歴し、八宗の奥義（おうぎ）をまなび取って帰ると、一生なにもせず、酒に酔っては寝ころんでくらした、和尚にはわかっていたんだ、人間のすることのむなしさも、生きるということのはかなさも」

主水正はうなだれた。すると筍笠のふちに溜（たま）っていた雨水が、しゃがんでいる彼の、眼の前へこぼれ落ちた。主水正の喉（のど）に嗚咽（おえつ）がこみあげてき、彼は呻きながら泣きはじめた。

縄屋半六にて

「ええ、縄屋というのは料亭にしては妙な屋号です」と桑島三益が云った、「ここは戌山領のはずれですが、城下の近くにもわらじ屋とか、紙屋、くるま屋などという料亭がたくさんあります、たぶん元の職業をそのまま屋号にしたか、しゃれた屋号をつけても、元の職業を知っている人たちがその職業の名を呼ぶため、しぜんとそうなる例が多いようです」

主水正は聞きながら、それとなく桑島三益のようすを観察していた。三右衛門は病床についたまま、再起はおぼつかないという。三益はその長男で、としは四十がらみ、背丈は高くないが、固太りで肉付きがよく、頰には鮮やかに血がさしているし、濃い眉毛の下の眼には、賢さとぬけめのない性格がよくあらわれていた。そしてもう一人、佐渡屋儀助がいた。父親の儀平は秋のはじめに死んだそうで儀助はその長男、としは五十二三とみえるが、痩せがたで背丈が高く、きっと一文字にむすんだ口許が、親の儀平によく似ていた。太田巻兵衛と越後屋藤兵衛とは、どちらも七十二三になるだろう、越後屋は少し肥え、太田は軀つきも話しぶりも元のままであった。

「牡丹屋はどうしている」

「あれは卒中で寝たっきりです」と太田巻兵衛が答えた、「うまく御新政にとりいって、甘い汁(しる)を吸おうとしました、いちじは慥(たし)かに甘い汁を吸ったようですが、そのとたんに卒中です、それがまた因果なことに、全身不随で、下(しも)の物の始末まで人の手を借りなければならない、ということだそうです」

「跡継ぎはいるのか」と主水正がきいた。

「娘婿(むすめむこ)でしてね」と越後屋が云った、「遊ぶのと飲むことだけはおやじに負けませんが、しょうばいとなるとめくら同然で、番頭や手代の云うままになっているようです」

「だからしんしょうを渡さない、というわけではございません」太田巻兵衛が口を添えるように云った、「いま寝たっきりで、下の物まで世話をしてもらいながら、毎晩、帳面だけは自分でみる、決して婿養子に勝手なまねはさせないということです」

ああいうのを死に欲に憑(つ)かれたというのでしょうかな、と越後屋が云った。その言葉つきには、冷笑するよりも同情する気分のほうがつよく感じられた。かれらはなかまだったのだ、と主水正は思った。どんなに嫌(きら)い、軽蔑(けいべつ)していても、古くからの「なかま」という感じは断ち切れないのであろう、そう推察しながら、主水正はいよいよ重い気分にとらわれるのであった。

「ではこの辺で本題にはいりましょう」と桑島三益が云い、薄い帳面をそこへひろげた、「——これが私の家の持ち資財です」

主水正はその帳面を見た。金でしかじか、銀でしかじか、銭でしかじかと、詳しく分けて、それぞれの総計が記してあった。

「よくもこれだけ」と主水正が感嘆するように云った、「これだけのものをよく持ち出せたものだな」

「おやじは死ぬ覚悟でやったようです」

私はと云いかけて、主水正は口をつぐんだ。桑島は商人であり、長いあいだ藩の財政をくいものにして、多くの資財を貯えた。そのために主水正は桑島を憎んだし、いまも心を許すまいと思う気持に変りはない。けれども、現在それだけの資金があるということは、次にくる仕事のために、少なからぬ役立ちをするであろう、と思った。彼は吐きたいような厭悪感の中で、桑島は頼みになる、というちから強さを感じた。

——次に佐渡屋儀助が、現在の回米の不合理性と、将来そのたてなおしについて語った。太田巻兵衛も越後屋の云うことも、おのおのの事情こそ違うが、その利分がみんな上方へ持ってゆかれ、この領内をうるおすようなことは少しもない、という点で一致していた。

「それで私どもの申上げたいことは」と桑島が云った、「御新政が改廃されるときに、藩の財政をどの程度まで持ちこたえることができるか、ということがいちばん大きな問題だと思うのです」

主水正は頷いた。財政とか経済とかいうことは、いまの彼にはまったく興味がなかった。財政や経済ばかりでなく、あらゆる人事葛藤についてもまったく興味はなかった。どんなに財政をうまく案配しても、亡びるものは亡びる。人間のすることにはいつも限度が付いてまわる、大きく云えば、なにもしないで死ぬことがもっとも理にかなった生きかたなのだ、と主水正は心の中で思った。

「へんな音が聞えるな」と主水正は窓外のもの音を聞きつけて云った、「雨だろうか」

「すぐそこに小川があるのです」と太田巻兵衛が云った、「勾配が急なために、川底の石が流れに押されて転がる音なのです、私どもも初めは、なんだろうかとわけがわからなかったものです」

桑島三益がもどかしそうに云った、「飛騨守さまはいつごろ、正式に御帰城なさるのですか」

みんなが主水正の顔を見た。

「わからない」と主水正は舌が石にでもなったような、もったりとした口ぶりで答えた、「それは殿のおぼしめししだいだ、——もちろん、そう遠いことではないと思う」

「そんなあいまいなことでは困ります」と桑島三益が屹となって云った、「私どもは命を賭けて御再興のお役に立とうとしているのですから」

「あいまいなことを云うわけではない」と主水正が穏やかに云った、「この世に起こることは、人間の力では及ばないことが多い、私は殿が御無事であるかどうかを、この眼で慥かめるために江戸へいった、殿は御無事だったし、時がくれば飛騨守昌治さまとして、正式に御帰国なさるということを聞いてきた、六条一味の計ったことはもう限度まできている、しかし六条一味のしようとしたことにも、よい面がないとはいえない、かれらはかれらなりに、最善をつくしているのだろう、たとえそれがわれわれにとって悪事だとしても、一味にとっては善であることに紛れはないだろう、——およそ人間は自分のすることを善だと信じ、他人のすることには批判的になるものだ、殿はその判断を誤らないまでに成長された、飛騨守さまとして、いつ正式に御帰国なさるかどうかは問題ではない、桑島はいま、われわれは命を賭けて御再興のために奔走していると云った、だが、それはおまえたちだけのことではない、自分のことは云わないが、殿御自身もこのために命を賭けていらっしゃるのだ、もっとはっきり云えば、殿御一人ほど生死の境を潜って来られた方はないだろう、人間がただ生きてゆくというだけでも、命がけなものではないだろうか」

　桑島は黙って頭を垂れた。

「私どもの準備ができていることを、わかっていただけば、それで充分です」と佐渡屋儀助がとりなすように云った、「この話はこれまでにして、江戸のお話でもうかがいましょうか」

　太田巻兵衛が「それがいい」と云い、越後屋藤兵衛がすぐに、それをうかがいましょうと、興ありげに云った。主水正は眼の端で桑島と佐渡屋の顔をぬすみ見た。二人とも江戸の話などは聞きたくもない、という顔つきをしていた。

「今日はこの辺で解散にしよう」と主水正が云った、「こういう相談は一度や二度で片づくものではない、これからも時と機会があったら、三度でも五たびでも集まって、遺漏のないように打合せをしよう、御苦労だった」

二十一の一

　つるは「あっ」という表情をし、大きくみはった眼で主水正を見た。

「この恰好(かっこう)だ」彼は仕事着の両袖(そで)をひろげて見せた、「裏へ廻(まわ)るよ」

「わたくしもすぐにまいります、けれど」と云ってつるはさぐるようにきいた、「ここへお帰りになって、大丈夫なのですか」

「あとで話す」と彼は答えた。

井戸端で軀を拭き、手足を洗うあいだ、つるは着替えを持ってずっと側についていた。主水正はくぬぎ林のほうを見た。葉はたいてい落ちているが、僅かに残っている葉も茶色にちぢれて、枯れた枝にしがみついているようであった。

「くぬぎ林もよく育ったものだ、立派なくぬぎ林だな」

「弥助が生きていたら、さぞ自慢をしたことでございましょう」

「生かして置きたかった」主水正は帯をしめながら、低い声で云った、「あの年寄りだけは生きていてもらいたかった」

つるは黙って頭を垂れた。

居間へはいると、芳野が茶を点てて来た。菓子は季節のもので栗饅頭、白餡で、けし粒の歯当りがこころよかった。芳野は少しもとしをとっていず、昔と少しも変りはなかった。つるが、あとはわたくしがやりますと云い、芳野はなにか話しかけたそうだったが、辞儀をして去った。

「もうかがってもいいでしょうか」

「いろいろなことがあった」栗饅頭を喰べたあとの指を、ふところ紙で拭きながら、主水正が云った、「詳しいことは話す必要がないだろう、私は江戸で殿に会った、そのとき、殿は云われた、――かれらが本当に権力を握るつもりなら、初めにおれを殺す筈だ、しかしかれらにはそれが出来なかった、かれらにはそれだけの決意も勇気もなかったのだと」

主水正は俯向いて、膝に置いた自分の両手を見、その眼をあげて天床を見た。

「そのとき私は思った」と主水正は云った、「かれらにとって、もっとも大きな要である殿を殺せなかったとすれば、かれらが私をどのように扱うか、ためしてみる値打はあると思う、そうは思わないか、つる」

つるの唇が白っぽくなり、見えるほど手指がふるえた。

「ためしてみると仰しゃいますけれど」とつるがふるえながらきいた、「それはお命を賭けることではございませんか」

「それだけの価値があるとは思わないか」

「との方はそう思いきれるでしょうけれど」

主水正は笑って片手をあげた、「鷲っ子には似あわないことを云うぞ、私に鞭を拾えと云ったことを忘れたようだな」

「鞭を拾えですって」そう反問してから、つるはそのときのことを思いだしたのであろう、急に赤くなって顔をそむけた、「――あのときはまだ子供でしたから」

「いい子だ」と云って主水正は両手を差出した、「――おいで、抱いてあげよう」

つるの軀は反射的に、主水正のほうへすり寄った。自分の意志ではなく、極めて自然な動作であり、主水正に手を取られたとき初めて、自分のしたことにびっくりし、慌てその手を引込めようとした。

「なにを恥ずかしがるんだ」彼は手を放してやりながら、劬るように云った、「二人は夫婦だし、おまえはもう三十四になるんだよ」

「いま芳野がまいりますから」

「召使に気兼ねをするのか」

「云っておくがね」主水正は低いけれどもはっきりした声で云った、「今夜は二人で本当の祝言をするんだ、私はもう二十五歳を越して、十年以上にもなるんだからな」

もう反対はさせないぞ、というより、つるの羞恥心を除いてやる、という口ぶりであった。つるはそむけた顔を、片袖で掩った。変ったな、と主水正は思った。昔のつるなら、憤然と怒るか、席を蹴って出ていったであろう。だがいまは、その小柄で細そりした軀いっぱいを恥ずかしさで満たしたまま、逃げだすこともできないというようすが、手で触れることのできるほどよくわかった。

芳野が茶菓をはこんで来て去ると、まもなく杉本大作が挨拶に来た。つるは去り、大作は一昨年の秋、結婚したということを、申訳なさそうに語った。

「それはめでたい、よかった、よかった」主水正は明るい声で云った、「では長屋のほうへ移ったんだな」

「お許しがあれば夜だけ帰ります」

「子供はできたか」

「生れて五カ月の男児があります」

「よかった」それはよかったと主水正は歯を見せて笑った、「暇ができたら祝うとしよう」

和島学は子供が四人になったこと、そして自分が娶ったのは、あなたも御存じの女です、と杉本は云った。

「私が知っているって」

「はい、このお屋敷で召使をしていたおよしです」

主水正は記憶をたどるような眼つきをしていたが、やがて思いだしたように笑った。

「わかった」と彼は云った、「私のことによく気を配ってくれた娘だ、芳野のことを送りばばあだと云っていたっけ」

「いまではたいへん仲が良いようです、大助の生れるときにも世話になりました」

「子供は大助というのか」

杉本はてれたように、眼をそらしながら頷いた。いい名だ、いい子に育つだろう、と主水正が云っているとき、和島学が来客であると告げに来た。

「それが私には腑におちないのですが、垢じみた腰きり布子にから脛で」と和島は顔をしかめた、「髪も髭もぼさぼさに伸びたまま、玄関に立ちはだかって横柄なことを」

主水正は頷いて、わかったと云った、「江戸で知りあった浪人者だ、することは並み外れているが物乞いでも狂人でもない、客間へ通してくれ」

私がまいりましょうと云って、杉本が和島といっしょに出ていった。だが杉本がすぐに戻って来て、玄関で会いたいと云っている、と告げた。主水正は立ちあがった。

「金を借りに来ました」津田大五は主水正を見るなり云った、「いけませんか」

「多額では困るが、できるだけなら用立てよう、しかし久方ぶりだ、ともかくあがらないか」

「いそいでいるんです」大五はそっと金額を囁いて云った、「わけはあとで話しますよ」

本当に急な必要に迫られているらしい。主水正は戻って芳野に会い、それだけの金を包ませて引返した。

「いつこっちへ来た」主水正は包みを渡しながらきいた。

「それもこの次に話します」大五は礼も云わずに金包みをふところへ入れ、それから声をひそめた、「あと数日すると、あなたは城中へ呼び出されます、これは紛れもない事実です、そして」と云って大五は、その特徴のある大きな眼で、じっと主水正の眼をみつめた、「――これは三浦主水正の勝負どころです、しっかり頼みますよ」

そして大五は挨拶もせずに去った。

城中へ呼び出されることは承知のうえであった。だから主水正は曲町（まがり）の屋敷へ帰ったのである。つるにも云ったとおり、六条一味が殿に手を出せなかったとすれば、自分にも手は出せないのではないか。新畠の一夜の、初めて経験した、気のめいるような虚脱感が、主水正の思考を逆に突きあげたようであった。彼は勝負を挑（いど）むような気持で出て来た。しかし大五に、――ここが勝負どころだ、と云われたとき、主水正はとつぜん水を浴びせられたように感じた。

「ここが勝負どころだって」居間へ帰ってから、火桶（ひおけ）に手をかざしながら彼は呟（つぶや）いた、「どこに勝負があるんだ、かれらはおれにどんな勝負を挑んで来るつもりなんだ」

二十一の二

「こわい」とつるが全身でふるえながら云った、「こわいわ、死にそうよ」

主水正（もんどのしょう）はやさしく背を撫（な）でてやった。

「安心おし、むりなことはしないからね、ゆっくりおやすみ」

「あたし、これから先も同じようなんでしょうか」

「そんなことは考えないほうがいい」と主水正が云った、「きっと自然にうまくいくさ、男にも女にも、生れつき備わっているものだし、むりにあせったり、先をいそいだりすることではないんだよ」

「わたくし悪うございました」つるは抱かれたまま、まだふるえが止まらず、主水正の寝衣にしがみつき、彼の胸に顔を押しつけながら囁いた、「ずいぶんわがままで、ひどい意地悪ばかりして来ました、でも本当はあなたが好きだったんです」

「好きだから意地悪をしたのか」

「そんなふうに仰しゃらないで」つるは彼の胸にもっと顔を押しつけた、「好きだと気がついたのはあとのことで、初めはあなたが憎かったんです、あなたは家中第一の出世をなさいました、どこへいってもあなたの名が耳にはいり、あなたの評判を聞かされるんです、わたくしそういうあなたが憎くて憎くて、なにかあったら思い知らせてあげよう、などと決心したくらいでした」

「そして、鞭を拾えと云ったわけか」

つるは身もだえをした、「もう二度とそのことは仰しゃらないで」

「いいとも、二度とは云わないよ」

「祝言をして、この屋敷でいっしょにくらすようになってから、わたくしあなたをしんそこ好きなんだと気がつきました、けれどもあなたは勘づいては下さらなかった、女の狭い胸で、こうもしたら、ああもしたらと、いろいろやってみても、あなたは知らん顔で、つるの気持など一遍も思いやって下さろうとはなさいませんでしたわ」

「私が二十五になるまでは、本当の夫婦にはならないと、おまえに約束させられたことを、覚えているか」

「忘れていません、でも」と云ってつるは顔を主水正の腋の下のほうへずらし、よく聞きとれないほど声をひそめた、「――でもあなたはそんなことに構わず、襖を蹴やぶってでもはいって来て下さればよかったんですわ、あなたは三浦家の御主人、わたくしはその妻だったんですもの」

「私も若かった」彼はつるの背をそっと叩いてやりながら云った、「それ以上につるは若かった、そんなむりをしても無事におさまったとは思えない、――これまで待っていてよかったんだ、私たち二人には、これだけの時が必要だったんだよ」

「わたくしのことを憎んではいらっしゃいませんの」

主水正はつるの顎に手をやって、顔をあげさせ、心のこもった頬ずりをした、「長いあいだ苦労させたね、これからも無事にゆくかどうかはわからないが、私の心だけは一生変らないよ」

つるはまた主水正にすがり付き、声をころして忍び泣いた。男の苦しみと女の苦しみは違う、つるはつるなりに、私には思い及ばないことで苦しみに耐えてきたのだ。妻の小柄な軀を抱き緊めながら、主水正はそう思った。

それから五日め、十月中旬の末になって、登城するようにという使者が来た。理由は書いてなかったし、使者の二人も知らないようであった。署名は家老の波岡五郎太夫、副署は年寄役肝煎の安西左京と柳田帯刀である。主水正は承知して使者を帰した。つるは使者の来たときから、顔を蒼白く、硬ばらせていたが、登城の支度をするとき、主水正が杉本大作に、白い下着を出させるのを見ると、白くなった唇をふるわせながら、救いを求めるような眼で、良人の眼を見あげた。主水正は微笑し、大丈夫だ、心配することはない、というように頷いてみせた。

供は杉本大作、挟箱を担ぐのは重吉であった。この藩では重職格以上の者には、狭いけれども自分の部屋がある。遠侍と、焼火の間の対面にあり、「坊」と呼ばれてい、専属の茶坊主が詰めていた。主水正が寄口からはいると、口番の侍の一人が慌てて奥へゆき、すぐに中年の茶坊主が出て来て、こちらへと鄭重に「坊」の一つへ案内した。これまでに例のないことで、杉本の全神経がぴりぴりと緊張するのがわかったし、主水正自身も危険を感じた。

「これからなにが起こるかわからないが」と主水正は半ば自分を納得させるような口ぶりで、杉本に云った、「そのときうろたえたり、みれんな振舞いをしてはならんぞ」

杉本は「はい」と答え、口を一文字にむすんで挟箱をあけた。熨斗目麻裃に着替えながら、ここで襲われたら遁れようがないな、と主水正は思った。「坊」は狭く畳六帖ほどしかない、廊下へ出ればなんとかなる。しかしかれらはそうはしないだろう、彼はそう思いながら、左右の壁と、庭に面しているらしい障子、そして廊下に通ずる襖とに眼を配った。杉本大作も同じ気持でいることは、その身構えと敏捷に動く眼つきでわかった。

「おちつくんだ、杉本」と主水正が囁いた、「いずれにせよ長いことではないからな」

杉本はまた「はい」と答えただけであった。そこへ廊下をこっちへ来る足音がし、主水正は脇差を左の手に持ち替えた。だが、はいって来たのはさっきの茶坊主で、大書院へどうぞと云った。主水正は杉本を見て、かるはずみはするな、というように頷き、茶坊主のあとから出てゆきながら、脇差をそっと右手に持ち直した。

奏者役の者が、暫く待つように云って去り、大書院は主水正ひとりになった。そこへは二度か三度しか来たことはない、正面に古画を貼った上段があり、藩主の在国ちゅうは、香炉や手焙りがあった。いまはきれいになにもない、上段の背後にある狩野派の古図が、ひっそりとうす暗い大書院ぜんたいに、却って陰気な、嘲笑的な感じを与えているようであった。主水正は脇差を右にひきつけ、いつでも抜けるように身構えた。

長くは待たせず、入側から五人がはいって来た。奏者役が主水正の名を告げ、四人は上段の下に坐った。波岡五郎太夫の顔には、江戸にいたとき見覚えがあった。隣りにいるのが安西左京であろう、これは初めて見る顔であった。しかし、柳田帯刀——もちろん先代の子であろうが——それらしい顔は見えなかった。

「上意」と云って、波岡が奉書をかかげ、主水正は平伏した。

平伏はしたが、主水正は四方に神経を配り、こっちから襲われたらこうと、ひそかに目測していた。

「そのほう」と波岡が奉書をかかげて読みだした、「領内測量の功、公儀において重く認められ、特にお褒めの言葉を賜わった、よって、三浦家を本知に直し、七百石、書院番を命ずるものなり」

主水正は頭をあげて、有難くお受けつかまつります、と答えた。そして四人が去っていったとき、勝負はおれの勝ちだった、と主水正は思った。

――かれらはおれを殺せなかった。

昌治のそう云った言葉が、記憶の中にまざまざとよみがえってきた。そうだ、かれらはこのおれにも手が出せなかった。大五、おれは勝ったぞ、と心の中で力づよく叫びながら、主水正は静かに立ちあがった。

二十一の三

主水正は自分が立直ったことに気づいた。それはあの「坊」へ案内され、いつどこから襲いかかられるか、おそらくここで死ぬだろうと思ったときであった。長いあいだ彼をとらえていた虚脱感や、人間のなすことの無意味さ、そのまま消えてしまいたいような、生きていることの無意味さに、骨まで萎えるようであった。それが「坊」

へ導かれ、暗殺されるなと思ったとき、そして大書院で独りになったとき、彼は強い自己保存本能を感じて緊張した。はっきりそうだとはいえないが、そのとき人間否定や虚脱感が、洗われたように、さっぱりと主水正からぬぐい去られたようであった。波岡や安西の動作や言葉つきには、――むろんそうきめられていたのではあろうが、「上意」という云いかたにさえ、どこかに弱よわしく、おもねるようなものが感じられ、おれが勝った、という確信を主水正に与えたのだ。

主水正は本知七百石を回復し、書院番という役にもついた。正しい役目は中老を兼ねた書院番頭であろう、しかし藩主が在国しないときは閑職になるので、月三度の登城、それもごく形式的なものであった。――登城したあと三日めに、津田大五の手紙が届いた。持って来たのは女乞食(おんなこじき)のような者です、という杉本大作の言葉に興味をそそられ、主水正は自分で内玄関へ出ていった。まず眼についたのは、半ば灰色になったひっ詰め髪と、固太りの小柄な軀(からだ)に、継ぎはぎだらけな古布子を着、縄(なわ)かと思われるようなよれよれの帯をしめ、素足に古草鞋(ふるわらじ)をはいていることだった。女乞食のようだと云った杉本の言葉そのままで、おまけに驚くほどぶあいそであり、主水正を見てもろくさま挨拶をせず、持っていた結び文を渡すと、自分がなに者であるかも告げずに、さっさと帰っていった。

「おかしな女だ」居間へ戻りながら主水正は呟いた、「いったいなに者だろう」

手紙によると、大五は新畠に住みつくことにきめたとあり、この手紙を届けるのは女房お咲である、そして、思いがけない事が起こったから、できるだけ早く来てくれ、という意味のことが書いてあった。

「あの女が」と主水正は眼をみはった、「――あんな女が女房だって、また悪ふざけじゃあないのか」

しかし思いがけない事が起こった、という表現は大五らしくないし、なにか解明しがたい緊迫感があった。彼はすぐにでかけた。

「どちらへいらっしゃいますの」玄関まで送り出たつるが、刀を渡しながら心配そうに彼を見あげた、「お帰りはおそいのでしょうか」

「おそくはならないだろう」刀を腰に差しながら彼は答えた、「安心しておいで、心配するようなことはなんにもないからね」

それを信じていていいのですね、という問いかけが、つるの眼にありありとこもっていた。主水正は微笑しながら、その眼に頷いてみせた。

「やあ済まない」大五は主水正を見ると、大きく片手をあげ、片手に持っていた鋤を投げだして寄って来た、「こんなに早くなくってもよかったんですよ」

「肝心なことを聞こう」と主水正が云った、「なにが起こったのだ」

「会わせたい人がいるんです」

大五はこちらへ、というように片手を振った。主水正がついてゆくと、そこは芽の出たばかりの麦畑で、一人の男が畝に風を入れるため、暢びりと鍬をふるっていた。腰っきりの仕事着にから脛、素足に草鞋という、この土地独特の恰好で、やぶれた菅笠をかぶっていた。その男は近づいて来る二人のけはいを聞きつけたのだろう、鍬の手を止めて、怯えたように振り返った。

「心配するな」大五は手を左右に振った、「おまえさんの兄貴だよ」

主水正は足を停め、大五はそれを構わずに押しやった。

「あの男の話に嘘がなければ」と主水正を押しやりながら大五は云った、「阿部小四郎といってあなたの実の弟だ、わかりますか」

男は痩せて陽にやけ、ぶしょう髭だらけの顔に、眼をおどおどさせ、不決断にその顔をそむけた。また一つ殖えた、厄介なことがまた一つ殖えたか、と主水正は思った。

大五は不審そうに主水正の顔を見た。

「覚えがないんですか」

主水正が低い声で云った、「二人にしてくれ」

「私は八番の小屋にいます」大五はそっちを指さして云った、「あの栃(とち)ノ木のある小屋です、わかりますね」

主水正は頷き、大五は去った。主水正は小四郎のほうへあゆみ寄った。

「挨拶(あいさつ)はぬきにしよう」と主水正が云った、「おまえは人を斬(き)って退国したと聞いた、それは事実か」

「そのとおりです」

「わかった、その理由は云うな」と主水正がきびしい口ぶりで云った、「だが、どうしてこの土地へ帰って来たのかは聞こう」

「私にもわかりません」小四郎は菅笠をぬぎ、心ぼそげに首を振った、「女房を持ち、子供が生れると、むしょうに故郷が恋しくなったのです、どうなってもいい、たとえ殺されても、骨だけは故郷に埋めてもらいたい、という気持でした」

みれんな男だ、と思いながら、主水正はすぐ現実の問題に返った。

「では妻子も伴(つ)れて来たのか」

小四郎はそっと頷いた、「女房はおつなといって私より二つとし上ですが、はたらき者で、朝は暗いうちから、夕方は空に星の出るまで、少しも休まずのら仕事を続けるのです」

るつもりか」

「わかった」主水正は眉をしかめて云った、「それでおまえは、ここで百姓になりき

小四郎は脇へ向いたまま、できることなら阿部家を再興したいと思う、というようなことを呟いた。ばかなやつだ、再興したところで阿部は徒士組、平侍でも下のほうに属する。しかも小四郎は人を斬って脱藩したからだではないか。それがどうして家名を再興できるのか、と思ったとき、主水正はずいぶん久しぶりに父母のことを思いだした。父や母はどうしている、ときこうとしたとき、小四郎はその問いを敏感に感じ取ったように、父の小左衛門は三年まえに死に、阿部は絶家して、母は自分が引取って、いま十三番の小屋でくらしている、と口ごもりながら云った。

「おまえの子供は幾つになる」

「女の子で二歳です」と小四郎は答えた、「母によくなつきまして、おつなよりも母のほうに付き纏っております」

「ここで百姓になることだ」と主水正はなだめるように云った、「――再興しても阿部は平侍の下の下だ、それよりも、たとえ一坪でもおまえが畑を作れば、それがおまえのものになる、これほど慥かなことはない、とは思わないか」

小四郎はぶしょう髭の伸びた頬を、音のするほど掻いたが答えはなかった。あなた

ほどの勢力があれば、阿部家を再興することなど、むずかしいことではないでしょう、という気持があらわに感じられた。この性分は一生治らないだろうな、と主水正は思った。

「おまえはもう三十四になる」と彼は冷やかに云った、「刃傷沙汰のことは知らないが、もうおまえもいちにんまえの男になっていいころだ、おれを頼りにするな」

そして主水正はきびすを返し、大五の云った八番の掘立て小屋に向かった。

「うまくいかなかったらしいですね」大五は小屋の前で主水正に云った、「しかし、本当に弟さんだったんでしょうね」

「肝心なことはあれだったのか」

「私についても知っていてもらいたいことがあるんです」大五は一揖して云った、「どうぞおはいり下さい」

二十一の四

小柄な固太りの、髪の半ば灰色になった、老婆のような女は、本当に大五の妻であり、名は咲、としは二十五だという。大五よりとし下だとはとうてい思えないし、むしろ大五よりずっと老けてみえた。夕めしに芋粥を馳走してくれ、と大五が云い、女は出ていった。相変らずぶあいそで、主水正(もんどのしょう)には口もきかず、眼を向けもしなかった。

「なんのためにあんな女と夫婦になったんだ」

「さあね」大五は髭だらけの逞(たくま)しい顔いっぱいで微笑した、「男と女のあいだは縁のものだろう、古いことを云うようですがね、おれたちの仲もその縁があったからだと思うね」

「津田大五の妻として、あれで家中のつきあいができると思うか」

「そのことをまだ話しませんでしたね、私は侍をやめて百姓になります」と大五は云った、「父が病死したあと、御新政にきりかわると知ったとき脱藩したのは、命が大事だと思ったからだし、そのほかいろいろな理屈を考えたからです、それからこの国(くに)許(もと)へ来て三浦さんたちと密会し、江戸と国許をしばしば往復しました、嘘ではありません、そのときはしんけんにそう信じていたんです」

そのあいだ市井の人たちと親しくなり、これこそ人間の人間らしい生活だと思うようになった。裃(かみしも)をつけ刀を差して、心にもない挨拶を交わしたり、そらぞらしい辞儀を云ったり、上役、下役の差別をしたりする、ばからしい規則に引きずり廻(まわ)されることを考えると、百姓、町人でいるほうが、よっぽど人間らしい生きかただということがわかった。

「一軒の家には玄関もあるし、勝手口もある」と主水正が云った、「どちらが大切ということはないだろう」

「この世には、あなたにはわからないことが少なくないとは思いませんか」

「おれが松二郎さまの行列を跟(つ)けて江戸までいったことを忘れたか」と主水正は静かに云った、「――そのあと四年ちかくも、麻布の狸店(たぬきだな)に住み、夜泣きうどんや、ぼて振りをやったことがある」

大五は顔の前で手を振った、「知ってます、知ってますよ」と彼は云った、「しかしあなたはいつも三浦主水正だった、あんなにあなたにのぼせあがっていた、お秋やお千代にも、あなたはついに手を出さなかった」

「だからどうだというんだ」

大五はまた微笑した、「それが私とあなたとの違いだ、ということです、説明はできませんがね、――あなたは私の妻のお咲を覚えていませんか」

主水正は首を左右に振った。

「でしょうね」と大五は頷いた、「あれは麻布の狸店にいた女です、お秋さん姉妹の隣りでした、これでも思いだしませんか」

主水正はなにも云わなかった。

「あなたは松二郎さまの行列を追い、麻布の狸店に住み、夜泣きうどんやぼて振りをやったかもしれない、けれどもあなたはいつも三浦主水正だった、そうでしょう」

　こんども主水正は黙っていた。

「善悪の問題ではありません、人それぞれの性分でしょう」と大五は云った、「あなたはわが藩の中軸として、いや、云わせて下さい、あなたがどう思われようと、三浦主水正がこの藩の中軸であることに変りはない、つまり、あなたは江戸の狸店にいても、国許のこの新畠にいても、三浦主水正その人に些かの変りもない、私はその枠を外れているんでしょう、侍の生活よりも町人、百姓のくらしのほうがよほど好ましいんです、人間はいちようではありませんからね」

「私もこれまで多くのことをまなんだ」主水正が云った、「身分の上下にかかわらず、人にはそれぞれの考えやたのしみや、また悲しみや苦しみのあることをこの眼で見た」

「しかし肌には触れなかった」

　主水正は両手をひろげた、「ひとりの人間が、あらゆることを自分で経験するわけにはいかない、ということがわかるか」

「それはあなたが三浦主水正だからです、私はただの大五、この新畠をちゃんとした新田に仕上げてみせます」

　主水正はなにも云うことはない、とでもいうふうに眼をそらし、小四郎をずっとここに置くつもりか、ときいた。

「そのつもりです、ここなら大丈夫でしょうからね」

「彼には追手がかかっているぞ」

「こう云っては失礼かもしれませんが、たかが徒士組どうしの刃傷沙汰で、そういつまで追手が跟(つ)けまわすと思いますか」

「母がいっしょだそうではないか」と主水正が脇を見たまま云った、「たとえ平侍どうしの刃傷沙汰でも、領内にひそんでいることがわかれば、そのまま見逭(みのが)すということはないだろう」

「それは三浦主水正としての御意見でしょう」と云って大五はまた声を出さずに笑った、「阿部さんが絶家になり、小四郎さんは脱藩、御母堂も行方不明、それだけのことです、そんなことにいつまでこだわると思いますか」

　主水正は暫く黙ってから、ゆっくりと云った、「この世に起こることはなに一つ予測はできない、そのときそのときで処理するほかに手は出せないだろう、しかし火を抱いて油の中へはいるような、いさましい人間もいる、そのどちらが正(まさ)しいか正しくないか、判断することのできる人間がいるだろうか」

「判断する必要なんかあるんですか」と大五がにこやかに云い返した、「世の中に起こるどんな事にも、批判や判断は幾らでもあるでしょう、しかしそれは物見遊山客の意見で、傷ついた当人とはまったく関係がないんではありませんか」

「話がそれたようだな」

「あなたのせいですよ」と云って大五はまたにこっと笑った。

「呼び出した用件は終ったのか」主水正はきまじめに反問した。

「小四郎さんに援助をしていただきたかったんです」と大五は云った、「けれども諦めました、些少の援助などに頼るようでは、人間として生きてはいけない、――という、あなたの気持がわかりましたからね」

「侍をやめて百姓になるというのは本心なのか」

「そのとおりです、この新畠は立派な新田にしてみせます、しかしそれだけではない」と大五は少し声を低めて云った、「なにか事が起これば、及ばずながら助勢に出ます、家中のいざこざは、城外にいるほうが早く聞けますからね」

主水正はそっと頷いた。麦のはいった芋粥はうまかった。そして、お咲があと片づけに出てゆくと、大五は秘事をあかすように、少し羞みながら云った。

「どんなにいやなやつでも、どこかに一つだけはとりえがあると云いますね、三浦さんには醜いだけでしょうが、お咲にもその一つがあるんです」

私は江戸で相当なわる遊びをし、女の躯もいろいろ経験しました。だがお咲のような躯を知ったのは初めてです。あんなに男を陶酔させる躯はほかにはありません、顔かたちや躾作法は、はたの者と本人の意志でどうにもなる、しかし生れついた躯の機能だけはそうはいきません。

「私が百姓になる気になったのはそのためです」と大五は云った、「私は一生、あの女とくらしてゆくつもりです」

主水正は刀を取り、ぞうさになった、と云って立ちあがった。

二十一の五

その年が明けるまで、主水正は一日の暇もないほど多忙だった。本知を回復すれば、少なくとも五人の家来を抱えなければならない。百石について幾人という規則は、もともと幕府から布令の出た法度によるものであるが、武家経済の全般的な逼迫と、各藩の事情とによって、その規則はしだいに変ってきていた。——三浦家が本知を回復されても、御借上げ金が約二百五十石に当るので、実収は四百五十石あまりだった。

しかも七百石の格式は保たなければならない、中老部屋の席と、「坊」の世話をする茶坊主にもきまった手当を遣るのが習慣であるし、その他の取次役とか、祝儀不祝儀にも格式だけのつきあいをしなければならなかった。

主水正はそれをつると芳野にうちあけた。芳野はずっと家計を受持ってきたので、すぐにおよその計算ができたのだろう、そうだとすると元の二百二十石より、家計はずっと苦しくなりますねと云った。

「御家来を五人殖やすとすれば、お長屋の建て増しも致さなければならぬでしょうし」と芳野は云った、「米味噌や炭や薪なども」

「まあぼつぼつやろう」と主水正は微笑しながら遮った、「少しは辛いだろうが、飢死にをすることもないだろうからな」

役付になった挨拶にもまわったし、牡丹屋を除く四人の商人にも、たびたび呼び出された。中でも桑島三益がもっとも熱心であり、御新政改廃について、相当大胆な計画を持っているらしく、それを告げる機会を覗って苛いらしているのがよくわかった。しかし主水正は巧みに避けて、彼に話しだす隙を与えなかった。佐渡屋儀助にも越後屋藤兵衛、太田巻兵衛らにもしだいにあせりがみえ、御改廃がおよそいつごろになるか、およその時期を知っておきたい、などと云うことさえあった。

「はっきり云うが、それはわからない」と主水正は答えた、「御新政を企てた一味は、われわれが鳴りをひそめているので手出しをしないが、少しでも動きだすけはいありとみれば、必ず非常手段を強行するだろう、どんなに練達な猟師も手負い猪(じし)には向かわないものだ」

「しかし私どもの忍耐にも限りがあります」と太田巻兵衛が云った、「この入札制が続くかぎり、地着きの商人は裸にされてしまうでしょう、私の身代に限っても、もうそう長くはもちこたえられなくなってまいりました」

そのとき桑島三益が顔をしかめながら脇(わき)へ向くのを、主水正は認めた。この老人も老いぼれたな、という意味が、しかめた三益の表情によくあらわれていた。それに力を得た主水正は、われわれの目的は御新政改廃という大事にあるので、そのため犠牲者の出るのを避けようとして、危険を冒すようなことは決して許せない、と強い調子で云った。太田はふところ紙を出して眼を拭(ふ)き、洟(はな)をかみ、口のまわりを押しぬぐった。越後屋藤兵衛のようすも改めて見るとおどろくほど老け、顔の肉もたるんでいるし、眼にも力がなかった。主水正はどきっとした。

——おれはこの人たちを見ていなかったのだ、と彼は思った。膝(ひざ)を交えて要談はしたが、相手の人柄(ひとがら)や、性格の変化には気づかなかった、相手がその職業に精通している、ということを鵜呑みにして、大事を共にやりぬける人間かどうか、ということには注意を払わなかったのだ。

　これは危なかったと思い、心ひそかに、桑島のしかめた顔に感謝した。それで年末に近く、桑島と二人だけで会ったとき、太田と越後屋を隠居させてはどうか、と相談した。巻兵衛には忠吉という長男がいること、としも四十歳を出て、子供が三人あること、また藤兵衛にも加平という、同年輩の息子のいることを知っていたからである。

　しかし三益は首を振った。

「あの年代の年寄りは頑固でしてね」と三益は云った、「佐渡屋さんでは亡くなったし、私の父は病気で動けないから、しぜんと跡を継ぐことになったんですが、もし二人とも丈夫だったら、私も儀助もまだ跡は継げなかったろうと思います」

　卒中で寝たきりの牡丹屋が、婿に店を譲ろうとせず、自分の眼で帳簿を見なければ承知しない、という話を主水正は思いだした。

「私が城下へ出入りできるのなら」と三益は云った、「あの二人の息子を唆しかけ、おやじどもに隠居させることができるかもしれませんがね、御承知のとおり桑島の家は闕所、一族は領外追放という御処分ですから」

　わかっている、と主水正は頷き、くれぐれも身辺に注意するようにと云った。

五人の家士は捜すまでもなく、三浦家の元の家士たちが集まって来た。鉄炮組から二人、御蔵番から一人、徒士組から三人、みな元の家士の孫たちだそうで、主水正はその中から、若い独身の者を五人選んだ。同時に和島学を正式の家扶にきめ、杉本大作はその脇役として、従来どおり主水正の側に置いた。

そして彼は三十七歳の正月を迎えた。藩主が在国のときは、元旦に城中で年賀の式があるけれど、不在のときは二日に、略式がおこなわれる。表書院に家老職が出て、藩主の代りに祝儀を受けるのだ。上段に藩主がいるという形式で、家臣たちは格式の順に参入し、祝儀を述べて退出する、もちろん盃もなく、祝宴もなかった。――主水正は中老だから、参入して祝儀を述べるだけだった。表書院の上段下には、家老の波岡五郎太夫と山内安房、八重田頼母、柳田帯刀と山根蔵人が坐っている、波岡の隣りに空席が一つあった。山内安房はもとの貞二郎であるが、不健康な、青くむくんだ顔にも、だらしなく肥えた軀つきにも、まったく昔の俤はなかった。山根蔵人はつるの兄の靫負であって、若いころから病弱のため、隠居のような日を送っていたと聞いたが、父に代って家督相続をした現在でも、肥立ちの悪い少年のように見えた。

――だが、波岡と山内のあいだにあった、あの空席は誰のものだろう、どういう意味で空席などを設けたのか。

雪の中を下城しながら、主水正はふとそのことに疑念をいだいた。現役の家老職は五人であるし、五人はみな席にいた。あの空席に坐る者が、ほかに誰がいるというのだろうか。八重田と柳田は老いて、腰が曲っているようにさえ感じられた。山内も山根も、六条一味にとってはなんの邪魔にもなるまい。とすれば、あの空席には一味の誰かが坐る、ということを暗に誇示しているのではないか。——いや、それは考えすぎかもしれないぞ、ことによると滝沢主殿（とのも）のためかもしれない。主殿は城代を免ぜられたが、家老としての位地に変りはない。かれらは自分たち一味の者を据（す）える計画と、滝沢主殿のためと、どちらにも転換のできる、両面の策を示したのかもしれない。

あぶない、とうしろで杉本大作が叫んだ。殆（ほと）んど同時に、脇から来た男が主水正に躯ごとぶっつかり、躰（たい）を躱（かわ）されてのめり、雪の中へ転倒した。主水正は反射的に刀の柄（つか）へ手をやったが、躯のぶっつかりあったとき、強い酒息（さかいき）の匂（にお）ったことに気づき、刀から手を放して脇へよけた。

「誰だ、おらを突っ転ばしたのは誰だ」男は雪まみれになって、起きあがろうともがきながら喚（わめ）いた、「なんの恨みがあってしたことだ、なに者だ」

主水正はその声に覚えがあった。彼は微笑しながら寄ってゆき、男に手を貸して立たせてやった。

「悪かったな」と主水正は云った、「うっかりしていて前をよく見なかったんだ、どこか痛くしたか」

そう云いながら彼は、落ちている雪帽子を拾って、男に渡した。煤けた灰色の髭に埋まったような男の顔の中で、その眼が主水正を訝しげに見まもった。

「けがはなかったらしいな」と主水正は云った、「気をつけてゆけよ」

そして彼は男からはなれてそこを去った。

滝沢邸にて

主殿は夜具の上に起き直り、右腕で脇息に凭れていた。十帖ほどのその座敷は、寝間ではなく、客との対談にも使っているとみえ、本床には書の大幅が掛けてあり、香炉からは薄く煙がゆらめいていた。青銅の火鉢が一つあるだけで、庭に面した障子があけてあるため、戸外と同じくらい空気が冷えてい、正坐している主水正は、手足の指先から、寒さが全身にしみとおるのを感じた。

「そうか、殿は御無事だったか」と主殿は乾いた声で云った、「それはよかった、ごようすを聞かせてもらおう」

主水正は語った。麻布の下屋敷で会ったときの、飛騨守昌治の云ったことや、動作などについて、誇張しないように言葉を選びながら、できるだけ詳しく話した。主殿は非常に感動したらしく、聞き終ってからも、暫くはなにも云わず、息をひそめ、眼を伏せたままじっとしていた。うっかりなにか云うと感情が乱れて、涙でもこぼしそうになるため、強い感動がしずまるのを待っている、というようすであった。――なんの病気で、どのくらい寝ていたかは知らないが、主殿は痩せがめだっているだけで、顔だちにも姿勢にも、老衰とか、老耄したとかいう感じは、殆んどなかった。としはもう七十歳を越したであろう、城代を免ぜられたことは、相当に大きな打撃だったに相違ないし、取って代った六条一味の「御新政」なるものに対しても、骨に徹する怒りを感じたことだろう。それにもかかわらず、いま病床に坐している主殿には、あのころの強い自省心と、人を寄せつけないようなきびしい威厳とが、そのまま少しも変らずに残っていた。

「それはよかった」やがて主殿が云った、「あまりに直情で、人の意見に構わずやりたいことをやる、という御性格が私には気がかりであった、だが、そこもとの話を聞いて心がおちついた、みごとな御成長ぶりだ、そこもとたちは勤めがいのある殿を持ったぞ」

主水正は低頭し、改めて、今日ここへ来た理由を聞いてもらいたいと云った。主殿はゆっくりと頭を振り、それは聞くまいと答えた。

「私はもう役には立たない」と主殿は感情のない声で云った、「時代は変った、あの堰堤（えんてい）工事が始まったとき、私はもう自分の時代の去ったことを知った」

「しかし道の案内があれば、山へ登るのに不必要な危険を避けることができるのではありませんか」

主殿は振り向き、するどい眼つきで主水正の顔をみつめた、「では危険を避けて、楽に山へ登るつもりなのか」

「事が多すぎるのです」

それがどうした、とでも云いたげに、主殿は屹（きっ）と口をひきむすんだ。

「御新政改廃に当っては」と主水正は構わずに云った、「順次に手をつけるのでなく、全般にわたって同時に決行しなければならないのです、時代は変ったかもしれません、それは仰（おっ）しゃるとおりだと致しましょう、しかし三代も続いて御城代を勤めてこられた御経験が、すべて役に立たなくなった、とお考えになったわけではないと存じます」

主殿はひきむすんだ口を少しゆるめ、なにか珍らしいものでも見るような眼つきで、暫く主水正の表情を見まもっていた。

「よし」と主殿は云った、「私でお役に立つことがあったら答えよう、第一はなんだ」

「卍屋の件です」

「桑島に対する処置を使えないか」

「御金御用商としての卍屋は、三井の筋を引いているばかりでなく、堂島からも資金が入っております」と主水正は云った、「単にそれだけではありません、五人衆の制度にも多くの欠点があり、不当な利益をぬすまれたようです、けれども五人衆の利得はこの領内に蓄積され、いずれかのかたちで御領分を潤し、役に立ってまいりました、それが卍屋の場合には反対に、取得した利益は殆んど上方へ持ってゆかれてしまう、そしてかれらは通貨の移動を糊塗するため、銭札の増発という手を使っています、したがって桑島に対する処置と同一では、藩の財政は取返しのつかぬことになると思われるのですが」

主殿の唇に微笑がうかんだ、「ここで詳しい詮索をしてもしようがない、だがそこまで調べがゆき届いているなら、迷うことはないだろう」

「天明四年、幕府でとられた非常法が、この場合もっとも適していると存じます」

「できると思うか」主殿は頷いて云った、「簡単ではないぞ」

「迷うことはない、と仰しゃるのをいまうかがいました」

「おまえの口ぶりで、覘っていることにほぼ見当がついたからだ、天明の非常法はあとに多くの問題を残し、非難も少なくはなかった、おそらく卍屋どもも知っているだろうし、その対策も考えてあると思うが、その点はどうだ」

「それには打つ手が用意してございます」

聞こう、というように主殿が脇息を引寄せたとき、家扶の岡野吾兵衛が、蔽いを掛けた膳を持ってはいって来、主殿の夜具の脇へ据えながら、食事の時刻である、と告げた。主殿は眉をひそめ、手を振りながらあとだと云った。岡野家扶は救いを求めるように、主水正の眼をみつめた。

「医師からきびしく云われているのです」と岡野は主水正に云った、「食養生をきちんとなさらなければ、御恢復はおくれるばかり、いまはどんなに高貴な薬よりも」

「医者の一つ覚えだ」主殿は遮って、首を振りながら云った、「枯れかかっている老木に、濃い根肥をやればどうなると思う、老木にはその根肥を吸いあげる力はない、余った養分には虫が付くか、木そのものを腐らせるか、いずれにせよ逆に、老木の枯れるのを早めるばかりだ」

これは木には限らない、生命あるものすべてに通ずる原則だと思う。ちかごろ新しがる医者の一部に、老人ほど食事に厚味の物をとるがよい、それが軀を若わかしく保つ法だ、などと云う者がある。しかし老躰は老躰であることが自然であり、厚味の食をとることによって若わかしさを保つとすれば、それは反自然であり、老躰に鞭打つ結果になる。そこまで云って、主殿は右手を大きく左右に振った。

「ばかばかしい、どうしてこんな話になったのだ」と云って主殿は老家扶に振り向いた、「いま大切な話をしているんだ、これは持ってさがれ」

主水正はとりなそうとしたが、思い止まり、岡野家扶は落胆したように、両肩をゆりあげたのち膳を持って去った。

「気にするな」と主殿が云った、「いいからあとを聞こう」

それから半刻あまり、主水正の云うことを主殿はよく聞き、熱心に意見を述べた。もう自分の時代は去った、という言葉や、長い病臥生活にもかかわらず、主殿は藩の情勢もよく知っていたし、問題に対する判断も正確であり、立派な見識のあるものであった。――この人は少しも条件に左右されてはいない。六条一味によって城代を免ぜられたが、城代家老としての人間を変えることはできなかった。もちろん異例ではないだろうが、七十歳を越した年齢と、いま置かれている立場から考えると、やはり舌を巻かずにはいられなかった。

「あの人はいまでも現役の城代家老だ」滝沢邸を辞して出ながら、主水正は太息をつきながら呟いた、「——枯れかけた老木に根肥を入れるな、老いることを自然に受入れるが、それは肉躰のことで、精神的には無関係なのだ、それをあの人は現実に見せてくれたのだ」

二十二の一

主水正は居間の机に向かって、太田巻兵衛から届いた報告書を読んでいた。入札制になってからの、卍屋一派の操作で、彼と土地の商人たちの受けた損害を記したものである。この種の報告は、越後屋、佐渡屋からも届いているし、これからも定期的に届けられることになっていた。

外は朝からの雪で、庭の西端にある侍長屋のほうから、ときたま物音や人声がかすかに聞えてくるほか、家の内も外も、耳鳴りのするほどしんとしていた。主水正は小さな火桶を脇に置いているが、灰の中に三つ寄せて埋められた炭火が、僅かに赤く覗いているだけで、とうてい部屋をあたためるほどの熱度はないし、彼も手をかざしてあたためようとはしなかった。徒士組の阿部家にいたときから、彼は暖衣飽食を自分に禁じてきたが、滝沢邸をたずねたとき、主殿が病床にいながら、あの広い座敷に火鉢が一つ、障子をあけ放したまま、戸外と変らない寒気を入れていたことが、強く印象に残り、三浦家の苦しくなるであろう家計と思い合わせて、自分だけでもいっそう、日常生活をきびしく規制しようと思ったのであった。

手が凍えてくると、彼は左右の手指を揉み、足袋の上から足指をも揉んだ。太田からの報告書は息子の忠吉の手になるもので、字もしっかりしているし、分類された他の商人たちを含めた、記事や数字なども要領よく纏められていて、親の巻兵衛が自分の損得に固執するのに比べると、はるかに頭もよく、考えかたも合理的であることが推察された。

「桑島の三益はべつとして」と主水正は呟いた、「佐渡屋儀助もしっかりしているし、この忠吉も頼みになりそうだ、越後屋の加平だけはまだわからないが、少なくともこの三人は御新政改廃の役には立つだろう」

かれらの親たち五人衆と比較すると、あきらかに年代の差というものが感じられる。だがそれだけではない、かれらの親たちは五人衆という制度に守られ、藩の重臣たちを懐柔して、家産を殖やすことに専念していればよかった。しかしその息子たちはそうではない、かれらは御新政という大きな打撃を受け、五人衆という特権を剝がれて身一つとなった。少し誇張して云えば、かれらは第一歩からやり直さなければならない。しかも、中年になってこういう難関に当面したのだから、親たちとは年代の差より以上に、考えかたが着実でしんけんで、現実的なのだろうと、主水正は思った。

　襖(ふすま)があいたので、振り返ると、妻のつるがはいって来、珍らしくうしろ手に襖を閉めるなり、主水正へ軀ごとぶっつけるようにしがみついてきた。主水正は危うく抱き止め、どうした、と狼狽(ろうばい)しながらきいた。

「抱いて下さい」つるは喉声(のどごえ)で云った、「もっと強く、もっと」

　かつて経験のないことで、主水正はすっかりおろおろし、妻を抱き緊(し)めながら、医者を呼ぼうと云った。つるは軀じゅうを彼にすりつけながら、かぶりを振って喘(あえ)いだ。

「病気ではないんです」とつるは云った、「ただ軀が急にへんなふうになって」

　ああと押しころしたような声で叫び、つるの手に吃驚(びっくり)するほどの力がこもった。主水正の抱いている手に、妻の軀の脈搏(う)つような痙攣(けいれん)がはっきりと感じられた。それは腰のあたりから起こり、背筋から腹部、胸へと波動してゆくようであった。熱いほどほてっている軀をはしるその痙攣は、筋肉から筋肉へと伝わってゆき、それが腹部から胸までくると、いっとき全身がはがねのように収縮し、つるは呻(うめ)き声をあげて主水正にかじりつき、激しく首を振りながら、主水正の胸へ顔をすりつけるのであった。

「やっぱり医者を呼ぼう」と主水正は背中を撫でてやりながら云った、「どこか痛むんじゃないのか、苦しいのはどこだ」

つるはかぶりを振った、「本当に病気じゃあないんです、苦しいところも痛いところもないんです、ただもう少しこうして、抱いていて下されば」

云いかけてつるは大きく喘ぎ、力かぎり両手でしがみつき、足をちぢめて、全身を波打たせた。発作はそれが最後で、なお暫く、しゃっくりのように、痙攣の波動が断続したが、やがてつるの軀の緊張がゆるみ、筋肉のほぐれるのが感じられた。つるは深い安堵の溜息を幾たびかもらし、しがみついていた手を放すと、芯から疲れたように、主水正の膝へ上半身を投げかけた。

「わたくし芳野に、針仕事を教えてもらっていたんです」とつるはだるそうに云った、「そうすると急に、おなかの奥のほうでなにかがどきんと脈を搏ち、それがだんだんにひろがって、この辺から胸のほうへかけて」彼女は手を腰から乳のあたりまでそっとすべらせた、「なにかはためくような、わけのわからないふるえが起こり、自分でも本当に急病にでもかかったのかと思ったんです、それで縫いかけの物を置いて、どこかに痛みでもあるかと、じっと考えてみようとすると、こんどは軀をなにかに押し潰してもらいたいような、そうでなければなにか強くて固い物に力いっぱい抱きつきたい、というような気持が起こって、夢中であなたのところへ駆けて来たんです」

主水正は妻の背中を、やさしく撫でてやりながら云った、「なにか、なにかずくめで、さっぱりわけがわからないが、いまはどうだ、その妙な気分はおさまったのか」

「ええ」と良人の膝の上でつるは頷いた、「なんだか憑きものでもおちたような、軀じゅうの筋が溶けてしまったようないい気持です」

「やっぱりいちど、医者に診てもらうほうがいいな」

つるはかぶりを振った、「いや」と彼女はあまえるような声で云った、「あなたに抱いていただいただけで、すぐこんなにおちついた、いい気持になれるんですもの、いくらつるが強情者だって、自分が病気か病気でないかぐらいはわかりますわ」

「そうだといいがね」と主水正が云った、「いちじはどうなることかと思ったよ」

つるはなにか云いかけたが、急に両足をちぢめ、上半身を起こすと、着物の裾をかき合わせ、なにも仰しゃらないでと云って、両膝をすり合わせるような、おかしなあるきぶりで出ていった。しかしそれは、軀のどこかに疾患があるというようではなく、なにかを隠しているという感じであった。

「わからない」主水正は頭を振って呟いた、「おかしな鷲っ子だ」

次の夜、自分の寝所へはいった主水正が、夜具の中へ横になったとき、黙って襖をあけて、つるがはいって来た。こちらから妻の寝所へいったことはあるが、妻がこちらの寝所へ予告なしに来たことはなかった。主水正はちょっと驚いて、どうしたと問いかけた。つるは暗くしてある行燈を消し、黙って彼の夜具の中へすべり込んで来た。

「どうしたんだ」主水正はつるを抱きよせながら云った、「また始まったのか」

つるは黙ったまま、彼の片手を自分の左の乳房へ引寄せ、上からぐっと押えた。乳房は固く尖って、熱いほどほてっていた。これまでつるは乳房に触ることを嫌い、手はもちろん、肌で触れるのもいやがった。だから主水正は信じかね、上から押えられたまま、手を動かさずに、固く尖ったような乳房ぜんたいを、劬るように掌で包んでいた。つるはそれが不満らしく、荒い息をしながら、押えている自分の手で、彼の手を乱暴にゆり動かし、腹部と足とをもどかしそうに彼へすりつけてきた。それは彼になにかを求めるというより、自分の状態のほうへ彼を巻き込もうとするような、積極的な熱中した動作であった。その夜初めて、つるは声をあげた。

二十二の二

主水正が汗を拭いて戻ると、まだつるは彼の夜具の中にい、彼が行燈に火を入れようとすると、灯はつけないで下さい、と云った。

「帰って寝るほうが楽だろう」主水正はつると並んで横になりながら云った、「伴れていってやろうか」

どこへ、とつるがもの憂げに問い返した。

「どこへだって」主水正は笑いながらそっと妻の肩へ手をやった、「きまってるじゃないか、おまえの寝所へさ」

一人では淋しいから、今夜はここにいたい、とつるは答え、静かに寝返って、主水正の腕の中へ身をちぢめながら寄り添った。つるの軀はまだ熱く、押しつけられている腹部は、ときをおいて内側から、なにかが叩くような律動を伝えた。その瞬間つるは良人に抱きつき、すぐにその手をゆるめて、深い太息をつくのであった。

主水正はやわらかにつるの背をさすってやり、いくらかあやすような口ぶりで、昨日の発作の意味がわかった、つるにもわかったろうときいた。彼女はかすかに頷き、恥ずかしいと消えそうな声で云った。それから心配そうに顔をあげ、暗いので少し遠慮が薄れたのだろう、夫婦のことが、いまのようであっていいのかときいた。

「私にもよくはわからないが」と主水正は答えた「なにも故障がなければそれでいいんじゃあないのかな、私はそう思うが、おまえ自身はどうなんだ」

「わかりません」とつるは囁いた、「なんだか自分が自分でなくなったような気持で、なにがどうなったのかまるでわからなくなってしまったんです」

「苦しくはなかったのか」

「わたくしそんなことを云ったでしょうか」

「私のほうできいているんだよ」

「それがわからないんです、自分がなにをしたか、なにを云ったか、そう、なにもかも夢中で、ただ、うれしくって泣きたいような気持になったことは覚えています」

「それではこんなふうでいいんじゃないか」

「あなたは御存じの筈（はず）よ」つるは珍らしくためらいをみせながら、ぎごちない口ぶりで云った、「だって、ななえさんにお子たちが生れたんですもの」

主水正は呼吸を止め、それから長くそっと息をついた。つるの変化の大きいのに、心からおどろき、そしていじらしくなった。たとえどんな事情が起こったにせよ、つるの性質としてななえのことなど、決して口にする筈はないし、その存在に気づいたふうさえみせはしないだろう。それが父親から鶩っ子と云われ、主水正もそう認めた生れながらの性質だった。――慥（たし）かに、彼が曲町（まがり）へ帰って来てからは、つるのようすは変りはじめた。芳野に教えられて針仕事をならいだした、という一つだけでも、結婚した当時、わたくしは米の値段も知らずに育ったのだ、とはっきり云ってのけたことを思い返せば、女として格段に成長したことがわかる。しかしどんなに成長したとしても、生れつきの性分は残っているだろうし、その性分から計量すれば、ななえのことだけは口にはしない筈であった。

「つるにもおよそわかっていたろうと思うが」と主水正は云った、「私はこれまでずっと、御奉公のために追われてきた、命さえ覘われるようなことがあって、いちにちいちにち、ああ今日も生きのびることができたな、というような日をすごしてきた」

つるは知っていますというふうに、そっと頷いた。

「いまでもそれに変りはないし、これからさきも、おちつくまでには年月を要するだろう」主水正は片手をつるの肩にまわし、静かに抱きよせながら云った、「――おまえの云うとおり、ななえは私の子を産んだ、まる二歳にならないうちに死んでしまったがね、私は一度も抱いたりあやしたりしたことはなかったし、死なれてからも、哀れだと思うようなことはなかった、云い訳のようになるが、そんなことを思うゆとりさえなかった、だから正直に云えば、夫婦のことなどにも関心がなかったし、関心をもとうとも思わなかった、つまるところ、その点では私も殆んどつると同じなんだよ」

「よかった」つるはあまやかな声で云った、「ではつるがあんなふうになっても、お

「その前後から、旦那の噂をぱったり聞かなくなっただよ」と大造は云った、「二年経ち、三年経つうちに、御新政といってもやっぱり、民百姓のくらしには関係がなかった、なかったどころか、通用銭が減り銭札が殖えるばかりで、物の値段は上るし、いろんな品は不足する、運上や年貢は上るっていうぐあいで、これなら御新政になるめえのほうがずっとよかった、っていう声があっちこっちで出はじめただ、するとそんな声のなかに、三浦の旦那はどうした、あの旦那が肝心なときに出てこねえのはどうしたわけだってね」

嘘じゃあねえ、おらが嘘を云ったって三文の得になるわけもねえからな。こうしてまた旦那の名が噂にのぼるようになった。卯の年の大火のときのこと、捨て野の堰のこと、領内測量のこと、丑の年の洪水のときのことなど。あったことも根のないことも、尾鰭が付いて世間に弘がっていった。特に宗巌寺の子供部屋で育った者たちは、旦那は世直しの神さまだ、などと口を合わせて云い張るらしい。おらも幾たびとなくこの耳で聞いたもんだ。

「そうこうしているうちに、旦那は上方へござってる、ってえ噂が立っただ」と大造は云った、「堰の工事中止で、上方へ帰る人足たちといっしょに上方へござった、時が来れば城下へ戻ってござるし、そうすれば世直しが始まるだってな」

「ところが、井戸を掘ったら水が出なかったというわけだ」と主水正は云った、「――その人たちには気の毒だが、私にはそんな器量はないし、仮に器量があったとしても、一人の人間にできる事には限りのあるものだ、あまり私を頼みにするなと、そんな話が出たらじいさんから云ってくれ」

大造は髭だらけの顔で、にっと笑いながら主水正を見て頷いた。

「こないだ雪の中でぶっつかったとき」と大造が低い声で云った、「旦那はもうちっとで、おらのことを斬ろうとなすった」

主水正はどきっとした。

「おらあ井関川で旦那の腕前を知ってるだからね」と大造はまた云った、「それにと、しの功もあってな、旦那の身構えを見たとき、もうだめだと思ったもんだ、それからだな、小さな耳こすりや噂ばなしを聞くうちに、旦那はひどくむずかしい、混入ったいざこざに取り巻かれている、ってことがわかってきただ、――梅の井なんて呑み屋では、それこそ吃驚するようなことが聞けるだからな」

担いでいる荷は、例によって薬種問屋へ持ってゆく、草根木皮の類だろうと主水正は思った。

大造と別れた彼は、堰堤に添ってあるいてゆき、堤腰から上の馬踏まで、くわしく

「好まない事から身を避けても、それで満足に生きてゆけるとは限らない、ことに津田大五のように、火のつきやすい血を持っている人間はな」

大五は大きく一揖した、「これはどうも、褒めていただいて恐縮です」

主水正は苦笑いをし、なにか不足な物はないかときいた。大五はまじめな態度になり、必要な物がかなりあるので、近日うちに書いて曲町へ届けるつもりだから、そのとき詳しい相談をしたいと答えた。

「なんだろう」大五と別れてあるきだしながら、主水正は自分の胸の中を覗くような気持で、首をかしげた、「いまなにかがふっと思いうかんだ、――すぐに火のつきやすい血か、いや、そうではない、火ではなく反対なものだ、火の反対はなんだ、火の逆は水か氷、いやそれとも違う、しかしなにかがひっかかった」

待て待て、そのまえに大五が云ったな、なんと云ったろう。家を出奔してよかった。いまの生活のほうが好ましい、そう云った。いやそれも違う、そのまえだった。

「なんだったろう」と彼はあるきながら呟いた、「――侍だというだけでも息が詰まりそうになる、まっぴら御免だ」

さっき築堰で見た、鮮やかに赤い布切のことが眼にうかび、それとも違うと思いながら、赤い布切と、周囲の荒涼たる景色との、際立った対照が、自分の印象に深く残っていることにおどろきを感じた。——彼はそこから石原村の伊平の家へまわった。家には伊平夫婦と、末娘のゆきがい、長女のふさと長男の和平は、山へ焚木を伐りにいったということであった。夫婦は炉のある板の間で、縄をない、草鞋を作っていた。伊平は主水正と同じ三十七の筈だが、乾いて皺の多くなった顔や、瘦せた肩、ひび割れ節くれだった手指や足を見ると、五十歳くらいにも老けてみえた。

「いや、この恰好だし、あがっている暇はない」と主水正は土間に立って云った、「どうしているかと寄ってみただけだが、変りはないようだな」

「どうやら無事にやっています」伊平は激しく咳こみ、咳がしずまるのを待って答えた、「年貢が高くなったので、くらしは楽ではありませんが、これは百姓ぜんたいがそうなので、私のところだけではありませんから、ただ私のうちでは家族が丈夫で、誰も病気をしないだけでも有難いと思います」

伊平はまた咳こみ、すると妻女のさいは立っていって、火鉢にかけてあった土瓶と、湯呑茶碗を持って戻り、薬湯らしい茶色のものを湯呑に注いで良人に渡した。

「二三年まえから」と伊平は湯呑に口をつけながら、云い訳でもするように云った、「冬になると咳に悩まされるんです、もう持病のようになってしまいまして、——医者にかかるほどゆとりもありませんし、知合いの年寄りから教えられた、手前づくりの煎じ薬で、どうやら凌いでいるような始末です」という伊平の言葉にかぶせて、妻のなに、春になればけろっとおさまるのですが、とさいは気丈な口ぶりで云った、「このさいがそうではない、と云った。

「亡くなったわたしの両親もそうでしたが」とさいは気丈な口ぶりで云った、「この咳はただの咳じゃありません、病気なんです」

二十二の五

「おやじさんやおふくろさんは喘息だった」と伊平は妻をなだめるように云った、「喘息は季節にかかわりのない病気だ、けれども私のは冬だけで、春夏と秋の終りまではごほんともいわないじゃないか」

「わたしは喘息だと云ってるんじゃないんです、ほかに軀のどこかに病気があるっていうんです」

「その話はあとにしよう」と伊平は云った、「三浦さまはいそがしいんだ」

老い疲れたような伊平から眼をそらし、主水正はさりげなくなえのことをきいた。

「ええ、ここへ寄っていきました」伊平は用心ぶかく湯呑の薬湯を啜ってから云った、「ばかな妹です、せっかくあなたのお世話になっていたのに、また鳥越へ帰って元のしょうばいをするなんて、まったく量見がわかりません、本当にばかなやつです」

「それにはわけもあるんだ」と云って主水正は話をそらした、「――で、鳥越のどこへゆくとは云っていなかったか」

「さて、それは」伊平は妻に振り向いた、「おまえ聞かなかったか」

さいは藁を打ちにかかりながら、水木なんとかという、踊りの師匠のところだと聞いたようだが、と答えた。主水正は水木満寿弥という、年増芸者のことを思いだした。五人衆の酒席で、二度か三度しか会ったことはない。顔もよく覚えてはいないが、踊りできたえた、緊った軀つきと、一度はたしか牡丹屋を非難していたようだが、その歯切れのいい口ぶりとは、記憶にはっきり残っている。ななえが元なんという師匠の家にいたかは忘れたけれども、あの水木満寿弥のところなら、いい踊り芸者になるだろう、と主水正は思った。

「そうか」と主水正が急に云った、「そうか、あのことだったな」

彼は夜具の中にい、つるはその脇で髪を解いていたが、主水正が急になにか云いだしたので、びっくりして振り向いた。

「まあおどろいた、どうなさいましたの」

「ああ、いや、ごめんよ」と主水正は微笑しながら云った、「――今日ちょっとしたことが頭にひっかかって、なにが原因だかわからなかったんだ、気になってしようがなかったんだがね、ようやくそれがわかったんだよ」

「大事なことなんですか」

「そうも云えるし、そうでないとも云える、つるにはかかわりのないことだ」

つるは解いた髪をざっと束ね、羽折をぬいで行燈に掛けると、寝衣の裾をかいつくろいながら、自分の夜具の中へ横になった。

「そんなあいまいなことを仰しゃるなんて」とつるが云った、「あなたには似合わないと思いますわ、夫婦のあいだでなにを隠そうとしていらっしゃるんですの」

「本当につるとは関係がないんだ、もう寝よう、今日は疲れた」

「このごろいつも疲れていらっしゃるのね」とつるが云った、「おやすみあそばせ」

おやすみと主水正が云った。

滝沢さんだった、と眼をつむりながら、主水正は思った。ここは彼の寝間である。正月のあの夜からずっと、つるは毎晩こっちの寝間へ来て寝た。ここにはあなたの匂いがこもっているし、自分のほうは香料と女臭さがしみついているからいやだ、というのである。つるはかつて、こっちの部屋は「男臭いからいやだ」と、はっきり云いきったことがあった。年齢のせいかもしれないが、あの夜からそれがすっかり変って、いまでは主水正の躰臭を嫌うことはなく、朝起きたときなど、彼のぬいだ寝衣に顔を押しつけ、あなたの匂いがする、などと云いながら、幾たびも深く、さも気持よさそうに大きく息を吸ったり吐いたりする。男臭いと云い切ったときに比べると、まったく人が違ったようであった。

――滝沢さんだった、と主水正は思った。大五が侍だというだけでも息が詰まると云ったとき、頭の奥のほうで滝沢さんとむすびついたのだ。

滝沢主殿は、主水正とのかなり長い対談のうち、医療や食事などのくだけたことも話題にしながら、たった一人の息子である兵部友矩については、一と言も触れなかった。跡継ぎの男子がいるということを、主水正も思いだしさえしなかったほど、主殿のようすには個人的な恩愛の情は感じられなかった。三代続いた城代という風格がよくあらわれているばかりでなく、頭も決して老いてはいなかった。その私的生活には欠点がないとは云えないが、生涯を藩政のために投入してき、一人しかいないわが子にも、私情を動かされないくらい、自制心を堅くつらぬきとおしてきた。侍のもっとも侍らしい生き方だ、と主水正は思った。

――兵部はどうしているだろう、西小路に女を囲って、その家でずっとくらしていると聞いたが、まだそのままだろうか、ときには病床の父をみまいにゆくこともあるのだろうか。

つるがしきりに寝返りをうっていた。主水正は自分と兵部との関係を回想し、尚功(しょうこう)館(かん)の道場と、大馬場での決闘のことを、つぶさに思い描いてみた。尚功館の道場では、自分が勝負を逃げただけだったが、大馬場のときは双方が刀を抜いて相対した。つるがまた寝返って溜息(ためいき)をつき、主水正は大馬場のことを思った。そのとき彼は兵部に云ったのだ、あなたは名門に生れ、天成の才能に恵まれたうえに、選(え)り抜きの教官師範によってみがきをかけられた。私はそうではない、私は平侍の生れだし、特に生れついての才能というものもなかった。いま私が身につけた学問や武芸は、一つ一つ自分のちからで会得(えとく)したものだ。その違いがどれほどのものか、この決闘であなたにもわかるだろうと。そして二人は抜き合わせたが、兵部は明らかに動揺し、臆(おく)しさえしたようすであった。

——躰格もよく、美貌(びぼう)で、気品の高い姿をしていただけよけいに、気持の動揺や臆したようすは、ひと際(きわ)つよく印象に残った。

それが二十歳の年で、翌年の二月には、自分は殿のお供をして江戸へゆき、堰堤(えんてい)工事の勉強をするためにほぼ四年、江戸に滞在して帰った。兵部が西小路に女を囲い、酒と遊蕩に耽っているという噂は、おれが帰国してまもなく聞いたことだ。おれはただそうかと思い、滝沢城代を気の毒に思っただけだったが、いまよく考えてみると、大馬場のことがきっかけで、兵部が身を持ち崩したのかもしれない。直接に作用したのではなくとも、原動力の一つになったことは慥かであろう。みだりに言葉を操ってはいけなかった、あのときはそう云わずにはいられなかったが、やっぱり若気のあやまちだ、と主水正は思った。

つるが寝返ってこっちへ向き、「あなた」と囁きかけた。

「どうした、まだ眠れないのか」

「あなた」とつるが含み声で云った、「お疲れになっているのでしょ」

「こっちへ来るか」

「足が冷たくって眠れないんです」つるは少し鼻にかかった声で云った、「ちょっとでいいんですけれど、こっちへいらしって」

「疲れている者を呼びつけるのか」

「ちょっとでいいんです」

主水正は起きて、つるの夜具へ枕を持って移った。つるは軀をずらせ、主水正の片手を自分の首の下に引入れると、それを腕枕にして、ぴったりと身をすり寄せた。

「足が冷たいって」主水正は妻の柔らかい、小さな肩を抱きよせながら云った、「冗談じゃない、燃えるようじゃないか」

「そうかしら、自分では氷のように冷たい気がするんですけれど」

「氷どころか、まるで火のように熱いよ」

嘘ばっかりと云いながら、つるは主水正の寝衣の衿から片手を入れ、彼の肌をじかに撫でながら、その手を背中へまわして静かに抱き緊め、彼の胸へ顔を埋めた。

「ああ」と呻くようにつるが云った、「あなたの匂いがするわ、この匂い、あたしぼうっとなってしまう」

おとなしくするんだ、と主水正が云い、つるは良人にしがみついて、ふるえながら足を足へ絡めてきた。さあおやすみ、こうしてあげるからねと云って、主水正は妻の背中を撫でてやった。つるはふるえる手をぶきように彼のほうへ伸ばし、主水正はその手を押えて、おとなしくするんだと云った。つるはその手をゆるめずに、荒あらしく喘いだ。

西小路にて

兵部友矩は酒肴の膳を前にして坐り、抜いた脇差の刃をじっとみつめていた。端麗な彼の顔は痩せて、色が悪く、眉間に深い竪皺が刻まれていた。鬢のあたりに僅かながらしらがが見え、青白い手の甲には、焦茶色のこまかいしみが数多く出ていた。彼が刀をうち返したとき、肴の皿をのせた盆を持った女が、襖をあけてはいって来た。十二年まえの俤はない、軀にも顔にも肉が付き、腰まわりは異常なほど厚く重たげに肥えている。少し茶色っぽい髪はほつれて顔に垂れかかり、幾たびか縫い直したとみえる、縞目もよくわからない着物が着崩れているのも、気にならないようすだった。

はいって来た女は、兵部が白刃をみつめているのに気づくなり、持っていた盆を放りだして、兵部の右の腕にしがみついた。

「いけません、やめて下さい」と女は悲鳴のように叫んだ、「坊やのことを考えて下さい、坊やが可哀そうです」

「放せ、なにを騒ぐ」兵部は女を乱暴に突きとばした、「うろたえるな、ばか者」

女はうしろへ尻もちをつき、眼をまるくして兵部を見た。兵部は脇差を鞘におさめ、湯呑を取って中の酒を呷った。細い頸に突き出たのどぼとけが、酒を飲みこむたびに上下へ動いた。彼は投げだされた盆や皿のほうへ手を振って、片づけろと云った。三歳ばかりの男の子が、襖のところからこっちを覗き、おじさんのばかやろ、と罵った。まるい顔で、口のまわりがよごれ、ひねくれたような白眼で睨んでいるようすには、少しも可愛げがなかった。兵部はその子の声など聞えなかったように、そっちを見もせず、眉間の皺を深くしただけであった。

「酒がないぞ」と兵部は云った、「燗はつけなくともよい、水も持って来い」

「おじさんの、ばかやろ」と子供が罵った、「いっちまえ、ばかやろ」

「太郎さんいけません」女は片づけた皿や肴を盆にのせて、子供を伴れ去りながら云った、「そんな悪いことを云うと、お灸ですよ」

加地町で茶屋の座敷へ出ていたころは、もっと女らしく、幾らか賢そうにみえた。いつも伏眼がちで口かずも少なく、芸ごとはあまりうまくはなかった。色街の女には似あわず、いかにもしろうとっぽい感じだった。けれどもいっしょになってみると、それらの一つ一つが、そのまま愚鈍であることを証明するものだったのである。起きているときはもちろん、寝床を共にしても、感情や感覚の動くけはいはまったくなかった。——はるというその女は、日雇い人足の子に生れ、七人きょうだいで、姉の一人は下女奉公、一人は大坂のほうへ売られていった。兄二人と弟二人は街道で稼いでいたが、馬子だった兄の一人と、駕籠かきをしていた弟の一人は、ぐれてやくざなかまにはいってしまった。その兄のこう助というやくざ者と、駕籠かきをしている金次という弟が、ときどきはるのところへ金のむしんに来る。冠町の屋敷から届けられる手当も、滝沢家が城代を免ぜられてから、半分に減らされたうえ、兵部の酒や遊蕩のため、家計は苦しくなるばかりだったが、兄や弟が金をねだりに来ると、はるはばかのように無抵抗に用立ててやった。兄のこう助はもう救いようのないならず者になっていたが、弟の金次は十九歳で世帯を持ち、いまでは子供も二人あり、実際にのっぴきならない助力を必要としていた。しかしはるにはそのけじめもつかないらしく、やくざな兄が来ても、しんじつ生計に困っている弟にも、なんの差別もなしに、有るときばったりで金を呉れてやっていた。それだけではない、父親は肝臓の病気で急死したが、母親のおきせはまだ健在であり、六十歳を越したのに二十歳もとし下の男があり、その男に貢ぐ金をねだりに来た。その母にもはるはまったく無抵抗であった。

兵部は家計などには関心がなかったし、欲しい物はなんでも手にはいる、ということが身についているし、金銭について心を労するような習慣がなかったから、はるのだらしのなさに癇の立つことはあっても、親きょうだいに金を呉れてやることには、なにも口だしはしなかった。

――せいぜい半年か一年、それ以上はまっぴらだ。

兵部はそう思いきめていた。それが十二年も経ち、子供までできてしまったし、気のきかない愚鈍な女だと癇癪の起こることはあっても、そのために気楽であり、冠町の家にはない人間らしい自由、のびのびと解放された生活をこわす気にはなれなかった。昼から酒を飲み、酔えばごろ寝をしてしまう。外で飲みたくなればいつでも外出できるし、よそで泊り、酔って帰っても文句を云われることはない。それは西小路のこの家で、初めてあじわうことのできたものであり、いまではすっかり身についた感じであった。

冠町からは家扶の岡野吾兵衛が来る、父が病臥していることもかなりまえに知らされ、屋敷へ帰るようにと、来るたびに吾兵衛にせがまれた。兵部は耳にもかけなかった。貰う物を貰うと、追い立てるように帰らせるのであった。おれには父はない、母が在世のころ、母だけには親子という気持のつながりを感じたけれども、父とのあいだにはなにもなく、他人どうしよりも冷淡できびしい、対立意識しかなかった。

「おい、なにをしているんだ、はる」と兵部はどなった。「早く酒を持って来い」

ただいまと云って、まもなく、肴の皿と燗徳利二本をのせた盆を持ってはるが来た。兵部はじれったそうに、徳利の一本を取ったが、熱いと云って放りだし、その指で耳たぶを摘んだ。

「ばか者」と彼は叫んだ、「冷やでいいと云ったのを聞かなかったのか」

聞かなかったのかと、念を押すようにどなりつけたが、はるはぐずぐずと、畳の上にこぼれた酒を前掛で拭きながら、冷やではお軀に毒だと思ってと、口の中で呟くように答えた。兵部は二本めの徳利を用心して取り、湯呑に酒を注ぐとすぐ、またその指で耳たぶを摘みながら、まるで熱湯だと云った。

「きさまは茶屋座敷で稼いでいたくせに、燗のぐあいさえわからない」と兵部は憎にくしげに云った、「なにをやらせても、一つとしてろくなことのできないやつだ」

「おじちゃんのばかやろ」襖の向うから、子供が叫んだ、「こんちきしょう、いっちまえ」

「お黙り、太郎さん」とはるが制止した。

「なるほど、おまえの云うとおりだ」兵部は酒を啜りながら云った、「おまえの云うとおり可哀そうなやつだ、そのうちに冠町へ伴れていって、これがあなたの孫だと対面させてやろう、――あっちへ伴れてゆけ」

徳利を拾い、子供の手を取って出てゆくはるのうしろから、酒は冷やだぞと、兵部は刺すような口ぶりでどなった。膳の上には肴の皿小鉢が五つ並び、汁椀もあった。

みな隣り町の「魚菊」という店から取ったもので、はるが自分で作ったのは、青い菜の浸し物だけであった。はるは飯さえもうまく炊けず、粥のようだったり芯があったり、ということをいまでも繰返しているし、魚菜の煮焼きに至っては子供も同然であった。

「ばかな女だ」と呟いて彼は酒を啜った、「おれがいなかったら、白壁町へでもゆくほかはなかったろう」

表の格子戸がやかましい音を立ててあき、舌のもつれる声で、誰かの喚くのが聞えた。

「兵部はいるか」とその声は云った、「迎えに出て来い、兵部、おれさまだぞ」

二十三の一

格子戸をあけたまま、土間に立っていたのは谷宗岳であった。まだ六十歳をいくつも越えていない筈だが、肉の落ちた皺だらけの顔は、酒やけのためにどす黒く、少ない頭髪はすっかり灰色になり、落ちくぼんだ双眼の、ぎらぎらするような光だけが、からくも生きていることを証明するようにみえた。

「金を貸せ」宗岳はふらふらしながら、骨ばった細い右手を差出した、「うちには米もないんだ、幾らでもいいから金を貸せ」

「まああがって下さい」と兵部が云った、「いま独りで飲んでいたところです、飲みながら話を聞きましょう」

宗岳はよかろうと云い、上へあがろうとしたが、躯の重心が狂ってよろめき、上り框へ倒れかかった。兵部は助け起こしたが、泥だらけの草履まで、ぬがしてやらなければならなかったし、酒を飲んでいた兵部でさえ顔をそむけるほど、宗岳の息は酒臭かった。

「手を放せ」と宗岳は肩を振った、「おれは人の助けなどはいらない、その手を放せ」

「まあいいでしょう」兵部は両手で抱くように、宗岳の躯を支えながら云った、「老いては子に従えと教えたのは先生ですよ」

宗岳の躯はおどろくほど軽く、そして力がなかった。はるが来て、片方から支え、二人で宗岳を居間へ伴れていった。

「老いては、だと」宗岳は伴れてゆかれながらどなった、「うん、そうか、老いてはか、しかし谷慶次郎は老いても、兵部友矩のような、呑んだくれの怠け者を子に持った覚えはないぞ」

「いい機嫌だな、谷宗岳」と兵部が云った、「そんなからいばりを云ってもしようがない、まあおちつけよ」

「その調子だ」倒れるようにどかっと坐りながら、宗岳は歯を見せて顔を崩した、「先生などと、つまらないことを云うから、癪に障るんだ、いつものとおりおれきさまでいこう」

「はる、酒だ」と兵部が云った、「冷やだということを忘れるな、それから金があったら残らず包んで来い」

「きさまの女もはる、おれの女もはる」と宗岳が云った、「おい兵部」宗岳は猾そうに声をひそめた、「名は同じだがとしも軀も違うだろう、どうだ、取っ替えこをしようか」

兵部は汁椀の蓋を取って宗岳に渡し、酒を注いでやった。

「取っ替えことは、どういうことです」

「きさまの女房をおれに貸し、おれのところのはるをきさまに貸すんだ」と云って宗岳はまた歯を見せた、「つまり、お互いに合意のうえで密夫の味をたのしむのさ」

兵部は眉をしかめ、黙って湯吞の酒を啜った。

「おい兵部、気取るな」と宗岳が高い声で云った、「おまえが三浦主水正の女房に惚れていることは、ちゃんとわかっているんだぞ」

兵部はどきっとしたように、眼をみはって宗岳を見た。

「白壁町でいっしょに泊ったとき、おまえは幾たびもあの人の名を呼んだ」酒を呷って宗岳が云った、「あの当時なら、おまえに人間らしい勇気さえあれば、つるさんを奪い取ることもできたんだ、主水正とつるさんとは、祝言こそしていたが仲が悪く、寝所を共にするようなこともなかった、つるさんは娘のままだったし、むしろ兵部友矩のほうに、またとない機会があった筈じゃないか」

「そんなことがあったとは思いませんね」

「銀杏屋敷はどうだ」宗岳はぎらぎらするような眼つきで、兵部の顔色をうかがった、「まさか銀杏屋敷のことを忘れたんじゃあないだろうな、どうだ」

「どうして先生は、いや、あなたは」と兵部は云い直した、「どうしてそんなことを御存じなんですか」

「おまえには勇気がなかった」宗岳は兵部の問いかけを聞きながし、椀の蓋を差出して云った、「売女を抱いて寝ながら、うつつに名を呼ぶほど惚れている恋人を、いい機会があったのに奪い取ることができなかった、勇気がないというより、おまえは臆病者だ」

兵部の顔が硬ばった、「ではあなたは、江戸のあなたの家にいた、田舎者の書生のようであればいいと云うんですか」

「なに」宗岳はけげんそうに反問した、「——おれの家にいた書生だと」

「あなたの妻女と密通し、妻女といっしょに出奔したんでしょう」と兵部は容赦なく云った、「つまり、あなたが江戸を捨てて、こんな田舎の教官になるきっかけを作った書生ですよ」

宗岳は口をつぐみ、注がれた酒を飲もうともせず、どこかの一点をじっとみつめた。はるが宗岳のための盃と、徳利を二本持って来、小さな紙包みをそっと兵部に渡した。はるが去ってゆくまで、宗岳は身動きもせず、まじろぎもせずに黙っていたが、やや暫くすると眼を細め、にっと、やわらかに微笑した。

「そうだ、そんなこともあったな」宗岳は思い出をなつかしむように云った、「慥かに、そんなこともあった、ずいぶん昔のことだ、いまあの二人はどうしているかな」

兵部は宗岳の反応の意外さに戸惑った。彼は宗岳を怒らせようとしたのだ。もっとも痛いところを容赦なく突き、宗岳が怒りのために叫ぶか、乱暴なことでもするだろうと思った。しかし宗岳は怒らないばかりでなく、なにかなつかしい回想をたのしむように、表情も声もやわらげ、安息の溜息さえついた。

「田舎出のぼっとした、頭のよくない、軀ばかり大きな若者だった」と宗岳は云った、

「親に頼まれて家に置いたが、なんのために入門したのかわからない、掃除や薪割(まきわ)りや、風呂焚(ふろた)きなどは進んでやるが、学問のほうはまるっきりだめだった、姓も名も忘れてしまったが、頭のよくない、若い雄牛のような躯つきだけは、おぼろげに覚えている」

妻と同年か、一つくらいとし下だったかもしれない。そのころのおれは学問だけが頭にいっぱいで、神経質なくらい潔癖で、女臭さなどにはがまんができなかった。もちろん、妻に対しても良人(おっと)らしい愛情などはもたず、寝所を共にすることも極めて稀(まれ)だった。わるくいっても昌平坂学問所の教頭、あわよくば大学頭(だいがくのかみ)になって、歴代の学頭である林氏に取って代ろう、という野心に駆られていたのだ。

「憎んで云うのではないが、女は雌だ」と宗岳は続けた、「男はよほどのばかでない限り男だが、女が雌だということに貴賤(きせん)の差別はない、どんなに躾(しつけ)よく育てられても、女が雌だということに変りはない、男は上を好み、女は下を好むという、男は位地や名誉の高い女にあこがれるが、女は下男下僕(げぼく)、日雇い人夫のほうを好むということだ、何十代、何百代とない経験から出た意見だろう、むろん例外もあると思うが、おれの妻の場合を考えると、その言葉が歪(ゆが)められ偏った暴言でないことがわかると思う」

妻には学問に熱中しているおれより、薪割りや風呂焚きをする書生の、頭は悪いけ

埃が立った。午後の三時ごろだろう、酒を出す店は日没からという布令が出て、めし屋のほかはみな日が昏れなければ店があけられなかった。加地町や川端町と呼ばれる鳥越などの、大きな料理茶屋の二三では、大商人や役人たちの筋で、昼からでもひそかにしょうばいをしているらしい。町の居酒屋などでも、ばか正直な店でない限り、裏口から客を入れて、酒を飲ませることに変りはなかった。まして梅の井は白壁町という、売女の町の表通りにあるので、朝帰りの客などがあり、裏口はいつでもあいているし、中には酔って唄をうたう声が、外まで聞えることも稀ではなかった。

二人が梅の井へいってみると、店にはもう三人の先客があり、飲みながら大ごえに話しあっていた。一つの飯台を囲んだ三人のうち、灰色の熊のように髭だらけの、軀だけは逞しい老人を見て、兵部は宗岳に眼くばせをした。

「あれは山の森番だそうです」と兵部は囁いた、「可笑しな話をする面白い年寄りですよ」

宗岳は三人の前に並んでいる、徳利の数を見て云った、「さかんなものじゃないか」

「こっちも負けやしませんさ」

ふきげんな顔に白粉もつけず、よれよれの寝衣のような着物に、だらしなくひっかけ帯をしめ、ぼさぼさ頭の三十がらみの女が、兵部たちのところへ酒と摘み物を持って来た、三人伴れのほうの注文を聞いていった。

「また、女が変ったな」と髭だらけの老人が云った、「この店も代が替るたびに悪くなる、女中もひどくなるばかりだし、古くからの馴染客も、歯の欠けるように来なくなった」

「じいさんは古いのかい」

「云っても信用しねえかもしんねえが、もうそこそこ三十年になるかな、梅の井のめえには井桁ってえ屋号だった、おらあ山の森番をしているせえか、一遍ゆきつけになると、ほかの店ではおちついて飲めねえたちでな、さあ、遠慮なくやってもらおう、話し相手のねえ酒っくれえつまらねえものはねえだからな」

相手の二人は職人ともやくざとも判然としない中年者で、骨太の大きな軀つきをした一人の顔には、手の平くらいの青痣があった。

「おい、じいさん」とその青痣のある男が云った、「おめえいま話し相手なんてしゃれたことを云ったが、さっきから饒舌ってるのはおめえ独り、こっちはただ聞いているだけだ、あんまり図に乗ると痛いめにあうぜ」

「よせよ平州」と伴れの男が云った、「じいさんは酒を奢ってくれているんだ」

「うるせえ」と痣のある男がどなった、「てめえにうまくまるめこまれて、こんなところまでやって来たが、うめえことなんぞなに一つねえじゃねえか、初めの約定が違ううえに酒はまずい、女も屑ばかり、おまけにこんな気違いじじいのごたくを聞かされて、黙っていられるかよ」

「まあまあ、そう怒るなよ平州」

「ちょっと」髭だらけの老人が云った、「おまえさんちょっと黙って、その痣男に云うだけのことを云わせようじゃねえか、――平州とかいう若いの、まだなにか文句があるなら、ゆっくり聞かせてもらうとしようかな」

「絡んだようなことを云うな、じじい」相手がひらき直って云った、「文句は幾らでもあるぞ、不景気でしけた、半分死んだようなこの城下町そのものがまず気に入らねえ、豆腐一丁、大根一本にも運上がかかる、噂によると瓦屋根や、門のある家なんぞにも運上をかけるってことじゃあねえか、金になる仕事らしいものはなんにもねえし、道をゆく人間はみんな地面を見ながら、溜息をつきながらあるいてる、狂って病んでる、この城下町ぜんたいが病んで狂ってる、そうじゃねえか、ええ、じじい」

「よそから来た流れ者になにがわかる」老人が云い返した、「天気だって晴れる日ばっかりじゃあねえ、嵐もあれば雨や雪も降る、人間だって生きていれば病気もしけがをすることもあるだろう、この御城下はもと、近国第一の裕福で静かなところだっただ、怠け者の貧乏人はいなくもなかっただが、乞食(こじき)が一人もいなかったのはこの御城下くれえのもんだったろう、滝沢さまが御城代をやめられるまではな」

ふきげんな顔つきの女中が、かれらのところへ注文の肴(さかな)を持ってゆき、兵部の酒の注文を聞いて去った。

「あれが巷(ちまた)の声だ」と宗岳は兵部に囁いた。「無知な町人ども、山の森番などでさえ、政治のよしあしは敏感に感じ取るものだ」

「しかし」と兵部も囁き声でききかえした、「瓦屋根や門のある家に運上をかける、というのは事実ですか」

「らしいな、よくは知らないが」と宗岳が云った、「あとを聞こう」

髭だらけの老人は怒りだしたようすで、酒を啜りながら大ごえにどなっていた。

「慥(たし)かにこの御城下はいま病んでいる」と老人は云っていた、「病んで狂ってるというのも嘘(うそ)だたあ云わねえ、だがこれは人間が病気にかかってるようなもんで、いつまでこんなことが続くもんじゃねえ、もうすぐ滝沢さまに代るえらい人が出てきて世直しが始まるだ、滝沢さまに負けねえようなできた人で、だけれども、それはおめえのようなよそから来た流れ者の知ったこっちゃねえ、そんなにこの土地が気に入らねえのなら、たったいまここから出てうせるがいい、むりにいてくれたあ誰も云わねえだよ」

「まああ」と伴れの男が手を振った、「じいさんまでがそんなことを云っちゃあ」

「てめえは黙ってろ」と痣のある男が喚き、拳で飯台を激しく叩いた、「じじい、てめえこのおれに出ていけって云うのか」

「おらあこの御城下の悪口を云うやつは、黙って聞きながせねえたちだでな」

「じじい、やるか」と痣のある男が喚いた、「やるんなら外へ出ろ」

「そんな必要はねえ」と老人が云った、「ここで充分まにあうだよ」

そう云うなり、髭だらけの老人は立って、痣のある男の両肩をがっしと摑んだ。平州と呼ばれた男は、内側からその手を振り放そうとしたが、老人の腕はびくともせず、平州の肩を摑み、上から押えつけ、腰掛の上へ押し潰し、それから右の拳で、男の顔を殴りつけた。その一撃で男の首は折れたように右へかしぎ、声もあげずに土間へ崩れ落ちた。

二十三の三

青痣のある男は気を失ったらしい。伴れの男が抱き起こし、髭だらけの老人は「出てうせろ」と云った。

「もういいとしだろうに」と兵部が囁いた、「たいした力ですな」

「面白そうじゃないか、いっしょに飲もう」

「片づいたらね」と兵部が云った。

　痣のある男を担ぐようにして、二人が裏口から去ると、谷宗岳が自分の徳利と盃を持って老人のいる飯台へ移った。

「ここへ掛けていいか」と宗岳が云った、「口をきいたことはないが、かなりまえから姿だけはよく見かけていた、いまのはみごとだったな」

「おとなげのねえことしちゃっただ、一杯受けて下さるかね」老人は自分の徳利を取って宗岳に酌をした、「身分ちげえで御無礼かもしれねえが、おら大造てえ者です」

「私は谷慶次郎、潰れかけている寺子屋のけちな師匠でね」

「おらは山の森番でさ」

「いまの二人がそれを知っていたらな」宗岳は注がれた酒を飲んでにっと笑い、自分の徳利を取った、「こんどはこっちからいこう」

「酒のほうはおらに任せてくだせえ」と大造はおとなしく酌をされながら云った、「おらにゃ女房子もねえし、山で採って来る薬草がよく売れるんで、酒代ぐれえにゃ不自由はしねえだから、――その代りちっとばかり饒舌らしてもらいてえだ、山にこ

「人間が鳥や毛物と違う悲しさだな」大造は自分をあざけるように笑った、「およそ二十年ばかりめえからそんなしくじりもしなくなったし、薬種問屋でも珍らしがるような物を幾らもみつけて、礼を倍もふんだくることがあるだよ」

「それを城下で育てられないか」と兵部が云った、「薬草園が城下に出来れば」

「だめだな、だめだ」大造は首を振った、「めえに何度もそんな話があっただがねえ、薬草によって生えている場所があるだし、風の寒暖、霧や雨や、陽向(ひなた)や窪地(くぼち)、土のあんべえなど、山の天然自然な空気や露を吸うからこそ、効能のある薬草が育つだでな、城下へ移したってろくな物は育ちゃあしねえだよ」

兵部も宗岳も黙って頷いた。

「薬草だけじゃあねえ」と大造は云った、「城下町へ来ると、さっきのような腐った人間にでっくわすだ、まったく腐った野郎だっただよ」

二十三の四

兵部は寒さのために眠りからさめ、戸の隙間(すきま)からさし込む仄明(ほのあか)りで、大造が側に寝ているのに気づいた。どうしたのだ、ここは西小路の家ではないし、白壁町の娼家(しょうか)でもない。いったいここはどこだ、と思って彼は起き直った。

「眼がさめただかね」大造が起きあがって、頰髭を搔きながら呼びかけた、「おめえさまよく眠んなさったようだが、よく寝言を仰しゃるだな」

「ここはどこだ」

「山の森番小屋でさ、ここは西の出小屋といって総部屋頭のいる小屋から一里もあるかな、部屋子が七人いるだよ」

「どうして私はここへ来たんだ」

「おらにゃよくわからねえだが、梅の井で薬草の話をしているうちに、どうしても山へ伴れてゆけってきかねえだ、どうなだめてもだめだっただよ」そして大造は笑った、「おまえさまはひどく酔ってるだし、夜道になっちまったし、足許が危なくって、半分は背負って登ったようなもんだっただ」

「なんにも覚えていないんだ、迷惑をかけて済まなかった」

引戸で仕切った隣りの部屋から、小頭めしだと、男のどなる声がした。大造は先にはじめろと答え、兵部に向かってめしにするか、迎え酒がいいかと質問した。けれども、それは兵部の意向を聞くというより、迎え酒にしようと誘惑する調子のほうが強く感じられた。

「めしはだめだ」自分の息の酒臭さに顔をしかめながら、兵部は云った、「もし都合がよかったら、少し外をあるきたいんだが」

「そりゃあいい、そうだ」大造は立ちあがりながら云った、「おめえさまは山にへえって、十日でも半月でも森や山だけ眺めてくらしてえって、人間のいねえところへゆきてえって、しつこく云ってござっただよ」

　兵部も立って着たきりで寝た着物や帯を直しながら、顔を洗うのはどこだときいた。大造は厠を教えたが、顔を洗うのは山の泉のほうがいいと答えた。兵部は着ながしに草履、大造は腰きりの仕事着に、毛だらけのから脛で、手作りだという頑丈な草鞋をはき、腰に太い竹筒を二本ぶらさげ、自然木の太くて重そうな杖を持って出た。

「うっかりすると熊や猪にぶつかるだでな、ほかの毛物はこっちを見ると逃げるだが、猪と熊の中にゃ根性の曲ったやつがいて、ちょくちょく向かってくることがあるだよ」

　小屋の外は濃い霧が巻いてい、空気は冷たく、なにかの樹か枝葉の爽やかな匂いが、肺いっぱいにしみこむようであった。道はゆるやかな勾配の登りで、右側にある谷も森、左側も百年から三百年くらい経った、巨きな杉の森であった。霧のために遠くは見えないが、山道に沿った樹は、雨でも降ったあとのように、びっしりと濡れた幹から、かなり強くすがすがしい匂いを放っていた。ちょっと冷たすぎる空気と、樹立の放つ香気とを、兵部は幾たびも深く大きく吸いこみ、それを吐き出すときには、軀（からだ）の中に詰まっているもろもろの毒が、少しずつ呼気といっしょに消えてゆくような感じを、現実的にあじわった。――霧で姿は見えないけれども、森の中から小鳥の囀（さえず）りがいろいろと聞えてくる。大造がその声に兵部の注意をさそい、あれはなんの鳥、いまのはなんの鳥と、詳しく飽きずに教えたが、そういうことに興味のない兵部は、覚えるような気持は少しもなく、ただ森にこだまする澄んだ囀りだけを、たのしく聞くだけであった。

勾配はゆるやかだし、道もさして嶮（けわ）しくはないが、三段ばかり登ると兵部は、足の疲れと、動悸（どうき）が高くなり呼吸も苦しくなったので、少し休もうと云い、道傍（みちばた）の枯草の上へ腰をおろしてしまった。

「慣れねえ山あるきだからな」と大造が云った、「もうちっと登ると、大平（おおだいら）っていう見はらしのいい台地へ出るだが、まあ初めてのこった、ここでひと休みすべえか」

大造は兵部のしも手にさがって腰をおろし、二本の竹筒を取って、その一つを兵部に渡した。おらの作った薬酒だ、宿酔（ふつかよい）のあとには特にいいだよと云い、筒の口に嵌（は）めてある木の栓（せん）を抜いて、自分から先に一と口飲んだ。兵部もそれにならったが、味と匂いの異様さに驚いたとみえ、顔をしかめながら咳（せき）こんだ。

「初めは馴染(なじ)みにくかろうが、精がつくし骨や肉を強くするだよ」と大造がまた一と口飲んで云った、「おらのこの軀を見てくだせえ、それにゆうべ梅の井で、あのやくざ野郎をぶちのめしたところを、おまえさまも見たと思うだがな」

「その梅の井のことだが」兵部は竹筒にしっかりと木の栓を嵌めて云った、「あのときじいさんは、そのうちにえらい人が出て、この藩の世直しをすると云っていたようだが、本当にそんな人間を知っているのか」

「さあてね」大造は用心ぶかく口をにごした、「この御城下に限らず、世の中が病んでくるとどこでも、その療治をするような人が必ず出てくるもんじゃねえかな」

「そう思い当る者がいるんだな」

「それはどうとも云えねえだよ、人間は変るもんだでな、子供のじぶん白痴(こけ)のように扱われたのが、大きくなってどえらい出世をする者もあるし、その」大造はまた用心ぶかく言葉を選んだ、「——その、そういう者と反対になる人もあるだしよ、一概にこれこれの者が世直しをするなんてこたあ、誰にも云えねえと思うだ」

兵部は眼をそらして、呟(つぶや)くように云った、「小屋頭の平作という年寄りが生きていなくってよかったな」

「平作がどうかしただかね」

「おれのことを褒めちぎっていたんだろう」

「おらの云ったことを、そんなふうにお聞きなさっただかい」

「悪かった」と兵部がすぐに云った、「そろそろゆこうかな」

兵部は西の番小屋に七日間いた。

大平という台地へいって、城下の展望に時をすごしたり、よく熊の出るという、西の谷へ案内してもらったりした。北の小屋で檜の植林が始まるそうで、大造の使っている部屋子の中から五人、そちらへ助けにまわり、あとに弥六という中年者と、福三という五十あまりの年寄りが残った。弥六は杉の森の枝おろしで、一日じゅう小屋にいなかったが、福三老人は炊事や薪割り、草鞋を作ったり、蓆を編んだりしていた。

——或る日、兵部は小屋の前の崖ふちで、鷹が小鳥をとるのを見た。崖の下から谷川の流れの音が聞えて来、谷の下から吹きあげて来るそよ風が、やわらかにひやりとして、肌にこころよくしみた。兵部は放心したようになにも思わず、向うの山腹に繁る森の中に、一本だけなんの若木か、白っぽい花を咲かせているのを、ぼんやりと眺めていた。

突然、彼は放心状態からわれに返った。空から無数の飛礫が、おどろくような早さで落ちて来、斜面の森の中へと消えていったのだ。それは無数の飛礫といっても誇張でないほどの数であり、速度であった。兵部はなにごとが起こったのかわからず、反射的に草の上から腰をあげた。そのときそのことが起こった。右のほうの空から一羽の小鳥が、斜めに左へ、よろめくように飛んで来た、と思うとなにかで風を切るような音がし、鴉よりちょっと大きな鳥が、先の小鳥に追いつき、翼を大きく振ると、二本の足の爪で小鳥を颯と蹴った。小鳥のまわりに白い小羽根がぱっと散り、小鳥はつまずいたように森の中へ落ちようとした。しかし襲いかかった鳥は、すかさず追いつき、両足の爪でがっしり摑むと、左の空間へと糸を引くように飛び去った。

「なんだ」と彼は呆然として呟いた、「いまのはどういうことだ」

「鷹ですだ」とうしろで大造が云った、「鷹が鳥を摑んだですよ」

大造がいつのまにそこへ来ていたか知らなかったが、鷹という言葉で振り向き、大造に頷いて、そうか、初めて見たと云った。彼はまた空へ眼をやり、すると無数の飛礫と見たのは、小鳥の群が森の中へ逃げこんだのであり、逃げおくれた一羽が捉まったのだ、ということを理解した。小鳥の弱よわしい飛びかたと、襲いかかった鷹の、風を切る翼のすさまじい羽音と、小鳥をがっしと摑んだ容赦のない動きとが、生と死の交差する瞬間として、兵部の感情にするどく深い印象を残した。

二十三の五

兵部はまた、樹が呼吸することに気づいた。陽が昇ってから森へはいると、檜(ひのき)も杉も、その幹や枝葉から香気を放つが、その匂いかたには波があり、匂わなくなったり、急にまた匂いはじめるのである。里では桃が咲き、桜も咲きだしていたようだ。大平からの遠望だからよくはわからないが、もう三月にはいって、春もたけなわであり、高いこの山の上にも春がうごきだし、杉も檜も眠りからさめたのであろう。樹幹の発する香気が一定ではなく、弱くなり強くなるのは、それらの樹が明らかに呼吸していることを示している。

「まるで人間のように」と兵部は太い杉の幹に手を当てながら呟いた、「おまえは口もきけず動くこともできない、百年でも五百年でも、同じ場所に立ったままで生き続けなければならない、けれども人間や毛物と同じように、生きていることは事実だし、このとおり呼吸さえしている、ことによると、われわれのじたばたしている姿を見て、羨(うらや)んだり嘲笑(ちょうしょう)したりするだけの感情さえあるのではないか」

そうではないかと呼びかけ、兵部は杉の幹をあやすように叩(たた)いた。

五日めまで、兵部友矩(とものり)はすがすがしくおちついた気分で、山の生活をたのしんだ。

粗末な食事もうまかったし、酒を飲まないためか胃の調子もよく、全身の血や肉までが洗い浄められるようであった。けれども六日めになると、神経が立ってきて、おちつかなくなり、山や森や若草の斜面など、どれを見ても変化がなく、退屈でやりきれなくなった。

「飽きただな」大造が云った、「町育ちの人に山のくらしはむりだ、いやになったら町へおりるがいいだよ、むりなことは続かねえだでな」

「そうだな」と兵部は頷いた、「——半年ぐらいはいられると思ったが」

「珍らしいことばかりで、神経を使いすぎた疲れもあるだ、一遍ここからおりて、来たくなったらまた来るがいいだよ」

そして七日めの午後、兵部は山をおりた。大造は井関川の洗堰のところまで送り、洗堰や水門のことを説明した。これはたいした事業なので、人間にこんな知恵と、実行力があるとは信じにくいことだ、と大造は感動のこもった声で付け加えた。大造が去ってからも、兵部は暫く洗堰と水門を見まもっていた。捨て野へ水を引くために、堰堤工事を始めたということは聞いたし、文化二年の洪水に、その堰が役立って、水害を大きくせずに済んだ、ということも聞いた。そのときはそうかと聞きながしただけであるし、現にいまその洗堰や水門を眼の前に見ても、それが大造の云うとおりたいした工事で、信じられないほどの知恵と実行力を証明しているとは考えられなかった。

「なにをしたってむだだ」と兵部は投げやりな口ぶりで云った、「あの工事がそれほど意義のあるものなら、たとえ老臣交代によっても中止されはしなかった筈だ」

「人間はくだらなく、わる賢くなるばかりだ」と彼はまた云った、「家中の侍たちも世間も、だんだん病み、腐ってゆく、世の中は休みなく進み、文物は絶えず発達をやめないと云うが、その中身はしだいに悪くなり、病み腐ってゆくばかりじゃないか、そのいい例がおれ自身さ」

「はい」とはるが答えながら、兵部の居間へはいって来た、「なにか御用でしょうか」

「酒だ」と寝ころんだまま兵部は命じた、「冷やで持って来い、肴は無用だぞ」

はるはだるそうな動作で出てゆき、兵部は舌打ちをした。宗岳は告げに来なかったのか、兵部が七日のあいだどこでなにをしていたか、はるはまったく知らなかったし、帰って来た彼を見ても無関心なようすで、なに一つ聞こうともしない。習慣的にたるんだ笑顔をみせたのが、少しはほっとした気持のあらわれらしく、それ以上に感情を動かしたようすはまったくなかった。

そのあとは身を持ち崩した無頼にすぎない、――夜具を共にし、子までなしたはるその者が、おれの生死にさえ関心がないんだ、こんなことがあっていいだろうか、おれはもう三十七だ、しかし父上でさえおれなんか」

兵部は酒を呷り、また呷った。

「はは」とつぜん彼は乾いた声で笑った、「病んだ世間、腐ってゆく世の中、――どうしろというんだ、おれにはなんの力もなし、誰もおれを必要とはしない、子までなした女でさえも、おれなんぞいてもいなくてもいいんだ、おれは一人だ、身を持ち崩した市井のやくざだ、どうするものか、おれはもう死んだも同然なんだ」

兵部は乱暴に酒を呷りつづけた。

阿波重にて

「おそくなりました」はいって来た二人の男の一人が辞儀をして云（い）った、「安西さまの字があまり御達筆なものですから、阿部重（あべじゅう）といってたずね廻（まわ）ったんです、そのうちに阿波重（あわじゅう）ではないかと云われて、ようやく辿（たど）り着いたわけです」

「まあ寄れ」波岡五郎太夫が、設けてある席を手で示した、「鳥越で重の付く料理茶屋はほかにはない、それでよく役目が勤まるな」

「まあお手柔らかに」安西左京が、二人を席につかせながら、とりなすように云った、「かれらはこういうところには馴染がないのです、さあ女ども、二人に酌をしてやれ」

十七八になる女芸者が立ってゆき、二人の若侍の給仕に坐った。波岡と安西の脇には、一人ずつ女芸者が付いてい、いちばん下座のほうに、踊りの師匠の水木満寿弥が、三味線を膝の上に横たえ、年増の女中の酌で、少しずつ盃を舐めていた。波岡五郎太夫は四十五六、安西左京は四十一か二歳だろう。あとから来た唐沢藤太と久坂助左衛門とは、二十五歳から二十七歳くらいにみえた。

――江戸育ちだというのに、と満寿弥は心の中で呟いていた。波岡も安西も気のきかない唐変木だ、いつも勘定がうるさいし、女は誰でも自由にできると思っているらしいし、そのくせ座敷はいつも密談だ密談だといって、わけのわからない固苦しいことばかり話しあっている、この土地のお侍衆のほうがよっぽど粋な遊びをなさるわ。

「おいばばあ」と波岡が満寿弥に呼びかけた、「満寿次はまだか、おそいじゃないか」

「もうすぐでございますよ」と年増の女中が代って答えた、「旦那のお座敷と聞いて、きっとおつくりに暇をとっているんですわ」

「江戸ではそんなことでは勤まらぬぞ」波岡は酔って赤くなった顔を尖(とが)らせた、「もういちど状を付けろ」

波岡の脇にいた女芸者が、波岡の膝を強くつねった。二十一二の肥えた女で、芸名は小春といい、なんの芸もないが、客扱いのうまいので知られていた。

「よせ、うるさい」波岡は女の手を払いのけ、唐沢に向かって云った、「それで、しらべは纏(まと)まったのか」

「纏まりました」と久坂が答えた、「明日にでもお手許(てもと)までお届け申します」

そのとき女芸者がはいって来た。薄化粧をし、じみな着付けをしているので、としよりちょっと老(ふ)けてみえるが、おもながの緊(しま)った顔だちや、立ち居のしなやかな腰つきなどには、子を産むまえのななえの俤(おもかげ)が、そのままよみがえってきているようであった。彼女は襖際(ふすまぎわ)で手をおろし、満寿次でございます、おそくなりましてと挨拶(あいさつ)をした。

「ここへ、ここへ」波岡は脇にいる芸者を押しやって、手招きをした、「芸はあとでゆっくり見よう、まず酌だ」

満寿弥の顔を見てから、ななえの満寿次は波岡五郎太夫の脇に坐り、徳利を取って酌をした。

「諄いようだが」と波岡が云った、「この座敷で聞いたことは他言を禁じる、お互いどうしで話してもならぬ、わかっているな」

「はい」満寿次は頭を垂れた、「よくわかっております」

波岡はまた唐沢藤太に振り向いた、「それで、つづめたところはどうだ」

「このうえは信田十兵衛を呼びよせるばかりです」と唐沢が答えた、「材木の伐り出しや、積み出しのほうは証拠が揃いましたから」

「よし、すぐに江戸へ使いをやろう」

「それはどうですかな」と安西が慎重に云った、「信田十兵衛はこっちへ呼ぶより、江戸屋敷で詮議するほうがいいと思います、なにしろ材木奉行としてこの城下では、たいそう評判のよい男でしたから」

「だめだ、こっちへ呼びつけて、証人どもと突き合わせるのだ、問屋の村山喜十郎、勘定奉行だった河内庄司、そして山根蔵人、二人は隠居しているが、かれらを締めあげるには、どうしても信田と突き合わせなければならぬ、もちろん江戸の六条どのと計ったうえだ」

「そうかもしれませんな」安西は考えぶかそうに云った、「山根を締めあげることができれば、その娘の糸をたぐって、大きな鯛が釣れるでしょうからね」

「お使いをいただきましたので」と福屋が答えた、「なにか御用かと存じましたし、私どもからも申上げたいことがあったからでございます」

「聞こう、なにを云いたいんだ」

「お人払いを願いませんと」

「大丈夫だ」波岡は酒を飲んでから、顔の前で手を左右に振った、「おれの座敷に出る者はみな三猿(さんざる)、見て見ず、聞いて聞かず、口を裂かれても他言せず、ということをよく心得ているんだ、遠慮なくなんでも申していいぞ」

「じつはあの堰(せき)のことでございます」

「いや」と卍屋が福屋の言葉をいそいで遮った、「まずお盃をいただきましょう」

「五人衆とは段が違うね」と満寿弥が満寿次に囁いた、「ごらんよ、あの悪ごすい御家老を、手玉に取ってるじゃないの」

二十四の一

取次の者から名を聞かなかったら、おそらくその人とはわからなかったであろう、小出方正(こいでかたまさ)はびっくりするほど老(ふ)けていた。頭は禿(は)げて、白くなった髪が少しあるばかりだし、膚(はだ)もかさかさに皺(しわ)たるんで、背丈もぐんとちぢんだように見え、主水正(もんどのしょう)は胸を絞られるように感じた。

「暫くでございます」主水正は両手をおろして低頭した、「御壮健でいらっしゃいますか、ごぶさたを致して申訳ございません」

「そう云われては私が困る、まず、まず」と小出がしわがれた声で云った、「ごらんのとおり、私は老いさらばえた余り者、師弟であった昔のことなどは忘れて下さい」

小出先生、と云って、主水正はもっと低く頭を垂れた。小出方正は笑って、ゆっくりと首を振った。

「御迷惑かと思いましたが」と小出は穏やかに云った、「このごろはすっかり弱くなりましたのでな、立ちあるきのできるうちにいちどおめにかかって、二三お耳に入れておきたいと思ったのです」

「お使いを下されば伺いましたのに」主水正はなつかしげに小出の顔を見まもった、「こころぼそいようなことを仰しゃいますが、まだそんなおとしではございませんでしょう」

「としはまもなく七十歳ですが、としと老いとはべつなようです、仁山村の青淵老などは、八十あまり、ときたま病臥されるかと思うと、また達者に野あるきをしたりされているそうです、宗巌寺の亡き和尚も、酒びたりで長命をなされた、私などは書物の虫のような一生で、喰べ物にも注意をし、酒も慎むようにしてきましたが、もって生れた寿命には勝てない、ということをつくづく感じております」

本当に老いたのだな、と主水正は思い、云いようもない胸苦しさにおそわれた。小出方正は咳をし、いずまいを正した。

「まずお耳に入れたいのは、御実家の蔵書のことです」と小出が云った、「阿部さんが亡くなったとき、小四郎さんは間違いをおこして家出をしていたため、絶家ということになりました」

「それは聞いております」

「そのとき私がすぐに考えたのは」と云って小出は済まなそうに微笑した、「――御不幸のなかで御不幸よりも、あの蔵書がどうなるかということでした、それで藤明塾と尚功館に当ってみたのですが、どちらも費用が出せないということで、断わられました」

城下町の愛書家、好事家たちで、まえから少しずつ買っていた者たちが、互いに奪い合いを始めようとした。

「その動きがあからさまになったのです」と小出は続けて云った、「あれだけの蔵書がばらばらになっては、その価値が半減してしまう、そのことはいつか、あなたと話しあったことがございました」

主水正は頷いた。

「あれは纏まっていてこそ値打があるので、少部数は売られても、あとをばらばらにするわけにはまいりません」と小出が続けて云った、「そこで私は御母堂をたずね、その理由をこまかに話して、私に全部を譲っていただくことにしました、僅かな代銀でです」

そんな必要はなかった、と主水正は聞きながら思った。自分も若いころは蔵書の価値を高くかっていた。けれどもその後、江戸屋敷の文庫をしらべたり、いろいろの目録をみたりして、重要なのは「拾礫紀聞」と、堰堤の提案記録である。堰堤のことは解決したし、紀聞のほうも大切な事項はすべてわかった。そのほか特に珍重するような書物はなかった。それほど大事に思うことはないのに、と主水正は思った。

「もちろん私有する気ではなく、藤明塾へ寄贈し、塾では阿部文庫と名付けて、風入れなども忘れないようにと約束をしました」と小出が云った、「私もそのときには見張りかたがた手伝いにまいりますが、あなたのお留守に勝手なことをして、まことに申訳がありません」

どうか許してくれるようにと、小出方正は頭を垂れた。主水正はそれを遮り、あの蔵書はおさまるところへおさまったのであり、小出先生の処置には感謝するほかはない、と云いながら、江戸で飛騨守昌治から読めとことづかった、杉田玄白の著書を、まだ読んでいないことに気がついた。小出方正が話を変えようとしたとき、つるが茶菓を持ってはいって来、主水正は二人をひきあわせた。

「あなたはたいした人だ」つるが去ると、小出は茶を啜りながら云った、「侍として出世するばかりでなく、山根どのの評判娘まで、あんなにしとやかで温和しい妻女に仕込まれた、外にも内にも、本当にあなたは天成の才を持っておられますな」

「そういう時期がきただけです」主水正は会釈して云った、「子供のころ先生に、人間の一生は長い、一足とびに登るより、一歩々々を大切にせよ、という意味のお言葉をいただきました、尚功館へ入学してまもなくだったと思います」

「そんなことがありましたかな、いま考えると釈迦に説法という」

「いや、そうではありません、あのころ私は出世をしたいという一心に凝り固まっていたのです」と云って主水正は声を低くした、「――但しそれは一身の栄達を望んだからではありません、このことはまだ誰にも話しておりませんが、八歳のとき私は、胸を刺されるような出来事を経験したのです」

父に伴れられて、大沼へ魚釣りにゆくとき、山内家と滝沢家のあいだにある道にはいり、堀に架かった無名の小橋を渡ってゆくのが常であった。八歳になった或る日、父といっしょにその道をゆくと、無名の小橋は毀され、あとかたもなく取り払われていたうえ、滝沢家の小者に、ここは私有地であり、邸内にある学問所の邪魔になるから、ここを通行することは禁ずると云われた。

「城下町に私有地というものはありません」主水正は呼吸をととのえてから云った、「どんなに名門であり重臣であっても、その土地は藩主から貸与されたものです、当時の私はそんなことは知りませんでした、私が胸を刺されたように感じたのは、堀に架かっていた小橋が、毀され取り払われたということです」

道とか橋などというものは、子供には不動なもの、大地があり山川があるのと同様に、常にそこにあるものと信じて、少しも疑わなかった。それがあとかたもなく打ち毀され、取り払われてしまったのだ。

「そのとき私は、そういうことが平然とおこなわれ、それに対して誰ひとり抗議をする者がいないことを知って」と云って主水正は苦笑いをした、「――いま思い返すと恥ずかしくなりますが、ぜがひでも尚功館へ入学しよう、そしてできることなら、こんな無道なことのできないような、正しい制度を確立しようと思ったのです」

「知らなかった、少しも知らなかった」小出はおどろいたように首を振り、深い溜息

をそばめた、「彼なら藤明塾を、きっと尚功館を凌ぐように高めてみせるでしょう」

小出方正の話は続いて、隠居した山内安房が、外妾の家で頓死したこと。家を継いだ安房、元の貞二郎も遊蕩のむくいで悪い病気が出、家老の席にはいるが、殆んど役には立たなくなっていること。その妹の雪江という娘も素行が悪いため嫁にもゆけず、いま四十六七で、兄と同じ病気のため、自宅でぶらぶらしていることなどについで、乱脈な御新政のため、領民ぜんたいに不平が弘まっているし、貧困者が眼立ってきたこと、物資の不足と貨幣価値の低下のひどいことなどを、諄いほど事こまかに話した。

――どうしてこんなに饒舌になられたのであろう、主水正は聞きながらそう思った。世事や風聞などには、まったく関心のない人であった、自分でも、私の一生は書物に執着することで始まり、書物に執着することで終るだろう、と云うのを聞いたことがあった。

いまはさして重要でない人事葛藤や、口で云うだけではどうにもならないことを、さも大事そうに、次から次へと話し続けている。これはとし老いたためばかりではない、ことによると、そうだ、ことによるともう二度と会えない、おれに対する袂別、という気持に動かされているのかもしれない、と主水正は思った。小出方正は歯が欠けていて、話しながら喰べる菓子が口からこぼれ、啜る茶も袴の膝へこぼれたが、それにさえ気がつかないようすだった。

「だいぶ長座を致しましたな」やがて小出が云った、「これでおいとまをいただきますが、帰りにお庭を拝見してよろしいでしょうか」

「どうぞ」と主水正が会釈した、「御案内を致しましょうか」

小出方正は手を左右に振った、「いや、それには及びません、さきほど廊下でちょっと見たのだが、くぬぎ林の若葉があまりに美しかったもので、あの木蔭で暫く休息してゆきたいと思ったのです」

では茶をはこばせますから、どうぞごゆっくり、と主水正は云った。

「中村はよかった」あとで主水正はしらべものにかかりながら呟いた、「平侍という身分で肩腰をちぢめていたが、これで思う存分、自分の才能がふるえるだろう、太田亮助が武術の師範に任ぜられたのも、悪くはない、しかし六郎兵衛が尚功館入りをしたのはちょっとおかしい」

岩上六郎兵衛は飛騨守昌治に愛され、自分でも殿のふところ刀の一人だ、などと云っている。それは極秘のことであるし、彼もその点についてゆだんはない筈である。しかし、六条一味が勘づいていないと、断言することはできないだろう。六郎兵衛に武術師範の資格があるかないかは知らないし、うっかり敵の罠におちるような男ではないと思うけれども、六条一味がもしもそれを知っていて、なお彼を尚功館の師範に挙げたとすると、これからのことは容易ではない。六郎兵衛は頭もいいが、どちらかというと単純な性格である。殿のふところ刀、などと云うところに、彼の弱点がよくあらわれている。敵がそれを承知のうえで尚功館へ入れたとすれば、六郎兵衛がそれと気づかぬ限り、今後に大きな危険のあることを予想しなければならない。

「おい、六郎兵衛」と彼は声に出して云った、「頼む、しっかりしてくれよ」

藩主が病気のため帰国しないということは、二月のうちにわかっていた。四月になって、久しく絶えていた幕府の国目付が来、五日ばかり滞在して規定の調査をし、帰るときに二三の警告をしたあと、飛騨守が参覲の上下を怠っているのは、病気のためだという届けであるが、大城（江戸城）へも出仕のできないほどの病気なら、世継ぎを立てて隠居すべきではないか、上さまの特別な御配慮があると考えすぎるのは危険であると、言葉は穏やかにはっきりした調子で云った。国目付は川島成右衛門、吉岡左十郎、内藤主膳という三人で、江戸屋敷へは特に通告はしないから、国許の老職が上府してよく相談するように、と付け加えた。

主水正は登城したとき、安西左京からそのことを聞いた。まえにも記したように、藩主不在のときは、五の日が定日出仕で、それは四月十五日のことであり、安西左京が主水正の「坊」へたずねて来たのであった。

「警告の三カ条にはさして問題はない」安西は国目付と対談したあらましのことを話してから云った、「公儀から借りた金の返済のおくれていること、藩政が安定しておらず、貨幣や物資の流通が渋滞していること、領民に貧困者が増大しているのに、なにも救済手段がおこなわれていないこと、などであった」

これらはわが藩に限ったことではない。譜代外様のべつなく、いま大多数の諸藩が当面し、その解決に窮していることだ。もっとも大切なのは、藩主が病弱で、参覲の上下を怠っているばかりでなく、上府ちゅうの藩主が、大城へ定めの出仕さえできない。そのため跡目を立てて、藩主は隠居すべきだ、という点にかかっている。

「その点について」と安西は声を低めた、「公儀の御意向をゆるめるような、なにかの手段はないであろうか」

主水正はすぐには答えず、杉本大作に座を外せという眼くばせをした。杉本が出ていってからも、彼は扇子を膝に置いたまま、ながいこと黙っていた。

「差出がましいかと思いますが」とやがて主水正は安西の眼をみつめて反問した、「――殿にはお世継ぎの男子がなく、お二人とも姫ぎみにおわすことは、公儀にもはっきりわかっていると存じますが」

「いや、兄ぎみの松二郎さまには男子がおられる」

「御壮健でございますか」と主水正はするどく反問した、「僭越ながら藩家のおために申上げます、松二郎さまも御病弱、松二郎さまの御嫡男も御壮健でないことは、ひそかながら家中に広く伝聞されております」

「いや、お待ち下さい」主水正はなにか云おうとする安西を制止して続けた、「このように家中に弘まっていることが、公儀の耳にはいらないわけはないと思うが、いかがですか」

二十四の三

安西左京はさぐるような眼つきをした。

「公儀に聞かれていたら、どうだというのだ」

「推測にすぎませんが、御連枝御一門から養子を、――という懸念はございませんか」と主水正は云った、「推測と申しましたが、前例のあることは御存じのとおりですし、姫の降嫁と御養子とでは、その結果に根本的な相違が生じます」

「待て待て」安西は慌てて、二人のほかには誰もいない坊の中を見まわした、「そのもとの云ったことは重大だ、さようなことを考えもなく口にするとは不謹慎だぞ」

巳の年、亥の年と二回にわたり、将軍家の姫、御連枝の姫として、懐妊している女性を押しつけられ、そのたびに幕府の威を逆用しようとする一派と、主家の血統を護ろうとする一派とで、殺傷沙汰を起こすほどの騒動があり、その抗争は現在にまで尾をひいている。そしていま、御新政という名目で藩政をにぎった六条一味は、みずから第三の難関に当面したのだ。かれらは長い隠忍ののち、飛驒守昌治を江戸の下屋敷に拘禁し、幕府から押しつけられた夫人の、誰の胤とも知れない松二郎を囮に政権を手に入れた。けれどもその松二郎が藩主として役に立たず、その子までが身心ともに常態でないという壁にぶっつかった。そうして幕府の国目付から、警告を突きつけられたのであるが、このおれに相談をもちかける、とはどういうことであろう。本当におれを味方につけようというのか、それとも罠にかけて、おれからなにかをさぐりだそうとするのか。いずれにもせよ、ここはどこまでも強く出ることだ、と主水正は思った。

「不謹慎だと仰しゃいますが、あなたが私に意見を求められたので、思うところを申上げたまでですし、重大といえば幕府目付の警告そのものが、すでに重大な意味をもっているではありませんか」

「前例がある、などと云うことが不謹慎だと申すのだ」安西は明らかにたじろいだ、

「こんどの問題で前例など引くことはない、いま起こっている事に受けて立つ手段があるかどうか、ということをきいたのだ」

「およそ人間の生活は、過去とのつながりを断っては存在しないと思います、新らしい事実を処理するには、経験の中から前例を選び出し、それらを検討することで、適切な手段がとれるのだと思いますが、そうではないでしょうか」

「私はそのもとと議論をしに来たのではない」安西はふきげんに顔をしかめた、「いま起こっている難題について、たれかれと限らず、衆知を集めて、もっとも安全にここを切りぬける手段をとりたいと思い、御家老には内密で意見を求めに来たのだ」

「御先々代の照誓院（佐渡守昌吉）さまの弟ぎみが、相良壱岐守さまへ入婿されました」と主水正は云った、「それからいまの相良家まで御嫡男の相続ですし、御当代にも男子が幾人かおられるとうかがいました」

安西左京は用心ぶかそうに首を振った、「そんなことはだめだ、殿はまだ御壮年で、いつ御健康が恢復するかもしれぬし、また、いつ御壮健なお世継を儲けられるかもしれない、養子縁組の話などもってのほかのことだ」

それは慥かでしょうね、とでもいうふうに、じっと安西左京の眼をみつめてから、主水正は静かに辞儀をした。

「私にはそのほかに思案はございません」

「よかろう、なにかまた思案があったら、私のところへ来てくれ」と云って安西は立ちあがった、「念のために云っておくが、この事は他言を禁ずるぞ、わかったな」

「そのことなら決して」と主水正が答えた。


「うん、うん」と津田大五が頷いた、「それは簡単には片づけられない、かれらが困難な立場に追い込まれただけに、どう動きだすかが大きな問題だ」

「おれに相談をもちかけたのは第一手だとは思わないか」

「紛れもなく第一手ですよ」

大五は主水正からはなれ、犬萱を一本抜いて、その軸を嚙みながら、大川の水面を見まもった。相変らずの仕事着姿で、から脛に密生した脛毛を微風になぶらせながら、水を見まもったまま、暫く考え耽っていた。新畠の一部では麦が穂波を立て、芋畑、甘藷畑の、いきおいよく芽立ち、伸びているのが見え、一部では開墾の鍬や鋤をふるっている人たちの姿も見えた。よく晴れた初夏の空は、気の遠くなるほど碧色に澄み、暑いような日光と、爽やかな風とが肌にこころよくしみた。

「むずかしいですね」津田大五は主水正の側へ戻って来て、頭をゆっくりと左右に振った、「かれらは松二郎さまを殿とすり替えた、ここにかれらのあやまちの第一がある、殿は江戸の下屋敷に御健在だし、このまま指を咥えていらっしゃるお方でないことも知っているでしょう」

待って下さいよ、と津田大五は嚙んでいた草を投げやり、二歩、三歩と往ったり戻ったりした。

「安西の押しかけ相談は臭い」と大五は云った、「それは間違いなく、江戸の下屋敷に殿が御健在だということを、あなたが知っているかどうか、さぐりだすのが目的の第一です」

「第二は」と主水正が反問した。

「もしもあなたが知らないと認めれば、かれらは下屋敷の殿に手を出すかもしれない、そうは思えませんか」

「次を聞こう」

「松二郎さまは徳川御連枝の血をひいていますね」と大五が云った、「かれらは殿のお命をちぢめたうえ、また御連枝御一門からの養子を願い出るかもしれません」

「すると六条一味は、巳の年と亥の年の騒動を繰返すことを辞さないと思うか」

「そこがむずかしいところです、かれらにそれだけの決断力があるかないかは疑わしい、そして時代も家中の気風も違ってはいるが、せっぱ詰まればなにをするかわからないと思います、なにかで読んだか聞いたかした言葉ですが、空腹は飢餓の助けにはならない」と云って大五はてれたように肩をすくめた、「また、氷は寒さを防ぐ衣類にはならないとね、――たぶんどこかの犬儒(けんじゅ)派の云ったことでしょう、したがってその意味にもいろいろな解釈があるでしょうが、いま窮地に追い詰められた六条一味の、絶体絶命な声のようには聞えませんか」

主水正はにっと微笑した、「まさに、空腹は飢えの助けにはならない、とすると、大五さんはその声をどう捌(さば)いたらいいと思いますか」

「江戸屋敷へ誰かがゆくのでしょう」

「疑いのないところでしょうね」

「金はありますか」と大五が云った、「私はかれらより先に江戸へゆきます」

主水正はふところから、紙包みを取り出して彼に渡した。津田大五は眼をみはり、受取った紙包みをつくづくと見、なにか云おうとして吃(ども)った。

「初めから」と大五はようやく云った、「そのつもりだったんですね」

「ほかに動ける者はないからな」と主水正が云った、「下屋敷には庄田信吾がいるよ」

「知ってますよ、江戸のことなら任せて下さい」

あまり派手にやらないように、と主水正が注意しようとしたとき、小屋のほうから女の呼ぶ声がした。振り向くと、小屋の前に大五の妻女のお咲が立っていた。

「来て下さいな」とお咲が云った、「お茶がはいりましたよ」

大五は彼女に手を振り、主水正に云った、「あれが役に立つと思います」

二十四の四

「灯(ひ)を消さなくなったな」と主水正が云(い)った、「気がつかなかったが、いつごろから消さなくなったんだ」

「忘れました」と囁(ささや)いてつるは、かぶりを振るように、枕(まくら)にしている主水正の腕へ頬(ほお)をすりつけ、あまい声になった、「なにも仰しゃらないで、ほかのことを云われると、あたし気が散ってしまうんです」

「そんなにせくことはないさ」

「仰しゃらないで」つるは身ぶるいをした、「ねえ、あんまり待たせないで」

「せくことはない」主水正は手を伸ばしながら云った、「おちついて、おちついて」

「あたしあなたをたべてしまう」

つるは耐えられないように、荒い息をしながら自分で動きはじめた。つるが初めて陶酔を知ってから百余日。肉躰的に充分、成熟していたためか、それともそういう躰質だからか、つるのよろこびは深く大きくなり、その表現も、ななえよりはるかに複雑で激しく、それに浸る時間も長かった。その陶酔が反復することは、つるのからだの収縮や痙攣で、主水正の肌に直接、なまなましく感じられた。

「こんなふうにすることを誰に教えられた」

「いけませんか」とつるはしゃがれたようなふるえ声で、とぎれとぎれに囁いた、「あたしただ、こうしてみたかったんです」

つるはけんめいに動きながら、もしも声が出たら口を塞いで下さい、と云った。そしてまもなく、声が出そうだと自分で気づいたらしく、からだを倒してきて、主水正の口を自分の唇で蔽いながら呻いた。そのあと暫くして、からだを預けたまま、呼吸と筋肉とで、収縮と弛緩の反復を、たのしむようにみえた。

「ごめんなさい」おさまった弛緩のあと、主水正からはなれて始末しながら、嬌かしいほどあまやかな声でつるは云った、「わたくし悪い女でしょうか」

「鷲っ子でなくなっただけだ、つるはいい子だよ」

つるは恥ずかしそうに微笑し、寝衣の袖で主水正の胸を拭いたり、自分の顔や軀の汗を拭きながら、そっと夜具からぬけだした。着替えをしてくると云って、つるが寝所から出てゆき、主水正は寝衣の乱れを直しながら、寝たままで天床を見あげ、深い溜息(ためいき)をついた。それは安息の溜息ではなく、なにやらひどく思いあぐねているためのようであった。寝衣を替えて戻ったつるは、自分の夜具の中へ横になりながら、話したいことがあるけれど、話してもいいだろうか、と問いかけた。主水正が聞こうと答えると、つるはちょっとためらい、幾たびも云いよどんだ。

「芳野にいろいろ聞いたんですけれど」つるはおそるおそる云った、「あなたは赤さんの出来ないように、用心していらっしゃるのですか」

主水正はゆっくり「そうだ」と頷いた。

「やっぱりそうだったんですか」

「芳野がそんなことを云ったのか」

「ええ、いつまでもしるしがないので」つるはまた口ごもり、それから決心したように、主水正のほうへ振り向いた、「――芳野はいちど嫁にいったことがあるんですって、半年ばかりで不縁になり、また山根へ奉公に戻ったんです、わたくし小さかったので、お嫁にいったのだとは知りませんでした」

不縁になった理由は云わなかったが、結婚生活の経験から、つるの妊娠を期待していたらしい。としがもう三十五歳になるし、軀が健康なのだから、できるだけ早く世継ぎを産まなければと、気にかけるだけではなく、近ごろでは寝所のことなどもきくようになった。

「わたくしばかみたように話しました」とつるは続けた、「だってあたりまえのことだと思ったし、芳野のききかたもうまかったのでしょう、だんだんこまかいところまできかれているうちに、芳野は合点したように、それは旦那(だんな)さまが赤さまの出来ないようにしているのだと云いました」

主水正は眼をつむった。

「あなた」つるは不安そうにきいた、「そんなことが本当にできるのでしょうか」

「わからない、わからないが」と主水正は眼をつむったままで答えた、「――もしできることなら、私は子を生みたくないのだ」

「つるではいけませんの」

「むろんそうではない、子を不幸にしたくないからだ」

「どうして不幸になるんですか」

「よく聞いておくれ」と主水正はゆっくりと云った、「つるも巳の年と亥の年の騒動のことは聞いているだろう」

つるは頷(うなず)いた。

「いま家中には、同じような事が起ころうとしているし、幸か不幸か、私はその渦の中に巻き込まれている」と云って主水正は太息をついた、「――これからなにがどうなるか、いまのところ誰にもわからない、いろいろと手は打ってあるし、おそらく無事におさまると思うが、無事におさまったとしても、それで済むとは思えない、わざわいの根は深く、長い年月にわたっている、この苦労は私だけでたくさんだ、子供にまで私と同じような辛い思いをさせたくはないんだよ」

つるは暫く黙っていた。

「わたくしには騒動のゆくたてはよくわかりません」とつるが云った、「――でも、栗は毎年その実を採られても、次の年にはまた実をならせます、魚も鳥も、いくら人間に捕られても、やはりそのときがくれば子を産みます、そうではないでしょうか」

「鳥獣や魚類と人間とは違う」

「けれど人間でも女は自分の子が欲しいものなんです」つるは感情のこもった、訴えるような声で云った、「幸不幸はその人の感じかたによるのではないでしょうか、親と子では、生きかたも感じかたも違うのではないでしょうか」

「わからない、そうかもしれない」と主水正は不決断に云った、「ただ私の責任はこれまでよりも重く大きくなるようだ、いや、私と云っては悪い、私たち全部がということだが、私は子供を持った場合、子供に心ひかれて足許が鈍るような気がするんだ」

「子を守り育てるのは母の役目です」とつるは云い返した、「あなたに御心配をかけるような育てかたはしないつもりですし、子の愛にひかされて心の鈍るようなあなたではないと思います、それとも、つるは頼みにならない妻でしょうか」

「そうではない、もちろんそうではない、つるが立派な母になるだろうということはわかっている」と云って、主水正はどう説明したらいいかを考えるように、長い息をついた、「――私は自分が信じられないんだ、いまでさえ私は、おまえに強くひかれている、おまえに悲しい思いをさせると考えるだけで、息もできないような気持になるんだ」

「それは想像なさるからで、本当にそうなったときには、そんな気持などけしとんでしまうのではないでしょうか」とつるは云った、「この城下町には送り婆（ばば）という、古くからの云い伝えがございます、ご存じですか」

主水正は頷いて、誰かが芳野のことを、その送りばばあだと云ったことを思いだした。

「腰の曲ったしらが頭の老婆（ろうば）で、長い杖（つえ）を突いているんですって」とつるが続けて云った、「それがゆだんをして道をあるいていると、知らないうちうしろに付いて来て、その杖で前をあるいている者を、山へ追いこんだり、川へ落したりするというんです」

話を聞いてその老婆のことを考えると、夜になって自分の家の廊下をあるくのも、独りではこわかったし、夢にみてうなされたこともあった。

「それが十一の年でしたが、夕方の町で出会ったんです」とつるは云った、「お友達の家へ遊びにいった帰りで、あたりはもう薄暗く、靄(もや)のようなものがおりていました」

二十四の五

「そして町角を曲ったとき、うしろに人の足音が聞えたんです、武家屋敷ばかりで、人通りはそんなにありません、わたくし供を伴(つ)れてゆかなかったので、友達の家で誰かに送らせたのかと思い、振り返ってみるとすぐうしろに、送り婆がいたんです」つるはそこでくすっと笑った、「――むろん人ちがいでしたけれど、その人は話に聞いた送り婆そっくりでした、突いている杖までがそっくりに見え、わたくし振り向いて見るなり、とうとう付かれてしまったなと思いました、けれど、送り婆だなと思ったときは却って心がきまって、負けるものかという気持で立停り、その老婆をにらみつけてやりました」

主水正は頷いて、「だろうね」と云った、「いかにも鷲っ子らしいよ」

「誰でもそうじゃないのでしょうか、話に聞いたり想像したりしているうちは、こわかったり恐ろしかったりしていても、いざその事にぶっつかってみれば、恐ろしさや心の迷いなどより、却って正面から立ち向かう気になるのではないかと思います」

「事としだいによってはね」と主水正が力のない声で云った、「つるの話はよくわかる、古くから杞人の憂という譬えもあるとおり、想像に左右されて生きることは愚かしい、だが私の場合は少し違うのだ、どう違うかということは簡単には話せないし、この気持が永久に続くかどうかも断言はできない、私もいつかは子供が欲しくなるかもしれないが、そういう気持になるまで、この話には触れないでくれ」

自分は三浦氏の正統ではない、阿部という平侍の倅であり、藩家と殿のお役に立つため、便宜上この家名を継いだだけだ。主水正はそう云いたかった。御新政を改廃し、飛騨守昌治を元の座に直して、領内に百代安泰の基礎ができたら、自分は三浦の家名を捨てるかもしれない。それまでは子供はつくらない、というのは、つるがどんなに賢く気丈な母親になるとしても、改廃の事が失敗した場合、子を抱えて安穏に生きられる筈はないからだ。

「もうねよう」と主水正はわざと欠伸をしながら云った、「おやすみ」

つるは囁くように、おやすみあそばせと答えた。

三日まえに水木満寿弥から手紙で、波岡や安西たちの、阿波重での密談を告げてきていた。一味の者が元の材木奉行を江戸から召喚し、数千石にのぼる材木の伐り出しを糾明して、山根蔵人から、娘の縁で主水正まで網に掛ける計画だという。材木の伐り出しは、飛騨守昌治の命令であった。江戸上野の東照宮修築や、国許の大火、凶作など、大きな出費の必要に迫られていたし、片方では捨て野へ水を引く堰堤工事という問題もあった。治水の工費は幕府から補助を受けることができる。飛騨守はもちろん融資を受けたが、それでは不足なので、山の木を伐り出したのだ。主水正は昌治からちょっと聞いただけで、詳しいことは知らないが、その木は幕府からの融資の代償の一部にもなったらしい。六条一味がそれをとりあげ、退任した材木奉行を喚問して、瀆職事件を拵えようとすれば、昌治の意志、などということは揉み消されてしまうだろう。山根蔵人は隠居して桂曹と号している。としも七十五か六になる筈で、六条一味の押しつけ吟味を、はね返すことができるかどうかは疑わしい。阿波重の密談では、証人を幾人か押えたという。証人など必要とあれば、かれらは幾らでも揃えることだろうし、かれらの望みどおりの証言をするにちがいない。山根さんを逃がすほうがいいな、と主水正は思った。

「しかしおそらく、山根さんは承知しないだろう」主水正は呟いた、「あの老人は六条一味をあたまからみくびっていた、御新政などたちまち崩壊するだろう、と信じているのだからな」

「なにか仰しゃいまして」とつるが眠たげな声で問いかけた。

「おやすみ」と主水正が云った。

城中の「坊」で安西左京と会ってから六七日あとの夜、主水正が居間でしらべものをしていると、北側の窓の外から名を呼ばれた。あたりを憚るようなひそめた声で、立原次郎兵衛だと名のり、庭へ出て来てもらいたいと云った。どこかで聞いたことのある名だと思い、なんの用だときこうとしたが、主水正はここできいても答えはしないだろうと気づき、刀を取って廊下へ出、縁側から庭へおりていった。――時刻は十時すぎ、卯の花の生垣があるので、奥からも家士長屋からも、見られる心配はなかった。空は曇っているので、庭は暗かったが、庭をあるいてゆきながら、主水正は暗がりに向かって、あの林の中へゆこう、と云った。

三尺ほどに伸びた芒の中の小径をゆき、くぬぎ林へゆき着くまで、殆んど人のけはいは感じられなかったが、主水正が林の前の腰掛のところで立停ると、林の中から二人、うしろから一人、黒い人影が近よって来た。

「止まれ」主水正は刀の柄に手をかけながら、低いけれども屹とした声で云った、「そこで用件を云え、近よると容赦せぬぞ」

「待って下さい」うしろから来た一人が云った、「われわれはあなたの敵ではない、姓名を名のります、私はいま申上げた立原次郎兵衛」

林の中から出て来た二人も、河内千之助、糸井数馬とそれぞれ名のった。主水正はまだ刀の柄に手をかけたままで、用を聞こうと云った。

「私たちのほかに同志が七人います」と立原次郎兵衛が云った、「私たちは御新政という名目の悪政にはこれ以上がまんができません、家老の波岡五郎太夫と安西左京、そのほか一味の重職を斬る決心をしました」

「三浦さんは殿御側近の一人だ」河内千之助と名のる男が云った、「しかも御新政の中で中老という席にいるが、私たちは三浦さんが六条一味だとは思っていない、それで斬奸に踏み切ったことを知ってもらいたかったんです」

「もしやそのもとは」と主水正は反問した、「河内庄司さんの身寄りではないか」

「そんなことは無関係だが、御推察のとおり庄司の末子です」

「私は父からあなたのことを聞いていました」糸井数馬と名のる男が云った、「父の名は兵助、むかし勘定方の役所でごいっしょだったそうです」

　そうだったなと云いながら、主水正はようやく、立原次郎兵衛の名を思いだした。巳の年の騒動のとき、国許で捕えられ、先代の滝沢主殿の裁きによって、その罪を軽くまぬがれたという。おそらくその子か、或いは孫でもあろう。暗がりの中でよくはわからないが、三人とも二十二三から四五くらいと察しがついた。主水正は自分が圧倒されようとするのをけんめいにこらえた。蜂の巣を突ついたようだ、という古い言葉が思いうかび、唸りをあげて一斉に襲いかかる蜂の群を、どうしずめたらいいかと考えた。

「そこもとたちの気持はよくわかる、家臣ばかりでなく、領内の者ぜんたいが同じような怒りを感じているだろう」

「あなたはどうです」

「私のことはべつとしよう、とにかくおちついて聞いてくれ」と云って主水正は、敵意のないことを示すように、木の腰掛へ静かに腰をおろした、「さきごろ幕府から国目付が来て、領内を査察したあと、幾カ条かの警告をつけて帰ったそうだ、その中には、六条一味の命取りになるような条件があり、それをどう遁れたらいいかと、安西左京から相談された、つづめて云えば、かれらはいま大きな壁にぶっつかっているのだ」

「ちょっと待って下さい」と河内千之助が遮った、「あなたはそれで、なにを云おうというんですか」

「おちついて聞け、おちついて聞いてくれ」と主水正は静かに云い返した、「そのもとたちは、巳の年、亥の年の騒動を繰返すつもりか」

二十四の六

「六条一味の御新政は必ず破滅する」主水正は云った、「ここで斬奸などということをやる必要はない、二度の騒動でたくさんだ、もしやらなければならないとしても、この御新政が改廃されず、殿の御身辺にまで累が及ぶ、というときまで待つほうがいい」

「そのことです」立原次郎兵衛が云った、「殿の御身辺に累が及ぶと云われたが、もうすでに、そのことが起こっているのではありませんか」

「五年まえに帰国されたとき、殿はまったくお姿を見せなかった」と河内千之助が突っかかるように云った、「私の長兄は大小姓を勤めているが、重臣会議のときなどでも上段には御簾をおろし、殿のお姿は殆んど見えなかった、また、あれほど領内お見廻りに熱心だった殿が、御在国ちゅう一度もお城から外へ出られたことがない、はっきり云えば、そのとき殿はもう、殿御自身ではなくなっていたのではないか」
「またもう一つ」と糸井数馬が云った、「四年まえに参覲で上府なさって以来、御病弱ということで一度も御帰国がなく、堰堤工事まで中止されました、堰堤工事には大きな障害がいろいろあり、資金の面でもずいぶん無理をなすった、兄は勘定方吟味役なので、その点はよく知っているのです、殿はあの事業だけはやりとげる決心でおられた、それが御新政の布令と同時に中止されたことなど、どの一つをとってみても、殿の御一身になにかあったと思わないわけにはいかないでしょう」
「三浦さん自身もそうだ」と河内千之助が云った、「あなたも三年あまり、この城下から失踪された、世評では上方へゆかれたというが、卍屋はじめ御用商人たちの殆んどが上方商人のようだ、三浦さんはいったい上方へなにをしにいったんですか」
「世評、世評」と主水正は首を振った、「――そのもとたちは人の噂や評判で、ものごとを判断するのか」
「それは答えになっていないでしょう」

「私は上方などへゆきはしなかった」と主水正は云った、「ではどこへいったか、ということもいまは云えないし、私がどこへいっていたかということなど問題ではない」

「ではなにが問題なんです」

「そのもとたちの妄動だ」主水正は静かに云った、「二度にわたる騒動で殺傷沙汰があった、しかしそのために解決したものはなにもない、むしろ個人的な恨みや憎悪を残しただけではないか、斬奸などということは役には立たない、たたかうなら正面からたたかうべきだし、その時期もさして遠くはないのだ」

「一味の中で中老の席にいる三浦さんの言葉を」と河内千之助が云った、「われわれがそのまま信じると思いますか」

「信じる信じないのはそのもとたちの勝手だ」と主水正が云った、「しかし考えてもらいたい、巳の年や亥の年とは時代が違うし、幕府国目付にも睨まれている、ここでまた騒ぎを起こせば、藩家そのものが幕府に譴責され、いかなる大事に及ぶかもしれないぞ」

「しかし殿の御安否はどうなんです」

「仔細は云えないが」と主水正は糸井数馬に答えた、「殿は御安泰だ」

「証拠がありますか」

「ある、だがそのもとたちが騒ぎだせば、殿の御安泰も保証はできない」

河内千之助がくいさがった、「殿が御安泰だという証拠があるかときいているんです」

「人間の命は計りがたい、朝まで健在だった者が、倒れてくる材木の下にいて急死することもある、しかし」と云って主水正は暗がりの中の三人を順に見まわした、「――世評では私が上方へいっていたと伝えられたそうだが、実際には江戸へいっていたのだ」

三人は不審そうに沈黙した。

「そのもとたちが云ったとおり、五年まえに帰国された殿が、本当に殿であるかどうか疑わしかった」と主水正は続けて云った、「そこで私は上府される行列のあとを跟け、真偽を慥かめようとしたのだ、そして飛驒守さまではないということをつきとめた」

「そうだとすると殿は」

「飛驒守の殿は御安泰だ」と主水正は低い声に力をこめて云った、「私は現におめにかかったし、御身辺には頼みになる者もいる」

「三浦さんはそう云う」河内千之助がやり返した、「三浦さんは殿に会ったかもしれない、御身辺に頼みになる人間がいるかもしれない、しかしそれは、どこまでも三浦さんの話で、われわれにはそれを信ずる根拠がない、そうじゃありませんか」

「そのとおりだ」主水正は頷いて、言葉をさがすように、一語、一語ゆっくりと云った、「こういうことは、胡桃の殻を割って中身を見せるという、単純なものではない、そのもとたちがいま云ったように、私は殿御側近の一人であり、殿の御意志で堰堤工事や、領内測地の役目をはたした、その私が云うのだ、それを信ずるか信じないかは勝手だが、暴力でなにかが解決すると思うのは誤りだ」

「それは三浦さんの意見にすぎない」と河内が云った、「巳の年と亥の年の騒動で、なにが解決しなかったんですか、少なくとも御新政になるまでの藩政の正道を保つ役には立ったのじゃあありませんか」

「それが御新政という暴挙を招く結果になったのだ」と主水正はなだめるように云った、「いまそのもとたちが斬奸などという手段に出れば、一味はいっそう強圧的になるだろうし、二度の騒動よりもさらに騒ぎが大きくひろがるに相違ない、そのうえ個人的な恨みや憎悪が加われば、おそらく収拾のつかないような事態になるだろう、そうではないか」

「かもしれない」と河内千之助が云った、「けれどもそれは御新政が改廃される、という保証があってのことでしょう」

「そんな保証はできない、というのは、そのもとたちが六条一味でない、という保証もないというのと同じことだ」

「ではその証拠に波岡たちを斬ってみせますよ」

「諄(くど)いことを云うな、いま御新政改廃のために幾十人かの者がけんめいに努力している、誰(だれ)がどのようにということは話せないが、私が殿御側近の一人だと知っているなら、私の言葉も信じられる筈だ、もう暫(しばら)く辛抱してもらいたい、もう暫くのことだ、わかってくれ」

　繰返して云うが、ここで騒ぎを起こせば、藩家の存亡を危うくする危険さえある。そこをおちついてよく考えてくれ、と主水正は念を押して云った。三人は半ば納得し、半ば疑惑をぬぐいきれないというようすで、しかしまもなく帰っていった。――かれらを庭の裏木戸まで送って戻ると、くぬぎの中から呼びかけながら、黒い人影が追って出て来、主水正は刀を取り直しながら振り向いた。

「佐佐義兵衛です」その人影は近づいて来ながら云った、「今日城下に着いて、時刻を計って伺ったのです」

「それはようこそ」主水正は会釈して云った、「なにか急な御用ですか」
「殿の仰せを伝えにまいったのです」
「いまの三人の話を聞きましたか」
「聞きました、江戸屋敷にも同じような動きがあるんです」と佐佐が云った、「こういう勢いは理屈で説得することはできない、大事に至らないうちに改廃を断行すべきだ、と殿が決意あそばされたのです」
「入れ違いだった、私からも津田大五を江戸へやったところです」と主水正が云った、「とにかくあがって、詳しいことを聞きましょう」

阿波重にて

「あの計画はだめだ」と波岡五郎太夫が云った、「元の材木奉行、信田十兵衛は去年の暮に病死したそうだ」
一座は急にしんとなった。主人役は波岡五郎太夫と安西左京、郡奉行の又野束兵衛、町奉行の吉川三太夫、大目付の村井唯右衛門という五人であり、客は卍屋仁左衛門、福屋金右衛門と、その番頭手代が二人ずつ。それに女芸者は水木満寿弥と満寿次のほかに三人、酒肴のあげさげに年増のおつゆという女中が一人、という座敷であった。御用商人たちは来たばかりであるが、波岡たち五人はもう一刻あまりも飲んでいるし、女中のおつゆも満寿弥の酌で、ふらふらするほど酔っていた。

「いつも密談、密談って、もういいじゃありませんか」と女中のおつゆが云った「こういうところへ来たらば固苦しい話は禁物、もっと景気よく騒いで下さいな、旦那」

「その女を追っ払え」と波岡が云った、「そいつはいつも目障りだ、ほかの女中と替えるように云え」

「ああうれしい」おつゆという年増の女中は、片手を振りながら立ちあがった、「こんな気ぶっせいな座敷からおいとまが出るなんて、願ってもないことだわ」

「おつゆさん」と満寿弥が云った。

「いいのよ、ねえさん」おつゆはふらふらしながら遮った、「あたしはこれで大だすかり、すぐに代りをよこしますからね」

「無礼者」と町奉行の吉川が叫んだ、「待て無礼者、それが客に対する挨拶か、主人を呼べ、この家の主人を呼んで来い」

卍屋が「まあまあ」となだめた、「酔ってもいるようですし、こちらは大事な御用談のあることですから」

「よし、いってしまえ」と波岡が手を振って云った、「きさまの顔など見たくもない、いってほかの者と代ってこい」

波岡五郎太夫の脇にいた、いつもの肥えた女芸者が立って、ふらふらするおつゆを支えるように、出ていった。

「御材木奉行が亡くなったとしても」と福屋が云った、「こちらで証人を押え、口書を取ってあるとすれば、筋書のとおり事を進められるのではございませんか」

「その手筈ではあるが」と安西左京が云った、「幕府から国目付が来て、かなり詳しく領内の状態をしらべていった、そして通貨の乱脈と、物資の不流通についてきびしい警告をうけた、ここでわれわれが計画どおり事を進めた場合、家中の者が捏造だなどと、騒ぎ立てるおそれがないとは云えない」

「それは三浦さまとお会いになってから、気づかれたことですか」と卍屋がきき返した。

「はっきりはしないが」と安西が気まずげに云った、「彼は口ぶりにも態度にも、遠慮したり避けたりするようすはなく、どの問題に対してもはっきりと即座に答え、少しも渋滞することがなかった、御新政の表裏をよほど詳しく調査しているようだし、性根を据えているという感じだった」

「安西は小心すぎる」と赤く酔いの出た顔で波岡が云った、「細心はいいが小心はいけない、もし三浦に不審なところがあるなら、城中へ呼び出して監禁してしまうがいい」

「それは良策ではございません」卍屋が上方訛りのある言葉で云った、「私どもの耳にはいった噂によりますと、御家中の若い人たちの一部に、穏やかならぬ動きがあるようです、実際になにをしでかすかはわかりませんが、ここで三浦さまに手を付ければ」

　卍屋仁左衛門は口をつぐんだ。若い女中が三人で、酒肴をはこんで来、肥えた女芸者も戻って来て、波岡五郎太夫の側に坐った。女中たちが去り、卍屋仁左衛門が話し続けようとすると、波岡五郎太夫が遮った。

「わかった、卍屋の云うことはわかったが、若侍どもが藩政に不満をいだき、事を起こそうとするのはわが家中に限ったことではない、どこの藩でも、血気にはやる連中がいて、政治を非難し無謀な事を計るものだ」と波岡が云った、「しかしそれは血気のなすわざで、実際に事をおこなった例は殆んどない、一歩を譲って、仮にかれらが事を起こすとしても、現在の藩政を受継ぎ、その処理をするだけの力も知恵もないだろう、――乞食の住居へ押し込む泥棒はいないだろうからな」

「いいことを仰しゃるわ」と向うで満寿弥が云った、「いまのように苦しい御政治を、自分から肩替りしようなどという人は、どんなに血迷った人だって考えやしないでしょう」

「口の悪いやつだ」と波岡が云った、「きさまは黙っていろ、見ず聞かず云わず、ということを忘れるな」

肥えた女芸者が酌をし、波岡五郎太夫は盃を汁椀の蓋に替えた。

「それで」と福屋金右衛門が云った、「こんにちお呼出しの件はなにごとでしょうか」

「筋書の組み替えだ」と安西が答えた、「材木盗伐は第二として、堰堤工事の汚職をとりあげることにした」

「それは材木盗伐の次に組まれていた筈ですが」

「信田十兵衛が死んでいたとなると、証人との突き合せができない」と安西が云った、「それよりも堰堤工事に使われた資材資金から、汚職へもってゆくほうが、規模も大きいし効果もあがると思う」

「その材料が揃いますか」と卍屋がきいた。

「大部分は飛驒守さまのお手許にあるようだが、勘定方監査の役所にある記録でも充分、役に立つだろう」と云って安西は部厚な袱紗包みをそこへ出した、「われわれには不馴れだが、そのほうたちなら然るべく、操作ができるだろうと思うが、どうだ」
「拝見したうえでなければわかりませんが」と云いながら卍屋がその袱紗包みを受取り、脇にいる番頭に渡した、「お預かりする期間はどのくらいございますか」
「おそくも三十日以内だろうな」
「承知いたしました」卍屋は上方訛りのない言葉で云って福屋を見た、「――例のことをお耳に入れたらどうです」
「ほかに御用がございませんければ」
「こっちの用は済んだ」
「では申上げます」と福屋がいずまいを直して云った、「私ども相談のうえ、三浦さまを加地町の平野屋という料理茶屋へ、御招待いたしました」
「三浦とは主水正のことか」と安西が反問した、「どうしてまたそんなことを」
「城下の評判をつぶさに集めてみますと、三浦さまのにんきはずばぬけてよく、ほかに肩を並べるお人がない、と申してもよいくらいです」と福屋が云った、「――仮に盗伐の累をかぶせても、なかなか罪にはおとせないと思いますし、あなた方が手を出せば、それこそ家中にひと騒動おこりかねません、そこでわれわれがなんとかやって

れども主水正は複雑な感情で胸がいっぱいになり、清左衛門の一語、一語を嚙みしめるように聞いていた。

――八十二歳といえば長命の内だ、と主水正は家に帰る途中、心の中で繰返し呟いた。しかしもう少し生きていてもらいたかった、せめて御新政の改廃と、堰堤工事が再開されるまでは、ぜひ生きていてもらいたかった。

米村青淵は主水正にとって、大きな恩人の一人であった。初めて堰堤工事に反対したとき以外は、いつも精神的と物質的との、両面の庇護者であった。六条一味の「御新政」によって、米村家も大きな打撃を受け、重税のため持ち地所の三分の一を失ったうえ、庭子たちも半数に減らしたという。米村家は領内大地主の代表として、藩のため大きな功績をはたしてきた。藩主はじめ重臣たちまで、米村家には礼遇を怠らなかったし、政治についても意見を聞くという関係が続いていた。それが青淵の晩年になって、こういう無条理な圧迫に屈しなければならなかったことは、老人にとって耐えがたかったに違いない。そのことだけでも改廃の実際を見てもらいたかった、と主水正は思った。

石済和尚には子供部屋について世話になり、また世の中や人間の見かたについて教えられた。青淵にはもっと多くのことで直接に恩を受けた。滝沢氏は再起不能、自分個人の身辺にも、実父の死をはじめ少なからぬ変化があった。なかんずく青淵の死は、自分にとって非常な打撃である。こんなとき人はよく、半身を奪われたようなとか、胸に大きな穴があいたようだとかと、受けた打撃の大きく深いことを表現する。自分はどうだろう、――主水正はすなおな気分で、自分の心の状態をよく客観してみた。そして、自分が少しも動揺していないし、青淵の死によって、これから自分たちのすることに、なんの支障もないだろうという、確信さえもっていることを慥かめた。

――おれたちがまったく忘れているときでも、井関川の水は休まずに流れている。いつか誰かがそう云った。たしかに誰かから聞いたと思うが、或いはおれ自身で云ったのかもしれない。わかりきったことだが、休まずに流れているのは川だけではない。世の中も人間も時のながれの中にいるし、そのながれは一瞬もとどまることがないのだ。流れ去ったものは帰らない、巳の年と亥の年の騒動が根になって、御新政という暴政を招いた、と云う者がいるけれども、そういう因果関係は観念的な付会であって、新らしく起こる事は、新らしい情勢から生れるものだ。待て、先ばしりをするな、その考えに誤りはないか、どうしてこんな考えにぶっつかったのだろう、どうして。もしこの考えに間違いがないとすれば、改廃に手を着ける角度も変ってくるぞ、よくよく検討してみることにしよう、と主水正は思った。

城へあがって、波岡五郎太夫に弔問の報告をし、曲町へ帰ると、津田大五が来ていた。相変らずのむさくるしい恰好で、縁側に腰を掛けたまま、酒を飲んでいた。着替えをしながら、つるの話すところによると、彼は大きな背負い籠にいっぱいの漬菜を背負って、厨口へあらわれ、杉本大作に会いたいと云ったそうである。大作が会って話したうえ、つるに事情を告げ、庭へまわってもらって、酒を出したということであった。

「やあ、御馳走になっています」主水正を見ると、大五は持っていた盃をあげて云った、「御馳走になっているのに失礼ですが、地酒はやっぱり鼻につきますな」

江戸からいつ帰ったと、居間の中に坐りながら主水正がきいた。

「おとついの晩です」大五は二本並んでいる燗徳利の一本を取って、酒が残っているかどうかをためすように振ってみ、少し残っていた酒を盃に注いで云った、「佐佐は来たでしょうね」

主水正は頷いて、酒を取ろうかときいた。大五は首を振りながら、飲み干した盃を膳の上に伏せた。

「では」と大五は主水正の顔をみつめた、「——同月同日に、東西同時に事を決行するという、殿の御意志は知っていますね」

「あれは修正しなければならなかった、そして修正案は詳しく書いて、佐佐に託して帰した」

「途中でゆきちがったんだな」大五は呟いてから云った、「——修正案はあとでうかがうとして、時期は延びることになるんですか」

主水正はそっと首を振った、「殿の仰(おお)せは来年二月ということであったが、それではおそい、六条一味は幕府国目付の警告で、窮地に追い詰められた」

「ああ、あの国目付ね」と大五が遮って云った、「川島、吉岡、内藤、三人とも金で雇った人間ですよ」

主水正は眼をそばめた、「それはどういうことだ」

「三人とも幕臣には違いないんです、貧乏な小普請(こぶしん)の二、三男でしてね」大五はにやっと笑った、「初め江戸屋敷の小林美樹太(みきた)が飲み友達で、そのあと私もいっしょに飲むようになりました、幕府国目付がこんな小藩にまで来るのは、ずっとまえから立ち消えになっています、殿はそこに眼をつけて、贋(にせ)の国目付を仕立てたんです、必要な書類も本物どおりに作りました、吉岡左十郎というのが、父か祖父かが国目付をしたことがあるそうで、そのほうは慥かなもんだったんです」

「まずかったな、まずかった」主水正は眉(まゆ)をしかめた、「——殿はゆさぶってやろうと思われたのだろうが、却って寝ている子を起こしたようなものだ、かれらは旧勢力をじわじわと絞めあげるつもりだったし、こっちにはそれを逆用する手段もあったのだ」

「けれどもかれらは、国目付が贋だとは気づかなかったんでしょう」

「気づかれたほうがよかったんだ、かれらはいま大きな手を打とうとしている、こっちはその先を越さなければならない、時期はこの九月だ」

大五はじっと主水正の眼をみつめた、「——それは本気ですか」

「殿にもそう申送った」

「そいつはいそがしくなりますな」と大五が云った、「酒をもう少しいただきましょう」

二十五の二

いま起こりつつあること、これからやろうとすることを、因果関係にむすびつけてはいけない。この考えは正しい、と主水正は思った。こんどの改廃は、御新政を元に戻すのではなく、新らしい一歩を踏み出すことだ。過去にあった事は詳しくしらべつくした、これからは新らしい土地を拓いて草木を育てるように、または新らしい設計で家を建てるように、いや家などではない城郭だ。百年ゆるぎのない、不落の城を建てるのだ。

「今夜はいつものようではないのね」つるが頰ずりをしながら囁いた、「おいやなの」

「おまえはどうなんだ」

「御存じのくせに」鼻声で囁いて、つるは主水正の手を自分の望ましいところへさそった、「もしおいやだったら、押えて下さるだけでいいの、ええそこのところ、いいえここ」

準備にあと八十余日。満寿弥からの知らせでは、かれらは堰堤工事の汚職をつくりあげようとしてい、その下拵えに卍屋と福屋らが、三十日の期限を切られたという。もしその謀略が三十日でつくりあげられたとしても、吟味を開始するには暇がかかるだろうし、工事に関する書類の原本は殿のお手許にあるのだから、たとえ吟味に持っていっても、裁決には日数を要するに相違ない。だが、こちらの準備は八十余日がぎりぎりだ、と主水正は思った。

「あなた、お眠りになって」

「いや、眠ってはいないよ」

「動かして下さいな」つるが熱い息で主水正の耳に囁いた、「こうしていただくだけで眠れると思ったんですけれど、でもだめ、あたし軀が、しぜんと、こうなってしまうんです、こんなふうに、わざとじゃなく、自分で止めようとしても、止まらないんです」

主水正は云われるようにし、つるは独りで身をよじらせた。

「あなた」とつるがふるえ声で囁いた、「ほかの女のひとと幾人ぐらいなすって」

「つるが知っているだけだ」

「本当にななえさんだけ、もう少し強く」

「ああ、それだけだ」

「わたくしよりもよかった」

「本当にこのことがわかったのは、おまえが初めてだ、それはまえに云ったろう」

「ええ覚えてます」つるは身もだえをしながら、主水正の胸へ顔を押しつけた、「でもあたし幾たびでも聞きたいんです、やわらかく、もう少しやわらかく、こんどは強く、ええそう、幾たびでもあなたのお口から聞かなければ、なんだか気がおちつかないんです、あたし本当はばかな女なんでしょうか、もう少し、いまやめないで」

「つるは賢いよ、ばかなどであるものか、私にはまたとない有難(ありがた)い妻だ」

「おやさしいのね、あなた、うれしいわ」

立原次郎兵衛はあとまわしだ。明らかに、彼は祖父の意志を継ごうとしている。巳の年のとき彼の祖父は死罪になるところだった。滝沢氏先代のために重科は免れたし、家名や身分は無事だったが、その人自身は罰せられた。いまの次郎兵衛がそのことを根にもっていることに紛れはない。第一に会うのは河内千之助だろうな、彼の父は河内庄司、勘定奉行でおれはよく知っていた。役所で事務をとるより重臣めぐりで、出世するための奔走に明け昏れしていた。千之助はその四男だというし、暗がりで風貌はよくわからなかったが、言葉づかいの歯切れのよさ、意気込みといったものが、他の二人とは際立っていた。岩上六郎兵衛と河内千之助だ、まずこの二人から始めるとしよう、と主水正は思った。

つるが動くのをやめ、かすかに寝息をたてはじめたので、主水正は夜具からすべり出た。いつかの、あの理由のわからない不安と、激しい胸苦しさにおそわれたのだ。寝所から廊下、縁側へまわって庭へおりるまで、用心ぶかく物音を立てないようにしながら、息をころして喘ぎ、頭を左右に振った。

「ああ」暗い庭へ出てゆくと、主水正は堰を切ったように、荒あらしく喘ぎ、呻き声をあげた、「ああ、これはなんだ、この苦しさはなんだ」

主水正は両手で寝衣の胸を掴んだ。その恐ろしいほどの不安感は、胸のところで起こり、たちまち全身へひろがっていった。手の指がこまかな痙攣を起こし、両足は萎えたように、膝がしらがくがくした。息を吸い息を吐くことに力をこめなければ、すぐにも呼吸が止まってしまうように思えた。

「あのときとまったく同じだ」はっ、はっと喘ぎながら、主水正は声に出して云った、「——病気なのか、なにかの病気で、このまま死ぬのではないか」

梅雨にはいったのだろう、けぶるような小雨が降っていた。主水正は顔にかかるこまかな雨粒にも気づかず、芒に挟まれた小径をいって、くぬぎ林の前の腰掛に掛け、まだ胸を摑みながら、暫くのあいだ肩で息をしていた。

「いや病気ではない、このまえの経験で、病気でないことははっきりした」と彼は苦しげに呟いた、「よし、ではこの苦悶はなんのためか考えてみよう、単に肉躰的な故障か、それとも精神的に原因があるのか、——おれはきさまをみきわめてやる、きさまがどこからおれの中へはいってきたか、なんのためにおれを、こんな苦しいめにあわせるのか、きっとみきわめてやるぞ」

しゃっくりがどこからどう出てくるかを、かいさぐるような気持で、主水正はその不安と耐えがたい苦悶を、冷静な感覚でみつめようとした。するとその不安と息苦しさはいっそう激しく大きくなり、気が狂いそうにまで昂ぶってきたので、彼は腰掛から立ちあがり、寝衣の両の袂を重ねて口に押し当て、くぬぎ林のほうに向かって、喉の裂けるほど大きく喚いた。重ねた袂のために、ほかへはあまり聞えなかったであろう。二度、三度と叫んだが、はっきりしないこもった声のために、却って胸苦しさは頂点にまで達し、彼は歯をくいしばりながら、草の上へ仰向けに倒れた。

「死ぬものなら早く死んでくれ」と主水正は空を見あげながら、声をころして叫んだ、「こんなわけのわからない苦しさより、いっそ死ぬほうがよっぽどましだ、どうにかしてくれ」

顔に落ちるこまかな雨粒に気がつくまで、かなり長い時間が経った。降っていたのかと思い、濡れた草で寝衣の背腰が、びっしょりになっているのが感じられた。

「井関川の堤で三人」と主水正はやがて呟いた、「石原村で五人のうち四人、この手で七人の命を奪った、こっちから仕掛けたことではないし、悔いは少しもない、或いはこれからも、幾人かの死を見なければならないかもしれない、——そうだ、かれらの死の苦しみを、おれはいま生きて苦しんでいるのかもしれない」

それからなお暫く、彼は濡れたまま仰向けになっていたが、ようやく立ちあがり、髪の毛の雨水を払ったり、顔を両手でぬぐったりしながら家のほうへあるきだした。

「死の苦しさは一瞬のものだが、生きていて経験する苦しみは、死に至るまで終ることがない、井関川の三人は殿のお命を覘っていた、石原村の五人はおれを暗殺しようとした、かれらにはそれが目的であり、その目的のために命を賭けたのだ、おれはそうではない、おれだけではなく、改廃をやりとげようとするなかまはみな、誰かを暗殺しようなどとは思ってみたこともない」

そうかな、本当にそうかな、と主水正は慎重に自問した。

二十五の三

「そのことを慥かめよう」と主水正は立停って呟いた、「おれたちは人の命をちぢめようなどと思ったことはない、暗殺などという手段で、改廃という大事が実現できる筈はないからだ、そうだ、——本当におれたちはそんなことを思ったためしはなかった、おれたちと関係のない、立原次郎兵衛ら若い者たちは、斬奸などといきり立っているが、おれたちのあいだでは一度もそんな話に触れたことはなかった、そうだ」と彼は力のこもった声で呟いた、「ここにおれたちの強さがある、——かれらは殿を除こうとし、邪魔な者を幾人か斬り、おれを暗殺しようとした、しかしおれたちはそんなことは考えもしなかった、御新政改廃に当って、そんな必要のないことは理屈なしにわかっていたのだ」

主水正は不安と苦悶の発作の去ったことにも気がつかないほど、自分たちの立場の慥かで強力なことを、軀ぜんたいに感じていた。彼は立停ったままで仰向き、顔を冷たい雨粒に打たせながら、大きく息を吸い、静かに長くその息を吐きだした。

「御新政が暴政であったことは、——古風な云いかたをすれば、——おれたちにとって逆に役立つだろう」と主水正は声に出して云った、「家中の者も領民も、みな暴政には苦しんでいる、おれたちのうしろには、こういう大きな支えがあるんだ」

主水正は急に口をつぐんだ、家のほうから、提灯の光が近づいて来るのに気づいたのである。彼はあるきだし、芒に挟まれた小径の端で、つると出会った。つるは寝衣の上に袷羽折を着、家紋のある提灯を片手に、蛇の目傘の下から不安そうに彼を見まもった。

「どうなさいましたの」

「なんでもない」

「眼がさめたら、あなたがいらっしゃらないので」つるは主水正に傘をさしかけながら、おちつかない口ぶりで云った、「お手洗いかと思って暫く待っていたのですけれど、心配になって廊下へ出てみたんです」

「縁側の戸があいていたんだな」

「わたくし吃驚して、息が止まりそうになりました、きっとなにか悪い事が起こったんだ、という気がしたんです」つるは傘を持った手で自分の左の胸を押えた、「いまでもここが、こんなにどきどきしていますわ、あら、すっかり濡れていらっしゃるじゃありませんか」

「いい気持だ、——そう云っては心配をさせたつるに悪いかもしれないがね」主水正は片手を妻の肩にかけて、あるきだしながら云った、「急に外の冷たい風が吸いたくなったんだ、つるはよく眠っていたし、起こしてはわるいと思ってね」

「わたくし命がちぢむような思いでしたわ」

「ごめんよ」彼はつるの肩を抱きよせた、「けれどもね、つる、男にはときどきこういうことがあるんだ、夜の庭に独りで出て、誰にも干渉されずにものを考えたり、自分のゆく道をゆっくり見きわめたい、ということがね」

つるはその言葉をよく吟味してからのように、きき返した、「——わたくしにも、そこへはいってゆくことはできませんの」

「お互いにね」と主水正は答えた、「女にも男のはいってゆけないところがあるのと、同じようにさ」

つるは黙った。

その夜から降りだした雨は、正しく梅雨にはいったことを示し、下旬まで休みなしに降った。五月十日から二十日までは、かなり強い降りが続いたので、文化二年の洪水のことが噂になり、いっとき城下町はおちつかない空気に包まれた。そして、もしも洪水になったらというおそれから、城下の人たちのあいだに、「堰堤工事」の中止されたことに対する非難がたかまった。文化二年、乙丑の年の洪水には、井関川の水を堰堤へ放流したため、安永五年、丙申の年の被害の何分の一かで済んだ。しかし工事が中止されたため、堰堤は荒廃してしまい、水を放流すれば総崩れになって、却って被害を広範囲に及ぼすだろう、ひどいことになったものだ、などという声が到るところで囁かれた。幸い雨は二十日あたりから淋雨になり、洪水になる心配は殆んどなくなったが、改廃を決行する側にとって、これまた大きな支えとなることが推測された。

「ゆうべ夢を見た、まあ聞いて下さい」津田大五は湯呑茶碗の酒を飲んで云った、「驚いちゃいけません、あなたが死んだ夢です」

「それを話しに来たのか」と主水正がきいた。

「まあそうせかせないで下さい」大五は酒を手酌で注いだ、「まっ黒な脛毛をまるだしにして、大あぐらをかいてあなたが豆を喰べてるんです、なんの豆かはわからなかったが、莢のまま幾らでも喰べるんです、ああいけない、と私は思いました、あの豆はたくさん喰べるものじゃない、喰べすぎると足萎えになるぞってね、ところが足萎えどころじゃない、豆の莢が喉につかえたのか、あなたはうーんと唸ってひっくり返ると、そのまま死んじまったんです、いや、あっけないもんでしたよ」

「それは大五自身だな」と主水正が微笑もせずに云った、「おれは豆が嫌いだし、足に脛毛などはないからな」

「それは夢のことですからね」大五はにやっと笑って仮綴の帳面を二冊、そこへ差出した、「この天と題したほうがこっちの側の人名、地と題してあるのが波岡一味の名簿です」

「早かったな」主水正は二冊を手に取った。

「いつか云ったでしょう、女房のお咲が役に立つだろうって」大五は酒を啜った、「畑のなり物を背負ってあるけば、大手を振ってどこへでもはいってゆけますからね」

「そんなことに女を使うのは反対だな」

「あなたは女の一部しか知らないんだ、食うに困るような貧乏育ちで、女になってからも麻布狸店などに住み、その日その日の糧に追われているような境遇の者には、男も及ばないほど芯の強い、頼みになる者がいるもんです」
「そうか、狸店にいたと聞いたな」主水正は頷いた、「それは大五の判断に任せよう」
「いまさらですか」大五は首を振った、「あなたはそんなことにまで気をつかってい
る立場ではないでしょう、酒をもう一本たのみます」
その言葉を待ってでもいたように、つるが酒を持ってはいって来、座敷へあがるよ
うにと云った。外は雨で、縁側へ横さまに腰掛けている大五は、自分の軀を撫でるよ
うな手まねをして、この恰好ですから、と辞儀をしながら云った。つるは良人の顔色
を見てから、あいている徳利を取り、会釈をして去っていった。
「日増しに嫣かしくなりますね」大五は新らしい徳利から酒を注ぎながら云った、
「三浦主水正などという朴念仁には惜しい人だ」
「新畠のようすはどうだ」
「ますます有望です、これまでは畑作だけでしたが、今年から稲田も拓くことにしま
した、水と土の関係で、とりあえず一町歩を目標にしたんですがね」そう云いかけて、
大五はあっと声をあげ、右手で毛だらけの太腿を強く叩いた、「忘れていた、初めに
まず云うつもりだったんだが、久しく飲まない酒をねだったのがいけなかった」
「なにを騒いでるんだ」

「あなたの御母堂が病気なんです、それもかなり重態だということで」

主水正はひと呼吸して云った、「——私の母だって」

「新畠にいる御母堂ですよ、小四郎さんといっしょにいらっしゃる」

「私に母はない」と主水正は云った、「三浦氏は絶家していて、親もきょうだいもなかった、そのもとは考え違いをしているようだな、私は生家とは縁を切って三浦家を継いだのだ、そこを間違えないでもらいたいな」

「お好きなように」大五はばか丁寧に一揖した、「私はただお知らせしたまでですから」

二十五の四

主水正はそれには答えず、「天」と「地」の二冊の帳面を、ざっとめくってみてそこへ置き、自分は五六日、山ごもりをしてくると云った。大五は鼻柱に皺をよらせて、山ごもりとは古風ですなと云った。

「二十五日の定日登城が済んだら、その日のうちにでかけるつもりだ」

「本気ですか」飲みかけた湯呑をおろして大五がきいた、「どこの山です」

「森番小屋のある山だ」と主水正が云った、「五人衆の報告もほぼ揃ったし、この二冊に誤りがなければ、もう打つ手の計画をたてなければならない、――大五さんならわかるだろう、こういう計画の、表面的な部分には難点はない、大切なのは細部だ」
「重箱の隅ですか」
「楊子で摘発するようにではなく、どう無事に押えておくか、ということだ」
「一味のほうへ寝返った連中はわかっているんですよ」と大五が云った、「尤も、殆んどは利益でつながっているんですが、中にはいまの位地を足がかりに出世をしようと、しんけんに考えている者も少なくはない、これらは押えておく、などというなまぬるいことでは承知しないと思いますがね」
「ではどうしたらいい」
「ひと纏めにして押しこめるんですね」
「かれらが抵抗しないと思うか」
「むろん、一と騒ぎや二た騒ぎは避けられないでしょうな」
「だめだ、断じて騒ぎにしてはいけない、手を付けるのは六条一味に限ると、江戸の殿にもその点をよく申送ってある、家中で一味のほうへ寝返った者たちは、大五の云うとおり藩家の大事よりも、おのれの個人的な欲によってつながっている、そうだとすれば、その足場が崩壊した場合、それを挽回しようとするよりも、まず身の安全を

せるだよ」

弥六という中年の森番が、表から廻って来て、男の縄を解きにかかった。

「ふざけた野郎だ、急に声が出ねえようなふりをしたり、助かったとなるとまた急に、でっけえ声を出しておらのこと、仏だなんぞとほざきくさる」と大造は云った、「――やい、ぬすっと、舌を嚙み切るならいまのうちがいいぞ、おらこの眼で見てえだからな」

そしてさも可笑しそうに笑い、その男をあっちへ伴れていってなにか食わせてやれ、と弥六に云った。三日も飲まず食わずで、縛られたまま放りだされていたというのに、男は少しも弱ったようすはなく、頭をさげさげ、縛られた手足を撫でたり揉んだりしながら、弥六のあとについて出ていった。

「こんどは気をつけろ」と大造はどなった、「もしこんどやったら片輪にしてくれるぞ」

二人だけになるとすぐ、主水正は山へあがって来た理由の、あらましを語った。大造はおどろくほどの理解を示した。主水正は知らなかったが、大造は彼こそ世直しをする人物だと信じ、名はあげなかったけれども、人にも話していたくらいであった。もちろん大造はそんなけぶりも見せず、しかしいかにも嬉しそうに、それでは種子倉がよかろうと云った。

「谷の斜面に穴を掘って、種子をしまって置くところがあるだ」と大造は云った、「北向きで湿気もねえし、人の近よることもねえだ、めしはおらが自分ではこんでゆくだよ」

「せっかくだがそれはよそう」と主水正が云った、「私には監視の眼が付いている、いつどこからどのように見られているかもしれない、はっきり賜暇を願って、身の保養に来たのだ、監視の者の眼を避けるより、いつでもかれらの眼に自分を曝しているほうが、いいと思う、そうは考えられないか」

「下司には下司の知恵しかねえだな」大造は頭をさげた、「旦那にはかなあねえだ」

それなら自分は森番の組下たちといっしょに寝よう、ここは旦那にあけ渡すことにする、滝沢さまのときはいっしょに寝起きしたが、こんどは事情が違うから、と大造は云った。

「滝沢とは」主水正はけげんそうに大造を見た、「——家中の人間か」

「兵部さまでさ」と云って大造は溜息をついた、「どうしても山へゆくだって、ひどく酔ってござっただで、おら半分は背負って来ただよ」

主水正は眼を伏せ、兵部友矩がね、と口の中で呟いた。

「人間があんなに苦しがってる姿は」と大造は続けて云った、「おら生れてこのかた初めて見ただよ、ほんとに気の毒だなあ、って思ったもんだ、あの人は自分で自分を痛めつけてるだ、あの病気は治らねえだと思うだよ」

主水正はするどく眉をしかめた。

平野屋にて

「おれは金は持っていないぞ」谷宗岳は盃の酒を啜りながら云った、「おれはこのうちの福の神だ、長いこと福の神で、この平野屋が繁昌したのは、おれがひいきにし始めてからだ、おやじを呼んで来い」

そこには水木満寿次と、若い女中のお松、お仙の三人がいた。お松は小づくりのまるまるとした軀つきで、顔もまるく、眼尻がさがっていて、頬が赤く、いつも「世の中が面白くってしようがない」と云いたげな表情をしていた。お松にはお開帳という仇名がある、少し酔うか、気むずかしい客の席に出ると、女芸者たちに構わず立ちあがって、「さあお開帳ですよ、みなさん御神妙に」などと云って前を捲り、しゃがんだり立ったりして、膏で張りきった白い太腿や、むっくりふくれて緑色の柔毛に蔽われたそこを、ひらいたり閉じたり、あからさまに見せるのであった。自分から進んで見せるだけあって、その下腹部や太腿は極めて美しく、若さと力に満ちていて、猥褻な感じは少しもなく、いかにも健康であり、生命の充実感が溢れていた。酒癖の悪い客も、とげとげしくなった座敷も、お松が「お開帳」を披露すると、殆んどの場合なごやかにおさまるのが常であった。

「谷先生のおきまりが始まった」とお松が云った、「そんなことはここの旦那もおかみさんもとっくに御承知だっつうことは御存じでしょうが」

「立つな」と宗岳が片手をあげた、「お開帳はたくさんだ、坐っていろ」

「いやだこと」とお松が云った、「先生はそんなこといつ聞いたんですか」

「聞いただけじゃない、二度も見せられたぞ」

「嘘う、——嘘ばっかり」とお松が袂で打つまねをした、「あたしこれでも覚えがいいんですからね、谷先生のお座敷へ出たのはこれで二度めなんですから」

「わかった、そこで頼みがある」宗岳はお松とお仙を交互に見、声をひそめた、「——おれはな、じつを云うと今日、この満寿次をくどきに来たんだ、すまないが二人だけにして、誰もはいって来ないようにしてくれ」

「ああきな臭え、いやな先生だこと」お松は大げさな声をあげ、宗岳の肩を打った、「そんな骸骨みてえななりをして、温和しい姐さんをいじめると承知しねえだぞ」

お仙が慌ててたしなめ、満寿次も、ここは大丈夫だから、と云いなだめた。お松はぺろっと、厚くておどろくほど長い舌を出し、酒の有無をたしかめてから、お仙といっしょに、座敷を出ていった。

「一つ飲まないか」宗岳は満寿次に云った、「たしか少しはいけた筈だったな」

「はい」満寿次は辞儀をした、「よろしければいただきます」

そんなに固苦しくするな、今日は膝を崩せと云い、宗岳は満寿次に酌をしてやった。満寿次は少し肉づき、胸も腰も厚く、重たげにみえる。それは坐っているときで、立って踊りになると、肥えているようなところはどこにも感じられず、ほっそりとしなやかに、年増らしい渋いいろけが溢れるようにみえた。

「いや、その盃はおまえにやる」宗岳は片手を振って、自分の盃を取り、満寿次に三つ酌をしてやってから、ゆっくり手酌で飲んだ、「――ずいぶん久しぶりだな、花木町このかた初めてではないか」

「はい」満寿次は盃を持った手を膝におろして答えた、「こんな恥ずかしい姿をお眼にかけて、――さぞお怒りでございましょう」

「どんなふうに生きようと、生涯(しょうがい)はその人間のもので、誰のものでもない」と宗岳が云った、「仮にも恥ずかしいなどと思うことはないぞ、しかし、どうして主水(もんど)と別れたか、ということは聞きたいな、ななえさん」

　この席だけはななえと呼ぶぞと云い、宗岳はまた満寿次に酌をしてやった。満寿次は辞儀をしてそれを飲み、これからは自分で酌をするから、心配しないでもらいたいと云った。よし、おれも手酌でやるから気を使うな、と宗岳が云った。

「わたくし子供のころからあの方が好きでした」満寿次のななえは羞(はにか)み笑いをした、「武高(たけだか)の家は貧乏で、わたくし十二のとしに鳥越町の踊りの師匠の養女になりました、どれだけのお金が武高へ渡されたか存じません、わたくしそんなお金のことより、もうこれであの方とは一生お眼にかかれない、という思いで、生きている張合いもなくなりました」

「けれども花木町の家ができた」

「はい、桑島さまはじめ、五人衆のみなさまのおかげでございました」

「それから新畠へ移ったこと、長いことと主水が留守にしたことも知っている」宗岳は赤く濁った眼をぎらっと光らせた、「――だが、それからおまえたちは別れた、どうしてだ」

ななえは答えなかった。まだ日が昏れるのにはまがあるのに、幾組かの客があるらしく、鳴り物や唄や、笑い囃す声が聞えてきた。

「おれは主水をみそくなった」宗岳が手酌で飲みながら云った、「おれは彼を少年じぶんから見てきて、百年に一人という人物だと思った、頭もよくきれるし知恵のまわりも早いし、武芸にもぬきんでた才があった、学者になっても第一級、武芸者になっても第一級、決して二流にはさがらない人物だと信じた、いまだからうちあけるが、五人衆とのあいだをとりもったのはこのおれだ、かれらを避けるよりも、内懐ろにはいれ、汚れた物を摑むのに、きれいなままの手ではいられないぞ、ってな」宗岳は悲しげに微笑し、肩をすくめた、「——おれは主水を信じていたし、わが子のようにさえ思っていた、これはなんの隠しも誇張もない正直なはなしだ」

そしてこんどの、御新政という大きな転機が来た。運上、年貢その他の税法は苛斂誅求そのものである。中にも寺領から年貢を取り立てるということは、幕府が朱印で保証した「除地」の法則をやぶることで、寺町の僧侶たちは江戸へ訴訟しようとさえしているようだ。家中の侍たちも御借上げの名目で、家禄や扶持の何割かずつを削られているし、そのほかにも政治の悪い歪みが山ほどある、と宗岳は少しもつれる舌で云った。

「御新政というこの暴政が始まったとき、おれは主水が必ず立ちあがると思った」と宗岳は続けて云った、「このときのために彼は多くの修業を積んできたのだし、飛驒(ひだ)の守(かみ)さまの大きな信頼もあった、彼はどんなことでもできる立場にいたのだ、にもかかわらず、主水はなにもしなかった」

そうではない、あの方はご自分にできる限りのことをなすったのです、とななえは云いたかった。上方(かみがた)へいったと噂(うわさ)されたとき、あの方は江戸にいて、なにか大切なことをなすっていたんです。わたくしなどにはわからない、なにか大切なことを。ななえはそう云いたかったが、口に出しては云わなかった。

「なにもしないばかりではない」と宗岳は酒を大きく呷(あお)って云った、「なにもしないならまだいい、少年時代の天才も成年に達すると凡人になるというのが、通例だからだ、うん、いっそなにもしてくれなければいいのに、主水は御新政の中で中老の席に坐り、一味に協力をし始めた」

谷宗岳は怒りの衝動を抑えるように、右手を拳(こぶし)にして、自分の膝を二度、三度と力をこめて打った。満寿次のななえは宗岳に酌をし、自分も手酌で二つ飲んだ。

「あいつはみそくなった、主水だけは信じていい男だと思ったが、彼もやっぱり凡人だった」と云って、宗岳はななえをするどく睨(にら)んだ、「そこで、本当のことを聞こう、おまえはどうして主水と別れたのだ、どうしてだ」

ななえは盃の酒を呷って、そっと笑った。

「なにを笑うんだ」

「との方のことはわたくしにはわかりません、女はばかなものですから、との方のなさることを見ていると、子供の喧嘩のようにしか思えないんです、わたくしがあの方と別れたのは、別れるときだと思ったからです」

「それはどっちにとってだ」

「わたくしにも、そしてあの方にとってもです」と云ってななえは宗岳に酌をした、「咲いた花は散りますし、木の葉も秋になれば」

「人をばかにするな」と宗岳が遮った、「でろれん左衛門のようなことを云う、そんなことでごまかされはしないぞ、別れた本当の理由はなんだ、主水を見限ったからか」

「いいえ」とななえははっきりかぶりを振った、「わたくし女としてあの方のお役に立てなくなったからです」

「どういうことだ」

「初めの赤さんを流産し、次の男のお子を死なしてしまいました」ななえは自分の傷を針でさぐるような口ぶりで云った、「それからあと、わたくし子供をつくることがこわくなって、あの方とひとつ寝をすることが、恐ろしくて、恐ろしくて」

そこまで云いかけて、ななえは突然、袂で顔を掩って泣きだした。宗岳は吃驚し、しょぼしょぼした眼をみひらいて、暫くななえの泣くさまを見まもっていた。ななえは膝の上へ顔を押しつけるようにし、身をよじって泣き続けた。それは単に泣くというより、殆んど号泣といってもいいほどの泣きかたであった。

「泣くな、ななえ、いや満寿次」宗岳はそう云いながら手を叩き、両眼から涙をこぼした、彼は自分が涙をこぼしていることにまったく気づかぬようで、だらしなく涙のながれるに任せながら、どなった、「あいつは悪いやつだ、誰か来い、主水はくわせ者だ、誰かいないのか、ななえ、いや満寿次だな、安心しろ、おれは主水の性根を叩き直してやる、きっと叩き直してやるからな、もう泣くな」

いいえ違います、とななえは云いたかった。あたしはあの方を恨んでなどはいません、あの方に申訳ないと思っているんです。あの方はくわせ者などではありません、あなたは思い違いをしていらっしゃるんです、――しかし満寿次のななえは、それを口に出しては云えなかった。

廊下の向うで返辞をする声が聞え、すぐに若い二人の女中がはいって来た。

なく、乾いた口ぶりで云った、「平凡な生活にも表裏があり、清潔な面があると同時に、汚れたいやらしい面がある、いま眼に見るもの、いま聞くことだけで、人間を判断しては、――いや、ばかな、こんなことを云うもおろかだ」

主水正は唾でも吐きたそうな、苦々しい顔をした。彼は卍屋から贈られた包みを取って、立ちあがった。二人のあいだにはもう、共通の話題はないし、酒の飲めない主水正にはまがもたなくなったのだ。もうかれらの密談を知らせてもらう必要はなくなった、満寿弥にそう伝えてくれと云って、主水正はその座敷を出た。

ななえはなにも云わなかったけれども、曲町でのつるとの生活を知りたがっていることは、主水正に痛いほど感じられた。花木町から石原村、そして新畠へと、ななえの生活はめまぐるしく変ったし、たのしい月日はごく短く、絶えず怯えながら、貧しさに追われ、子供には死なれるという、不幸な日のほうが多かった。新畠から逃げだした理由の一つは、もう子供を産むのが恐ろしいから、ということであった。

「そうかもしれない」帰る途中で主水正は呟いた、「――しかしななえが身をひいたことで、おれは中老という席を得、またつるとも、夫婦らしい夫婦になることができた」

もちろんななえが犠牲になったわけではない。ななえは外部からと内部からと、両面の悪条件に耐えられなくなったのだ。御新政の始まったとき、曲町の屋敷へも人が乱入しようとした。するとつるは長巻の鞘を払って玄関に立ち、かれらを一歩も中へは入れず、追い返したという。ななえにはそういうところはない、それはつるが重臣の家に生れ、ななえが平侍の娘だからというのではなくて、二人の生れついた性分というべきであろう。

「いずれにもせよ、ななえが身をひいたとき、おれの道は大きく転換した」と主水正は呟いた、「身のまわりでなにか起こるたびに、道が新らしく開け、大きく転換する、これがおれに与えられた運なのだろうか」

いや、と彼は強く頭を左右に振った。おれは運などは信じない、そして運などに頼りはしない。おれは自分の力で道をひらき、道を転換させるだろう。——町の家並みにはもう灯がともり、道には夕靄がおりて、往来する人の影もおぼろにかすんでいた。曲町のほうへゆく曲り角で、向うから人が来るなと感じたが、狭い道ではなし、べつに用心はしていなかった。そのため相手がぶっつかって来たときには、不意をつかれてよろめき、抱えていた包みをとり落した。

「無礼者」と相手は叫んだ、「きさまなに者だ」

主水正は反射的に身構えながら、相手の顔をすばやく見た。相手は痩せがたで背丈が高く、夕靄の中でよくはわからないが、全身に敵意のこもっているのが感じられた。

「私は三浦主水正」と彼は云った、「中老の三浦主水正だが、そこもとは誰だ」

「まいない酒をくらい酔った帰りだな」

「そこもとの名を聞こう、誰だ」

「江木丈太郎」と相手が答えて云った、「丈之助の弟だ、もっと聞きたいか」

二十六の二

主水正は落ちた包みを拾いながら、そこもとの云(い)うことはわからない、と云った。包みを拾う態度にも、その言葉つきにも、まったく隙(すき)というものが感じられなかった。

「私の兄はあなたに殺された」

「それは間違いだ」主水正はゆっくりした口ぶりで云った、「――私はふりかかる火の粉を払っただけで、私を暗殺しようとした者が誰と誰であるか、まったく知ってはいない」

「そんなことを人が信じると思うか」

「私は事実を云ったまでだ、信じるか信じないかはそっちの自由だ」

「その口で波岡一味や御用商人どもにとりいったんだな」と江木丈太郎が云い返した、

「しかしおれは騙されんぞ」

主水正はひと呼吸してから云った、「——そのもとはいったいなにが欲しいのだ」

「三浦主水正の首さ」

「よかろう、取ってみろ」と主水正は静かに云った、「しかし用心しろ、兄の轍を踏まないように気をつけるんだな」

丈太郎が颯と一歩うしろへさがったとき、背後へ近よってきた男に、双手で脇のほうへ突き放され、あぶなく転倒しそうになった。

「まぬけめ」と男が喚いた、「この往来でどうしようというんだ、田植踊りでも踊ろうというのか」

大五だな、と主水正は思った。津田大五は例の恰好であり、明らかに江木丈太郎の反撃を予期しているらしい身構えで、から脛の両足を踏みひらき、両の手をやわらかに脇へひきつけていた。見ていたんだな、いまの問答も聞いていたにちがいない、と主水正はまた思った、丈太郎は刀の柄に手をかけ、大きく喘ぎながら大五を見、主水正を見た。

「消えてうせろ」と大五が威嚇するように云った、「さもねえと手か足をぶち折って、片輪者にしてくれるぞ」

「三浦主水正」丈太郎はうしろへさがりながら叫んだ、「また会おうぞ」

主水正は待てと呼びかけたが、江木丈太郎はそのまま逃げ去った。

「構いなさんな」と大五が云った、「あのひょろひょろ腰でなにができますか」

「いつか石原村で、闇討ちをしかけられたことがある」

「五六年まえのあれですか」

「刺客五人の中に江木丈之助というのがいた、いまのはその弟で、丈太郎だと名のっていた」

「あるいて下さい」と云って大五はくすっと笑った、「あのときは面白かったな、伊平の荷車を借りて、五人の死躰を城下町へ運び、白壁町の木戸の外へ放りだして、いや、ただ放りだしたんじゃない、五人が斬りあって、合討ちになったように、かれらの刀をよごしたり、相互の位置を按配したりしましてね」

「それはもう聞いたよ」

「すっかり用意のととのったところで」と大五は構わずに続けた、「私は声かぎり、侍の斬りあいだ、人殺しだ、外へ出るとあぶないぞって、どなりどなり、町並みの家の雨戸を叩いてまわりました」

五人のうち四人は江戸屋敷の者で、岸本勘助という男だけは知っていた。吟味の結果は予想どおり、私闘の罪で五人とも家禄召上げ、家名断絶ときまった筈である、と大五は云った。

「少なくとも江戸屋敷では、四人とも追放になりました」と大五は云った、「こっちではそんなことはなかったんですか」

「知らないな」と云って主水正は大五に振り向いた、「どこへゆくんだ、曲町なら道が違うぞ」

「白鳥神社です、こっちへ曲るんでしょう」

主水正は立停った、「どういうことだ」

「江戸から使者が来たんです、それから佐佐さんとね、岩上六郎兵衛、河内千之助もいっしょです」

「無謀なことをする」と主水正が云った、「いまがもっとも大事なときだというのに」

「まあ一人でそう気をもみなさんな、じつは時期が繰りあがったんです、とにかくあるいて下さい」

「杉半兵衛と申します」二十五六歳とみえる江戸から来た使者は、歯切れよく挨拶をし、頭を垂れて上眼づかいに主水正を見た、「失礼はお許し下さい、あなたが三浦さんだという証拠を見せていただけますか」

主水正はなごやかな口ぶりで反問した、「そこもとはどうだ、そこもとは江戸から来られた、途中ですり替ったということも考えられる、そこもとが正しく杉半兵衛だという証拠がありますか」

「そこまででいいでしょう」と佐佐義兵衛が云った、「杉家は江戸屋敷の老臣格で、こんどの改廃にも重要な席に坐る筈になっているのです」

「要件にはいろう」と主水正が云った。

白鳥神社のその床下は、六年まえと同じように作られていた。四方を莚で囲い、下には藁を厚く敷き、竹で三叉に組んだ燈台に、油皿の灯がゆらめいていた。――侍姿の者は、岩上、河内、主水正の三人で、大五はいつもの恰好だし、佐佐と杉とは旅商人のように俏していた。

「いま詳しいことは省いて」と主水正が云った、「なぜ時期を早めるかという、まずその理由を聞きましょう」

「殿の御意志です」

「ただそれだけですか」

「それだけでは不足ですか」杉半兵衛は挑みかかるように云った、「われわれは殿の手足となって働き、一日も早く改廃を実現したい、そのためにはどんな困難をも辞さない、という一心で」

主水正はゆっくり頭を振り、「それは思いすごしだ」と云った、「――御新政改廃は一藩の運命を決する大きな問題で、殿お一人の御意志によって左右されるものではない」

「僭上なことを云われますね」

「事実だからだ」と云いかけて、主水正はするどい眼で杉半兵衛を見、声をひそめた、「――そこもとは私になにか意趣でもあるのか」

「それが重要なことですか」

「私が代りに云いましょう」と大五はあぐらの片膝を暢気そうにゆすった、「杉半兵衛はね、つまりあなたが嫌いなんですよ、あなたが平侍から成りあがった、ということが気にいらないんです、それだけのことです」

ばかなことをと喚いて、杉半兵衛は片膝立ちになった。

「怒るな半兵衛、怒ってもだめだ」と大五が云った、「おまえさんは知らないだろうが、おれは江戸にいるじぶんおまえさんをよく知っていた、杉家が名門であることを、こんな小さなころから鼻の先にぶらさげて、よく平侍の子供たちをいじめていたじゃないか、さっきから三浦さんに突っかかっているようすは、あのころと少しも変ってはいないぞ」

「それでいいでしょう大五さん」佐佐義兵衛が静かに云った、「杉さんも初めての大役で気が立っているんです、——三浦さん、殿が改廃の時期を早めたのは理由のあることです、これは殿のお口からうかがったことではなく、私の推測ですが、おそらく間違いはないと思います」

「聞きましょう」と主水正が頷いた。

「この四月に白河侯（しらかわこう）松平定信が老中を辞任されました」と佐佐が云った、「幕府閣僚の交代には複雑な事情があるのでしょう、白河侯は倹約令で一般の非難が多く、失脚の噂（うわさ）が幾たびも弘（ひろ）まりました、辞任のことがはっきりしたのも五月になってからです、そうして若年寄の水野出羽守（でわのかみ）（忠成）侯が退陣され、青山大膳亮（だいぜんのすけ）（幸完）の勢力が強くなりました」

「青山侯」と主水正が屹（きっ）となった。

佐佐はゆっくり頷いた、「——殿は御存じだったようです」

二十六の三

「おいおい、いや失礼」と大五が頭をちょっとさげ、頰髭を掻いて云った、「そんな謎のようなことを云わずに、ひとつはっきりわかるように話してくれませんか、――それとも、知らないのは私だけですかね」

「私は推測だと云った筈だ」と佐佐が穏やかに答えた、「――改廃の時期を早めるという殿の御意志の、真実の理由がなんであるかはわからないが、白河侯の退陣と」

「そのくらいでいいだろう」と主水正が遮って、杉半兵衛のほうへゆっくりと振り返った、「ひとこと云わせてもらうが、こんどの改廃に当って、どんな危険に当面することも辞さない、と云われましたね、その点でみんなが結びついているとも、――それは考え違いです、こんどの改廃は破壊や闘争ではなく、古い殻をやぶって新らしく出発することです、これはみんなにも聞いてもらいたい、こんどは危険の予測など固く禁じよう、一滴の血も流さない、ということを約束してもらいたい」

「特に大五は、ですか」と津田大五が云った、「そいつはむずかしいですな」

主水正が屹と大五を見た。

「や、どうも」大五は音をたてて頰髭を掻いた、「いまのは失言でした、取り消します」

「杉さん」主水正はやさしく呼びかけた、「あなたは使者の役が済んだら江戸へ帰ら

か」

他の四人が笑い、主水正もさそわれて、ちょっと白い歯を見せた。

「一つだけ云っておこう」主水正は五人の顔を順に見た、「――青山侯は、江戸に在す殿が初めて将軍家におめみえをするとき、披露の役を勤められた方だ、では明後日」

その夜、主水正は佐渡屋儀助に使いをやり、翌日、縄屋半六へいった。そこには佐渡屋のほか桑島三益、越後屋加平、太田忠吉らが集まってい、およそ午前十時から午後六時ころまで、繰返し計画の実行について検討した。桑島は経済的運営については親の三右衛門より、はるかに高く明敏な才能をもってい、主水正の立てた計画の修正にも、三益の案がおどろくほど的確であった。

入念な打合せが済んで、茶を啜っているとき、桑島の若い手代がはいって来て、外に怪しい者がいると告げた。向うの家の蔭にいるし、黄昏でよくわからないが、三十がらみの浪人ふうの男で、伴れはないらしいという。

――江木丈太郎だな。

主水正はすぐにそう思った。するとどういう連想作用か、昨日から気になっていたあの、赤い布切のことがはっきり思いだされた。

「そうだ」と彼は声に出して呟いた、「あの簗堰のところで見たんだ」

「どうなさいました」と桑島がきいた、「その男に覚えでもあるのですか」

「だいたい思い当るが、その男のことは心配無用だ、それより」と主水正が三益を見た、「改廃が無事にいったら、すぐ堰堤工事にかかる筈だが、そのとき男三人について女の人夫一人を加えたいのだ、それでいまのうちに、女人夫を集めるよう手配をしてくれ」

「騒ぎが起こりはしませんか」と太田忠吉がちょっと考えてから云った、「気の荒い人足どもの中で、三人に一人の女というのでは、たとえ騒ぎにならないとしても、仕事がはかどらないようなことになるのではないかと思いますが」

「私は三浦さまのお考えを妙案だと思います」と桑島が云った、「どんな仕事にも陰と陽がある、いや、この世のあらゆるものごとが、陰と陽とで成り立っている、なるほど人足どもは気が荒い、男三人に女一人では、奪いあいの騒ぎの起こる心配もないではない、しかしその反面、工事場ぜんたいにうるおいが加わり、男のみえで自分の働きぶりをみせようとする者も出るだろう、——人間には、力ずくで女を奪い取ろうとする者もいるが、それよりも自分の働きぶりで女に好かれたり、たのもしがられようとする者のほうが多いものだ、私は三浦さまの御思案に両手をあげます」

太田忠吉も頷き、他の二人も妙案だと思うと頷いた。

「それにしてもまた」佐渡屋が問いかけた、「三浦さまはどうして、そんなことを思いつかれたのですか」

主水正はちょっと口ごもってから答えた、「べつに仔細はない、そのほうが自然だと思ったからです」

築堰の下の、笹原に落ちていた一枚の赤い布切。あの鮮やかにはなやいだ色が、彼の記憶の中に根をおろし、なにかを彼に語りかけていたのだ。斑雪の残った笹原、茶色になった笹の葉の上で、それは嬌かしいほど明るく、彼の印象にくいいってきた。それがいまふいに、女人夫を入れる、ということにむすびついたのである。男ばかりの殺風景な工事場へ女人夫を入れる、失敗するかもしれないが、工事場に活気の出ることだけは慥かだろう。桑島三益は陰陽の例をひいたが、主水正はもっと直接に、人間の一日ということを考えたのであった。男で陰性な者もいれば、女で陽性な者もいる。陰陽ではなく、男も女も、身近に異性がいるということで、一日いちにちの労働にはげみがつくだろう。仮に多少の騒ぎが起こるにしても、それで仕事のはかどるほうが大きな利分になる、と彼は思った。

二十六の四

主水正はいちばんあとから縄屋を出た。桑島が誰か人を付けようと云ったが断わり、縄屋で用意した提灯も断わった。もしも待ち伏せているのが江木丈太郎なら、こんどこそ一対一で決着をつけようと思った。大五の云うとおり、江木の腕は恐れるにたりない、どう決着をつけるかはその場になってみないとわからないが、独りの人間にとって、敵にまわる人間ほど強い味方はない筈だ。江木丈太郎にそれだけの才腕があるかどうかも、ためしてみよう、と思ったのであった。

江木丈太郎であるかどうか判然とはしないが、主水正のあとを跟けて来る者のあることは慥かであった。大川の橋を渡り、領内へはいるまで、およそ三十尺くらいの間隔で、その男は跟けて来た。どうした、早くやらないか、そう思いながら松並木のある畷道をゆき、大木戸を通った。そこから暫くすると町外れの景色になり、朽ちかかったように古く、大きく傾いたり倒れかかっている家などのあいだに、酒を飲ませる屋台店が、とびとびに掛け行燈や、赤い提灯などに灯をいれていた。

「いつこんなものが出来たんだろう」主水正は眉をひそめた、「まえには見たこともないし、御定法で禁じられている筈だ」

彼がそう呟いているとき、その屋台店の一軒から女が出て来、主水正に呼びかけたが、彼の姿を見るなり、とびあがるようにして店の中へ逃げ込んだ。女は顔をまっ白に塗り、けばけばしい派手な着物に、赤い柄の帯をしめていた。

「白壁町の女と同じようだな」主水正は口の中で呟いた、「不景気のため、白壁町へゆく銭もない客たちが来るんだろう」

御定法では縛れない。法でここを閉め出しても、必ず同じようなものがどこかにできるだろう。貧困は悲しいが、悲しいだけではない、底の知れない逞しさがある。そんなことを思いながらあるきだした彼は、うしろから跟けて来るけはいの感じられないのに気づいた。主水正は立停って振り向いたが、それらしい男の姿はどこにも見あたらなかった。

「江木丈太郎だと思うが」と主水正はそっと呟いた、「――それともべつの人間だったのだろうか」

燭台が三つ、三浦家の客間を明るく照らし、集まった人たちの影が、壁や襖に大きくゆらめいていた。主水正のほか、佐佐、岩上、杉、大五、河内、そして江戸から着いたばかりの小林美樹太がいた。偽の幕府国目付をまとめた男だという。飲み友達の小普請組の者を三人、飛驒守昌治の手許金で雇ったわけである。幕府旗本に属する者は、原則として江戸から外へ出ることは許されない。しかしそれは飽くまで原則であり、次三男となるとその拘束もはるかにゆるやかであった。

「いや本当のところ、はじめはずいぶん迷いました」小林は頭を掻きながら、てれたように云った、「もしもばれたら大変なことになりますからね」

「しかし」と杉半兵衛が云った、「殿にその案を出したのはおまえだそうじゃないか」

「つまり、それで困ったのさ」小林は顔を赤くし、首をすくめた、「殿のお話をうかがっているうちに、つい飲み友達のことを思いだして、こういう方法もありますが、と申上げたんです、もちろん話だけのつもりだったんですが、殿のほうが急に乗り気になられて、そこでつまり」

飲み友達の、その小普請組の一人は、父か祖父かが国目付を勤めたことがあり、国目付達書の書式からその文言や、到達してからの役目の次第書が残っていたそうで、そいつは面白い、ひとつ茶番を打ってやろう、ということになったのです。

小林美樹太はまるい顔を赤らめ、眼口をくしゃくしゃに歪めて羞んだ。もう三十歳を越しているだろうのに、すぐ頭を掻いたり、顔を赤めたりするところは、もちろん生来の癖だろうが、まるで少年のように純真で清潔にみえた。――茶番を打つ、などという不謹慎な考えは、この場合断じて許せない、と主水正は思った。御新政改廃は一藩の安危にかかわることで、事が落着するまでは、どんなに些細なことでも軽率な考えや行動は慎まなければならない。――そう思って警告しようとしたが、いや、それでは息が詰まる、それでは息苦しい、ことに三人の偽国目付は藩士ではないし、もし真相があらわれれば自分たちが罰せられるだろう。そのくらいのゆとりのあるほうが、事をおこなうために却って自然であるかもしれない。そう思い返して、主水正はなにも云わずに、膝の前にあるたとうを開き、中から「上意」と書いた奉書包みを取り出した。

「これは」と主水正はそれを手に取りながら、杉半兵衛に振り向いた、「――これは慥かに殿の御直筆でしょうね」

「御手跡に見覚えはありませんか」

「ずっと若いころ、二三度拝見した覚えはあるが、このように達筆ではなかったと思う」

「二年ばかりまえから」と杉半兵衛が云った、「顔真卿の書をならっておられます、それで御手跡も変ったのでしょうが、それは御直筆に相違ありません」

主水正は上意書の文言を読み、飛驒守の華押と璽印をあらためてから、元のたとうへ戻してたたんだ。

「杉さんは明日、江戸へ帰られるのですね」と主水正が云った、「期日は八月五日、多少のゆきちがいがあっても、その日に決行すると、殿に申上げて下さい」

杉半兵衛は両手を膝に置き、神妙に低頭して、「承知いたしました」と云った、「間違いなくそのように申上げます」

「当日、城下の警護はどうします」と岩上六郎兵衛が云った、「必要なところへ人数を配っておくほうがいいのではありませんか」

河内千之助も津田大五も、そして小林美樹太も、それはぜひ人数を配るべきだ、と主張した。しかし主水正は、ゆっくりと頭を左右に振った。

「それは市民をむだに騒がせるだけだ」と主水正は云った、「御新政には城下の市民はじめ、領民ぜんたいが苦しんでいる、家中の侍の大半も改廃を待ち望んでいるだろう、一味の者を押えることに失敗さえしなければ、反抗や妨害はないと思っていい、その案はないことにしよう」

「私にもなにか役割があるんですか」と大五が云った、「なければ新畠へ帰ります、なにしろかみさんが淋しがりやなもんでしてね」

緊張していた空気が、大五の言葉で緊張の紐を解かれたように、高い声ではないが、ほっとしたような笑いが客間の中にひろがった。

「大五さんにはやってもらいたいことがある」と主水正が云った、「今夜は新畠へ帰って、明日また来てもらいます、そしてその姿では困るから、支度を直すとしましょう、あとで妻に着丈を計らせておいて下さい」

「侍姿になるんですか」

「なに、ほんの数日のことです」と云って主水正は他の者たちを見まわした、「——それではこれで終ります、諄いようですが、もういちどそれぞれの役割を云ってみて下さい」

「私は正使として」と小林美樹太が答えた、「三浦さんといっしょに登城します」

「私は大目付の村井唯右衛門」と佐佐義兵衛が答えた。

「私は郡奉行の又野東兵衛」と岩上六郎兵衛が云った、「そして町奉行の吉川三太夫」

「卍屋と福屋は私です」と河内千之助が云った。

「それには桑島から番頭と手代を付けます」と主水正が頷いて云った、「ではこれで」

二十六の五

「くたびれた」と主水正が云った、「芯からくたびれたよ、つる」

「わかります、わたくしにはよくわかりますわ」とつるが云った、「いつでもそう仰しゃればいいのよ、あなたはどんなときにも自分ひとりの胸にしまっていらっしゃったわ、普通の人間でも、生きていれば苦しいことや辛いことがたくさんあるでしょう、ましてあなたの場合は特別なんですもの、――わたくし初めは、そういうあなたを憎いと思い、困らせるだけ困らせてあげよう、などと考えていました、そう思いながら、本当はあなたの苦しさや辛さがよくわかっていたんです」

「平侍からの成上りだということは聞いたよ」

「堪忍して下さい」

「そんなことは問題ではない、私はそんなことはなんとも思ってはいない、話をむし返すようだが、初めてつるに会ったとき、鞭を拾えと云われた、いや」と彼はつるがなにか云おうとするのを遮って続けた、「――私はおまえを責めているのではない、あのとき鞭を拾うだけの心のゆとりがあったら、いまの私はもっと成長していただろうと思う」

自分では気づかなかったが、私は今日まで背伸びをし続けてきたようだ。それには理由もあるが、尚功館に入学したこと、第一級の教師や師範に恵まれ、少年のころから殿の恩寵を受けたこと、これらは有難いと同時に、私には非常な重荷だった、ということが、いまの私にはわかるんだ。背伸びをして生きる人間は、いつか腰がくだける。

「私は背伸びをして、ながい坂を登ってきた」と主水正は云った、「いま改廃という大事を前にして、私はくたびれはて、本当に腰がくだけそうなんだ」

つるは黙って自分の夜具をぬけだし、主水正の脇へすべりこんで、彼の背を抱き、やわらかにその背を撫でた。それから寝衣の衿をくつろげ、のしあがって右の乳房を彼の口のところへ持っていった。

「これを吸って下さいな」とつるはあまやかに囁いた、「少しは気が楽になると思いますわ」

主水正はその乳首を口に含んだ。寝化粧の嬌かしい香や、風呂の温かみの残っている、しっとりとした潤いゆたかな肌の匂いが、彼の尖った感情や苛立ちをなだめ、肉躰的な緊張をまでゆるめてくれるようであった。

——母のふところに抱かれているようだな。

彼は口を放し、ふっくらと柔らかに張り切った乳房へ頰をすり寄せながら、深いやすらぎの溜息をついた。彼は生みの母の胸を知らない、彼に限らず、人間の殆んどが生みの母の胸を覚えてはいないだろう。愛する者といっしょになり、共寝をするときに、男は初めてそこに母のふところを感じ、いのちのふるさとにめぐりあったように、身も心もやわらげられ、解きほぐされるのではないだろうか。主水正はいま母に抱かれ、あやされているような安息を全身で感じた。

「少しおちついたでしょ」つるは主水正の背へ手をかけて、そっと引寄せた、「今夜はこのままやすみましょ、わたくしがみていてあげますからね」

　暫くして主水正は躯(からだ)をはなし、ありがとうと云って起きあがり、枕許(まくらもと)にある紙を取って、額から両頬をぬぐった。

「ひとつだけ聞きたいことがある」と主水正は云った、「こんどの改廃が失敗した場合、私はおそらく無事ではいないだろう、そのときつるはどうするか」

　つるは微笑した。昏(くら)くした行燈のほの明りで、つるがほわっと微笑し、片手を差伸ばすのが見えた。

「わたくし山根の娘で、三浦主水正の妻です」とつるは云った、「鷲(わし)っ子がみれんなまねをするとお思いになりまして」

「わかった、それでいい」と主水正は頷いた、「このまえ御新政の始まったとき、この家を守ってくれたことは聞いた、いまの質問はおろかだった、忘れておくれ」

「いいえ、うれしゅうございます」つるはまだ手を差伸ばしたままで云った、「つるのことを本当に心配して下さっているからですもの、でもわたくし大丈夫ですわ、さあ、——ここへいらしって」

主水正はすなおに夜具の中へはいった。つるは扱帯を解き、主水正の細帯も解いてやり、双方の寝衣の前をひろげて、肌と肌を合わせながら、主水正をやさしく抱き寄せた。

「わたくしなにも致しませんから、このままゆっくりおやすみあそばせ」

「ああ」と主水正は長い息をし、つるの胸に顔をすり寄せた、「骨の髄まであたためられるようだ」

「おかあさまに抱かれているようでしょ」

「私は母に抱かれた覚えがない、さっき乳を吸わせてもらったとき、母の胸に抱かれているように思った、人間はみんなそうではないだろうか」

「女だけは損ね」とつるは主水正の頭を自分の乳房のほうへ引寄せた、「だって男の方には女の乳房があるでしょ、男の方には乳房がないから、女は母親の胸に抱かれるような気持にはなれないんですもの、損だわ」

「鶩っ子でも母親の胸が恋しいか」

「本当はそうでもないの」つるは猾そうにくすっと笑った、「こうしてあなたを抱いてあげていると、自分が母の胸に抱かれているより、もっとあたたかい、——なんと云ったらいいかしら、——そうね、軀の芯の芯からの深いよろこびを感じるのよ、それはね、本当におかあさまに抱かれるのとは、まるで違うよろこびなの、でもこんな気持は男の方にはわからないわね」

「わかるようにも思うが、それが本当かどうかはわからない、男にわからないところが女にあり、女にはわからないところが男にはある、それが男と女を互いにひきつけるんじゃないかな」

つるは主水正を胸に抱き緊めながら、深い溜息をついた、「あなたはお変りになったわ」

「つるもね」と主水正が云った。

「初めてごいっしょに寝たとき」つるは主水正に頬ずりをしながら、恥ずかしそうに囁いた、「あたくしたちがこうなるためには、これだけの年月が必要だったのだ、って仰しゃったでしょ」

主水正は頷いた。

「あのときはわかったようなふりをしましたけれど、本当にわかったのはこのごろになってからなんです」とつるは囁いた、「あなたのことを困らせたり、わざと意地わるなことをしたりしながら、花木町に女の人がいると聞いたときは、軀をずたずたに裂かれるような、苦しいおもいをしました」

主水正は謝罪するように、つるを抱く手に力をこめ、寝衣の下から手を入れて、なめらかな背中を撫でてやった。――しかるべき人が側女(そばめ)を置くことにふしぎはない、ごくありふれたことだとは知っていたが、いざ自分がその身になってみると、その苦しみや悲しみは表現しようのないものだ、ということを知った。

「でもこれは、あなたを責めているんじゃありませんのよ」つるは続けて囁いた、「あのときの苦しさや辛い気持が、わたくしを女にしてくれたんだと思いますの、――初めてのとき、急に抱いていただきに来たでしょ、お居間で、あなたはしらべ物をなすっていらしった、もとのつるなら、あんなことはとてもできなかったでしょ、それがすなおにできたのも、それからあなたの夜具の中へむりやりはいっていけたのも、必要な年月と、その年月のあいだに幾らか女として育ったためだ、ということがわかってきたんだと思うんです」

「人間は死ぬまで成長するものさ、男も、女もね」

「どうぞ、このくらしがいつまでも続きますように」つるはなにかに祈るように云ったかと思うと、ついで小さな欠伸(あくび)をし、自分でも驚いたように「ごめんなさい」と云った。

「おやすみ」と主水正が云った。

昌治出馬

日比谷御門をはいって、内濠沿いに馬場先門のほうへゆくと、右に青山大膳亮の上屋敷がある。

飛驒守昌治は常着に袴、扇子で陽をよけながら、青山邸の門をはいり、番士に名を通じてから玄関に立った。供は庄田信吾ひとり、暦では秋だが、よく晴れた八月五日の陽ざしは強く、信吾は軀じゅう汗まみれで、着物の背中も半分は濡れていた。彼は昌治が少しも汗をかかず、暑そうなようすもみせないのに、――いつものことながら、おどろきと少しばかり反感のこみあげるのを感じた。克己心だけで寒暑を制御できるわけはない、やっぱり生れつきなんだろうが、見せつけられるこっちは、自分がなさけなくなるばかりだ、と信吾は思った。

番士が知らせたのであろう、玄関には家老の小出内蔵助と二人の若侍が待っていた。

「その手数も省けたようですな」大膳亮は明るく笑った、「いかがです、向うに支度をさせていますが、御本復を祝って一盞まいりましょうかな」

「それよりもお願いがございます」

大膳亮は、なにごとです、と云うように昌治を見た。

「今日は足固めのため、供一人を伴れただけで、屋敷をぬけ出してまいりました」と昌治は云った、「このまま帰邸しては老職どもが、やかましいことを申すと思いますから、御当家から供立を付けていただきたいのです」

大膳亮の顔がひき緊り、その眼に驚きと不審そうな色があらわれた。昌治は眉も動かさずに見返してい、両者の視線が噛み合って、烈しく火花を発するような一瞬が感じられた。

「綱渡りのようだが」とやがて、大膳亮はきびしい表情をゆるめて云った、「うまくゆくと思いますかな」

「なんのことでございましょうか」

「騒ぎが起こって、当家の者に累が及んでは困るからだ」

「さような懸念が些かでもあれば、このようなお願いは致しません」

「内蔵助」と大膳亮は小出をかえり見た、「供の用意をして差上げろ、数は十人、供頭は朝比奈十兵衛がよかろう」

朝比奈十兵衛は家老の一人である。それには及ばない、と云おうと思ったが、昌治はすぐに思い返して、なにも云わなかった。

昌治には駕籠が出された。青山家の九曜星の定紋が、金で打出してあり、窓の御簾は朱房で飾ってあった。若侍の供が十人、そのうち二人が先供に立ち、駕籠脇には朝比奈十兵衛と庄田信吾が付いた。青山邸から芝田村町にある昌治の本邸まで、さして遠い道のりではない。――庄田信吾は控えの間にいて、昌治と大膳亮の問答を聞いていないから、十人も青山家から供の付いたわけがわからなかった。信吾は二十余日にわたって、青山侯の在邸する日をしらべ、今日は在邸と確実につきとめてから、昌治は彼だけを供に、下屋敷をぬけだしたのであった。したがって、青山邸へゆくという見当はついていたけれども、そのほかのことはまったく理解できなかったのである。

上屋敷に着くと、先供の一人が門の番士に、青山大膳亮よりまいった、とだけ告げた。番士は定紋つきの駕籠と、供の人数を見て仰天したらしい。一人が玄関へとんでゆき、他の番士たちは、小屋から走り出て来て、左右につくばった。駕籠は必要以上にゆっくりと、門を通りぬけ、馬廻しから玄関へ向かった。――朝比奈十兵衛がおよそのまを計ったのであろう、駕籠がおろされるまえに、玄関へ五六人の重職が走り出て来、そこへ平伏するのが、駕籠の窓から昌治によく見えた。

「私は青山大膳亮の家老、朝比奈十兵衛という者です、当家の御家老はどなたですか」

平伏した重職たちの中から、一人が膝を進めて、「六条図書、私でございます」と答えた。

「こんにち飛驒守さまが、鍛治橋内の屋敷へおみえになり、主人大膳亮と久びさに御対面、積もる話に興じられた」と朝比奈は云った、「御病気も本復され、足固めのため供一人をつれてお忍びで出られたという、御帰館に供一人では不用心と、主人大膳亮の申付けにより、私がお供をしてまいったしだいです」

そこまで聞いて昌治は駕籠から出た。

「図書なにをうろうろしている」と昌治はするどい調子で云った、「残暑の中をわざわざ送ってもらったのだ、朝比奈どのは私と客間へとおる、すぐに接待の支度をしろ、お供たちにももてなしを忘れるな」

他の重職は会釈をして走り去ったが、六条図書は蒼白になった顔を俯向け、両手を突いたまま、身動きもできないというように、ただ灰色に乾いた唇をふるわせていた。

「どうぞ、遠慮なく」昌治は微笑しながら朝比奈に向かって片手を振った、「私が御案内をします、こちらへ」

やったな、と庄田信吾は玄関の外で思い、右手を拳にして左の手の平を打った。わる賢いお人だ、こんなに悪知恵のある人は見たこともない。そしてさも嬉しそうに、にこにこと顔を崩した。

二十七の一

八月五日、江戸で昌治が青山邸をたずねていた同じとき、国許では、――三浦主水正の采配で計画どおりの事がおこなわれていた。五の日は主水正の定日登城に当るが、その日の登城には杉本大作と共に、小林美樹太を同伴し、自分の「坊」へはいった。そして表書院に近い庭の植込の中には、立原次郎兵衛が十人ほど腕のたつ若侍たちと、必要なときすぐとび出せるように、伏せていた。

小林美樹太は「坊」の中で熨斗目麻裃に着替え、上意書を衿に挟んでみたり、膝の上に置いたりしていた。

「おちつけよ」主水正も杉本の手を借りて麻裃をつけながら云った、「家老の登城まではまだ半刻ぐらいかかる筈だ」

「おちついていますよ」と云って小林はもじもじした、「なにしろ生れて初めての大役ですからね、けれども役目だけはきっとやってみせます、そのことだけは私を信用して下さい」

そのとき岩上六郎兵衛は、尚功館で教えている門弟の中から、選び出した七人を伴れて、郡奉行の役所に向かっていた。

同じとき佐佐義兵衛は津田大五と共に、徒士組の者十五人を伴れて、大目付の役所へはいっていた。佐佐も大五も麻裃で、昂奮しているようすは少しもないが、大五は、侍姿の自分がなんともいやらしいようで、心理的には髭だらけ、ぼろ布子、から脛に草鞋ばきであるように、自分を納得させようとしているようであった。

そのとき河内千之助は桑島三益の番頭と手代三人を供に、卍屋の店へはいっていった。若い彼は少なからず気負ってい、卍屋の店へはいるなり、みなそのままと叫んだ。「みなそのまま、動くな」と叫んだ、「店の者ぜんぶ、いま坐っているところに坐っていろ、動くなよ」それからはっと気がついたように、「上意であるぞ」と叫んだ。

同じとき城中では、家老と重職の登城を知らせる太鼓が鳴り、時を計ってから、主水正は小林美樹太、それに杉本大作を伴れて、表書院へはいり、使い番の坊主(ぼうず)に命じて、家老の波岡五郎太夫、年寄役肝煎(きもいり)の安西左京、中老の沢松隼人(はやと)、同じく今野宇兵衛、渡辺六郎左衛門の五人を呼び出すように云った。使い番の坊主は口をあいて、主水正が気でもちがったのではないかというふうに見あげていたが、小林美樹太が衿に挟んだ上意書を見せると、吃驚(びっくり)したように平伏し、慌(あわ)てて長廊下へ出ていった。

岩上六郎兵衛はそのとき、郡奉行役所で必要な処置を終り、町奉行役所へ向かっていた。

大目付役所はそうたやすくはいかなかった。佐佐義兵衛に津田大五を付けたのは、主水正の推測であった。大目付の村井唯右衛門は、赴任するときに江戸から、十数人の徒士を伴れて来た。佐佐が村井に、城中へ拘禁すると申渡したとたんに、その十数人が村井を護ろうとしてとびだして来た。佐佐たちの伴れて来た徒士組の者は外にいて、その場のまにはあわない。津田大五は両手を大きくひらいて、「うろたえるな」と絶叫した。例のとおりよく響きわたる声で、十数人の付人(つけびと)たちはちょっと、でばなを挫かれたようであった。

「これは江戸からの御上意だ」と大五はさらに叫んだ、「へたに騒ぐと重科に仰せつけられるぞ、下にいろ」

「みな静まれ」と村井も制止した、「なにごとが起こったかは知らないが、裁きになれば善悪は判明するだろう、おれに罪があろうとは思われない、静かに役所を守っていてくれ」

「そのもとは罪人ではない」と佐佐が静かに云った、「御新政について上の御不審がかかり、その吟味のため城中へ召し出されるだけだ、神妙にするがよい」

河内千之助はすばやく働いた。目的は卍屋と福屋であったが、桑島三益の番頭や手代が、必要な書類や帳簿を押収し、卍屋仁左衛門と番頭たち、福屋金右衛門と番頭たちを、書類と共に城中へ移した。千之助の行動が適切だったので、卍屋でも福屋でも反抗したり邪魔をしたりする隙がなく、ただ手を束ねているばかり、というようであった。

そのころ曲町の三浦邸では、つるが白の衣装に着替え、髪を束ね、襷を掛け、長巻を膝の脇に置いて坐り、家扶の和島学に命じて、屋敷の要所に消火用の水桶を積ませ、小者たちには襲撃に対する応戦の準備をさせていた。もちろん波岡一派の不意討ちに備えたのであるが、和島学だけにしかその理由を知らせなかったので、ほかの者はわけがわからず、そのために却って、ただ事ではないぞ、という不安と緊張感が邸内にみなぎっていた。

城中の表書院では、家老の波岡五郎太夫、中老の沢松隼人、同じく今野宇兵衛、渡辺六郎左衛門、年寄役肝煎の安西左京ら五人が席についていた。小林美樹太が上段のすぐ下、その左右に三浦主水正と杉本大作が坐った。上段には飛驒守昌治の席が設けられ、香炉からゆるやかに香の煙がのぼっていた。

「私は飛驒守さまからの仰せで、上使を仰せつけられて来た正使の小林美樹太です」と小林は云った、「副使は三浦主水正、いずれも下におりましょう」

小林美樹太は上意書を出し、その表書きを示した。波岡はじめ五人の者はその文字を見てから、うしろへさがり平伏した。しかしすぐに波岡五郎太夫が上半身を起こし、尖った声で問い返した。

「まず、そのもとが上使であるという証拠を見せてもらおう」と波岡が云った、「私は家老職を仰せつけられた者だ、御上意があるとすれば、家老である私にお達しのない筈はないと思う、これは筋違いと思うがどうか」

「では聞くが」と小林が云った、「そのもとを国家老に任命したのは誰だ、――断わっておくが私は江戸屋敷の者だぞ」

「私はそのもとを知っている」と波岡は皮肉な口ぶりで云った、「わが藩の名門に生れながら、放蕩無頼で」

「お黙りなさい、いまは私事をあげつらう場合ではない」と小林が遮った、「そのもとを国家老に任じたのは誰かときいているのだ」

主水正は思わず微笑した。小林美樹太が痛いところを突かれたため、狼狽して逆に高圧的に出た調子が、いかにも可笑しかったからである。

波岡はすぐには答えられなかった。

「そのもとはいま、私がまことの上使であるかどうかを疑われた」と小林が云った、「だから私のほうからもききたい、そのもとを国家老に任命したのは誰だ」

「それは云うまでもなく」と波岡は吃った、「江戸に在す殿に仰せつけられて」

「殿とは飛驒守さまか、六条図書か」と小林はするどく問い詰めた、「江戸では麻布の下屋敷に在した飛驒守さまが、上屋敷へ戻られ、松二郎さまは下屋敷へ、また六条図書はじめ御新政と称して、わがままに御家風を乱した一味は、殿の御意によってすべて押籠（おしこめ）となり、吟味されることになったのだ、不審ならば急使でも出して慥（たし）かめてみるか」

波岡五郎太夫は黙り、小林美樹太の二度めの「上意」という言葉に平伏した。

こうして、八月五日の改廃にはなんの抵抗もなく、騒ぎも起こらずに済み、日の昏（く）れるまえに、主水正は曲町の屋敷へ帰った。しかし着替えを済ませたとき、彼は自分が芯（しん）から疲れ、軀じゅうの気力を消耗しつくしているのを感じた。

「いまはなにもいらない」と主水正はつるに云った、「私を独りにしてくれ」

二十七の二

主水正はまた例の、理由のわからない苦悶（くもん）におそわれることを感じ、独りになると庭へ出ていった。御新政改廃は、巨大な壁を突きやぶり、周到に固められた地盤を、転覆させることであった。それには非常な危険と困難がともなう筈であった。主水正としては一滴の血も流してはならないということを、念入りにみんなに伝えた。決して騒ぎを起こすなとも。——けれども、計画がこのように事なく終ってみると、ほっとするよりもむしろ、張り詰めた気力の喪失と、避けようのない肉躰的な虚脱感にまでとらわれたのである。——昏くなってゆく庭を、いつものようにくぬぎ林までいった主水正は、腰掛へ腰をおろすなり、両手で頭を抱え、暫くのあいだ身動きもしなかった。

「改廃、転覆」と彼は呟いた、「こんなことでなにかが解決するだろうか、御新政は慥かに悪政であった、しかし六条一味には六条一味の考えがあり、主張があったにちがいない、人間のすることに正邪はあるが、人間そのものにそなわった正邪に変りはない、われわれのしたことが本当に善であり、かれらの立場が悪であるということができるだろうか」

そのとき予感したとおり、苦悶の発作が始まった。これは精神的なものか、それとも肉躰的なものか、こんどはつきとめてやるぞと、けんめいに注意力を集中してみたが、いまにも胸の潰れそうな、その烈しい発作には勝つことができず、彼は両手で胸を摑み、膏汗をながして大きく喘ぎながら、叫び声を出すまいとするだけで精いっぱいだった。

「さあ、いくらでも苦しめろ」と主水正はふるえ声で呟いた、「この発作がなんであるかは知らないが、改廃のおさまりを見るまで、おれは死ぬことはできない、どんなに苦しくともおれは死にはしないぞ」

苦悶の発作はこのまえよりひどかった。胸の圧迫はたとえようもなく強烈で、呼吸も満足にはできず、吐く息、吸う息のために、全身の力をこめなければならなかった。彼は腰掛から立ち、くぬぎ林の中へはいって、その一本にしがみついた。そのため梢から、枯葉がはらはらと散り落ち、そのうち二枚の黄色くちぢれた葉が、主水正の髪の毛に止まったが、彼はそんなことにはまったく気がつかなかった。

——十年も経てば、という声が聞えた。お望みどおりのくぬぎ林になります。

主水正はその声のぬしが、死んだ下男の弥助であることを思いだした。あのころすでに五十歳を越していたであろう、躯も非力のようだし、あまり口もきかなかった。けれども主水正のために、躯も心も休むことがなかったようだ。庭にくぬぎ林が欲しいといえば、自分ででかけていって、三十数本のくぬぎを移し、芒野をつくり、また鶏を飼って主水正に、卵や肉の滋養を絶やすまいとした。

「どんな一生だったのだろう」主水正はくぬぎの木の幹に頰をすりつけながら呟いた、「いつも人のために勤めて、自分のことにはなにもしなかったのではないだろうか、そして酬われたものはなんだろう、なにか酬われたことがあっただろうか」

弥助には田舎で農業をしている実家があった。よくは覚えていないが、弟か自分の

病弱となって動きがとれない、無謀な政策のおこなわれるのを聞くたびに、この藩の命数も長くはないなと思い、――としがいもないことだが、生きているのがいやになった」

医者がもっと滋養分をとるように、と云ったときのことだな、主殿は老松に根肥を入れるという例をとって、枯れかかっている木には、滋養分は不要だと云っていたが、じつは生きていたくないという気持だったのだな、と主水正は思った。

「私はいま、おまえを信じなかったことのおろかさより、また、おまえのみごとな成長ぶりより、三浦主水正を人物とみぬいた殿の、鑑識力に誤りのなかったことがなによりうれしい、これで改廃が首尾よく済めば御家は安泰だ、おまえにも礼を云うぞ」

主殿は枕の上で頷いた。するとまた眼尻から涙がこぼれ落ち、主水正がそっと拭きとってやった。あれだけ傲岸で気丈で、人に弱いところなど決して見せたことのない人が、と思うと、主水正は危うく自分も涙をこぼしそうになった。

「さて、詳しいことはいずれ聞くとして」やがて主殿が調子の変った声できいた、「――卍屋、福屋らにはやはり非常法をとるつもりか」

「それはまだはっきりお答えはできません」と主水正は答えた、「けれどもずっと以前から、桑島、佐渡屋、越後屋、太田など、さきの御用商人らが御新政の内容をしらべ、報告書を差出しておりましたし、卍屋、福屋をはじめ諸役所の帳簿と現銀を残らず押収いたしましたから、おそらく非常法をもちいる必要はないかと思います」

「私が云うまでもあるまいが、こういう事は仕上げが大切だ、仕上げに針の穴ほどの手ぬかりがあっても、すべてが瓦解するか、あとに禍根を残すことになる、亥の年の騒動、巳の年の騒動がそのいい例だ、わかるな」

主水正はちょっとして云った、「私が江戸へまいっておめどおりをしたとき、殿もそのように仰せられましたし、私どももみなその覚悟でございます」

「御苦労だが頼む」主殿は眼を閉じた、「——私の一生で、今日ほど心のやすらいだ日はない、しかし少し疲れた、また会おう、岡野を呼んでくれ」

主水正は兵部友矩のことを話したかった。けれども主殿はひと言も兵部の名を口にしないし、こちらから話しだす隙もなかった。彼は挨拶を述べて病間から出、家扶の岡野吾兵衛に主殿の呼んでいることを告げた。岡野はまえの家扶の子で、としは三十七か八であろう。主水正は念のため、兵部を屋敷へ呼び戻すことはできないだろうか、ときいたが、岡野は黙って頭を左右に振っただけであった。

「森番小屋で、兵部はなにを苦しんだのだろう」滝沢邸を出てあるきだしながら、主水正はそっと呟いた、「——親子でも夫婦でも、人間と人間との関係はむずかしい、現にこのおれも、自分の両親を本当に自分の両親とは思えなかった、谷先生や仁山村の青淵老、藤明塾の小出先生などのほうに、両親よりもっと近しいものが感じられた、滝沢家の親子関係もそれに似ているのだろうか」

こういうことは気質の違いからくるものか、それとももっと深い、或る人間と人間とのあいだの、避けがたいめぐり合せなのだろうか。主水正がそんなことを考えながら、冠町から大手筋へ出ようとしたとき、突然うしろから呼び止められた。よごれた手拭で頰冠りをし、垢じみた半纏に股引、素足に草鞋ばきという恰好の男で、とっさに主水正は大五かと思った。

「小四郎です、お忘れですか」と男は云い、片手を差出した、「またしくじりをやりましてね、新畠にもいられなくなりました、金を貸してくれませんか」

「金など持ってはいない」

「肌付きの一両はある筈です、あなたはそういう点で、決してぬかりのない人だと思うんですがね」頰冠りの下で小四郎はにっと笑った、「――それとも私の思い違いですか」

「人の眼につく、こちらへ来い」

主水正はちょっと戻り、八重田家の塀に沿った、狭い横丁へはいり、ふところから金を取り出すと、懐紙に包んで小四郎に渡した。

「ひとこと云っておく」と主水正が云った、「こんどまた領内へはいったら、どういうことになるかわかっているだろうな」

「これっぽっちのはした金で、厄介払い（やっかい）ができるなんて思ったら間違いですぜ」小四郎はうしろさがりに遠のきながら、せせら笑った、「近いうちにまたお邪魔しますからね」

「ああそうそう」小四郎はまた云った、「おふくろは死にましたよ、あなたにはよけいなことかもしれないが、墓は大五さんのお世話で、寺町の泰安寺にあります、じゃあいずれまた」

二十七の四

数日のち大五が新畠へいって来て、小四郎が白壁町で酔って暴れ、一人の娼婦（しょうふ）を刺して逃げた、という事情を語った。傷は深かったが命はとりとめるそうで、小四郎の名はわからなかったけれども、新畠の者だということをその娼婦が知っていたようで、町方（まちかた）の者が新畠へしらべに来た。そのときは小四郎の妻子たちも出奔したあとであり、いつどこへ逃げたのか誰（だれ）も知らなかった。

「わかった、よく知らせてくれた」と主水正は云った、「しかし彼と私とのあいだにはもうなんのかかわりもない、この話はよしにしよう」

大五の顔が赤くなり、大きな双眼に怒りの色があらわれた。

「私はまえから三浦さんに云いたいことがあった」と大五は云った、「あなたは慥かに、阿部を出て三浦家を継がれた、形式の上では絶縁したことに間違いはないでしょう、しかし生みの母親が重病で倒れていると聞いたら、一度ぐらい病床をみまうのが人間の道じゃあないでしょうか」

「いくらでも責めてくれ、私は人のおもわくを憚って、心にもないことをしたいとは思わないし、これまでそんな暇やゆとりもなかった」と主水正は云った、「大五さんには信じられないかもしれないが、私はおよそ八歳のころから、阿部の父母を実の父母とは思えなくなった、三浦家を継ぐ継がぬとはべつに、こういう親子もあるのだ、と思ってもらうよりしようがない」

どこかほかに、しんじつの父母がいるように思ったこと、また滝沢父子の関係も例にあげようとしたが、主水正はどちらも、口に出しては云わなかった。

「それがもしあなたの詭弁でなければ」と大五は肩をすくめた、「さようですか、と云うほかはないでしょう、私には納得できませんがね」

「世の中は広いし、人間もいちようではない、大五さんにはそんなことのないように祈るよ」

　大五は立ちあがり、口の中で「一つぶん殴ってやりたいな」と呟いた。聞かせるつもりではなく、胸へ突きあげてきたものが、自然と囁き声になったようである。しかし主水正はそれをはっきりと聞き取った。

「第一の飛礫だな」と主水正が呟いた。

「なんですって」と大五がきき返した。

「独り言だ、気にしないでくれ」

　大五は主水正の顔をじっと睨んでいてから、会釈をして云った、「約束ですから、私はこれで新畠へ帰ります」

　大五が去ると、つるが茶菓を片づけに来たが、良人の顔色を見て、そのままそっと出ていった。主水正は両手を膝に突いて身を支え、首の折れるほど頭を垂れた。

「人間はいつも、陽にあたためられている、ということはないんだな」と彼は呟いた、「――力を合わせて改廃に手をつけ、その仕上げにかかったとき、早くも非難の飛礫が投げつけられた、これは私的な問題だが、公的な問題ではもっときびしい非難が投げつけられるかもしれない、改廃の仕上げが無事に終ったら、おれは自分の席をさがるほかはないだろうな」

主水正は深い溜息(ためいき)をつき、ゆっくりと首を左右に振った。

改廃の処置は九月下旬までに終った。

三浦主水正らの計画の周密さと、容赦のない行動の敏速さと、もう一つ、これがもっとも幸運だったといえるだろうが、六条図書一味は、松二郎を立てた御新政を不動のものだと過信したのであろう、審問に掛けてみると隙だらけで、摘発に苦労するようなところは殆(ほと)んどなかった。——計画の重要な点は、通貨の安定と物価の抑制にあった。それには桑島が資産を投げ出して、銭札を額面どおり買い戻(もど)す一方、太田忠吉、佐渡屋儀助、越後屋加平らが、必要物資の導入を受持った。——一味の審問は各個に分けておこなわれた。波岡ら重職は城中の評定所で、卍屋と福屋、そしてその番頭手代たちは町奉行の吟味部屋、また郡(こおり)奉行ら三人の役人は大目付(おおめつけ)の役宅でというふうにやった。波岡たちの審問は、山根桂曹(けいそう)が主席でおこなわれたが、主水正がその役を頼みにいったとき、桂曹は手を振って拒んだ。

——こんどの事は殿をはじめ、そのもとたち若い者のお手柄(てがら)だ、蔵人(くらんど)が丈夫ならあれをお役に立てられるが、知っているとおりの病身でどうにもならない、とにかく、おれのような老いぼれを引出すのは間違いだ、それだけは断わる。

——では山内、柳田、八重田（やえた）の三家のうち、と主水正は反問した。どれか一家を指名して下さい、山内安房（あわ）ですか、柳田帯刀（たてわき）ですか。

——山内安房だって、あのみっともないよいよいをか、と云って桂曹は急に咳（せき）をし、眼を怒らせた。ふん、そういうつもりだったんだな。

——どういうつもりもありません、滝沢さまは御病床にあり、柳田、八重田、山内の三家に適当なお人がないとすれば、こなたさまのほかにお頼み申す方はございません。

——しかし、しかしまた、なぜこんな老いぼれが出なければならないのだ。

——波岡一味の審問と裁決は重要です、かれらに抗弁や反訴の隙を与えないためには、御重臣の臨席がぜひとも必要だからです。

桂曹はさもいまいましそうに、懐紙を出し、すさまじい咳をし、唾（つば）を吐いた。

だが桂曹が主席に坐ったことは成功であった。波岡や安西らと山根とは家格が違うし、生れながら身に付いた気品と、年齢によるみがきのかかった風格は、波岡らに一言の反論も許さなかった。審問は三回で終り、「江戸送り」という裁決になった。

——卍屋と福屋の吟味には主水正が主席、佐佐義兵衛を次席に、また桑島三益とその番頭二人を士分格にして、帳簿の点検から始め、些かの容赦もなく、一日一回の弁当以外は、湯茶も飲ませず休息もさせず、朝の八時から夜の八時まで、搾木に掛けるようなきびしさで責め続けた。——御用金の増し記帳、銭札の濫発、領内貯有すべき規定額を無視して、利益金を上方へ密送していたこと、そして入札制の名に隠れた商取引の独占など。その道の専門家である桑島らが、証拠の帳簿を綿密にしらべあげてあるため、かれらには弁明らしい弁明もできなかった。裁決は上方へ密送した金を取り戻すこと、それまで卍屋仁左衛門、福屋金右衛門の両名は入牢、両家の番頭手代は金の全額を取り戻すまで、戻って店に閉居すべし、と申渡した。そして郡奉行ら三人の奉行は、職権悪用の事実を証拠によって問い詰められ、否定することができず罪に服した。かれらに対する裁きは、扶持召上げ、家財没収、領外追放ということで、江戸送りときまった。

この期間ずっと、三日に一度ずつ江戸へ早の使者をとばし、江戸からも早で、三日め五日めくらいに、情況を知らせる使者が来た。

審問、吟味、裁決が一段落したのは九月二十七日で、主水正は神経がばらばらになるほどの疲労を感じ、みえも外聞もなく、そのままそこへ寝転びたい、ということしか考えられなかった。けれども曲町へ帰ると、いつにもなく着飾り、髪化粧をしたつるが待っていて、山根の父の来ていること、祝宴の支度のできていることを告げた。

「祝宴とはなんだ」主水正は急にぐったりし、感情だけが尖るのを覚えた、「なにか祝いごとでもあるのか」

「お願いです、あなた」とつるは囁くように云った、「自分の一生に一度のよろこびだと申していますし、わたくしもあんなに嬉しそうな父を見たのは初めてでございます、お疲れでしょうけれど、暫くつきあってやって下さいまし」

「客は誰と誰だ」

「佐佐さまはもういらしって、父の相手をしていて下さいます、あとは岩上さま、河内さま、小林さま、ほかにもうお一と方とうかがいました」

二十七の五

「お帰りか、さあここへ」山根桂曹は主水正の顔を見るなり、自分の右に設けられた席を叩いた、「挨拶などはあとのことだ、ここへ来て坐ってくれ」

桂曹の前で盃を交わしていた佐佐義兵衛が、会釈した。主水正は示された席に坐った。今夜は特別だと云って、桂曹が主水正に盃を持たせると、佐佐がすり寄って酌をした。主水正は会釈して受けたが、盃には口をつけるまねをしただけで、膳の上に置き、自分の膳にある盃を取って桂曹に返した。まもなく、つると芳野とが次々と客を案内して来た。岩上六郎兵衛、小林美樹太、河内千之助、そして見知らぬ三十がらみの侍、――そのたびに桂曹が席を指定したが、見知らぬ侍は自分の左へ坐らせ、柳田帯刀であると、みんなにひきあわせた。主水正は会釈をしながら相手をすばやく見た。背丈も高く、肩幅の広い、がっちりした軀つきだが、しもぶくれの顔だちに、眼や口許のおっとりした、少年のようなうぶな感じが、その逞しい躰軀と年齢に対して、不釣合な印象が強く残った。

「さて」みんなの席がきまると、山根桂曹は自分の席を立った、「今宵は私の設けた祝宴だ、いちごん挨拶をしなければなるまい、小林どの、席を替っていただこうか」

「私がですか」小林美樹太は眼をみはった。

「殿の御上使、上座に直るのは当然です」桂曹はせきたてながら機嫌よく微笑した、「じつはずいぶん久しく上座などへ坐ったことがないのでな、今夜は若いそこもとたちと、膝をまじえて祝いたいのだ、さあ替ろう」

小林美樹太は主水正の顔色を見てから立ちあがり、桂曹と席を替った。小林の席に移った山根桂曹は、膝に両手を置き、大きな咳をした。気合をかけるような咳で、一座は急にしんとなり、それを予期していたように、桂曹は上躰をまっすぐにした。

「まずお祝いを申上げる」桂曹は上座に向かって低頭し、左右にも低頭した、「飛騨(ひだ)守(かみ)の殿はじめ、そのもとたち若い者の手で、みごとに改廃を仕遂げられた、御新政などという暴政に負けたのは、われわれ老人どものゆだんであり、そのため藩の存亡にかかわるような事態にまで追い込まれた、それをそのもとたちは、殿を戴(いただ)いて巧みに策をめぐらし、慎重に事を計ったうえ、東西一挙に立ってかれらを打ち倒した、じつにみごとだった、じつにおみごと、一藩になり代って礼を申す」

山根桂曹は丁重に頭を垂れた。そして頭をあげると、左右の手をひろげて、さあ今宵は存分にくつろいで下さい、と云った。つると芳野が給仕に坐り、杉本大作ほか一人が、酒肴(しゅこう)をはこぶ役を受持った。料理人を雇ったのであろう、膳の上に並べられる物はすべて、材料も庖丁(ほうちょう)さばきも盛りつけも、加地町の平野屋を凌(しの)ぐかと思うほど贅沢(ぜいたく)であり、凝ったものであった。盃がまわり始めるとすぐに、柳田帯刀が主水正に話しかけてきた。

「このたびは御苦労でした、私などは」

「ああそれは、まだ仰(おっ)しゃらないで下さい」と主水正が静かに遮(さえぎ)った、「山根さんはああ云われましたが、一段落というところへこぎつけたまでで、纏(まと)めあげるのはこれからのことです」

二人のあいだにいて、ちょっと上半身を反らしていた小林美樹太が、三浦さんは慎重なんです、と柳田帯刀に云った。

「なにしろ波岡や安西らの審問で、かれらを問い詰めてゆく調子には、この私でさえ幾たびも息が止まりそうになりました」主水正が制止しようとするのを押し切って、小林は云った、「言葉つきは穏やかで、真綿でくるむようにやわらかなんです、それがひと区切りつくたびに、三人の書役が筆記した調書を読みあげると、やわらかいどころか、その辛辣さと隙のなさは無類なもので、要所、要所にきっちりと金輪を嚙ませた、という感じなんです、しかも次の審問にかかると、また穏やかな、やわらかい言葉つきで、まるで縁談でもしているんじゃないかと、疑いたくなるような」

「もうそのくらいでよかろう」と主水正が遮って、柳田に問いかけた、「私は祝言のとき、あなたの御両親のお世話になりましたが、あなたは御長男ですか、御二男ですか」

「私は二男です、兄は介太郎といいましたが、十八歳のとき死にまして」と柳田は暢びりと答えて、云った、「さもなければ養子にゆくか、一生部屋住みの日蔭者というところだったんです、あぶないところでした」

兄の死によって救われた、ということなのだが、その云いかたがいかにもすなおで、主水正は思わず頰笑んだ。

「あなたは私のことは御存じないでしょうが、私は少年じぶんからあなたのことをよく知っていました」と柳田帯刀は続けて云った、「あなたが道をあるいているだけで、われわれは息をひそめたものです、尚功館では初級の剣術を教えてもらったんですが、あなたの前へ出るとみんな冷汗をかきましたね」

「いまは私が冷汗をかく番らしいな」と云って主水正は会釈した、「――向うでなにか用があるようです、ちょっと失礼」

下座のほうで、杉本大作がしきりに、なにか合図をしていた。主水正が客たちのうしろをそっちへゆくと、杉本は廊下へさがってゆき、谷宗岳さんです、と囁いた。そう云われるまでもなく、玄関のほうで喚きたてる高ごえが聞え、主水正はそっちへいった。谷宗岳は玄関の式台へ坐り、酔っているのだろう、上半身をぐらぐらさせながら、しゃがれた声でどなっていた。

「無礼だぞ、主水を出せ」と谷宗岳は云っていた、「おれは彼が小三郎といった八歳のときから、手を取り足を取り育ててあげてやったんだ、こんにち主水が主水であるのは、おれの丹精があったればこそだ、もしおれがめをかけてやらなかったら、彼は平侍の徒士で一生を終らなければならなかったんだぞ」

谷宗岳はみじめに老い衰えていた。後頭部に灰色の髪が少しあるばかりで、頭はすっかり禿げているし、黒っぽく乾いてちぢかんだような手足も、顔も、ひと押しすれば折れるか、ばらばらに砕けてしまうようにみえた。

――これはもう谷先生ではない。

ここにいるのはおれとは無縁な人だ、と主水正は思った。滝沢主殿も老衰はしていたが、やはり滝沢主殿その人に変りはなかった、だがこの人は違う、この老人はかつて谷宗岳であったが、いまはおれの見も知らない人になってしまった。

「主水正です」と彼は宗岳の脇に跼んで云った、「御無沙汰を致しました、どうぞおあがり下さい」

「主水だと」宗岳は振り向き、濡れた口のまわりを手で拭きながら、式台へ片手を突いて、よろめく身を支えた、「なるほどきさまだ」と宗岳はよごれた歯を剝き出して云った、「いまは三浦主水正、もとは埃をかぶって人のあとに付く徒士組の阿部小三郎、たいそうな出世ぶりだな」

「ここは玄関先です、どうぞおあがり下さい」

「金を呉れ」宗岳は右手を出した、「おれのうちには明日の米を買う銭もない、おれが育ててやったきさまはみごとに出世をし、今宵は重臣を集めて酒宴をしているというのに、谷宗岳は米を買う銭にも困っているんだぞ」

「とにかくおあがり下さい」と主水正は辛抱づよく云った、「ここではお話もできませんから」

「きさまなどと話すことはない、金だ」と宗岳はまた右手を差出した、「金十枚、そのくらいの値打はあるだろう、十枚なければ五枚でもいい、但しそれ以上はまからないぞ」

承知しました、では暫くと云って、主水正は立ちあがり、こみあげてくる感傷的な気分をけんめいに抑制しながら、そこに待っていた杉本大作に向かって、つるを呼んでくるように命じ、壁を片手で押えながら、口の中で呟いた、「いや、そうではない、第二の飛礫がこんなものである筈はない、それは違う」そしてあるかなきかに頭を振った。

夜の静かな雨

着替えをしたつるが、そっと寝所へはいって来、自分の夜具の脇で髪を解いている

二十八の一

文化十四年三月中旬、飛驒守昌治が帰国し、三日にわたって祝儀の式が城中でおこなわれた。昌治は四十一歳、乗馬や武芸の稽古を欠かさなかったためだろう、肥えてはいるが筋肉質の躯にはたるみがなく、まるい頰もつやつやと脂ぎり、濃い眉の眼はいっそうするどくなったようであった。そして、これはあとでわかったことだが、謡曲をならったそうで、声も韻が深く、広間の隅ずみまでよくとおった。祝儀の第一日は重臣たち、次の日はめみえ以上、そして三日めは内庭へ平侍を入れて祝いを受け、昌治から労をねぎらう言葉があった。これは初めてのことで、平侍たちのあいだに、大きな反響をよび起こしたようであった。

それが済んだあとまる七日間、昌治は改廃の結果について詳しい検討をし、めこぼしのないことを慥かめた。主水正は自分の分担を終ると、過労を申立てて下城したが、他の者は城中にとめられ、ときには夜明しをしたこともあるという。昌治の徹底した調査ぶりと、疲れを知らない躰力には、みんなが舌を巻いたということであった。

「あれは精神力とか、鍛錬したとかいうことではありませんね」と佐佐義兵衛が云った、「間違いなく、生れつき備わったものです、私は殿より二歳下なのですが、躯じゆうのあぶらがぬけてしまったようで、終りごろには小さい文字などよく読めなくなったくらいです」

主水正は笑った。

「あなたは笑っているが」と自分も苦笑いをしながら佐佐は云った、「自分だけさっさと下城してしまって、あんまり狡猾だと、みんな不平だらだらでしたよ」

「だろうね、自分でもそう思うよ」

「私が今日うかがったのは、殿の仰せを伝えるためです、明日は登城せよ、とのお言葉でした、それをお忘れなく」

「私は過労のために寝ているんです」と主水正は答えた、「当分のあいだ伺候はできないと申上げて下さい」

「あなたがこんどのことで、身心をすりへらされたことは殿も御承知です、特に、卍屋はじめ御用商人どもが、不法に上方へ密送した資金の、殆んど全額を取り戻したことは、もっとも大きな手柄だったと仰しゃっていました」

「私のちからではない」と主水正は云った、「相手がよかったからだ、上訴すると威しはかけたが、さすがは天下の三井、出先の者を見殺しにはしなかった、三井に限らず、上方商人どもの算盤の慥かさと、ぬけめのなさには私もおどろいたくらいだ、あれほどとは思わなかったんでね」

「ぬけめがないとはどういうことです」

「かれらは百年先の算盤をはじいている、こんにちのために努力すると同時に、百年先のために必要なら、出したくない金も出すし、頭を叩(たた)かれると知れば、すぐに腰を踞(かが)め頭をさげてみせる、――舌を出しながらね」

「舌を出しながらですって」

主水正は微笑した、「それは言葉です、実際に舌を出す出さないではなく、心の中ではいつも舌を出しているということだ、武家経済が商人の資本力に支配されはじめてからずいぶん久しい、どこの藩でもそれに気づいているのだろうが、いざとなれば武家権力で抑えられる、ということに頼っている、その一例が天明五年、幕府から布(ふ)令(れ)だされた非常法だ、もちろん知っているだろうが、幕府旗本たちに対する札差(ふださし)の貸金を帳消しにするという法だ、生産のない消費だけの武家生活では、経済的にゆきづまるのは当然であるし、それは商人どもがもっともよく知っている、もちろん武家でもそれには気づいているが、御威光と権力が頼みになるあいだは、気がついていながら、気づくまいとして自分をごまかしているだけだ」

「はあ」と佐佐は頷いた、「なるほど、商人どもは舌を出すことでしょうな」

仕事はまだ終ってはいない、まだ苦しい仕事が残っているのだ。寛政七年の大火と、幕府の命令で上野東照宮の修築をしたとき、五人衆の手で「御恩借嘆願書」という名目の不正がおこなわれた。すなわち、上方商人から金を借入れるということで、昌治から書付を取りながら、実際には五人衆で資金を賄い、高額の利息を取っていたのだ。ほかにも重臣たちの眼を賄賂で昏まして、長い年月のあいだ不当な利得をしてきた。――改廃に当ってのかれらの功績は認めるとしても、将来のためこの二点だけは吟味にかけなければならない、そしてその役はおれ以外の者には勤まらないだろう。そう思って、主水正はつよく眉をしかめたが、口に出してはなにも云わなかった。

「ところで、殿にはなんとお答えをしよう」

「過労のため寝ていると申上げてくれ」

「御承知なさるかな」と佐佐は首をかしげた、「ことによると駕籠で迎えをよこされるかもしれませんよ」

主水正はそれには答えなかった。

彼は勘定監査役のときにも、そのあと三浦家を継いでからも、五人衆を吟味にかける資料は、九分どおり記録して持っていた。むずかしいのはその吟味の時期である、もしかれらが怒って、この領内を去るようなことになったら、藩政のたて直しはもっと困難になるだろう。よくよくその時期を選ばなくてはならない、と主水正は思った。

彼は大沼へ釣りにかよいだした。昔のように一文竿で、餌はめし粒、魚籠だけは安いのを新らしく買った。晩春のことで肥えた鮒や鮠が多く釣れた。ときには鰻などがかかり、これは釣糸にからみつくので、鉤からはずすことができず、糸を切って放すよりしようがなく、そんなときは若草の上に寝そべって、うとうとしたり、とりとめのないもの思いをたのしんだりした。幼ないころ父に伴れてこられたことや、武高伊之助を威したことなどは、殆んど思いださなかった。それらが頭にうかんでも、眼を空の雲にやったり、対岸の寺町の森にやったりして、その思い出をふり払った。ときにはつるが小女を供に、やつを持って来ることもあった。そんなときには小女を帰らせ、暗くなるまで、菓子や果物を喰べたり、つるが釣竿を持ったりして、二人だけですごすこともあった。一度つるが鯉を釣ったことがあった。一尺ばかりのかなり大きな鯉で、水から揚げるときに釣り落したが、つるは初めての釣りであり、魚の大きさと、釣り落したことなど、すべてが意想外だったのだろう、しばらくはふるえが止まらないようであった。

「あの魚、あたしのことを睨んだわよ」

「あれは鯉だったよ」

「大きかったわ」と云ってからつるは眼をみはった、「——鯉ですって」

主水正は頷いた。

「まあ惜しかったこと」とつるは云った、「あたしが、鯉を釣ったなんて、誰も信用しないでしょうね、でも、なぜあの鯉はつるのことを睨んだんでしょ」

主水正は笑った、「鯉の目は大きくてよく動くからね、そう見えただけだよ」

「わたくしこわい、今夜はきっと夢をみると思いますわ」

主水正はふと、この沼のぬしの伝説を話そうとしたが、思い止まった。

「うなされたら起こしてあげるよ」と彼は云った、「もう釣らないのか」

「ええ、もうたくさん、まだ胸がどきどきしていますわ」

また雨の降る一日、主水正は加地町の平野屋へ桑島三益を呼び、食事を共にしながら、五人衆を吟味にかける、ということを予告した。そのとき平野屋のはからいだろう、給仕のために水木満寿次と、ほかにおぺこという仇名のあるお松が付いた。

「もちろん重科にはしない」と主水正は桑島に云った、「改廃のときの功績も大きいから、本来なら咎めだてなどすべきではない、それはよく承知しているが、わが藩の将来のためには、形式だけでも吟味にかける必要があると思う、そうではないだろうか」

二十八の二

「仰しゃることはよくわかりました」と桑島が答えた、「私たちの親どもとは時代も違い、考えかたも違います、お咎めを受けることがあれば、温和しく仰せに従いますが、御用商人としては御重職がたとの定期的な話し合いがどうしても必要ですし、失礼ながらその席の費用を持つのも、御用商人の御奉公の一つだと思います、御恩借嘆願の件は親どものしたことですが、御新政のときに解消されました、しかしそれまで不当な利を得ていたのが事実なら、お咎めを受けるのは当然のことでございましょう、但し」と桑島は声をやわらげた、「――商人には商人の意地もございますし、そういうところは日ごろ肩腰をちぢめていても、心の中ではお武家さまに劣らぬ誇りがあるものです」

「それをわれわれが知らないと思うのではないだろうな」と主水正が穏やかに云った、「正直にいって武家経済は商人の商法によって大きな影響を受ける、そのかねあいはむずかしいし、だからこそ、けじめははっきりさせなければならないと思う」

「吟味はお受けをします」桑島は会釈した、「佐渡屋たちとも相談したいと思いますから、暫く御猶予をいただきとうございます」

「時期についても改めて相談しよう」と主水正が云った、「さて、酒にしようかな」

「せっかくですが私はこれで帰らせていただきます」と桑島は云った、「佐渡屋ら三人とすぐに相談をしたいと存じますから」

主水正は会釈した、「どうぞ、御足労をかけました」

桑島三益は低頭して立ちながら、おぺこに眼くばせをして、いっしょに出ていった。残ったのはななえの水木満寿次と主水正の、二人きりになった。ななえは少し肥えて、顎(あご)は二重(ふたえ)になり、肩も胸も肉づき、ぜんたいに重みがついたようにみえた。

「久しぶりだった」と主水正が云った、「仕合せにやっているんだろうな」

「はい」ななえは眩(まぶ)しそうに、ちょっと主水正を見たが、すぐにその眼を伏せた、「わたくしは満寿弥ねえさんや、朋輩衆(ほうばいしゅう)のおかげで、ごひいきのお客さまも多くなって、近いうちにねえさんの跡を継ぐことになっていますの」

「遠慮なくきくが」と主水正は口ごもりながら云った、「水木を継ぐとして、いい縁談はないのか」

「奥さまずいぶんおきれいになられましたのね」ななえは話をそらした、「むかし遠くから、幾たびかお姿を拝見したことがございましたけれど、このまえお見かけしたときは、まるでお人ちがいがしたように、すっきりと垢(あか)ぬけがして、わたくし思わず立停(たちどま)って見とれてしまいました」

主水正は伊平や又三郎のことをきこうとした。武高家を相続した又三郎や、石原村で百姓をしている伊平――最後に会ったときは軀(からだ)が弱って、喘息(ぜんそく)のような発作に悩んでいたようだが、その後どうしているか。又三郎はなかまを集めて、おれを叩き伏せようとしたことがあった。徒士組(かちぐみ)の当主になって、おそらく子供も幾人か生れているだろういま、どんなに人柄が変ったかも知りたかった。――しかしそう思ったのは一瞬のことで、それがどう変っていようと、自分とは関係のないことだと思い返し、口には出さなかった。

「あれもとしをとったからね」と彼は云った、「それに苦労も多いし、すんなりしたように見えたのは瘦(や)せたためだろう」

「いいえ、お美しくってお元気そうで、女でも惚(ほ)れぼれいたしますわ」と云ってななえは眼のふちを赤くした、「――あの、まだ赤さんはお生れになりませんの」

「できることなら産まないつもりだ、いや、死んだ小太郎のためなどではない、私の身の上は複雑だから、生れてくる子を仕合せに育てる自信がないのだ」

ななえの満寿次はちょっと黙っていてから、お茶を替えてまいりましょうと云い、主水正はもう帰るから勘定をしてもらってくれと云った。ななえは戻(もど)らず、主婦が挨(あい)

拶に来て、勘定は桑島さまから頂戴したと云い、手土産の折詰まで出した。まだようやく午後二時ころのことで、そんな物を持って町をあるくわけにはいかない、ここの誰かにやってくれと断わって、主水正は平野屋を出た。

雨があがると、次の日からまた、彼は大沼へ釣りにかよいだした。陽が強くなる季節なので、沼の周囲の草原はすっかり乾いて、若草や林の緑も眼に見えて色濃くなるようであった。

「そうだ、阿部の父だったな」と或る日、彼は釣糸を垂れたままで呟いた、「たしかおれが十九か二十歳、いや、つると祝言をしたあとだから、二十歳のときのことだ、下城の途中で母に会い、父のことを嘆かれた、父はまだ四十四五歳なのに、身も心も疲れはて、隠居をして釣りでもたのしみに余生を送りたい、と云いくらしていると」

釣りとなると毎日でも飽きないのに、勤めはなるべく避けようとした。男の四十四五といえば働きざかりなのに、疲れたからもう隠居をしたいという。それを聞いたとき主水正は、ただもうなさけない人だと思う以外に、考えようはなかったものだ。

「いまのおれは同じ轍を踏もうとしている」と彼はまた呟いた、「あれは父と同じ泣き言だった。軀も心もくたびれはてたから、改廃の事がきれいに済んだら身をひくと、つるに云ったのは泣き言にすぎない」

父は四十四か五、おれはまだ三十八じゃないか。殿をはじめみんなは、藩政たて直しのためけんめいに働いている。なにか楽なお役につきたい、などと云っているのはおれ独りだろう。いや待て、単にそれだけではない。おれは平侍から召し立てられ、名門である山根氏の娘を娶り、名門三浦氏を相続し、殿の寵遇を受けている。おれの立場はほかの者とは違うのだ、おれの背負っている荷はあまりに重い、この重荷は生涯おれに付き纏うだろう。それがおれを芯から疲らせるのだ。

「失礼ですが」と右側から呼びかける者がいた、「魚がくってるようですよ」

見ると浮子がついついと動いている、竿をあげると小さな鮒が釣れていた。主水正は鮒を魚籠に入れ、鉤に餌を付けて水へ投げてから、右側で釣っている人に礼を云った。その男は家中の者らしい、着ながしに脇差だけで、菅笠をかぶっていた。

「私はあなたを存じあげています」とその男は云った、「三浦さまでございましょう」

「いかにも三浦主水正です」

「私は安田幸兵衛という者で、あなたが阿部さんにいらっしゃるとき、父が組下で裏の長屋におりました」と男が云った、「亡くなった父は尺八に凝っていまして、暇さえあると吹くんですが、師匠には付かず我流ですから、よく相長屋の人に苦情を云われたものです」

「思いだしました」と主水正は頷いた、「おめにかかったことはないが、尺八の音はよく覚えています」

「父は八年まえに死にました」

「いまでも組長屋にお住いですか」

「私で三代、もう根が生えたようなものです」そう云う安田の口ぶりには、卑屈さも自嘲するような感じもなかった、「——しかしこんどの御改廃はみごとにまいりましたな、年貢や運上の軽減、それに家中ぜんたいの御借上げ停止で、領内ぜんたいがほっと息をついているようです、さぞ御苦心なすったことでしょう」

「徒士組でも、重職でも、御奉公に変りは少しもありません」と云って主水正は水面を指さした、「あなたの竿にも魚がかかっているようですよ」

安田幸兵衛はいそいで竿をあげた。

二十八の三

大沼で安田幸兵衛に会った翌日、釣りから帰ってみると、曲町の家に飛驒守昌治が来ていた。杉本大作が出迎え、いま奥さまがお相手をしていると告げたが、緊張のため顔が蒼ざめ硬ばっていた。きたな、と主水正は思った。

待をしています」

「お供は五人でしたが、残ったのは佐佐さまお一人で、いま控えの間で和島さんが接

「お供はどうした」

「着替えをしよう」と主水正は云った、「奥へはまだ知らせないでくれ」

居間へはいった彼は常着に替え、風呂舎へいって顔や手足を洗ってから、また居間に戻って坐った。杉本大作は継ぎ裃にするか、それとも麻裃になさるかときいたが、主水正が暫く独りにしてくれと云ったので、居間から出ていった。

「なにを突きつけられるか」と主水正は呟いた、「それが問題だ、およその見当さえつけば、肚をきめて出られるんだがな」

藩主のほうから乗込んで来たということで、自分の気持が少なからず動揺しているのを、主水正は認めた。まずこの気持をしずめることだ、こんな気持のままでいったら、ひとたまりもなく負けてしまうぞ、おちつけ、おちつけと彼は自分に云った。背をまっすぐにして坐り、膝に両手を置いて、ほぼ四半刻ちかくも経ったろうか、杉本大作が来て、殿が捜しにいけと云いだしたと伝えた。

「いま帰ったと申上げてくれ、支度を直してすぐに伺うとな」

杉本大作は去った。主水正はまあいを計って立ち、袴だけつけて客間へいった。昌

治はかなり酔っている筈(はず)なのに、顔色も変らず、あぐらをかいて坐った姿勢にも、重おもしく、微動もしない威厳が感じられた。

「挨拶はいらぬ、ここへ坐れ」主水正が平伏するのを見ると、昌治はよくとおる声で云い、自分の右側に設けてある席へ手を振った、「ここは主水があるじだ、遠慮するのはおかしいぞ」

そこには和島学(まなぶ)とつるがいたが、つるが立って来て、主水正の席を直した。主水正は敷物を脇へどけて、膳(ぜん)の前に坐った。

「前触れなしに押しかけたからやむを得ないが」と昌治は酒を啜(すす)ってから云った、「主水の女房(にょうぼう)は料理がへただな、――なんでもいい、おまえの手料理がたべたいと云ったら、みろ、鮒の焼きものに鮒の田楽(でんがく)、鮒と青菜の汁(しる)に、古漬(ふるづ)けの香のもの、香のもの以外はみんな鮒だらけだ」

つるは昌治の前に戻って酌(しゃく)をしながら、「わたくしは庖丁人(ほうちょうにん)ではございません」とわるびれもせずに云い返し、けれども頬(ほお)から耳まで赤くなった。

「おそれながら」と主水正は苦笑いをしながら云った、「私どもの家計では、これでも美味(びみ)贅沢(ぜいたく)の内でございます、殿は七万八千石の御領主、お口に合わぬのは当然だと存じますが」

「もう一つある、その小鉢の中のものを喰べてみろ」と昌治は笑いながら云った、「鮒のすり身を山薯と混ぜて団子にし、油で揚げたものだそうだ、手順だけ聞くといかにもうまそうだが、その味のすさまじいこと、まあとにかく喰べてみろ」

「御前ではいただきかねます」主水正は会釈をして云った、「ただいまはお叱りだけをうけたまわっておきましょう」

「では盃をつかわそう」と云って昌治は酒を飲み、その盃を差出した、「これだけは城中から持って来た、おれの愛用の盃だ」

「おそれながら」

「取れ」と昌治が云った、「主水がげこなことは知っている、だが今日だけは許さぬ、寄ってこの盃を取れ」

主水正はすり寄ってその盃を両手で受け、自分の席へ戻った。昌治がつるを見、つるは銚子を持って立ち、主水正に酌をした。ほんの僅かな量であり、主水正はそれを飲みほすとすぐ、ふところ紙を出して盃を包み、袂へ入れた。

「主水に話すことがある」と昌治が云った、「呼ぶまで二人だけにしてくれ」

つるは主水正を見た。主水正はそっと頷き、つると和島学は出ていった。

「主水」と昌治が呼びかけた、「いまおまえはおれの盃を受けたが、ただの盃ではないぞ」

主水正はなにも云わなかった。

「江戸屋敷の重職はみなきまった、首席家老は津田兵庫、先代の兵庫の長男で、主水の知っている大五の兄だ」と昌治は云い、主水正の反問を避けるように、銚子を取って振った、「酒を忘れた、もうないぞ」

主水正が声をかけると、すぐに銚子を持ってつるが来、あいた銚子と替えていった。昌治は膳の上から盃を取り、手酌で飲みながら、大きい眼で主水正をまっすぐに睨んだ。

「江戸のほうはきまった、国許（くにもと）の重職もおれの方寸（ほうすん）でほぼ人選ができている」と昌治は云った、「——主水には半月あまりの休みを与えたな、いや、事実はおまえが自分で休みを取り、おれがそれを認めたのだ、一度だけ佐佐を迎えによこしたが、疲労のため寝ているという返辞で、おれは気がついた、主水には主水で練りあげなければならないことがあるのだとな」

「お待ち下さい、私は」

「ここは城中ではない、今日のおれは主水の客だ、客にさからうという作法はない、おまえは聞き役だ、おちつけ」

主水正は微笑しながら会釈した。おちつけという言葉が可笑しかったからである。

「おれの人選は、主水の腹案とさして違いはないと思う」と昌治は続けた、「それはいずれ城中で検討することになろうが、まずここで云っておかなければならないのは、三浦主水正が城代家老にすわることだ」

主水正は口をあき、それから云った、「お言葉を返すようですが、それはおぼしめし違いでございます、はっきり申上げますが、私が平侍から召し上げられたということは、家中で知らぬ者はございません」

「云うだけ云ってみろ」

「城代家老という席は、才知があるというだけでは勤まりません、家柄、血統は云うまでもなく、無条件で人に信頼され、留守城では殿のお口まねをしても不自然でないだけの、人間の位が備わっていなければなりません」と主水正は云った、「――自分をもっともよく識るのは自分だと申すように、私にはさような資格はございません」

「それ以上は云うな」昌治は静かに遮って、酒を啜った、「滝沢が三代にわたって城代を勤めたのは、いま主水の申した条件が、三代の滝沢に備わっていたからだと思うか、また、おれが改廃を強行して藩主の座に戻ったのも、おれに七万八千石のあるじとなる条件が備わっているためだと思うか、もしもそうだとするなら、おれも滝沢も人間じゃあない、ばけものだ」

滝沢は城代として衆望を集め、その職をまっとうするために努力した。先代の滝沢など、七万八千石の家老には惜しい人物、という評さえあったそうだが、それは城代としての勤めに、あやまちのないよう努めたからだ。人間はどこまでも人間であり、弱さや欠点をもたない者はない、ただ自分に与えられた職に責任を感じ、その職能をはたすために努力するかしないか、というところに差ができてくるだけだ。

「おれは父上の御逝去によって、十五歳で家督を継ぎ任官した」と昌治はさらに続けた、「それと同時に国許の重臣どもや、尚功館の教官、師範らに命じて将来役に立つ者を選考させた、――これはまえにも話したから繰返す必要はないだろう、それから十八歳で初めて国入りをしたとき、まだ小三郎だったおまえを側小姓にあげ、忍びの供に伴れて領内を見廻った、主水はたしか十三か四だったろう」

二十八の四

「十五歳でございました」

「主水はおれをおそれもせず、自分を卑下もしなかった、そして昔、捨て野へ水を引く計画のあったことを語った」昌治は感慨にとらわれるというふうにではなく、極めて平静な口ぶりで続けた、「あのときおれの肚はきまったのだ、この領地は気候に恵まれ、物成りが豊かで、特に政治の配慮を必要とはしなかった、けれども時代が移るとともに、武家経済も大きく変ってきたし、わが藩の政治も例外ではなくなるとみなければならない、もう古い重職の時代ではない、時がきたら思いきって重職交代をやろう、そして城代は小三郎だとな」

そしてその後の進退も詳しくみてきた。元服のとき滝沢に剃刀親を命じたのも、山根の娘を娶らせたのも、郡奉行、町奉行、勘定方に任命したのも、また堰堤工事や領内測量の役に当てたのも、やがては城代家老にする、という目的があったからだし、おまえはいつもみごとにその手腕をみせてくれた。

「おれの考えは初入部のときからきまっていた、それから二十余年、長い月日だったがいまでも変ってはいない、辞退するなどとは云わさぬぞ」

主水正は頭を垂れた。昌治は自分で酒を注いで飲みながら、黙って頭を垂れている彼を、上からするどい眼で睨んでいた。

「仰せの御趣意はよくわかりました」やがて主水正は両手を畳へおろして云った、「よくわかりましたけれども、私には私の思案もございます、改めてのお願いですが、六七日のあいだ御猶予をいただけませんでしょうか」

「なんのためだ」

「いまは申上げかねます」

「六七日だな」

「およそのことで、一日二日は延びるかもしれぬ、とお含みおきを願います」

「よし、それでは十日としよう」と昌治は云った、「だがそれ以上はならぬぞ」

主水正は平伏した。

「おれからも云うことがある」昌治は酒を啜ってから云った、「昨日の夕刻、江戸屋敷から使者があって、かえでと申す側室が男の子を産んだそうだ」

「お世継ぎをですか」

「これまでは姫ばかり三人、いまおれがどんなにうれしいかわかるか」と云って昌治は盃を呷った、「これでむずかしい話はやめだ、自分は庖丁人ではないなどといばった、おまえの女房を呼べ、あれは城代家老の妻として立派な貫禄があるぞ」

その夜半、――主水正の夜具からすべり出たつるは、風呂舎で汗をぬぐい、寝衣を替えて寝所に戻ると、髪を束ねて、自分の夜具の中へ横になって、女は誰でもこうなんでしょうか、と囁き声で主水正に問いかけた。

「それはどういうことだ」

「ときにもよるんですけれど」とつるは掛け夜具で口を蔽いながら云った、「あのときの感じがなかなか終らないことがあるんです、自分ではすっかり済んで、堪能したと思っているのに、からだのほうはひとりで勝手に、あとねだりをやめようとしないんです、いまだってそう、触ってみていただきたいようですわ」

「知らないな」と主水正が云った、「女が誰でもそうかどうか、男の私には想像もつかない、よければもう一度こっちへおいで」

「ごめんなさい、あなたはそれどころではないわ」とつるが云った、「不躾ですけれど、わたくし襖の外で殿さまとのお話をうかがいました、どうしてすぐお受けにならなかったのですか」

「つるには関係のないことだ」

「いいえ、こんどはそれでは済みません」つるはかぶりを振って云った、「あなたが御城代をお受けになるかならないかということは、妻の身にとっても一生の大事なんですから」

「こわいな」主水正は枕の上でつるのほうへ振り向きながら微笑した、「たしかにつるの云うとおりだが、それはお受けをするか辞退するか、私の気持がきまったときに相談するよ」

「殿さまのお口ぶりでは、とても御辞退などはできないと思いますけれど」

「杉ノ木を見ると」と主水正が穏やかに云った、「あれは杉ノ木だと思うのは人間の勝手で、杉ノ木そのものは、自分が杉ノ木だなどとは思ってもいないだろう」

「それはどういう譬えですの」

「周囲の評価とその人間の本質とは、必ずしも一致しないということだ」と主水正は云った、「疲れたよ、もうねよう」


明くる朝、主水正は弁当を持ち、供は伴れずに家を出た。黒ずんだ眼立たない着物に、葛布の短袴、草鞋ばきに萱笠、脇差だけという、ごくありふれた恰好であった。彼はまず堰堤工事を見にいった。まず、いちばん大きく堤の崩れたところへいったが、そこで人足の一人から呼びかけられた。

「お忘れですか」とその男は云った、「仁山村の友造という者で、まえの工事のときお手伝いをした者です」


ああ、と主水正は頷いたが、その男の記憶はまったくなかった。

「いまでも仁山村の屋敷にいるのか」

「はい、米村の旦那のお云いつけで、炊事場のお手伝いにまいっています、しかし御存じのとおり御新政のとき、田地を削られたあと、人減らしをしましたので、こんどは私とも二人しかお手伝いにあがれません」

「しかし女人夫がはいっている筈だが」

「はい、みんな交代でよくやってくれます」と友造は云った、「炊事も洗濯(せんたく)も、仕事着の繕いなども、少しもいやがらず、進んで手分けしてやっております」

「工事の進みぐあいはどうだ」

「まあ御自分でごらんになって下さい」と友造は片手を振った、「なにごとも陰陽が合わさってこそ、事がうまくいくということを申しますが、このまえのときとは工事場の活気がまるっきり違います、とにかくいって、御自分の眼で見て下さいまし」

「そうしよう、邪魔をしたな」と主水正は云った、「近いうちに仁山村へ礼にゆくつもりだ、米村どのによろしくと申伝えてくれ」

友造は低頭し、主水正はあるきだしたが、五六歩いったところで振り返った。

「ちょっとたずねるが、このまえの工事のときに、七(しち)という少年がいたのを知っているか」

「七、――」友造は首をかしげてから、思いだしたように、ああと頷いた、「宗巌寺の子供部屋から来た者でございますな、中でもいちばん気の強い、すばしっこいやつでした、よく覚えております」

「こんどの工事でも働いているか」

友造は首を振った、「もう何年もまえにここから出てゆきました、そうです」友造は急に思いだしたように空を見あげた、「――そうです、五年くらいまえのことでしたか、仁山村の隠居所へ来て、亡くなった御隠居さまに、なにか諄くきき糺したあと、この城下から出ていったのですが、あとで御当主の清左衛門さまが、誰かのあとを追って江戸へいった、というようなことを仰しゃっていました」

誰かのあとを追って江戸へ。主水正は別れを告げてあるきだしながら、その言葉を心の中で繰返し、ふと、江戸麻布の狸店の長屋へ、自分をたずねて来た者があると、聞いたことをおぼろげに思いだした。

「慥かではない」あるきながら主水正は呟いた、「しかしそんなようなことを聞いた覚えはある、それに女房のような女を伴れていた、――とも聞いたようだ、もしかすると、あれが七だったかもしれないな」

主水正は工事場へ近づいていた。

二十八の五

工事の支配には猪狩又五郎と小野田猛夫、それに栗山主税らが江戸から呼ばれて来た。かれらは二月に到着し、すぐにふた岐の小屋を建て、栗山は農地造成の準備にかかった、ということを聞いたが、主水正は自分の役目に追われていて、かれらに会ったこともないし、工事現場へ来るのも初めてであった。そしていま現場へ来ても、支配の猪狩たちに会うつもりはなく、人夫たちの働きぶりが見たかったのである。

大崩れの現場では、百人ほどの男女の人夫が仕事をしていた。男三に対して女一人という筈であったが、見たところは女人夫のほうが多いように思えた。崩れた堤に土入れをし、横杭や逆杭を打ち込み、固めの石を積むという仕事であったが、掛け声をあげたり唄をうたったりして、友造の云うとおり、その周辺いっぱいに生き生きとした活気が溢れていた。

「おれの勘は外れなかったようだな」主水正はかれらの注意をひかないように、ゆっくり歩きながら呟いた、「このままうまくゆくかどうかはわからない、幾たびか騒ぎが起こるかもしれないが、男と女のこの組合せはぜひ続けるべきだ」

あるきながらそれとなく数えてみると、男女の比はほぼ三対一ということがわかった。そして女人夫のほうが多くみえたのは、男が仕事着に鉢巻か頬冠りであるのに、女はみな小ぶりの萱笠をかぶり、その笠には赤い布切が結びつけてあったし、脚絆も黄や赤や浅黄など、みな色のあるものを着けていた、その華やいだ色のため、実際よりも人数が多いように見えたのだ、ということがわかった。

農地造成のほうも見るつもりだったが、主水正にはべつに目的があったので、そこから引返し、石原村から新畠へまわった。石原村では、伊平が用水堀の再工事で、また小頭を勤めることになったそうで、当人は留守だったが、妻のさいと三人の子供が畑にい、さいが畑から出て来て、主水正の問いに答えた。伊平の喘息は気候が温かくなるとともにおさまり、小頭の勤めに出はじめてからはおどろくほど丈夫になったという、うちのほうも子供たちがよくやってくれるので、伊平の賃銀には手をつけずに済むし、来年になったら、隣りの孝助の土地を買うつもりである、とさいは語った。娘二人息子一人の子供たちは畑の中に立って、もの珍らしそうにこっちを眺めていた。

新畠では大五が、泥まみれになって鍬をふるっていた。向うには十人ばかりが、同じように土を掘りひろげてい、その中には関蔵の顔も見えた。主水正が声をかけると、大五は例の髭面で振り返り、鍬を土に打ち込んだまま、なんの用だ、とどなった。

「あがって来てくれ」と主水正が云った、「ぜひ頼みたいことがあるんだ」

「私はいそがしい、用があるならここで聞きましょう」

「大五のばか力が必要なんだ」

「ばか力だって」大五は歯を剝いた、「いかに侍を捨て百姓になったからといって、私はおまえさんの家来でも下僕でもない、言葉には気をつけてもらいましょう」

「頭が弱くて力ばかり強いのを、世間ではばか力というんだ」

大五はとびあがって来、主水正の前へ両足を踏みひらいて立った。

「頭が弱いとはどういうことです」

「一つだけ教えよう」と主水正は冷やかに云った、「津田大五はまだ藩籍から削られていない、自分では侍を捨てたなどと云うが、藩籍からぬけていない以上、家中の侍であることに間違いはないだろう」

「得意のへ理屈だ」

「江戸では兄上の津田兵庫さんが筆頭家老に就任された、改廃は終ったが、藩政のたて直しには困難な事が多い、私は大五さんを侍に戻そうというのではなく、今日いちにちだけ力を貸してもらいたいのだ」

「うまく手繰り込まれたようですね」大五はいかにも大五らしく、あっさりと降参の身振りをした、「小屋へいきましょう、とにかくお話をうかがうことにします」

小屋へ帰る途中、大五はいま掘りひろげている仕事について語った。水田を造るにはこれまでの用水では足りないこと、大川の上から引いた水路を、幅だけ倍にしなければならないこと、そして陸稲や麦の畑地を三分の二ほど潰して、水田に変える計画であることなど、熱のこもった口ぶりで話し続けた。小屋には誰もいなかった。

「お咲はきっと畑でしょう」と大五は云った、「どうぞ掛けて下さい、お茶はあげられませんから勘弁してもらいます」

「じつは弁当を喰べたいんだが、水でも貰えないか」

「では湯を沸かしましょう、大川の水ですから、慣れない三浦さんには中るかもしれない、ちょっと待って下さい」

その夜八時ごろ、――白壁町の表の、梅の井という居酒屋から、主水正と大五が滝沢兵部を伴れだした。初めに西小路の家をたずね、それから二軒ほど同じような店を捜したあと、ようやく梅の井でみつけたのであった。伴れだしたというより、担ぎだしたというかたちであった。二人が左右から兵部の腕を肩に掛け、片手で帯を摑んで、ひきずるように外へ出た。

「放せ、無礼者」と兵部はよくまわらない舌でどなった、「おれを誰だと思う、おれをどうしようというのだ」

「こいつ黙らせてくれようか」と大五が舌打ちをした。

「乱暴をしてはいけない」と主水正が制止した、「正気を失っているんだ、曲(まがり)町まで辛抱してくれ」

「こんな者がなんの役に立つんですか」と大五が云った、「滝沢だかなんだか知りませんが、こんな野郎は屑(くず)の屑ですよ」

「言葉づかいに気をつけろと云ったのは、大五さんじゃなかったかな」主水正はなだめるように云った、「眼で見ただけで人間を評価することは誤りだし、この人が屑であっては困るんだ」

「なにが屑だ」と兵部が暴れた、「放せ、この手を放せ」

大五は肩に掛けた兵部の腕を緊(し)めあげ、兵部は悲鳴をあげた。

「温和(おとな)しくしろよ」と大五が云った、「さもないとこの腕をへし折ってくれるぞ」

まだ宵(よい)のうちなので、道には、往来する者もあったが、大五の風態と兵部のようすを見ると、かくべつ不審にも思わず、また酔っぱらいかというふうに、かれらを避けてゆくだけであった。

曲町の家に着くと、主水正は杉本大作を呼び、大五と三人で、滝沢兵部を自分の居間へはこび入れた。

「済まなかった、大五さん」と主水正は低頭して云った、「あっちで支度をさせるから、ゆっくり飲んでいってくれ」

そして杉本に眼くばせした。大五は兵部を見た。兵部は仰向けに寝たまま、大きないびきをかいて眠っていた。

「いったいこの呑んだくれをどうなさるつもりですか」と大五は唾でも吐きかけたそうな顔つきで云った、「江戸では名城代ともっぱらの噂でしたが、その伜がこんな人間とは知らなかった、本当のところこんなになっては、もうなんの役にも立ちゃあしませんぜ」

「そうかもしれない」と主水正が云った、「しかし私にとってそうであっては困るんだ、とにかくやってみるよ」

「三浦さんは大事をとるあまり気が弱くなってるんです、あなたの才腕は全家中が認めているし、人の助力など絶対に必要はありません、私が断言します」

「それもやがてわかるだろう、さあ、向うでいいだけ飲んでいってくれ」と主水正が云った、「御苦労だった」

梅の井にて

「おじいさん」と女中が云った、「焼酎を詰めたわよ、もう帰るんでしょ」

「うるせえ」と大造は手を振り、湯呑茶碗の酒を啜った、「おめえたちはみんなめくらだ、さっきここで、酔いつぶれていた男を、二人のお侍が担ぎだしていったろう」

「おじいさん、独りでなにをぶつぶつ云ってんの」と若い女中は云った、「ほかのお客はみんなもう帰っちまって、ここにはおじいさん一人っきりなのよ」

「酔いつぶれていたのは滝沢家の若さま」と大造は云った、「滝沢さまは三代も続いた城代家老で、荒雄さまはその一人息子だった、山の小屋頭の平作じいさんは、涎をたらすほど荒雄さまを褒めたててただ、美男で、学問も武芸もずばぬけてて、四代めの城代家老も滝沢さまだって、あれだけの人はこの御家中に一人しきゃいねえってよ」

若い女中は腰掛に掛け、飯台に片肱を突いて大きな欠伸をし、竹さん早く来ないかなと呟き、それから低い声で鼻唄をうたいだした。

「酒がねえぞ」と大造が云った、「酒を持って来い、——なさけねえ」

「そんなに飲んで大丈夫なの」と若い女中が立って来て云った、「それ以上飲んだらつぶれちゃうよ、おじいちゃん」

「おめえなんぞなにを知ってる、この店のまえの代にはみんなよく知ってた、こんな水っぽい酒でおらが酔いつぶれるかどうか、みんなよく知ってたもんだ」大造は頭をゆらゆらさせた、「――あばずれみてえなおとみ、夕方になると男を想(おも)って泣いたお孝、ほかにも名は忘れたが、顔や軀(からだ)つきにうろ覚えのある、女中たちが幾人もいた、なさけねえ、――それがみんなどっかへいっちまった、この店の代が変るたびに、人間もみんな変っちまうし、出ていっちまえば、どこでどうくらしてるかもわからねえ、へんてこなもんだ」

「はいお酒よ」と若い女中が二合半(こなから)の燗徳利(かんどくり)を持って来た、「なにかお肴(さかな)はいらないの、おじいちゃん」

「いらねえな、腹くだしでもするといけねえから」

若い女中はむっとして、なにか云いたそうにしたが、二人伴(づ)れの客がはいって来たので、いそいでそっちへいった。

「ところが、へんてこでねえものもある」大造は徳利の酒を湯呑茶碗に注ぎながら云った、「さっき滝沢さまを伴れだしに来た、笠(かさ)をかぶったお人は三浦主水正(もんどのしょう)という方だ、もう二十年くれえまえになるかな、あの方は阿部さまといって、町奉行の与力を勤めておらっしゃった、おらが酔っぱらってちょっと暴れたとき、この向うの辻番小屋で、番太どもに痛められているところを助けられた、そのときからおらああの方はたいしたお人になるだろうと思い、荒雄さまびいきの平作じいさんと、よく云いあいをしたもんだ」

「うるせえな」と向うで二人伴れの客の一人が云った、「ほかにも客がいるんだ、温和しく飲めねえのかな」

「よして、竹さん」と酒肴をのせた盆を飯台に置きながら、若い女中が制止した、「あの年寄りに構わないで、熊みたいな恰好をしてるでしょ、それが本当に熊みたいに力が強いの、このあいだも枡屋の吉さんがひどいめにあわされたのよ、この表の往来でよ」

「枡屋の吉だって」竹と呼ばれた若者が云った、「だって吉は草相撲の大関だぜ」

「あたしがこの眼で見たのよ」若い女中が云った、「いいから構わないで、こっちはこっちで賑やかにやりましょ」

「誰に聞いたってわかる」と大造は酒を啜りながら独りで云った、「こんどの御家老は阿部さま、いや、阿部さまじゃあねえ、三浦主水正さまだってな、おかしなもんだ、なにかの因縁だな、うん、その滝沢さまも三浦さまも、因縁の糸でひかれでもしたように、おらの西の出小屋へござった、いや」と大造は片手を振った、「おら因縁なんてもなあ信じねえ、そんなものがある筈はねえ、こんな狭い土地のこった、誰と誰がゆき会ったって、ふしぎなこたあ少しもねえさ、——滝沢さまはえらく苦しんでござったし、三浦さまはしらべものをなさりにござった、立派に御成人なさって、押しても突いてもびくっともしねえ、肝の据わったお人柄になってござった」

「おい、そんなに売上げをあげんなよ」と向うの竹という若者が云っていた、「おらたちこれから白壁町へゆくんだから、ここで財布をはたくわけにゃあいかねえんだぜ」

「憎らしい」と云って若い女中はその男の背中を叩いた、「たりなくなったらあたしがたてかえてあげるよ、さあ、もっと景気よく飲もうよ」

「その二人が今夜ここで会った」と大造は飲みながら独りで続けていた、「——片方はだらしなく酔いつぶれ、片方はしらふで、勘定を払い、担ぐように伴れ出していった、どういうことになるのか、おらなんぞにはわからねえ、わからねえがおよそ二十年まえから、おらあのお二人を見てきたようなもんだ、昔はべつべつにだが、今夜はそのお二人が一つになっただ、山でべつべつに伐られた木が、家を建てるとき組み合わさるようにな」

「白壁町へゆくんなら、ふらふら腰じゃだめよ」と向うで若い女中が云った、「女ってものはね、背骨へ突きとおるようにぐっと」

客の二人はげらげら笑い、竹と呼ばれる若者が云った、「おめえにかかっちゃあかなあねえ、よっぽど男の数を知ってるらしいな」

「ためしてみなよ」と若い女中がやり返した、「白壁町の女なんかと違って、あたしなんかするとなれば軀に性がはいるんだから」

二人の若い客はのけぞって笑った。

「おれがにらんだとおり」と大造は酒を啜りながら独りで続けていた、「三浦さまはえらいお人になられた、人間が人間のしなさだめをするというのはばかなことだ、占い師だって八卦は当らねえものと云われるくれえだからな、――だが、おらの眼に狂いはなかった、平作おやじが生きていたらさぞ」

そこで大造は眼を押しぬぐった。そして振り返り、向うの二人の若い客たちに、こっちへ来ねえか、酒を奢らしてくれ、今夜はうれしいことがあるんだ、勘定の心配はない、こっちへ来ていっしょにやってくれ、と云い、ふところから古びた鹿皮の財布を出して、飯台の上へ置いた。そのとき財布の中の銭の音を聞きとめたとみえ、若い女中が止める暇もなく、二人の客はすぐにこっちへ来て、済まねえなごちになるぜ、と大造をはさむように、その右と左へ腰を掛けた。

「好きな物を注文してくれ」と大造は二人に云った、「酒も飲みてえだけ飲むがいいだ、今夜はおらの一生でいちばんめでてえ晩だからな、さあやってくれ」

「済まねえなおっさん、おらの名は竹次、そっちは辰(たつ)ってんだ、おらあ大工、辰は左官、いつもいっしょに仕事をしているなかまでさあ」

「おら森番の大造てえもんだが、そんなこたあどっちでもいい、まあ飲んでくれ」

竹次という男が大きな声で酒や肴の注文をし、若い女中はつんとして、注文された品をはこんで来、三人の向うへ掛けて、酌(しゃく)をしながら、止めどもなく饒舌(しゃべ)りだした。

――三浦さま、よくおやんなさっただな、と大造は心の中で囁(ささや)いた。これからが大事だろうが、おらなんぞにはわからねえ苦労がうんとこさあるだろうが、それに負けねえでな、頼みますよ。

三人の男女は、なにかみだらな話をしながら、けらけらと笑っていた。

二十九の一

「酒を持って来い」と滝沢兵部が云った、「酒だ、聞えたのか」

「聞えたよ」と主水正が云った、「もう少し眠るほうがいい」

寝ていた兵部は不審そうに振り向いた。

「きさまは誰だ、宗岳の老いぼれか」

「まあもうひと眠りお眠りなさい」

兵部は眼をこすった、「きさまは誰だ、ここはどこだ」

「眠ってください、あなたが正気に戻られたらお話をします」

「なに、おれが正気でないと云うのか」

兵部が起きあがろうとし、主水正はすり寄って、その両肩を押え込んだ。

「もう少しお眠りなさい」

「酒だ」と兵部は喚いた、「酒を持って来い」

「まず眠ることです」押え込んだ肩から手を放さずに、主水正が云った、「あなたの軀から酒のけがすっかりなくなるまで、私はここでみとっています」

「化け物屋敷だな」と云って兵部は軀の力をぬき、眼をつむった、「なんでもいい、酒を持って来い」

兵部の相貌はひどく変っていた。かつて主水正の知っていた、気品の高い美丈夫の俤は殆んどなく、秀でた眼鼻だちさえ、萎え衰え、膚の色もきみの悪いほど蒼黒く、かさかさに乾き、そそけ立っていた。仰向けに寝た軀は板のように平べったく瘦せ、つむった眼も落ちくぼんで、誇張していえば骸骨のようにみえた。

——あれほど苦しんだ人は見たことがない。

森番の西の出小屋の大造が、そう云ったことを思いだし、主水正は眉をしかめた。これは曲町へ伴れて来た翌日のことであったが、主水正はつるを近よせず、自分がうたた寝をするときは、杉本大作に兵部の監視をさせた。食事も与えず、もちろん酒も禁じ、ただ必要なときだけ水を飲ませた。これは兵部にしいるだけでなく、主水正も飲まず食わずで、兵部が眠っているときは、彼も着たままでうたた寝をした。そして厠へ往復するときには、杉本大作と二人で兵部を支えていった。そんなとき、つるが必ず廊下の向うから、心配そうに見まもっていたし、杉本大作を通じて、食事だけでもしてくれるようにと云ってきた。

「これは真剣勝負だ」と主水正は云った、「切尖を合わせているのと同じことで、自分だけ途中で休んだり食事をしたりするわけにはいかない、五日や七日、喰べなくとも人間は死にはしないと云ってくれ」

真剣勝負だなどとは、一度しか云わなかったが、云ったあとで主水正は自分に舌打ちをした。そんなにのぼせあがるな、たかが酔漢をしらふに返すだけじゃあないか、と彼は自分に云った。いやそれだけではない、滝沢兵部はただの酔漢であってはならない、おれの一生に大きな関係のある人間だ、彼が単なる酔漢でないことを証明できるかできないかは、おれの将来を左右する、といってもいいくらいだ。そうだ、これはまさしく真剣勝負なのだ、と主水正は思った。

三日めになると、兵部は狂暴になった。

「酒だ、酒を持って来い」彼は悲鳴のように喚いた、「おのれ、おれをどうするつもりだ、酒を持って来いと云ってるんだぞ」

喚く声も大きいし、水を与えるときにその器を投げたり、夜具をはねとばしたりする動作など、力がこもっていて止めようがなかった。それ以上の乱暴をしようとすれば、もちろん取って押えるつもりだったが、少しばかり暴れるのは、主水正も承知のうえであった。

「少しお休みになって下さい」或る(あ)とき杉本が云った、「食事もなさらなければお軀に毒です、私どもが代りにみていますから」

「これはおれ自身のためなんだ、おまえたちの心配するようなことではない、ただ水差の水を絶やさないようにしてくれ、それ以上の口出しは無用だ」

三日めの夜半、兵部はふるえながら酒を求めた。主水正もそうだが、髭(ひげ)が伸び、髪はばらばらに乱れ、眼は大きくあいているけれども、瞳孔が散大して、はっきりとは物が見えないようであった。

「はる、頼む、頼むよ」と兵部は起きあがって云った、「酒を呉れ、一杯でいい、ほんの一杯でいいんだ、はる、頼むよ」

主水正が水を与えると、兵部は喉を鳴らせて飲みほし、そのまま夜具の上へ倒れた。主水正は掛け夜具を直し、枕を当てがってやった。

——人間がこんなにも酒に毒されるものだろうか。兵部のみじめな寝顔を眺めながら、主水正はそう思い、そっと頭を左右に振った。話にはよく聞くが、おれは信じない、神代の昔から酒はあった、幾千万となく人は酒を飲んできた筈だ、駕籠かき馬子ならともかく、この藩の名門であり、第一級の教官師範の教えを受けた兵部が、酒毒でおのれを滅ぼすなどとは考えられない、これは一時的なものだ、あとはおれの辛抱が続くか、続かないかにかかっている、大事なのは兵部ではなくこのおれ自身だ。

空腹の苦しさは三日めで終った。その代りに、湯にはいらないためだろう、軀のそこここや頭が痒くなり、杉本大作がいないときは背中や脇や頭などを、掻かずにはいられなかった。四日めの夕方、兵部は起きあがるなり、「酒を出せ」と叫びざま、枕許にあった脇差を抜いて、主水正に斬りかかった。驚くほどすばやい動作で、主水正には脇差の刃の、ぎらっとする光しか眼につかなかった。

「およしなさい」主水正は彼の腕を摑み、そこへ捻じ伏せながら云った、「もう少しの辛抱です、あなたは滝沢兵部さま、みぐるしいことをなさるな」

「おれは知っている」捻じ伏せられたまま、息を切らせて兵部が云った、「きさまは三浦主水だ、ここはきさまの屋敷だ、そうだろう、そしてきさまは、おれを呑んだくれの下郎同様に思っている、よし、そう思え、成上り者のきさまなどにおれの気持がわかってたまるか、放せ」

兵部は主水正の手を払いのけて立った。予想もしない力と敏速な動作で、主水正はうしろへはねとばされ、すぐに立直ったが、脇差を構えた兵部の、全身から発する殺気にはちょっとたじろぎを感じた。兵部は脇差のつかを両手で握り、切尖をまっすぐにして、きさまを殺してやると云った。

「きさまとこうなるときを待っていたんだ」と兵部は云った、「今日こそ勝負をつけるぞ」

「おちついて下さい」主水正は左手を前に出して云った、「ここで私を斬って、それで勝負がつくと思いますか、斬った斬られたなどということで、人間の勝敗がきまると思いますか」

「おれはきさまが憎い」兵部はじりじりとまを詰めながら云った、「おれがこんな人間になった理由の一つはきさまにある、きさまを殺さなければ、おれは死んでも死にきれない、今日はどうあっても遁さんぞ」

そこまで云うと、兵部はよろめき、だらしなく尻もちをついた。主水正は大きな溜息をつき、近よって兵部の手から脇差を取り、鞘におさめたのち、兵部を夜具の中へ寝かした。

――おれがこんな人間になった、理由の一つはきさまにある。

兵部の云った言葉が、主水正の頭に強く残ったし、その意味はすぐにわかった。調練場の馬場ではたし合いを挑まれたとき、自分の云った言葉に兵部がたじろいだこと、考えてみると、あのときから兵部はぐれだしたのだと思われる。その原因は城中の馬場で、兵部が落馬したことに始まる。殿や側近の者の前で落馬し、その失敗を主水正にかぶせた。落馬したのはかれ自身の責任だが、そこに主水正が見ていた、ということが彼の自尊心を深く傷つけ、そして馬場でのはたし合いになった。

「誰が計ったのでもない、ごく自然なめぐりあわせだった」と主水正は呟いた、「初めは尚功館の道場、――これで三度めだ」

二十九の二

尚功館と馬場のはたし合いは兵部から挑んできた。こんどはおれが彼を捉まえた、どんなことがあっても放しはしないぞ、と主水正は思った。

五日めになると、兵部は酒のことを云わず、殆んど一日じゅう眠り続けた。はじめのうちはいびきをかいたり、苦しそうに呻いたり、しきりに寝返ったりしたが、しまいには仰向けになったまま、身動きもせずに眠りだした。主水正は医者を呼んで、断酒断食の事情を話したうえ、兵部の軀を詳しく診察させた。

「躰温が高くなっているのと、衰弱しているだけです」と若い医者は云った、「脈もしっかりしていますし、内臓にも異状はないようです、もともとお丈夫な軀なんでしょう、もう酒毒もぬけたようです、明日になったら葛湯でもあげ、二分粥から五分粥と順に固くし、味噌汁は二日めに少量、卵とか白身の魚などは三日めの晩から始めていいでしょう」

軀の調子によっては、食法をもっと繰りあげてもよい。病気ではないのだから、薬の必要もない、と云って医者は帰った。——その夜半、兵部は眼をつむったまま、なにか喰べる物を呉れと云った。朝になったら、と主水正が答えると、兵部はまた眠り込んだ。

幼年時代からおよそ二十歳くらいまで、主殿のきびしい躾でよく鍛えあげられた兵部の軀は、長い暴飲と放埒な生活にもかかわらず、芯まで毒されてはいなかった。むしろ昼夜ぶっ続けに緊張していた主水正のほうが、精根をすり減らして、厠への往復にもふらふらし、ときどき壁や柱につかまらなければならなかった。そんなときにはつるが出て来て、彼を支えようとした。

「あなた、大丈夫ですか」とつるは声をふるわせて云った、「どうしてあなたまでが、断食をなさらなければならないんですか」

「同じ条件でなければ、兵部さんに私の心は通じない、これは真剣勝負だと云った筈だ、鷲っ子がそんな気の弱いことを云うのは可笑しいぞ」

「わたくしもう鷲っ子なんかではありません、あなただけを頼りにしている気の弱い一人の妻なんです」とつるは云った、「わけを聞かせて下さい、どうしてこういうことをなさらなければならないんですか」

「私には滝沢兵部が必要なんだ」と主水正は答えた、「どう必要かはやがてわかるだろう、私のことは大丈夫だから心配しないでくれ」

六日めの朝、葛湯を与えると、兵部は一と口啜るなり、その椀を主水正に投げつけ、い、膏垢だらけのままでは、話を聞くのもいやだ、牢から出してくれ」

酒のけもぬけ、食事が軀にまわりだしたのだろう、口ぶりもはっきりしているし、眼も澄んできたように見えた。杉本大作を呼ぶと、風呂の用意はできているという、主水正は兵部にどうぞと云った。

「これは家の者で杉本大作と申します、垢を掻かせますから、なんでもお命じ下さい」

「さいかちの実はあるか」

「用意してございます」と杉本が答えた。

兵部は立って「案内しろ」と云った。

さいかちの実は砕いて袋に入れ、髪を洗ったり垢をながすのにもちいられた。出てゆく兵部はちょっとよろめいただけで、まっすぐにした背骨から腰、足のはこびにも危なげがなかった。主水正は心の中で、しめたぞと呟いた。そして和島学を呼び、食事の支度を命じた。

「給仕はつるがするように、それから膳には酒を一本だけつけるようにと云ってくれ、燗は煮燗でなくともいいぞ」

膳の支度がととのったとき、ようやく兵部が風呂から出て来た。主水正の浴衣が短いので、脛が三分の一も見えていた。なが湯をしたためだろう、汗がなかなか乾かず、席に坐ってからも折りたたんだ手拭でしきりに、顔や頸や胸の汗をぬぐっていた。

「せっかく風呂へはいっても、月代や髭がこのままではさっぱりしないな」

「御同様です」と主水正は自分の月代と髭を撫でてみせ、膳のほうへ手を振った、

「どうぞ」

　そこへつるがはいって来た。髪をきりっとあげ、化粧はせず、着付けも平生のままであった。まず兵部の前に坐り、膳の上の燗徳利を取った。兵部は気の毒なほど狼狽し、頬のあたりをこすりながら、こんな恰好で失礼しますと、しどろもどろに云った。

「主人がむりじいをしたのでございましょう」とつるは云った、「お詫びはこちらから申上げなければなりませんわ、どうぞ」

　兵部は主水正を見た。主水正は頷き、兵部は盃を持った。つるが酌をし、兵部は一と口啜って眉をしかめ、あとは飲まずに、膳の上へ盃を戻した。

「あなたは覚えておいでではないだろうが」と兵部はつるに云った、「私はあなたが実家におられたときから知っていました」

　いやそれだけではない、銀杏屋敷で会ったこともある、とつるは思い、そのことを云いだされはしないかとはらはらした。しかし兵部は主水正に振り向き、うちあけて

ければわからないものです」

「私が負けたと云った意味はおわかりでしょう、なにをすればいいんですか」

「次席家老です」

「思いだしました」と兵部は頷いた、「しかし、それが許されることでしょうか、私の悪名を知らない者はないと思うんですがね」

「あなたの次席家老が承認されなければ、私も城代家老は辞退します」

兵部はそっと首を振り、「むずかしいですね」と云った、「あなたの辞退はむずかしい、もう既定の事実のようですからね」

「私の決心にも変りはありません」

二十九の四

兵部は暫く考えていてから、顔をあげた。

「一つだけ条件があります」

「聞きましょう」

「西小路にいる家人を、正式に妻子と認めてもらいたいのです」と兵部は云った、「はるという女は賤しい生れです、学問もなし賢くもありませんが、ずいぶん苦労をかけましたし、その苦労によく耐えてくれました、長男の太郎はやがて七歳、生れて八カ月の長女は松といいます」

「知っています」と主水正は遮って云った、「御長男が妻女を庇って、いさましくあなたに悪口を投げつけるということも」

兵部は吃驚したようであった、「——どうしてそんなことまで」

「生涯頼みにする相手ですからね」と主水正はさりげなく云った、「御家人のことは承知しました、明朝ごいっしょに冠町のお屋敷へまいりましょう」

「明日、——冠町へですか」

「それが次席家老に就任する、あなたの第一の踏石です」

兵部は弩弓とか火箭とかいう、強力な武器のことを思いだした。なにものも恐れず、めざした目標へまっすぐに当面してゆく主水正の自信と胆力には、まったく圧倒されてしまった。

「今夜は独りで寝かせてもらえますか」

「結構です」と主水正は会釈した、「夜具も替えさせましょう、私にもすることがありますから」

「このお髭、このままにしておきましょうか」とつるが囁いた、「あんまり剛くないでしょ、こうするとうっとりするほどいい気持」

「兵部さんほど濃ければいいが、私のは薄いからみっともないよ」

「ひとにはどうみえても、つるがよければいいじゃありませんか」つるはまた頰ずりをした、「ああいい気持」

「ようやく安心したようだな」主水正はつるを抱き緊めてから云った、「心配させて済まなかった」

夜具の中でつるは主水正にふるいつき、また強く頰ずりをした。

「あなたは立派におやりになったわ」とつるはうきうきと囁いた、「滝沢さまがあんなに早く立直ろうなんて、わたくしとても信じられませんでした」

「兵部さんがそういう人だったからだ」と主水正は云った、「私がどんなに努めても、松の木を檜に変えることはできない、本当のことを云うと、兵部さんはこんどの機会を待っていたのだと思う」

「御自分では立直れなかったんでしょうか」

「およそ二十歳になるまで、御尊父のきびしい躾に従っておられた、言葉を飾らずに云えば、自分の意志で行動する習慣がなかった、ひとにすぐれた才能があるのに、自分でそれをのばすことができなかった、秀才だという眼で世間から見られるのも、御尊父の非人情なきびしい監視とともに、やがて耐えられない重荷になったのだろう」

「あなたはみごとに耐えぬいていらしったわ」

「私は自分で道を選び、その道を登る理由があった、その差がどんなに大きいか、考えてごらん」と主水正は云った、「兵部さんは生れたときすでに、生涯の道がきめられていた、御尊父はじめ家中の殆ど全部が、四代めの城代家老ときめてかかっていた、自分の思うように生きる自由はまったくなかったんだ、そんな境遇から逃げださないようなら、生きた人間ではないと思う」

「そうかしら」つるはまた主水正に頰ずりをし、伸びた髭をそっと嚙んだ、「わたくしなら父に負けない、名城代になってやろうと思うでしょうけれどね」

「それはつるが女だからさ」

つるは溜息をついた、「本当はこのごろようやく、それがわかってきました、わたくし子供のとき、自分が男に生れなかったことがくやしくって、よく両親を恨んだものです、女の子のなよなよした身ごなしや、媚びたような話しかたが大嫌いで、できるだけ男のようにふるまったものです、あ、あ」つるはなにも云おうとしない主水正の唇へ指を当てた、「あなたはもう仰しゃらない筈でしょ、わたくしが自分で云いま

「ええ、でも衣装がないそうで」

「そんなことは問題ではない、へたに飾るよりも、現在のままの姿でゆくほうが、冠町の滝沢さまもすなおに受入れて下さるだろうと思う」

「兵部さまの式服もないそうですけれど」

「私の裃(かみしも)を着けてもらおう、ああ、背丈が違うな、私より二寸ちかくも高いから」

「そんな心配はなさらないで」と云ってつるはまた欠伸をし、主水正の胸へ顔をうずめた、「わたくしだって眼はあるんですから」

「おやすみ」と主水正は云った。

つるは仔犬(こいぬ)が母犬のふところへもぐり込むように、身をよじらせて主水正に抱きつき、すぐに軽い寝息をたてて眠りおちた。

「おやすみ」と主水正はつるの背を撫でてやりながら、そっと囁いた、「これからはもっと、心配や苦労をしてもらわなければならないからな」

二十九の五

明くる朝、はるという女性が赤子を抱き、男の子の手をひいて曲(まがり)町へ来た。初めは厨口(くりやぐち)から声をかけたそうで、つるが玄関へまわらせたのだとは、あとで聞いた。

い、はるという妻女は三十歳を越えたのであろうが、顔も躯(からだ)つきもふっくらとまるく、眉も眼尻(めじり)もしりさがりで、少なからず神経質になっているだろうのに、生れついた暢(のん)気(き)な性分が、隠しようもなく躯ぜんたいからにじみ出ているようであった。

——これはいい、と主水正は思った。打てば火を吹く石のような兵部友矩(とものり)には、こういう人こそ心のやすらぎになるだろう、この人ならきっとうまくゆくにちがいない。

太郎という子は顔も躯もまるまるとして、眉が濃く眼が大きく、口を一文字にむすび、羞(はにか)んだり、しりごみしたりするようすは少しもなかった。

「太郎さん」と主水正は云った、「お父さまは今日から御家老になる、太郎さんも御家老の長男ということになる、わかりますか」

太郎は黙って大きく頷き、一文字にむすんだ口をさらにきゅっとひき緊(し)めた。

「これまでの町住いと違い、今日から冠町のおじいさまの屋敷で住むことになるんです、町住いと武家屋敷とは違いますから、太郎さんはこの藩でもっとも高い家柄(いえがら)の、侍の子になるのだということを忘れてはいけません」

太郎はまた大きく頷いた。そんなことは知っているよ、というような頷きかたであった。

「いい子だ」主水正は頭を撫でるか、抱いてやりたいような衝動におそわれ、しかしすぐに自分を制した、「太郎さんは賢い子だ、もうこれ以上なにも云うことはないね」

太郎はまた口をひきむすんで、はっきりと頷いてみせた。主水正は思わず太郎の肩へ手を掛けた。太郎はびくりともしなかったが、主水正は自分が水死した小太郎のことを連想していることに気づき、すぐにその手を引込めた。そのとき杉本大作が来て、小出方正(こいでかたまさ)先生が危篤(きとく)だと告げた。

「いまお使いがありました」と杉本は云った、「ひとめ会いたいと、云い続けていらっしゃるそうです」

主水正は立ちあがり、縁側へ出ていって、若葉のくぬぎ林を見た。死ぬまえにひとめ会いたいという言葉は、胸にこたえたが、このまえ会ったときの、老耄(ろうもう)した小出の姿や口ぶりを思いだすと、いま会うことはなんの意味もないし、情緒的な涙ぐましい会話を交わすことになるだけだろう。おそらくそうなるだろうし、それはあまりに子供らしい。これは会うべきではない、と主水正は思った。――このあいだにつるがはいる親子を伴れだしてゆき、主水正は杉本に、「御用があるから、それが済みしだいゆく」と使いの者に伝えるように云った。杉本が出てゆくと、すぐに兵部がはいって来、その咳(せき)ばらいを聞いて、主水正は振り返った。兵部は主水正の着物に、麻裃を着けていて、些(いささ)か裄丈(ゆきたけ)の違うのを、てれているような顔つきであった。

「お立派ですね」と主水正は云った、「衣装は私のもので貧しゅうございますが、兵部友矩さま御自身のお人柄を、些かも損じはしません、じつにお立派です」

「言葉を改めて下さい」袴をさばいて坐りながら兵部が云った、「あなたは城代、私は次席です、そうきまればのはなしですがね、どうか城代は城代らしくふるまって下さい」

「そういう席次の差というものは、式日に限ることにしてゆくつもりです」と主水正は答えて云った、「さて、これから冠町へ伺うのですが、御家人には特に衣装を飾らず、現在のままで対面していただくことにしましたが、それで宜しゅうございましょうか」

「もちろん結構です、どうぞお考えどおりにして下さい」

「では支度をしますから暫くお待ち下さい」

滝沢家へはまえに知らせてあったので、冠町の屋敷へ着くと、家扶の岡野吾兵衛が出迎え、すぐに病間へ案内した。——病間には強い香の匂いがこもり、このまえとは違って、障子がぴったり閉めてあった。主殿は薄い掛け夜具を胸まで掛け、高い坊主枕をして、仰向けに寝ていた。

「三浦主水正でございます」と彼は主殿の枕許に両手を突いて云った、「まことに不躾ではございますが、兵部さま御一家をお伴れ申しました、お心に添わぬかもしれませんが、どうぞお会いになって下さるよう、お願いいたします」

主殿は枕の上から振り向いた。古い樫ノ木のように白っぽく乾いた顔の中で、落ち窪んだ眼窠の中の眼が、さぐるように主水正を見た。

「そんな必要があるのか」

「事実を申上げます」と主水正は両手を突いたままで云った、「御改廃の終ったあと、殿から私に城代家老になれという仰せがありました」

「当然なことだ」

「まずお聞き下さい」

「いや聞くまでもない、城代家老は三浦主水正だ、このまえにも云ったとおり、殿のおめがねに狂いはない」

「まずお聞き下さい」と主水正は繰返して云った、「私が平侍からあがったということは、家中で知らない者はございません、それを卑下するのではありませんが、こう申上げればわかっていただけると思います、私には滝沢兵部さまが必要なのです、兵部さまが次席家老に据わって下されば、私も城代として御奉公をする自信がございます」

「殿がそれをお許しになると思うか」

「お会いになって下さればわかります、兵部さまの不行跡は一時的なもので、そのあいだたいそう苦しんでおられました、しかしそこからみごとに立直られたのです、お会いになれば、次席家老を殿が承知なさるかどうか、すぐおわかりになると存じます」

主殿はちょっと黙っていて、それから云った、「かたじけない、そのもとの厚意は忘れないぞ、——兵部に会いましょう」

主水正は岡野吾兵衛に眼くばせをし、自分は脇（わき）のほうへ席を移した。まもなく、岡野の案内で、兵部と妻子がはいって来た。妻女は赤児を抱き、兵部が太郎の手を曳（ひ）いて、——すると病間へはいるなり、太郎が寝ている主殿を指差して云った。

「あの人だれ」

少しもものおじをしない、はっきりした声であった。それを聞いた主殿は、岡野を呼んで、起こしてくれと云い、兵部がすり寄って、岡野吾兵衛とともに、左右から抱き起こし、うしろ腰へ折った夜具を当てがった。

「名は太郎というそうだな」主殿は子供に呼びかけた、「うん、いい子だ、軀も丈夫らしいし、賢そうだ、こっちへおいで、私がおまえのおじいさまだよ」

ていたのであった。

「これはお珍らしい」と横から呼びかける声が聞えた、「三浦さまでございますね」

主水正はどきっとして振り向いた。そこには僧形の老人が、白の常着に法衣をかさね、袈裟は着けず、右手に風呂敷包みを抱えて立っていた。

「泰安寺さまでしたな」と主水正は会釈して云った、「御無沙汰をしております、御壮健でいらっしゃいますか」

「御改廃のおかげです」と老僧、泰安寺の玄常和尚はにこやかに云った、「御新政のときには寺領にまで年貢をかけられ、寺町一帯の代表として、幕府へ訴訟しようというところまでゆきました、たしかに、寺領社領という除地の制度には問題があります、働かない坊主や神主が、ふところ手をして食ってゆくということには、坊主も神主も自分で心やましく思っていることでしょう、けれども、連綿と続いてきた習慣を、一枚のお触れで帳消しにされるとなると、法が無法に感じられるのも当然ではないでしようか」

主水正は黙って頷いた。老僧は主水正の考えていることを察したらしく、微笑しながら一揖した。

「寺領社領の制度がこのままであってはならない、ということはわかっています」と玄常和尚は云った、「いまも申したとおり、ふところ手で徒食していることには、僧侶も神官も不合理だということを感じております、けれども人間の生活の大部分は慣れですから、いきなり崖から突き落されるようなめにあうと、やはり頭を下げてばかりもいられないものです」

「あの人たちも我欲でしたことではなかったのですが」と主水正は云った、「——御新政の権力を押しつけるために、眼が昏んだのでございましょう、なにごとにせよ、足が先走ってはならない、というよき教訓だと思います」

「おきびしいですな」と老僧はまた微笑して云った、「どうぞお手柔らかに」

「そう致しましょう」と主水正は云った。

城の大手門をはいって、枡形を左右に曲ってゆくうち、幾人かの侍が主水正に丁寧な挨拶をした。明らかに城代家老に対する挨拶のしかたで、彼はそれらにこたえながら、しだいに胸苦しさと、全身に重圧のかかってくるのを感じた。

「たいしたことはない」主水正は声に出して呟きながら、思わず呻き、頭を振った、「たかが七万八千石の城代家老ではないか、しかも自分で選んだ道だ、自分で選んだ道がここへ続いていただけではないか」

石を運び、土を掘る人足たちと少しも違いはない。一文菓子を売り、馬子、駕籠かきをしても、人間が生きてゆくには、それぞれの苦しみやよろこびがある。そのありかたはいちようではないし、どっちが重くどっちが軽いという差別も評価もできない。城代家老という役が特に重大であり、苦しいものであることはない、と主水正は思った。

最後の枡形を曲ると、道は二つに別れる。左へゆけば本丸、右へゆけば二の丸、飛驒守昌治は二の丸御殿にいる筈であった。主水正が二の丸のほうへ曲ったとき、その道が緩い勾配の坂になっているのに気づいた。

「ここは坂だったのか」彼は立停って、道の上下を眺めながら、びっくりしたように呟いた、「――知らなかった、まるで気がつかなかった、これまで幾十度となくここを通ったのに、ここが緩い勾配ながら坂になっていたことに、まったく気がつかなかった」

主水正は土堤になっている左右を見やった。刈り込んだ若草と松林、薄曇った空から、初夏のやわらかい日光が、あたりにあたたかく満ちあふれていた。正面には二の丸御殿の大屋根が、松林の上にぬきんでて見える。本丸のほうで馬の嘶く声がするのは、誰かが昌治の乗馬の調練をしているのであろう。

「ここが坂であったことに初めて気づいたように」と彼はまた呟いた、「これまでどれほど多く、人や大事なものごとに気づかず、みすごしてきたかもしれないし、これからも気づかずに聞きのがしたり、見のがしたりすることがいかに多いかもわからない」

主水正は引きずるような足どりであるきだした。城代家老は馬子でもなし、一文菓子屋でもない。人足や駕籠かき、百姓、町人の心配や苦労をも背負わなければならないのだ。堰堤(えんてい)工事や、御用商制度や運上(うんじょう)、年貢の合理化など、多くの仕事が待っている。しかも、どんなにそれらを合理的に処理しても、そのまま十年とは続かないだろう。時勢の変化にしたがって、そのたびごとに修正してゆかなければなるまい。

「おれは少年のころから、脇見(わきみ)をする暇さえなく、けんめいにながい坂を登ってきた」とあるきながら彼は呟いた、「多くの困難や、むずかしい仕事や、いのちを覘(ねら)われたことさえある、三十八の今日まで生きてくることができたのは、幸運というべきだろう」

しかし、今日までは自分の坂を登ってきたのだ、と彼は思った。

「そして登りつめたいま、おれの前にはもっと嶮(けわ)しく、さらにながい坂がのしかかっている」と主水正はまた呟いた、「——そしておれは、死ぬまで、その坂を登り続けなければならないだろう」

主水正のうしろ五十歩ばかりはなれて、柳田帯刀と益秋舎人の二人があるいていた。益秋は外記の子で三十二歳、肥えていて、柳田よりひとまわり大きく、背丈も二寸あまり高かった。二人は麻裃を着けていた。

「あれは三浦主水正だろう」と益秋が云った、「当代の出世がしら、颯爽たるものじゃないか」

「凜としたものだ」と柳田が云った、「人間の位や性格はうしろ姿にあらわれるというが、いかにも凜として隙がない、すでに立派な城代家老の風格を身に付けているよ」

「どうだかな」益秋はふところ紙を出して、額の汗を拭きながら云った、「徒士組からの成上りだ、どこまでやれるかはむずかしいところさ、ひとつゆっくり拝見することにしよう」

「さて」と柳田が云った、「それはどうかな」

「どうかな、とはどういう意味だ」

「おれも益秋も並び家老に仰せつけられた」と柳田帯刀が云った、「——どこまでやれるか、拝見するのはどっちかということさ、益秋は肥えていてひと一倍大きいからな」

「ありがとう」益秋は低頭してみせた。

「いや、逆に拝見される心配も、あるんじゃないかと思ったのさ」

「そんなに案じてくれるとは知らなかったな、いいだろう」と益秋は云った、「おれはあの成上り者が、本物かどうか、ゆっくり見届けてやるよ」

柳田帯刀はなにも云わず、眼をあげて向うを見たが、もう主水正の姿は見えなかった。

解説

奥野健男

『ながい坂』は、昭和三十九年六月二十九日号から、昭和四十一年一月八日号まで『週刊新潮』に一年半にわたって連載され、昭和四十一年二月と三月に上下二巻として新潮社より刊行された。千五百枚に及ぶ雄編で、作者の小説の中で『樅ノ木は残った』に次いで二番目に長い作品である。

ぼくは『虚空遍歴』の解説（新潮文庫）で『樅ノ木は残った』（昭和三十一年）『虚空遍歴』（昭和三十八年）『ながい坂』（昭和四十一年）の三編は、いずれも山本周五郎文学を代表する本格的長編小説である、作者の永い文学生活をふまえて、今日の山本文学の達成を示す三大巨峰であると述べた。実際、昔からの作者の仕事を辿りながら、この三作に接すると、遥か雲間に、重畳と聳え立つ、峨々たる一大山脈を仰ぐ思いがする。

しかし昭和四十二年二月十四日、作者が六十二歳で永眠され、完結したかたちで山本周五郎の全文学をふりかえることができるようになった今日、ぼくは『樅ノ木は残った』『虚空遍歴』『ながい坂』を、後期の〝長編三部作〟というかたちで捉えたいと思う。なぜなら、五十歳を過ぎて書かれたこの三長編は、いずれも作者が渾身の力をこめた畢生の仕事であり、しかも内容的に緊密に関連しあっている。そのモチーフ、主人公の生き方、方法、構成などがそれぞれ照応し補いあっている。つまりこの三作全部を読むことによって、はじめて作者の抱いている人生観、世界観、芸術観などを総合的、全体的に把握することが可能になる。たとえば『虚空遍歴』の主人公中藤冲也の生き方と『ながい坂』の主人公三浦主水正の生き方は、一見正反対で、対蹠的である。しかし作者山本周五郎の中には〝中藤冲也〟的生き方と、〝三浦主水正〟的生き方が同時に存在していて、しかもいずれも彼にとって真実の生き方なのである。ある意味では『虚空遍歴』と『ながい坂』は、『樅ノ木は残った』から必然的に生れてきた二本の流れかもしれない。〝冲也〟も〝主水正〟も〝原田甲斐〟の中に内包されていながら、〝原田甲斐〟という歴史的に実在し、その運命が決っている人物の中では、徹底した極限の姿として描き得なかった二つの方向を、架空の人物の中に思いきり確かめたのが『虚空遍歴』であり、『ながい坂』であると言える。作者はこの〝三部作〟で、自分の中にある三様の可能性の人生を、濃密なリアリティをふまえ、文学宇宙として構築し、追体験したと言ってよい。したがって『虚空遍歴』だけを読んで作者の人生観のすべてがあるとも、『ながい坂』だけを読んでイコール作者の生き方と即断することもできない。それぞれが同じモチーフから出て有機的につながっているのだ。その意味でぼくはこの三長編を敢えて〝三部作〟と呼び、作者の到達した後期の思想を把握する上には切り離すことのできないものとして考えたい。

この〝長編三部作〟の出発点であり、基調をなすものは『樅ノ木は残った』である。この長編は、作者が戦前いわゆる倶楽部雑誌と呼ばれる講談に毛の生えたぐらいの娯楽読物ばかりならんでいる雑誌に、純文学の文壇や文芸ジャーナリズムから文学者、小説家として認められない読物作家として軽蔑されながら、時代小説を生計のために営々として書いていた二十代の頃から、秘かに念願していた本格的長編小説であった。ここに描かれた原田甲斐のような、責任ある政治家、公人であって、教養ある知識人であり常に自己を抑制しながら、一方では奔放な野性人であり、根本的にはニヒリストでありながら、当時の公の秩序と正義のためマキャベリズムも辞せず、しかも敢えて自己の生命も名誉をも犠牲にする人間を、主人公にした小説はそれまでの日本の小説に登場しなかった。それは純文学作家も大衆小説家も、このような人物を社会の中に正確に位置づけ、しかもその内面を人間的に描く自信がなかったためである。それを山本周五郎は見事に描いた。内面は悩み多き近代知識人でありながら、社会人、政治的公人としての責任をはたしてゆく人間像に、多くの読者が深い共感と感銘を抱いたのは当然である。

　しかし作者山本周五郎は、原田甲斐のような生き方だけが、人間として唯一の正しい生き方であるとはしない。なぜなら原田甲斐は自分の生れた家柄とか身分とか、武家の世界に批判を抱きながらも結局その中にとどまり、生きた人間である。作者は『樅ノ木は残った』の中で、武家や政治から逃げ出し、芸人、自由人となった宮本新八的な生き方をも小説の上で追体験したかった。それが『虚空遍歴』である。旗本の息子中藤冲也は武士を捨て町人、いや芸人になって、すべての既成の権威や秩序を否定し、自己の芸術を追求する。いや端唄により世人に愛され、流行作家になった自己をも否定し、あくまでも本格的芸術を創造しようとする。それは殆どこの世では、また自己の能力では不可能な願いであった。そのため冲也はこの世の成功は得られず、中道に挫折し、野垂れ死にする。しかし作者は「人間の真価は、その人が死んだとき、なにを為したかで決るのではなく、彼が生きていたとき、なにを為そうとしたか——である」というブラウニングの言葉を信じる。読者は『虚空遍歴』を読み、世間知らずが持っている大胆さ、あくまで理想を捨てない不屈さ、金や名声を超えた純粋さに、自分のインチキさが鞭(むち)打たれるようなおそろしさと感動をおぼえたであろう。

しかし作者は〝自分の欲する仕事〟に全情熱を打ちこみ、周囲をかえりみない、純粋な芸術家的理想像を、心の中でもっともそうありたい自分を描いたあと、そのいい気なひとりよがりに反撥(はんぱつ)する。自分の書きたいのはこれだけではないと考える。

実際の世間の人間はこうは生きられない、こんなお坊ちゃん的な者ではない。『樅ノ木は残った』の立派な原田甲斐にしてももともと重臣の家柄に生れた人間だ。ところが学校もろくに出ていない自分を含めて、世間の多くの人々は何の特権もない恵まれぬ境遇に生れ育った。いや生れながらに家柄のよい権力者や富者から、世間から差別され、軽蔑(けいべつ)されるというハンディを持っている。そういう下積みの人間の懸命に生きる姿を書いてみたい。自分の屈辱の運命をはねのけ、その下積みから這(は)いあがって、まともに生きようとする人間の姿を描きたい。作者は一揆(いっき)とか暴動とか革命とか言うかたちでなく、圧倒的に強い既成秩序の中で、一歩一歩努力し上がってきて、冷静に自分の場所を把握し、賢明に用心深くふるまいながら、自己の許す範囲で不正とたたかい、決して妥協せず、世の中をじりじりと変化させてゆく、不屈で持続的な、強い人間を描こうと志す。それは殆(ほとん)ど立身出世物語に似ている。いや作者は、生れや家柄を不当に区別され、辱(はずか)しめを受けた人間が、学問や武道や才能により——つまり実力と努力により、立身出世を志し、権力を握り、そして自分をあざわらった人間たちを見返すのは、人間としての当然の権利であり、正しい生き方だとここでは言っている。それは学歴もないため下積みの大衆作家として純文壇から永年軽蔑されてきた自分が、屈辱に耐えながら勉強し、努力し、ようやく実力によって因襲を破って純文壇からも作家として認められるようになったという自己の苦しくにがい体験をふまえての人生観である。作者は徒士や徒士組頭などの生れながらの身分に安んじ、小成で満足し出世する仲間の足をひっぱる、志もなく努力もしない向上心のない卑しい人間をもっとも嫌悪する。八歳の時、重役の権力で今まで歩いていた道の橋がなくなって廻り道しなくてはならなくなる、それに盲従する父親に対し、はげしい屈辱感を感じる主水正のような人間だけを、作者は人間らしい人間と見るのだ。そういう現実を見ながら怒りも恥も感じない人間を嫌悪するのだ。作者はここにおいては自己の経験を通じ、下積みの境涯から立身出世によって、自分の能力が得られる日の当る場所に這い上がることを是認している。つまり既成秩序の内部における復讐と内部からの改革の物語なのだ。

　作者の近くにいた、山本周五郎研究の第一人者木村久邇典氏によると、「山本さんは明智光秀と徳川家康とを書きおえたら現代小説一本にしようという計画を持っていました。しかし、晩年の山本さんは、これらの計画を実現する時間がもう許されていないことを予感していたように思われます。そこで、おのれの来し方の総決算として『ながい坂』にとりかかりました。『わたしの自叙伝として書くのだ』とたいへんな意気込みでした。……重い荷を負って長い道をゆくがごとき主水正の人生行路、たゆむことない勉励やかぎりない孤独、人間であることの喜びや悲しみや悩みは、なまなましく読者に迫ります。そうです『ながい坂』こそ〝山本さんの『徳川家康』〟であったのです」と述べている。人生は重い荷を持ってながい坂を歩くに似たりというのが全編のモチーフと言ってよい。

ぼくは日本文学においてこのくらいロマンティシズムを抑えた立身出世小説を、このくらい社会との関連において綿密に積み重ねられたビュルドゥングス・ロマン（自己形成小説）をほかに知らない。派手なロマンスも、劇的な事件も殆どなく、たんたんと語られているにもかかわらず、ぼくは読み進むうちに、いつか主人公の三浦主水正と一体化し、ながい坂である人生を一歩一歩進んで行くような静かな興奮にとらわれる、自己形成小説の醍醐味である。

もちろん不満の点がないわけではない。妻つるを通すなどして作者は主水正が単なる立身出世主義者と違うことを何度も強調しているが、その何か違う高い志がはっきりとは描かれていない。むしろ前半は屈辱をはねかえすための純粋な立身出世小説と見たほうがすっきりしている。後半は余りに主水正が出来過ぎて、八方美人的なめでたしめでたしの物語になっている。この時、六十歳を過ぎた作者の身心に疲労と、自分の生涯を労ろうとする余りの批判精神の衰弱が感じられる。それに妻のつるに対する会話や態度など、余りに、つくられていて冷たく、主水正がいやな人間に見えてくる欠陥もある。もっとも終りまで読めば妻つるとの人間関係は官能的過ぎる性愛への受身ながらの応じ方で救われる。なによりも主水正が秩序の中にがんじがらめになりながらも、飽くまでも人間的であることが、嬉しい。

ここに描かれているのは徳川時代の一小藩の政治に過ぎない。世界の情勢はおろか、日本全体の政治状況も描かれていない。けれどこの小藩の世界は、現代日本の状況に通じるリアリティを持って迫ってくる。小さくてもひとつの宇宙をつくっているのだ。それはそのまま今日の会社員、公務員などのサラリーマンの世界に通じている。自分のつとめている企業を全宇宙とし、その中で下積みから努力し、認められ責任ある地位につき、それをよりよく勇気をもって改革し、社業の発展に自己の理想と全人生を賭けるサラリーマンの切実な心情と生き方がここに描かれている。汚職も嫉妬も頽廃も勢力争いもすべて書かれている。読者はこの小説に、自分の今まさに体験しつつある人生の姿を、確実に見出すに違いない。そして自分のつつましいサラリーマンの体験の中にも、人生の永遠に通じる深淵が、真実が潜んでいることに気づくであろう。秩序やメカニズムに縛られて生きていても、人間はその中にこのような人生の真実の意味を問いかつ獲得することができるのだ。

それとは別にこのお家騒動は、奇妙に中国の文化大革命をぼくに連想させた。実権派と革命派、名目上の君主でありながら家老たちの実権派に幽閉されていた飛騨守昌治が、秘かに同志たちをつくり脱出し権力を奪回する。治水計画をめぐる急進と保守の争い、ぼくは毛沢東と劉少奇の関係を想像せずにはいられなかった。毛沢東こと主君昌治をたすける主水正はさしずめ林彪であろうか。いやもっと若々しく現代的なクールな英雄像と言えよう。気が強く、実は純情で、性欲に強い妻つるの印象も際立っている。作者はこの三部作にも、いつもこのような女性を登場させている。

また『樅ノ木は残った』の《断章》、『虚空遍歴』の《独白》の手法は、『ながい坂』では、森番や梅の井の会話、御用商人の密議などに多角的に活され、物語の全体的な総括、テンポの調整、遠近感の強調に効果的である。

ぼくは『ながい坂』の主水正の生き方は、山本周五郎の作家、売文業者としての生き方、処世術の自叙伝だと思う。こういう細心な生き方をしながら、ついに裏街や挫折から浮びあがることのできない貧しい庶民のあきらめに似た哀歓を、絶品ともいうべき短編にうたいあげている。そういうことを描くためには、文学者はこういうふうにながい坂を辛抱強く、ずるく生きなければならない、その舞台裏を書きながらそれを感動ある長編小説に昇華した作者の小説家根性は、見事であり、余人の追随を許さないものがある。

（昭和四十六年七月、文芸評論家）

この作品は昭和四十一年二、三月新潮社より刊行された。

表記について

新潮文庫の文字表記については、原文を尊重するという見地に立ち、次のように方針を定めました。

一、旧仮名づかいで書かれた口語文の作品は、新仮名づかいに改める。
二、文語文の作品は旧仮名づかいのままとする。
三、旧字体で書かれているものは、原則として新字体に改める。
四、難読と思われる語には振仮名をつける。

なお本作品集中には、今日の観点からみると差別的表現ととられかねない箇所が散見しますが、著者自身に差別的意図はなく、作品自体のもつ文学性ならびに芸術性、また著者がすでに故人であるという事情に鑑み、原文どおりとしました。

（新潮文庫編集部）

新潮文庫最新刊

道尾秀介著
龍神の雨
血のつながらない父を憎む蓮。実母を殺したのは自分だと秘かに苦しむ圭介。降りやまぬ雨、ひとつの死が幾重にも波紋を広げてゆく。

今野敏著
疑心
—隠蔽捜査3—
来日するアメリカ大統領へのテロ計画が発覚！ 羽田を含む第二方面警備本部を任された大森署署長竜崎伸也は、難局に立ち向かう。

西村京太郎著
岐阜羽島駅25時
高齢の資産家の連続殺人を追う捜査一課の前に立ちはだかる、謎の医師。十津川警部が禁断の研究に挑む、長編トラベルミステリー。

荻原浩著
オイアウエ漂流記
飛行機事故で無人島に流された10人。共通するは「生きたい！」という気持ちだけ。爆笑と感涙を約束する、サバイバル小説の大傑作！

幸田真音著
舶来屋
エルメス、グッチ……。終戦の闇市から銀座にブランドブームを仕掛けたビジネスマンの一代記。それは「文化」を売る商人だった。

橋本治著
巡礼
男はなぜ、ゴミ屋敷の主になったのか？ ただ黙々と生き、やがて家族も道も失った男の遍歴から、戦後日本を照らす圧倒的長編小説。

ながい坂(さか)(下)

新潮文庫　や-2-18

昭和四十六年七月十五日発行
平成十六年四月十日六十二刷改版
平成二十四年二月十日八十一刷

著者　山本(やまもと)周五郎(しゅうごろう)

発行者　佐藤隆信

発行所　株式会社 新潮社

郵便番号 一六二―八七一一
東京都新宿区矢来町七一
電話 編集部(〇三)三二六六―五四四〇
読者係(〇三)三二六六―五一一一
http://www.shinchosha.co.jp

価格はカバーに表示してあります。

乱丁・落丁本は、ご面倒ですが小社読者係宛ご送付ください。送料小社負担にてお取替えいたします。

印刷・錦明印刷株式会社　製本・錦明印刷株式会社

ISBN978-4-10-113418-5 C0193